L'Avventura/Feltrinelli

STEFANO BENNI
TERRA!

romanzo

Feltrinelli

© Giangiacomo Feltrinelli Editore Milano
Prima edizione ne "L'Avventura" novembre 1983

ISBN 88-07-04003-4

I PERSONAGGI

PHILDYS PLASSEY - generale e Primo Ministro della Federazione
sineuropea
PYK - ministro della Federazione e gran maneggione
LEONARDUS KOOK - scienziato in crisi
CU CHULAIN - pilota spaziale di dubbia moralità
MEI HO LI - fascinosa telepate
CARUSO RAIMONDI - meccanico dell'astronave sineuropea Proteo
Tien
SARA - aiutante di Caruso
LEPORELLO ATARI detto LEO - intrepido bipede
FANG - un vecchio cinese sparamassime
FRANK EINSTEIN - bambino prodigio
GENIUS 5 - il computer piú intelligente del mondo
RE AKRAB - il Grande Scorpione, re dell'impero aramerusso, che
riunisce sceicchi arabi, americani e russi
ALYA - viscido consigliere reale
DABIH - indovino del re
COYLLAR - leader del complesso musicale "le Dzunum"
ALICE, LORINA, EDITH - le Dzunum
JOHN VASSILIBOYD e IGOR DYLANIEV - piloti spaziali dell'astrona-
ve Calalbakrab
SMITSKY, ZUKOV, SHAULA - sceicchi
SAITO - tecnogenerale dell'impero militare sam (samurai) forma-
to da militari di tutto il mondo
HITACHI - aiutante di Saito

YAMAMOTO - generale sam, capitano dell'astronave Zuikaku
HARADA - vice di Yamamoto
PIGRECO - capo spirituale dei soldati grigi
VAN CRAM IL VICHINGO - esploratore spaziale
PINTECABORU - il gigante di Mellonta, il pianeta dimenticato
GALINA PERCOVAIA - Strega astronauta
COYA - giovane india
HUATAC - il vecchio misterioso di Kouzok
CATUILLA, AUCAYOC, NANKI - indios

e inoltre: DEGGU N'GOMBO, il re dei videogiochi; PAUL MAC
CARTNEY e MICK JAGGER, industriali; il capitano QUIJOTE, cacciatore di meteoriti; GARCIA, lo squalo; GEBER, giornalista spaziale; CHAROS, medico della Città Bianca; BOB BORGES, il notice
jockey; PADRE MAPPLE, il missionario spaziale; SAGGIENTARRU-
BIA, uomo fenicottero; GIENAH, capo delle guardie delle Scorpione; MUNKAL e NAKIR, torturatori; una robottina sexy; il grande
capo COSCIOTTO D'AQUILA; alcuni scienziati maiali; i figli di Laika; un coccodrillo fanatico di rock; il miliardario texano IBN
HUNT; marziani, inca, e un bel po' di astronavi.

PROLOGO

La notte del trenta agosto 2039 un'ondata di caldo eccezionale soffocava gli Stati Uniti. Il termometro a New York segnò quarantadue gradi; a mezzanotte tutte le docce della città emisero un ululato di agonia, e il rantolo delle tubature annunciò che l'erogazione di acqua era sospesa fino alle otto di mattina. Metà degli abitanti invase le strade cercando scampo verso il mare. La Coca Cola vendette solo in quella notte quaranta milioni di litri di bibita, un lago nero e zuccherino che avrebbe potuto sostenere tutta la flotta Usa. I cubetti di ghiaccio valevano piú dei diamanti, e si narra di famiglie che si bevvero la piscina di casa.

Nel cuore del deserto californiano, in un bunker di cemento chiamato in codice Mothell (l'albergo dell'inferno) era situato il centro operativo segreto del Pentagono. Di guardia alla pulsantiera di intervento nucleare mondiale c'erano due tecnici piú il generale Kingwen, uomo di fiducia del Presidente. Esattamente venti minuti dopo la mezzanotte l'impianto di aria condizionata del bunker saltò: qualcosa aveva ostruito i condotti esterni. Un'ora dopo i cento e piú uomini rinchiusi nella fortezza erano distrutti dal caldo, le camicie incollate alle schiene, i barattoli di birra schioccavano come in un bombardamento.

All'1,30 il generale Kingwen prese la decisione di far aprire le piccole finestre blindate esterne, per fare entrare un po' di aria. La luce della luna del deserto entrò nelle bianche pareti del bunker e guardò la sua immagine elettronica riprodotta nei monitor di difesa antimissile.

9

Alle 2,02 tutto era normale. Il generale Kingwen, dopo aver bevuto un Cuba Libre e scherzato con i soldati sui risultati della lega estiva di football, andò a dormire. Il deserto era assolutamente silenzioso, anche i coyote sembravano aver rinunciato alla serenata notturna.

Alle 3,10 il tecnico addetto ai pulsanti segreti sentí un leggero rumore provenire dal finestrino sopra la sua testa. Chiamò subito una sentinella che azionò i fari esterni: non videro nessuno. Il bunker era situato al centro di 140 chilometri di zona minata, recintata e sorvegliata da 60.000 uomini. Chi avrebbe potuto avvicinarsi? Intanto gli uomini della squadra che stava riparando l'impianto dell'aria condizionata comunicarono che i condotti erano pieni di topi, misteriosamente ammassati lí a morire, come se stessero fuggendo da qualche pericolo. Ci sarebbero volute due ore per riparare tutto.

Alle 3,30 a New York, nel centro di Manhattan, migliaia di persone ascoltavano un concerto rock all'aperto. Bande di giovani musicisti neri improvvisavano spettacoli agli angoli delle strade e sui tetti delle macchine. "Sudate e ballate!" gridavano. Le televisioni mandarono i loro operatori sul posto. Alle 3,32 il disc-jockey di radio California Uber Alles, una stazione radio del deserto, mandò in onda "Woom", l'ultimo successo dei War Heroes, il complesso del momento. Le guardie del bunker Mothell, tutte con la loro radiolina dentro al casco, si misero a battere il tempo con il fucile. La luna piena era velata dall'afa.

Alle ore 4,38, dalla finestrina della sala segreta del bunker, apparve la testina aguzza di un topo. L'animale cercò di scivolare dentro lungo il muro, ma precipitò e il suo corpicino schiacciò il tasto 15, allarme rosso, che faceva uscire i missili dalle postazioni sotterranee. Nel deserto illuminato dai primi riflessi dell'alba sbucarono all'improvviso decine di missili bianchi Coyote 104, allungando le loro ombre vicino a quelle dei cactus. Il tecnico si accorse subito dell'accaduto e lanciò un grido di allarme, cercando di premere subito il tasto AD, Annullamento Decisione. Ma il topo, spaventato, lo precedette, saltando dal tasto 15 proprio al tasto 12. Il tasto 12 era il tasto irreversibile dell'attacco diretto all'Unione Sovietica. Il tecnico non aveva neanche fatto in tempo a raggiungere la porta per dare l'allarme, che già i primi missili si infilavano nel cielo del deserto. Alle 4,40 il Presidente degli Stati Uniti fu svegliato sulla linea speciale della sua casa di montagna. Alzò il telefono e disse: "Spero che abbiate una buona ragione per chiamarmi a quest'ora." Alle 4,41 i radar sovietici captarono l'arrivo dei missili americani e automaticamente scattò il primo contrattacco con novanta missili SMS 2030. Alle 4,43, nella Quinta strada a New York migliaia di persone stavano battendo le mani a tempo nel concerto notturno, quando udirono uno strano rumore profondo, e si videro vibrare e cadere alcuni vetri delle finestre dei grattacieli. Il cantante dal palco urlò: "Okay gente, niente paura, abbiamo qualche problema con i microfoni." Ma intanto il rumore cresceva di intensità. Qualcuno gridò. Nello studio di Radio California Uber Alles il disc-jockey disse: "E ora amici, dopo l'ultimo successo dei War Heroes, un altro disco per voi ascoltatori, un disco che vi farà saltare tutti in aria!"

Erano le 4,45. Il disco non ebbe un grande successo d'ascolto. Il missile russo piombò sulla California proprio alla prima battuta della chitarra basso.

La terza guerra mondiale cominciò cosí, e poi ce ne furono altre tre.

1.
CENTO (E PIÚ) ANNI DOPO

Il mostruoso essere bianco avanzava nella distesa di ghiaccio. Per quello che si poteva intravedere nella bufera di neve, era un gigantesco verme peloso, strisciante su molte zampe, lungo una ventina di metri. Aveva quattro occhi rossi e protuberanze sul dorso. Si fermò, sollevò un istante la minuscola testa e cambiò direzione. Solo quando fu piú vicino, si poté vedere chiaramente che cos'era. Erano quattro orsi bianchi, uno dietro l'altro, legati a treno, con redini. Ognuno portava in testa una luce rossa di posizione, e sul dorso due uomini: uno sherpa con la tuta gialla dei thalarctotassisti, e un passeggero. L'orso guida, che portava la sigla Hawaii 8, si fermò di nuovo e fiutò l'aria nervosamente. "Avanti, Baiard," gridò lo sherpa, "quasi ci siamo!" L'orso, infatti, dopo pochi metri, scoprí con il muso una colonnetta rossa, semisepolta nella neve. La spinse giú con tutto il peso della zampa. Nella coltre bianca ci fu un piccolo terremoto; un portellone si spalancò cigolando rumorosamente e fece apparire un tunnel sotterraneo.
Sull'entrata del tunnel spiccava la scritta: Paris Metrò.
I quattro orsi, frenando con gli unghioni giú per la discesa, scomparvero dentro il tunnel. Il portello si richiuse, e tutto tornò bianco e immobile.

13

PARIGI: UNA INCREDIBILE AVVENTURA
CHE COMINCIA AL FREDDO

Il giorno 29 luglio dell'anno 2157 la temperatura esterna a Parigi era di meno undici gradi. Nevicava esattamente da un mese e sei giorni, e quasi tutti gli edifici della città vecchia erano sepolti. La vita proseguiva però regolarmente sottoterra nelle metropolitane, nelle vie-condotto, nei giardini botanici e nei forum a temperatura costante di otto gradi. Dall'ultimo piano dell'immensa piramide incastonata nel ghiaccio un uomo infreddolito guardava la distesa gelata e spoglia stendersi per chilometri e chilometri, interrotta solo dalla luce di qualche slitta. Nella cinta cittadina poche costruzioni sfidavano i trenta metri di neve. Il grande cilindro dello spazioporto Mitterrand, con i suoi corridoi di volo a luce laser disegnava un intricato videogame colorato nel cielo grigio. Dalle alture di Fort Montmartre, sede della polizia, la torre di controllo esterno muoveva come una piovra nell'aria i fili delle telecamere volanti. Piú in là, la Tour Eiffel incapsulata in una calotta trasparente, come un vecchio souvenir. E sopra di lei, il prisma del Centro Spettacoli, con le pareti a schermo che mandavano in continuazione pubblicità, vecchi documentari della Costa Azzurra e omicidi in diretta dal metrò.

L'uomo s'era tolto la pelliccia, un vecchio giaccone di topo, e stava cercando di rattoppare una manica. Tentò di infilare il filo nell'ago, ma un brivido di freddo glielo impedí. In quel momento, sui nastri d'ingresso della piramide, centocinquanta piani piú in basso, vide avanzare quattro puntini rossi. Non c'era dubbio; era il colore delle tute di volo astronautico.

Posò ago e filo e premette il tasto del videocitofono. Apparve il volto di una segretaria occhialuta, con un ciuffo solitario di capelli rossi sul cranio.

"Oh, signorina Minnie," disse l'uomo, "complimenti per la sua nuova pettinatura. Bella sfoltita! Chi è il suo parrucchiere?"

"Il mio nuovo parrucchiere sono le radiazioni," sibilò la ragazza, "desidera qualcosa?"

"Sí. Anzitutto un ago piú grosso. E poi vorrei sapere se i bipedi all'ingresso sono quelli che sto aspettando."

"Sí, signor Primo Ministro," rispose la ragazza, "è la sua missione segreta."

I quattro bipedi camminavano a testa in su guardando l'enorme costruzione che li sovrastava, irta di pinnacoli di ghiaccio. Cinquecentododici metri, a forma di tripla piramide, la sede della Federazione sineuropea era il piú alto edificio del mondo dopo i quasi ottocento metri della torre Atari, dell'impero militare giapponese, e i milletrenta della Montagna dell'Ordine, sede dei sette sceicchi aramerussi.

Questi altissimi edifici erano stati costruiti subito dopo la sesta guerra mondiale, quando era apparso drammaticamente chiaro che la Grande Nube che aveva tolto il sole alla terra non se ne sarebbe andata per un bel po' di anni. Migliaia di gigaton di polvere, gas e scorie radioattive sollevati dalle esplosioni belliche avevano avviato la terra a una glaciazione irreversibile, e provocato una crisi energetica mondiale. Per maggior felicità di tutti, i mari erano ghiacciati e tossici, la radioattività esterna era altissima, e ogni giorno sulla terra cadevano gli "hobos", frammenti di qualcuno dei tremila satelliti e missili lanciati nello spazio durante le guerre, ormai privi di controllo. Alcuni, come i razzi a sensore, erano ancora programmati per colpire città ormai distrutte, e vagavano intorno al mondo cercando ancora un nemico che non esisteva piú.

L'entrata della Federazione era sorvegliata da due corazzieri immobili piú per congelamento che per disciplina. Ai loro piedi sonnecchiavano due ictaluri, pesci gatto di un quintale, dai baffi truci. Usciti dai fiumi ghiacciati, cinquanta anni prima, si erano adattati a vivere sulla terra. Erano molto goffi, nella loro camminata a colpi di coda, ma il loro morso era tremendo.

I bipedi passarono davanti ai pescioni guardiani con un certo rispetto, e percorsero l'ampio corridoio di entrata. In fondo brillava una lastra di marmo interamente coperta di cartoline colorate: il monumento alle città scomparse. I bipedi sfilarono davanti al lungo elenco di nomi che iniziava con la scritta: "Amsterdam benché ferita a una diga e accerchiata da soverchianti forze nemiche eroicamente resisteva fino a essere rasa al suolo il 24 luglio 2130..."

In fondo al corridoio dietro un cristallo azzurro, li attendeva una coppia di Guardie Frizzanti. Erano due massicci distributori di bibite a gettone, con piedini a rotelle. (Nella penultima guerra, quasi tutte le macchine erano state militarizzate e robotizzate.) La prima guardia, un distributore di bevande calde munito di occhio fotoelettrico e cannoncino sparatappi, sbarrò cigolando il passaggio e intimò: "Fermi o sparo!"

"Grazie," disse uno dei bipedi, "per me una fucilata di caffè con molto zucchero."

La macchina avanzò di un passo.

"Niente spirito, signori. Passate uno alla volta e dite qualcosa per il controllo delle generalità e delle impronte vocali."

Si fece avanti il bipede che aveva parlato, un negro massiccio, con la faccia decorata da cicatrici. Portava sulla tuta il tigrotto alato, distintivo dei piloti spaziali.

"Mi chiamo Boza Cu Chulain," disse, "sono nato nella stazione spaziale di New Africa, mia madre era africana. Per mio padre le posso dare un elenco di trecento candidati..."

"Può bastare," tagliò corto la guardia, "avanti un altro."

Davanti all'occhio fotoelettrico si fermò un uomo magro e barbuto.

"Il mio nome è Leonardus Cristoforus Kook, ho quarant'anni, sono uno scienziato e lavoro su una capsula intorno al sole, qua fa un freddo cane e vorrei sapere perché tenete in piedi questo mausoleo se non avete l'energia per riscaldarlo."

"Ragioni di decoro politico, dottor Kook," rispose pronta la guardia. "Avanti il prossimo, prego."

Si presentò uno strano bipede che portava ancora il casco di volo. Era rotondo, e non piú alto di un metro.

"Mi chiamo Leporello Tenzo E-Atari, e non posso dirle dove sono nato, perché..."

"Lo vedo benissimo," lo interruppe la guardia, "avanti l'ultimo."

L'ultimo bipede, un vecchio cinese, si inchinò e disse:

"Il mio nome è Fang, sono nato in un paese di montagna dove il sole fa brillare i tetti delle case, come..." Uno strepito di ferraglia lo interruppe. Una guardia aveva starnutito perdendo due o tre lattine di bibite.

"Scusatela," disse l'altra macchina, "ogni tanto i suoi circuiti si bloccano per il freddo e ha... dei ritorni alle vecchie mansioni."

"Salute, allora," disse il cinese. "Oggi nevica, ma io sono sicuro che il signor Kook troverà il modo di catturare di nuovo il sole, da quel posto cosí lontano, e di portarci il suo calore sulla terra."

"Magari fosse, signor Fang," disse la guardia, "passate pure.

Gli ascensori sono in fondo al corridoio quattro. Vi consiglio di rimboccarvi i calzoni. Il tappeto verde che incontrerete non è moquette, bensí muffa."

"Alla faccia del decoro," brontolò Chulain incamminandosi, mentre alcuni topi bene in carne gli saettavano tra le gambe.

"La Federazione fa del suo meglio," sospirò Kook, "non si può pretendere di piú, di questi tempi." Giunsero davanti agli ascensori, e un robot di un modello un po' antiquato, tutto decorato con formule trigonometriche, si fece loro incontro inchinandosi con grazia.

"Vedete," disse Kook, "tutto è un po' usato, ma perfettamente funzionante, come questo cortese robotlift."

"Anche troppo cortese," fece presente Chulain, "è ancora lí piegato in due."

"Vogliate scusarmi," disse il robot con voce flebile, "ma temo che mi si sia inceppata l'articolazione della schiena. Vorreste essere cosí gentili da riportarmi nella posizione eretta?"

I quattro aiutarono a raddrizzarsi il robot, la cui giuntura dorsale emise un crepitio metallico preoccupante. Kook e il negro si lanciarono un'occhiata perplessa.

"Se ora volete seguirmi, signori," disse il robot, "ecco l'ascensore: è azionato da un vecchio motore fuoribordo a due cavalli, e la salita richiederà circa quattro minuti. Intanto io potrò fornirvi una serie di utili informazioni sulla città. Per cominciare, là ad esempio, dove vi indico..."

"Là, dove?" chiese Kook.

"Chiedo scusa," disse il robot, "non mi ero reso conto che mi manca il pezzo di braccio destro con cui sono solito indicare. Una semplice riparazione... ehm, ecco, se gentilmente volete voltarvi là a destra, vedete sporgere dalla neve le rovine della Defense. Salendo ancora vediamo il pallone dirigibile delle Folies Bergère, e il rifugio Montparnasse. Si entra da quello che una volta era l'ultimo piano del grattacielo. Da lí, attraverso rampe interne, si può arrivare con gli sci fino al centro di Parigi nuova. Qualche domanda?"

"Sí," disse il negro, "quando si arriva? C'è un freddo maledetto qua dentro!"

"Siamo solo a sessanta piani dall'obiettivo, signore," disse un po' seccato il robot, "e la temperatura è nei limiti di sopportabilità."

17

"Ah!" disse il negro, "certo per voi è sopportabile. Voi robot non soffrite il freddo."

"Ti sbagli, Chulain," intervenne il bipede nano, "un blocco termico al circuito dei siliconi con congelamento dei neurotermi-nali, o uno spiffero nelle porte logiche, sono sensazioni assai spiacevoli, che io paragonerei senz'altro a quella che voi chiamate broncopolmonite."

"Il signore si occupa di robotica?" chiese il robotlift.

"Sí," disse il piccolo bipede levandosi il casco e mostrando una testona metallica con becco a pappagallo, "amo i miei simili."

"Oh!" disse il robot, "scusami fratello!" (I due si diedero un pugno ferrato in testa nel saluto di amicizia robotica.) "Comunque, signori, i problemi energetici non sono solo nostri. Gli aramerorussi e i giapponesi hanno ridotto della metà i viaggi interplanetari."

"Lo so bene," sospirò Kook, "non si può davvero piú viaggiare nello spazio! Pensate, cinque giorni fa mi arriva l'ordine di presentarmi qua, entro oggi. Ero a migliaia di leghe sul mio laboratorio in orbita intorno al sole. Il tempo di mettermi la tuta e mi son venuti a prendere con un cargo minerario. Sedici ore di viaggio per prendere la coincidenza con l'astrotraghetto da Giove: altri tre giorni di volo e poi scopri che per uno sciopero non arrivava fino alla terra, ma solo all'astroporto di Clavius, sulla luna. Qua, naturalmente, una fila di due chilometri per un taxi Shuttle. Alla fine trovo un pazzo, un abusivo che si infila nel corridoio delle grandi astronavi e comincia a sorpassare a tremila all'ora cantando: 'Nella vita siam meteore.' Io mi attacco al seggiolino e non so se soffro piú per la sua guida o per le barzellette che mi racconta: un campionario dei fossili umoristici del sistema solare. Il pazzo mi fotte milleduecento lingotti e mi pianta allo spazioporto di New Yorkgrad, alle cinque di mattina. Prendo al pelo l'unico volo, un dirigibile Air Albania. Un disastro: come pranzo alghe vecchie, come cena timballo di alghe, come film 'Il figlio di E.T. n. 3', spifferi dappertutto, e come hostess dei vecchi robot Univac mezzi guasti che prendevano a schiaffi i passeggeri che rifiutavano il caffè. Dopo non so quante ore di volo e settanta caffè, arrivo al Parigi Mitterrand e mi dicono che i gatti delle nevi sono bloccati, ci sono solo questi gattoni un po' piú grossi, e il rollio degli orsi riesce a farmi fare quello che non erano riuscite a fare le astronavi, e cioè una bella

vomitata. Con tutto questo, eccomi qua, miracolosamente puntuale dopo cinque giorni di viaggio quasi senza dormire. Voglio proprio vedere che cosa può succedermi ancora!"
La luce dell'ascensore si spense di colpo. Dal dondolio Kook si accorse che erano fermi.
"Cosa succede?" chiese.
"Temo, signore," disse il robot, "che sia il solito black-out. Non si preoccupi: non durerà piú di una decina di ore. Peccato. Mancavano solo due piani."

LA PIRAMIDE SINEUROPEA

Dopo sei ore alquanto monotone l'energia tornò, l'ascensore percorse trionfalmente i due piani mancanti e la porta si aprí su una gigantesca sala, divisa in spicchi da vetrate azzurre. Un uomo, con la pelliccia di topo e i gradi di generale della Federazione Sineuropea, era in attesa con un sorriso cerimonioso. Era il Primo Ministro Carlos Phildys Plassey, e la sua mano meccanica e l'andatura incerta denotavano una vivace partecipazione alla quinta e sesta guerra mondiale. Vicino a lui stava un robot carabiniere, con un braccio rilevatore a snodi che passò avanti e indietro, a mo' di benedizione sui nuovi arrivati.
"Benvenuti amici," disse Phildys. "Vi prego di non formalizzarvi per questi controlli, è un periodo che i sam sono molto attivi con le loro diavolerie meccaniche. Proprio ieri abbiamo trovato tutti i pulsanti dell'ascensore sostituiti con microfoni... non vorremmo che vi avessero già attaccato qualcosa addosso."
Il robot-carabiniere emise un muggito sussiegoso con cui voleva significare che i bipedi erano a posto.
"Seguitemi," disse Phildys, "vi chiedo scusa per la sosta forzata in ascensore. Abbiamo qualche squilibrio energetico, ultimamente. Ma dimmi, Kook, come vanno le ricerche scientifiche sulla tua capsula solare? Bene, direi, dall'abbronzatura..."
"Non c'è male," rispose Kook, "sto studiando come le esplosioni solari e i flasar possano accelerare la crescita di alcune piante..."
"So tutto, so tutto, dell'operazione 'giungla di basilico'," disse Phildys con un sorriso ambiguo, "anche se è dall'ultima

guerra che non ci vediamo, ho seguito tutta la tua... trasformazione, Kook."

Kook non fece commenti e il gruppo percorse l'immensa sala fino a un settore arredato solo da una decina di sedili di aereo. "Sedetevi, allacciate bene le cinture," comunicò Phildys, "e abbiate pazienza se vi girerà un po' la testa." Subito dopo la sala piramidale si rovesciò, ruotò su un angolo e si raddrizzò nuovamente. I nostri videro alla loro destra non piú un muro, bensí un'altra vasta sala, dove un plotone di tecnici in camice bianco lavorava davanti a una parete di computer.

"Questa è una sala molto riservata, lo spicchio 26," disse Phildys, "ci siamo arrivati ruotando il nostro spicchio sulle sue 'giunture' se possiamo chiamarle cosí. Tutto il palazzo è un Pyraminx, una piramide fatta di piccole piramidi che possono ruotare, spostarsi e incastrarsi in moltissime combinazioni. Un giocattolo che permette molte possibilità. Slacciate pure le cinture. Naturalmente c'è qualche piccolo inconveniente. Due giorni fa il meccanismo si è guastato e la riunione del consiglio dei ministri è finita nelle toilettes. C'è anche qualche problema quando volano le carte e le scrivanie, e per tenere buoni gli impiegati abbiamo dovuto dare loro un'indennità di rotazione. Ora entreremo nello spicchio ricerche speciali, e vi presenterò il capo. Vi avverto, non fatevi ingannare dall'aspetto!"

Phildys si diresse verso un bambino occhialuto che, sdraiato sotto un computer, leggeva un giornalino dal titolo *Giochi perversi di Saturno*. Phildys tossí discretamente: "Ehm... dottor Einstein, la missione ti due è qui."

Il ragazzo fece sparire in fretta il giornalino, arrossendo visibilmente. "Un momento," disse, "se permette risolvo un turbamento di dati al computer e... vengo subito."

"È un po' scontroso ma è un vero genio," bisbigliò Phildys, "ha dodici anni, è nato in provetta al Centro Genetico Scienziati di Berlino. A nove anni era già capo della sezione mineraria, poi è stato fermo un anno per gli orecchioni e adesso è a capo della ricerca energetica. Un capoccione! Ma è pur sempre un ragazzo."

"Capisco," disse Kook, "anch'io avevo dei turbamenti di dati alla sua età."

Intanto il ragazzo era tornato e sfoggiava un papillon fluorescente che era il segno delle alte cariche della Federazione. Insieme a lui c'era un uomo con un parrucchino sfavillante e antenne vibratili di plastica.

"Dottor Frank Einstein," si presentò il ragazzo, con sussiego, "piacere di conoscervi: e questo è il dottor Pyk Showspotshow, noto ex-presentatore televisivo, nonché ministro per l'interno e lo spettacolo."

"Chiamatemi Pyk," disse l'antennuto, "la sapete quella del pilota d'astronave tedesco che arriva sul pianeta degli ebrei?"

"Ministro," lo interruppe Phildys, "per le barzellette ci sarà tempo dopo, adesso facciamo le presentazioni. Dunque, il dottor Leonardo Kook, esperto di civiltà preglaciali. L'onorevole signor Fang, Maestro di Scienze e Filosofia dell'Accademia Sinica e telepate decimo dan. Il capitano Chulain, pilota spaziale. Il bipede Leporello, modello 'A', Terzo E-Atari, detto LeO, robot tuttofare con specializzazione in matematica e gastronomia."

"Possiamo cominciare allora," disse Einstein, "massima segretezza!" All'ordine del ragazzo, tutte le porte si chiusero. Sulle pareti la visione del mondo di neve esterno si oscurò e il vetro divenne nero e impenetrabile. Appena tutti furono seduti, su uno schermo apparve una diapositiva. Era un tubo di metallo, alto come un uomo, conficcato nel ghiaccio.

"Questo oggetto è la ragione della vostra chiamata qui," iniziò Phildys, "si chiama MY-TRP, vettore di rivendicazione di proprietà. È stato trovato alcuni giorni fa su una montagna sudamericana, nella zona abitata dagli indios mestengos e dagli eschimesi. La zona si chiama Kouzok, e corrisponde, nella mappa preglaciale, alla città di Cuzco nel Perú. Lo hanno scoperto alcuni tecnici minerari che stanno effettuando scavi. Per chi non lo sapesse, il tierrepi è un vettore a ritorno terra in dotazione ai piloti-seguio spaziali della Cintura Mineraria e ai cacciatori di sole... agli esploratori, insomma."

"Esploratori?" ghignò Chulain, "sono avanzi di forca che cercano pianeti con Uranio 235 e si accoppano tra loro come bestie!"

"Lei mi sembra un po' eccessivo," disse il ragazzo imperturbabile, "sono piloti cui la Federazione, in cambio del cinquanta per cento dei ritrovamenti, concede carburante e permessi per le ricerche nei pianeti piú lontani e pericolosi."

"Ex-ribelli! Venduti!" grugní con disprezzo Chulain, "conosco il genere!"

"Lo sappiamo, lei ha un passato... molto avventuroso su

quelle rotte," disse Einstein, "è proprio per questo che il computer l'ha scelta..."

"Dovete sapere," intervenne opportunamente Phildys, "che quando questi... esploratori trovano su un pianeta del minerale sfruttabile, mandano a terra questo vettore. Esso viene richiamato a terra con un impulso di tipo Lassie dal computer centrale di Kouzok. In tal modo, su nastro registrato, i segugi ci comunicano la posizione spaziale del ritrovamento, di modo che, come è già accaduto in passato, nessuno arrivato dopo di loro gliela rubi."

"E cos'ha trovato questo esploratore?" chiese Kook.

"Qualcosa di... singolare," disse Phildys con un'espressione pensierosa. "Adesso vi farò sentire il primo messaggio contenuto nel vettore MY-TRP in questione. Vi prego di non formalizzarvi per il linguaggio: il pilota in questione è un vecchio marinaio dello spazio."

Nella sala risuonò un vocione metallico registrato.

VAN CRAM IL VICHINGO

"Carissimi culopiatti governativi. Oggi 4 luglio 2157 io, capitano Eric Van Cram il vichingo, comandante la nave spaziale Langrebort, rivendico la scoperta di un pianeta naturale. Non sono però in grado di comunicarvi la posizione di questo tartufone in quanto nessuno dei miei strafottuti computer di bordo funziona. Il mio robot schiacciatasti dice che non ha mai visto niente di simile. È come se qualcuno avesse pompato del rhum in mezzo agli strumenti, gli aghi ballano, le lucette singhiozzano e il computer centrale ci fa l'imitazione di un pappagallo e gracchia soltanto 'dati assurdi stop'. Rivendico comunque la scoperta riservandomi quanto prima di comunicare i dati come prescritto da legge buroculopiattica. Il mio permesso di ricerca extrasistema è 43677, la mia sigla ERC VCR 211 VKG, e porto il quarantanove di stivale. Non vi comunico la rotta d'arrivo perché, non essendo la mia acquisizione ancora regolare, non vorrei che a qualche furbone governativo venisse l'idea di fregarmela. Come cantiamo noi spaziali:

*'Se Saturno c'ha ancora l'anello esterno
è perché ancora non c'è arrivato qualcuno del governo.'*

"Chiudo messaggio, buon congelamento a tutti."

La voce cessò, e sullo schermo comparve la faccia di un omaccione biondo, con una benda sull'occhio. "Questo è Van Cram il vichingo?" chiese Kook. "Sí," disse Einstein, "un esploratore molto capace. Ha già scoperto due satelliti di Agenor ricchi di osmio."

"Non riesco ancora a capire però cosa c'entriamo noi," disse Chulain un po' nervoso.

"Calma, calma," proseguí il generale Phildys, "questa è solo la prima parte del messaggio. In questi vettori c'è un compartimento segreto che noi chiamiamo 'il confessionale'. In esso si può lasciare un messaggio per gli uffici segreti, qualora il ritrovamento sia particolarmente importante. Nel 'confessionale' di Van Cram c'era inciso questo."

"Messaggio di tipo esse, ripeto di tipo esse," ricominciò il vocione, "sono qui da due giorni. Ragazzi, il pianetino che ho scoperto è di tipo enne uno, naturale assoluto. È vivibile senza alcun casco o bioadattazione. È pieno di montagne, verdure, acqua, fiori e insetti golosi della mia ciccia. Non ci sono né pulviscoli né radiazioni, e c'è anche una stella che ci illumina e ci arrostisce, e passeggia su e giú proprio come il nostro ex-sole. Questa stellona mette in scena certe albe color sottoveste e certi tramonti al sugo che il mio equipaggio, che è tutto composto di giovinotti ai cui confronti un gorilla è una ballerina classica, si sdraia sul prato e sbrodola lacrimoni. E anch'io, lo confesso, sento un groppone in gola, perché questo pianeta è una copia perfetta di come ho visto nei documentari la nostra vecchia terra, prima che la mettessero in frigo con le bombe."

Ci fu una breve pausa. I volti di tutti, nella sala della Federazione, erano emozionati.

"Ragazzi," proseguí il vocione, "nei miei viaggi nello spazio ho visto un bel po' di cose strabilianti. Ho visto Dyurnus, il pianeta con i petali che si chiudono di notte, e Pollices, il pianeta magnetico autostoppista che si attacca all'orbita dei pianeti piú grandi. Ho visto volare Myron, lo Stadio da un milione di posti dove si tennero le ultime olimpiadi spaziali. Ho fatto il bagno nel mare di Arutas dove si vede il fondo settemila metri sotto, e ho visto nuotare le balene trasparenti con il cuore luminoso.

Ho attraversato la giungla dei sigari giganti di Reemstma e il suo fumo pestilenziale, ho visto duelli di comete e matrimoni tra mirtilli giganti. Ho visto i pornofunghi di Transpluto accoppiarsi in quaranta modi diversi, e ho catturato e tenuto in gabbia quattro piccoli arcobaleni di Tramuntium. Ho bevuto le nuvole ai quattro gusti del cielo di Freskho e ho fumato la marijuana del satellite Aptenodytes insieme a dodici pinguini, o almeno cosí mi è sembrato dopo. Ma mai, dico mai, ho visto un posto bello come questo. C'è su questo pianeta tutto quello che mi raccontava mio nonno Burz, nelle lunghe sere d'inverno mentre aspettavamo i passanti da rapinare. Ci sono fiori di tutti i modelli e le cilindrate, alberi altissimi con un traffico di uccellacci neri con ali di almeno venti metri, e piante con i frutti d'oro, e farfalle a pallini e tinta unita e in tuta mimetica. Vi giuro che non sono ubriaco, è tutto vero, qui è un paradiso. E i miei robot sforacchiano dappertutto, e dicono che il sottosuolo è pieno zeppo di minerali rari. Se solo capissi dove cazzo siamo! Vedete un po' voi se riuscite a calcolarlo. Sono partito da Meskorska il 2 giugno. Superato il satellite Ariel ho slegato i cavalli della vecchia Langrebort e ho trovato un punto d'entrata nel Mare Universale che c'era su una vecchia mappa dei fratelli Boojum, quelli spariti in gennaio. Dopo tre giorni, improvvisamente la strumenteria di bordo prende la sbronza descritta. Piombiamo in una nube di plasma rarefatto come quella di Saturno, e qualcosa fa girare la nave in un'orbita a cuspide ellittica, o anche a papero sbronzo, poi la temperatura si alza a settantamila gradi Kelvin, e proprio quando crediamo di finire arrosto, ecco che ci troviamo nell'attrazione gravitazionale del pianeta naturale. Siamo atterrati su una montagna molto alta. Confermo: nessuno dei nostri strumenti funziona, computer compreso. Chi ci capisce niente? La nostra ultima posizione, prima della nube, era T-466-Aldebaran. Chiudo messaggio. Di nuovo buon congelamento cari."

"Ecco," disse Phildys, mentre la luce tornava nella sala, "qui finisce il secondo messaggio. Ce n'è abbastanza per capire perché vi abbiamo chiamato e perché siamo disposti a spendere un terzo dell'energia che ci resta per questa missione. Erano anni, che cercavamo un pianeta cosí. Capite, cosa può significare?"

"Viaggi Charters," disse Pyk con gli occhi brillanti, "grandi crociere! Alberghi giganteschi!"

"Ossigeno, sole, mare!" disse il generale.

"Sí! Mare! Onde! Windsurf!" gridò Pyk. "Cascate! Cartoline delle cascate! Ristoranti belvedere! Sole! Creme abbronzanti! I nostri bambini potranno giocare e rincorrere le lumache e i cerbiatti! Correre, saltare, sudare! Comprare bibite fredde! Ammalarsi! Aspirine! Termometri!"

"Ministro Pyk," disse spazientito Einstein, "tra una bibita e un cerbiatto si potrebbero anche cercare inezie come uranio e energia solare, ristabilire il deficit energetico, curare le malattie da sotterraneità!"

"Vero!" acconsentí Pyk, "grandi cliniche! Stazioni termali! Ho già lo slogan: 'Venite nell'altro mondo, se non volete finire all'altro mondo'."

"Ma, al di là di questi progetti... un po' prematuri," disse Phildys, "capite perché questa nostra missione è cosí segreta?"

"Tanto segreta da farci spiare da un telepate?" chiese con un sorriso Fang.

"Una semplice precauzione, per vedere se tra di voi c'era qualche ipnocontrollato," disse Phildys, "sapevamo che lei se ne sarebbe accorto in fretta. Signorina Mei, può entrare." Da una porta laterale una giovane orientale dai lunghi capelli neri si fece avanti, e si inchinò.

"Vi chiedo scusa se ho dovuto guardare nelle vostre onorevoli menti. Mi chiamo Mei Ho Li, e sarò vostra compagna nella spedizione. Ho ventidue anni e non sono l'amante di nessuno del governo, signor Chulain."

"Era solo una curiosità," borbottò il negro imbarazzato.

"Adesso che sapete cos'è che andrete a cercare in quel quadrante lontano," disse Einstein, "penso sia il caso di parlare della terza parte del messaggio e..."

"Un momento," interruppe LeO, "ho prurito alle orecchie."

"Questa è una notizia sconvolgente," disse Einstein, "ma la prego di dare la precedenza alle nostre piccole questioni di importanza mondiale."

Chulain intanto era saltato in piedi e si guardava intorno. "Ti spiego una cosa, bimbo: se LeO ha prurito alle orecchie, cioè al gruppo radio-ricevente, è perché c'è un'interferenza vicina. E cioè un microfono spia."

"Non è possibile! Abbiamo bonificato tutto ieri," disse Phildys, saltando in piedi anche lui, "non vedo cosa potrebbe spiarci!"

"Io sí," disse Fang, "il suo portacenere sta scappando."

Phildys lanciò un urlo. Il portacenere di metallo sul tavolo si era messo a girare su se stesso e si era lanciato contro la vetrata del salone, sbattendo come un pipistrello impazzito.

"Allarme! Pulitori! Prendetelo! Maledetti, ci hanno fregato ancora una volta!" urlò Einstein. Quattro uomini con lunghe scope di metallo entrarono di corsa e abbatterono il portacenere con colpi decisi. Uno lo esaminò un momento e disse:

"Un ricevente Sam, modello mimetico Haiashi."

"Portatelo in laboratorio e interrogatelo," urlò Pyk furibondo.

"Non ci caverete nulla," disse Phildys, "e poi ormai arabi e giapponesi hanno captato tutto. L'avrebbero saputo comunque, prima o poi. Ma non possono trovare la rotta senza i nostri codici. E c'è una terza parte del messaggio, che è stata comunicata telepaticamente a Fang dalla signorina Mei, la quale volerà con voi prendendo eventuali nuovi dati da terra."

"Un collegamento mentale spaziale?" si stupí Kook, "... a quella distanza? Il pensiero è cosí veloce?"

Mei lo guardò sorridendo: "Lei impiega molto tempo a pensare a una stella?"

"Partirete domani pomeriggio," li interruppe Einstein, alzandosi. "I computer ci invitano alla massima celerità. Altre domande, signori?"

"Una sola, semplicissima," disse Kook. "Capisco che si possa tentare questo salto nello spazio dietro a un esploratore pazzo. Ma, ammesso che si riesca a trovare quel pianeta, dove troveremo l'energia per portarci altre astronavi, colonizzarlo e sfruttarlo?"

"Anche a questo abbiamo pensato, dottore," gli rispose Einstein con aria infastidita, "anche se ora non è il caso di parlarne. Raramente commettiamo errori progettuali coi computer. Ma quando li commettiamo, non sono cosí banali. E ora scusate, devo andare a preparare i piani di volo. Arrivederci, signori."

Il bambino uscí fieramente, traballando sui grossi stivali antitopo.

"Un tipetto deciso," commentò Kook.

"Mi fa venire in mente," disse Pyk, "la battuta del bimbo che trova sua madre nel letto col marziano e..."

"Volete venire con noi a mangiare?" lo interruppe Phildys, "la mensa sineuropea non offre piú i pasti di prima della guerra, ma se vi accontentate di un mouseburger e di una bella bistecca batterica alla cellulosa..."

"No, grazie," disse Kook, "andiamo nella città notturna. Chulain deve salutare un amico."

"Buona idea. C'è un localino, al Forum, che vi consiglio. Si chiama 'Venus'. Ci si può trovare di tutto..."

"Anche un sexy-show tra due pompe di benzina?" chiese LeO.

Sul ponte dello yacht i due arabi, l'americano e il russo giocavano a carte. La calda brezza marina agitava i caffetani bianchi. La nave rollava lievemente scorrendo vicino a un'isola piena di palme tropicali, da cui gli indigeni salutavano con grida e risate le bellezze in bikini allineate in varie tonalità di abbronzatura sul bordo della piscina. Un cameriere francese biondo e inappuntabile (erano i preferiti delle ricche famiglie arabe) si avvicinò e chiese attenzione con un discreto colpo di tosse.

"Eccellenza..."

"Cosa c'è, Alain?" disse l'arabo piú grasso e diamantuto.

"Il capitano chiede se volete fare rotta verso le Hawaii o se stasera volete essere in porto in Sardegna."

Il grosso arabo fece cadere le carte.

"Di' al capitano che faccia quello che vuole, in maggior gloria di Allah, tanto è sempre la stessa noia."

"Non dire cosí, Alya," disse l'altro arabo, "questa crociera è molto ben organizzata! È un prodigio della tecnologia."

"Sarà un prodigio, Feishal," gli rispose Alya, "ma se permetti io non riesco a dimenticare che la brezza tiepida è fatta con ventilatori, la bella isola che vediamo è un film a ologramma, gli odori li fa una macchina giapponese, il sole sono ventisei lampade al quarzo, e la nave rolla e vibra in una piscina sotto un pallone di plastica. E fuori nevica da un mese."

"Sei incontentabile, Alya," disse l'americano, "preferiresti essere là fuori, a scavare nelle miniere a lisciviazione batterica, a ventisei sotto zero?"

"E sta' zitto, Smitsky!" sbottò iroso Alya. "Tu ti accontenterai di pescare i pesci di cioccolata, o di cento metri di spiaggia di silicio artificiale, e granchi a pila. Io no! Io non mi diverto piú. È inutile che stiamo qui a giocare con le fiches da un miliardo se poi non c'è niente da comprare in questo mondo che non sia finto o sintetico."

"Le ragazze non sono finte," disse il russo, salutandole con un risolino.

"Finte no, Zukov. Ma all'Harem School del Cairo non insegnano certo conversazione. La loro visione del piacere è puramente acrobatica," mugugnò Alya.

"Sei incontentabile davvero," protestò Smitsky, "puoi vivere a Petrominsk, nella città sotterranea piú bella del mondo, siamo solo sedicimila ad abitarla, tutti farebbero i salti mortali per venire qui. E tu ci sputi sopra!"

"Alya ha ragione!" disse una voce profonda alle loro spalle. "Bisogna volere di piú." Un arabo alto e con la barba rossa, vestito di un mantello nero, si era avvicinato al tavolo.

Alya impallidí. "Maestà... re Akrab... io... il mio era solo uno sfogo personale."

"No! Non scusarti. Tu hai ragione, Alya! Cosa serve avere ancora le piú grandi scorte di carburante della terra, e duecento astroyacht da far volare, una città con temperature di ventisei gradi con doppia piscina in ogni casa, se qualsiasi kafir, pezzente miscredente di duecento anni fa poteva godersela piú di noi? Ma forse signori," disse il re sedendosi al tavolo, "c'è una novità. Forse esiste, nello spazio, un posto dove Alya e tutti noi potremo vivere una vita finalmente degna della nostra potenza. E anche tu, amico russo del patto d'agosto, e anche voi, americani, che fuggiste dal vostro paese congelato e invaso dagli eschimesi, per dividere con i russi una nuova patria, scommetto che sognate un posto migliore per vivere che non le steppe di San Franciscograd."

"O Saggio dei Saggi, o Grande Perla della Finanza," disse Alya, "un posto cosí, ahimè, non c'è. Abbiamo quasi esaurito le scorte di carbodeuterio in ricerche spaziali; la nube non si dirada, il freddo sale e non abbiamo trovato che pianeti freddi come il letto di una fanciulla abbandonata la vigilia delle nozze."

"Proprio cosí, boss," disse Smitsky, "ormai al centro ricerche di New Moscow lo hanno stabilito: non c'è niente da fare, perso quello schifo di terra che avevamo, ci rimane questa ghiacciaia."

"O miei dotti e infelici amici," disse Akrab, "cercare è faticoso, ma un nostro vecchio proverbio dice: il diamante piú bello è il piú nascosto. Ora, ho una notizia molto interessante da darvi."

L'ufficio del tecnogenerale Saito, ministro per le Conquiste spaziali, all'ultimo piano del palazzo Atari Mitsubishi, era uno dei piú grandi e lussuosi del Giappone: quasi quattro metri quadrati. Il tecnogenerale Saito stava martellando velocissimo dati sul suo computer da polso quando la porta si aprí di colpo, e lo spigolo colpí la testa del generale, ma egli non smise di battere, perché portava il casco.

"Si sieda, Hitachi," disse Saito senza alzare lo sguardo.

"Dove?" chiese Hitachi, un giovane dal cranio marzialmente rasato.

"C'è uno strapuntino nel muro, dietro di lei," disse Saito, "se preme quel bottone lo farà uscire." Hitachi premette un bottone e lanciò un urlo. Un getto di liquido bollente gli era piovuto in testa.

"Stia attento, Hitachi!" gridò Saito. "Ha premuto il bottone del tè! Si scosti subito di lí."

"Perché generale?" disse Hitachi, mentre dall'alto gli arrivava una spolverata di bianco.

"Troppo tardi! È già stato zuccherato," disse Saito, "su, non mi faccia perdere tempo. Mi dica, gli sceicchi sanno già tutto?"

"Sí, hanno comprato l'informazione esattamente ventun minuti fa. Stanno già allestendo una supernave spaziale della loro Kriegmarine."

"Il Nabilia? La Spada delle Stelle? La Calalbakrab?"

"Quasi sicuramente la terza."

"Quante spie abbiamo su quella nave?"

"Tre camerieri, due robot, sedici elettrognomi travestiti da frullatori, forchette-microfono, telecamere nelle docce..."

"Va bene, va bene... pensa che sia il caso di sabotarli?"

"No. Credo che se impediamo loro di partire, niente li tratterrà dal comperare tutti i piloti giapponesi di astronave nelle prossime ventiquattro ore."

"Sono d'accordo con lei, Hitachi. E noi che astronave faremo partire?"

"La Akai Mazinga Zuikaku. È solo quattro metri, ma può contenere due uomini e sessanta soldati grigi. In caso di bisogno si può allungare fino a nove metri."

"Quanto fa con un litro di carbodeuterio?"

"Un diciottesimo di quadrante circa."
"Troppo! Lasciate a casa altro peso. Miniaturizzate i gabinetti. Traforate il robot, risolvete il problema!"
"Generale, non possiamo ridurre piú di tanto il comfort. Sarà un viaggio lungo e scomodo!"
"Balle! Che resistano, come facciamo noi! Alla scuola di guerra le nostre cuccette erano cosí attaccate una all'altra, che quando dormivamo sembravamo una pila di toast. E sa cos'era la nostra libera uscita? Dieci metri! Su, restringere, niente scuse. Mi dica piuttosto, chi sono quelli della missione sineuropea?"
"Può leggere i dati sul mio cappello, generale. Questo abbronzato e barbuto è Leonardus Cristoforus Kook, un grande esperto di energia. Nell'ultimo conflitto mondiale, fu uno dei primi scienziati a prevedere il disastro della nube e della pioggia di rottami spaziali. Fu accusato di ecomarxismo e dovette lasciare l'esercito. Adesso vive nello spazio in una capsula solare di ben ventisei metri quadri, si abbronza e fa esperimenti sulle piante."
"Insomma, l'han messo in pensione," disse Saito.
"Piú o meno. Poi c'è un robot che è un ex-satellite spia, lanciato dai russi, fece il doppio gioco anche per noi giapponesi. All'inizio del conflitto evase dall'orbita, rientrò nell'atmosfera e chiese asilo politico. Fu ristrutturato, munito di piedini e ora ha mansioni gastronomico-matematiche. E questo è Fang lo scimmiotto, quello che..."
"So tutto," ringhiò Saito, "tutto di quel maledetto ubriacone pacifista. Ero al comando di missione 'fuoco su Londra' e vidi il nostro generale Saki tornare indietro ipnotizzato, cantando 'pescando nel fiume Wei', senza aver tirato una sola bomba."
"Un maledetto chun-tzu, intellettualoide," disse Hitachi, "ma c'è di piú. Durante la guerra, tenne col nome in codice di Vega un collegamento spaziale telepatico con una certa Atair. Ora lo ripeterà, con una certa Mei Ho Li, una giovane telepate molto abile. In questo modo pensano di scambiarsi dati senza essere intercettati."
"È sempre un po' poco, per spaventarci. E gli altri chi sono?"
"C'è un pilota, Cu Chulain, ex-ribelle, condannato una decina di volte per rissa, contrabbando di alberi, violenze a computer, sessualità abusiva e infrazioni ai limiti di velocità spaziale. L'hanno preso perché è l'unico che è già stato nel Mare Univer-

31

sale, il quadrante proibito. Poi ci sarà un tecnico meccanico, un certo Caruso, e, per il momento, nessun altro... questo è strano, no? Neanche un robot-guerriero!"

"E chi dirigerà la missione da terra?"

"La parte politica fa apparentemente capo al generale Phildys. Ma in realtà si stanno già sbranando tra di loro. Al comando missione c'è uno nuovo, un certo Einstein, un bambinotto di allevamento: ha un quoziente di intelligenza sui centoquarantasei, ma ha solo dodici anni, notevoli turbamenti sessuali ed è intossicato di gelati drogati."

"E la loro situazione energetica?"

"Pessima. Meno di due milioni di gigavov. Fare volare una astronave fin lassú gli costerà un terzo della riserva. Vuole dire che ne hanno ancora per riscaldarsi per due anni e poi non avranno energia neanche per accendersi il lumino sulle tombe."

"Non capisco," disse Saito, "come possono sperare di batterci in una corsa spaziale?"

"Stanno scavando come talpe in tutto il continente americano," disse Hitachi. "Sperano di trovare qualcosa di utilizzabile con bassa spesa energetica. Sono alla fine, generale, li teniamo in pugno!"

"Sí!" disse Saito, "seguiremo la loro astronave. Quando ci avrà portato a terra due, la elimineremo. Dopo di che, strizzeremo per bene l'energia di quel pianeta e avremo un rilancio di potenza tecnologica tale che spazzeremo via i sette sceicchi e le loro regge con chincaglierie, e dopo..."

"E dopo?" disse Hitachi.

"E dopo," disse Saito, con uno sguardo sognante, "lo spazio sarà nostro... l'immenso vuoto cosmico. Sa che lo spazio cosmico è rarefatto, Hitachi? C'è un solo atomo di idrogeno, uno solo, in un centimetro cubo di spazio cosmico. Lassú la densità è 0,00000000000000000000000017... capisce, Hitachi?"

"Credo di sí. Ma perché lo dice piangendo, generale?"

"Le sembra giusto, Hitachi," disse Saito, "che un atomo di idrogeno debba avere tanto spazio, e io debba abitare in un condominio di ottomila persone?"

PARIS LA NUIT

La piú bella di Parigi
lasciò profumi e specchio
con dieci negri scomparve sottoterra
cercando una boutique
di armi da guerra
e il metrò, come un drago immenso
schizzò all'aperto urlando:
"non ne posso piú dei rumori
che fanno le ossa dei pendolari
sbattendo insieme!"
E fu il primo segno
di tutti gli orrori.
Impazziti i gatti di Parigi
divorarono una a una
le vecchiette migliori
e i grifi di Notre Dame piombarono giú
ognuno sulla testa di un giapponese
le macchine fotografiche fecero crac
come un cranio spezzato
e ogni cadavere venne fotografato
da un giapponese scampato.
Oh cielo, in una sola notte
furono sterminati milioni di panini
greci cubani e tunisini
e il sangue riempiva le crêpes.
"Oh no," dissero i nemici, "non possiamo
vedere morire Parigi cosí,
forse potremo
farla soffrire un po' meno."
E, puntando proprio gli Champs Elysees
come una pista di atterraggio
un missile arrivò senza rumore
con la scritta: dono a Parigi
di un ammiratore...

Da *La distruzione di Parigi*, dei "Machiniques" prima nella hit parade-rock
del maggio 2156 in Francia.

Kook, Chulain e LeO scendevano giú per i nastri del Forum Centrale di Parigi. Al ritmo della musica rocksky, che riempiva ogni angolo 24 ore su 24, sfilava tutta la fauna notturna della città, abbigliata "lightpump" l'ultima moda francese fatta di figure luminose e scritte di cristalli di firetron su tutto il corpo. Alcuni portavano grosse tartarughe colorate al guinzaglio, altri maschere antigas con lustrini. Il serpente fluorescente di folla scorreva lungo i nastri facendosi risucchiare ai vari livelli sotterranei. Ai primi tre livelli, i livelli rosa, scendevano i turisti. Lí si trovavano i resti dell'antica Parigi, incapsulati in vetrine termiche. C'era tutto boulevard Saint Germain, ricostruito casa per casa e bar per bar, uguale in tutto, se non che metà dei parigini seduti ai tavoli erano imbalsamati. Al secondo livello c'erano ristoranti di lusso e negozi, nonché una ricostruzione del Pont Neuf con duecento metri di Senna riscaldata antisuicidio. Il palazzo del Louvre era stato restaurato dopo il bombardamento del 2106, e anche se il museo era stato distrutto, nelle sue sale adesso c'era il piú grande snack-bar d'Europa, il "Monna Lisa," con tutte le cameriere vestite da Gioconda e i camerieri vestiti come "l'uomo col guanto" di Tiziano. Dal quarto al sesto livello c'erano i quartieri caratteristici, Montmartre, Pigalle, Montelimat, rue Mouff, intere piazze smontate e ricostruite pezzo per pezzo. Chulain volle sedersi in place de la Contrescarpe. A LeO piacque moltissimo il Beabourg, disse che somigliava moltissimo a un suo zio. Kook si incantò a dare da mangiare ai piccioni meccanici, ma Chulain lo prese sottobraccio e lo trascinò via.

"Su ragazzi," li incitò, "questa è roba da turisti! Seguitemi, vi porto dove ci si diverte davvero!"

"Va bene Cu," disse Kook, "ma non oltre il dodicesimo livello: non ci voglio lasciare la pelle..."

"E io i siliconi," disse LeO.

I livelli fino al dieci erano i livelli musicali: discoteche con tutti i generi del mondo. Quel giorno era sabato, e circa mezzo milione di ganzi e pupe si infilavano nelle sale e ballavano fino al lunedí mattina. Scesero ancora: il livello undici era quello dei cinema, il dodici quello dei videogames. Dopo cominciavano i livelli neri: il tredici e il quattordici, gioco d'azzardo, il quindici, primo livello porno. Lí, videro le prime bande di notturni. Una cinquantina di Chui, giovani africani seminudi con cappelli a cilindro di leopardo, e un gruppo di Ton Ton, tutti obesi sopra i centotrenta chili, vestiti di carta da caramelle e molto temuti per le loro micidiali panciate. E videro gli Jakuza tatuati e gli Scaracchiatori, bande di settantenni aggressivi, e i Clowns, che malgrado l'aspetto allegro e le biciclettine a una ruota, erano capaci di scherzi mortali. E le bande retrò come gli Alpini italiani, con scarponi, cori e picconi tutti d'epoca, gli elegantissimi Bowies e le Guardie Rosse cinesi.

Chulain era riuscito a convincere gli altri a scendere al livello diciotto, dicendo che c'era un amico laggiú che poteva sapere molto su Van Cram. Con una certa cautela scesero fino al livello sedici, secondo livello porno. Le scale mobili si fermarono. Il livello era illuminato dalle luci rosse dei pornocorridoi, e dai grossi occhi sospettosi dei robot-lupo che inquadravano la gente cercando traccia di armi. Da quel punto in giú la polizia non controllava piú i livelli, e si scendeva a proprio rischio.

I nostri presero i corridoi esterni. Ammassati vicino ai muri, videro gruppi di mendicanti, tutti con regolare tessera del controllo igienico appesa al collo: erano quasi tutti devastati dalle radiazioni belliche. C'erano anche una ventina di robot arrugginiti che cigolavano penosamente e cercavano di improvvisare goffi spettacoli di acrobazie, cadendo e rotolando con gran fragore.

"Fratello," disse uno di questi avvicinandosi a LeO, "ti prego: un po' di elettricità. Una scossa soltanto."

"Vai a lavorare, vai," disse iroso LeO, "sei un modello del 2022: hai le braccia buone!"

Il robot-mendicante provò un po' a insistere e poi urlò a LeO: "Un gigaton di ruggine nei tuoi circuiti!" e si allontanò.

I tre amici proseguirono verso un corridoio buio, con la scritta: "Sconti per comitive." L'entrata era sbarrata da quattro bambini ciechi con il corpo completamente ricoperto di una specie di colla nera e densa.

"Tar babies," disse Chulain, "bambini di catrame, stai attento. Sono mendicanti non autorizzati. Ti si lanciano addosso e non li stacchi piú. Gli devi lasciare i vestiti, o la borsa. Ci penso io."

Chulain prese due o tre monete musicali e le lanciò lontano; quando quelle suonarono, i tar-babies balzarono a prenderle, accapigliandosi in una lotta filamentosa.

"Poveracci," disse Kook, "è un regalo delle guerre fotoniche?"

"Sí," disse Chulain, "sono le bombe al catrame 404. È impossibile toglierselo di dosso." Intanto erano giunti a una zona dove apparivano i cartelli: "*Porno 12. Si ricorda che non si può accedere alle camere senza l'apposita tessera di sessualità.*" "E queste cosa sono?" chiese LeO, meravigliato.

Nel corridoio oscuro che si apriva davanti a loro, si potevano vedere, sospese nel buio, decine di bocche. Bocche sensuali, rosse, rosa, viola, appena illuminate all'interno da un riflesso azzurro.

"Credo che lo chiamino il corridoio delle lucciole," disse Kook. "Sono donne e uomini che lavorano nelle camere laterali. Masticano caramelle e gomme americane. L'azoto gassoso dello zucchero dà la turboluminescenza, che poi è ampliata con rossetti riflettenti."

"Mica male," disse Chulain, passando davanti a una bocca rosa che lo salutò, mostrando la lingua. Riuscí a malapena a vedere il volto di una ragazza dalle lunghe ciglia.

"E perché non si fanno vedere?" chiese LeO.

"Hanno quasi tutti un altro lavoro. Sono qua per arrotondare: io ho due miei amici, marito e moglie, insegnanti di disegno, che lavorano qui da anni."

"Ciao, boccaverde," disse Chulain, "dall'altezza a cui hai la bocca devi essere una bella stanga!"

"Come no," rispose la bocca, "oppure sono in piedi su una bella sedia."

Uscirono dal corridoio. Improvvisamente furono davanti alla porta di acciaio che dava sulle scale del livello diciotto. Due giganteschi "volontari dell'ordine," corazzati con spade da kendo e mitragliere Fiat, intimarono l'alt.

"Dove andate, bei giovanotti?" chiese il piú alto, un nero baffuto e capellone.

"Andiamo al diciotto, fratello," disse Chulain.

"Alla 'Spada'? Al livello sport violenti? Non te lo consiglio. Stasera c'è un incontro di fight-hockey tra messicani e pechinesi. C'è un gran tifo in giro."

"Vado giú solo un momento da un mio amico, fratello," disse Chulain, "Deggu N' Gombo, quello che ha la sala di rischiogiochi nel settore elettronico. Torneremo su subito."

"Mmmh," disse il volontario, esaminandoli, "Avete armi? Conoscete tecniche di lotta? Qualche arte marziale? Sputi velenosi?"

"Tutto quello consentito dal codice di sopravvivenza, capo," disse Chulain.

"Be', allora andate pure in malora. Però se volete un consiglio, fermatevi al diciotto. Dal diciannove e dal venti, questa settimana, non è tornata su neanche la metà. E il vostro amico robot si ferma qui."

"Cosa dici?" protestò LeO, "e perché!"

"È il regolamento. Non siamo in grado di controllare se hai raggi, o spari scosse o tieni qualche diavoleria di arma in tutta quella ferraglia. Per tutta la settimana i livelli neri sono chiusi ai non umani."

"Ehi," urlò LeO, "non ho armi. Mi perquisisca! No, no e poi no!"

"LeO," disse Chulain, "lo sai che a questo livello ci sono tre corridoi di bambole meccaniche?"

"Ci vediamo all'uscita, ragazzi," disse LeO.

Chulain e Kook videro il robot allontanarsi velocemente nella marea di notturni. Il volontario fece scattare l'apertura della porta verde, e la richiuse alle loro spalle. Si trovarono davanti una lunga scalinata a chiocciola. I muri ai lati erano completamente ricoperti di scritte, graffiti, murales dai colori violenti. Sorrisi di vecchie pubblicità apparivano beffardi tra le macchie di marciume. Un odore di muffa e ozono stagnava sotto una luce spettrale, Scesero, finché videro un cartello:

Settore 17 - "La nube". Droghe pesanti. Da questo punto non sono piú in vigore le leggi della Federazione, né viene attuata sorveglianza di polizia. Si prega il pubblico di attenersi alle norme del codice di sopravvivenza notturna. È consigliata la maschera antigas. Buon divertimento e buona fortuna. Ne avete molto bisogno.

Nel buio della camera, Fang stava nella posizione del loto. Né il rumore dei topi, che correvano su e giú per le pareti del palazzo, né gli stridii dei pipistrelli giganti che li assalivano, potevano interrompere il suo viaggio. Lentamente egli volò fuori della stanza, ed entrò in un giardino. Era un giardino dell'orto botanico di Parigi, cosí come lo aveva visto in un film anni prima. Vide un grande albero di pesco. Sotto, era seduta Mei, che lo salutò con un sorriso: appariva un po' sfocata, segno che non era riuscita del tutto a staccarsi dal corpo reale.

"Non riesci a vedermi, Mei?" chiese Fang.

"Nel mio corpo reale ci sono molti pensieri," disse la ragazza.

"Molte gocce d'acqua sono la pioggia," disse Fang, "ma la pioggia non è una goccia d'acqua. Molti pensieri sono il tuo pensiero, ma il tuo pensiero non è nessuno di questi pensieri. Cancellali e vieni."

Mei apparve piú chiaramente, ma il suo viso era triste. "Non sono serena, Fang," disse. "Presto dovremo dire alla missione terra due che Van Cram, in realtà, è morto, sparito in quel quadrante lontano, e che tutti potremmo fare la stessa fine. Non è rischioso? Non dobbiamo avere paura?"

"Le cose accadono," rispose Fang, "sia che tu abbia paura, sia che tu non abbia paura. Ma dimmi, tu vorresti trovare quel pianeta?"

"Non lo so, Fang. E se non ne facessimo buon uso? Se anche in quel pianeta lontano tornassimo a compiere gli stessi errori? È possibile che questo si ripeta?"

"È possibile, Mei."

"Fang: tu sai cosa c'è nel terzo messaggio. I dati per raggiungere quel punto sono insensati. Credi che ce la faremo?"

"Se è scritto che due pesci nel mare debbano incontrarsi, non servirà al mare essere cento volte piú grande. Tu hai paura perché parti per un lungo viaggio; ma il piú lungo viaggio fatto dall'uomo nell'universo è meno di un soffio. Il tuo cuore batte, e la terra gira per trenta chilometri intorno al sole. La formica viaggia nell'universo del giardino. Deve arrivare al rosaio, là in fondo, per portare cibo alle compagne. Non ha strumenti per conoscere la strada, una parte e va, perché questo è nella sua natura. Quale porta deve aprire?"

"Essa è già arrivata," disse Mei.

"Sí, Mei," sorrise Fang. "E ora raccontami il tuo sogno."

"Credo che tutto sia cominciato quando ho visto le diapositive di quella miniera," disse Mei, "la notte ho sognato delle montagne altissime e un uomo vestito con un manto di piume dai colori bellissimi, il volto dipinto. Tendeva le mani verso di me, come per chiamarmi. Parlava una strana lingua, in essa c'era qualcosa del cinese. Mentre parlava, faceva dei nodi su una cordicella. È vero quello che penso?"

"Sí," disse Fang, "quello che hai visto era un popolo molto antico. Un popolo che scomparve settecento anni fa."

Chulain e Kook percorrevano ora il corridoio del livello 17, tra nuvole di oppio e giochi di luce. Andavano di fretta, rasentando i muri, ma non poterono sfuggire a due pusher statali di droga, che, armati fino ai denti, spingevano un carrettino strapieno di merce.

"Ehi, ragazzi," disse il primo, "non avrete tanta fretta da non poter assaggiare un po' delle nostre specialità!" Kook fece per rispondere duro, ma Chulain lo fermò stringendogli il braccio. "Buona idea," disse, "ma facciamo in fretta, abbiamo un appuntamento: cosa avete di rapido?"

"Se avete fretta," disse il secondo, che era un biondo tutto vestito in pelle di pitone, "ci sono venti tipi di speed in pillole, aerosol, tubetto, siringa, come li volete. Ma io vi consiglio questa micrococa. La fiala ha la punta a spillo, ve la conficcate dietro l'orecchio e vi tiene in volo sei ore. Se volete qualcosa di piú tosto ci sono questi tartufi di Giove, appena arrivati. Basta sniffarli, e capite subito la relatività! Okay, se no abbiamo ero, amfe, skydone, lumpiridios, erba sanguinaria, characo, visionex, chica, kuvoodo, terreiro, napoletana, giamaicana, mystical, paté di peyote, lobotoprazenex, yogurt di amanita, panini al burro di valium, coca, mescal bayer e yopa."

"Non possiamo stonarci troppo! Dacci due ero-cola."

"Facciamo quattro," disse il pitoncino.

"Ok," disse Chulain, "affare fatto."

"Senti," disse Kook, mentre si allontanavano, "perché mai abbiamo dato dei soldi a quella gente?"

"Bello mio," disse Chulain, "meglio comprare amichevolmente che con un coltello sotto la gola. Dai retta a me, che ho frequentato tutti i livelli bassi della terra e della Galassia. Qua è zona statale, non si passa se non si compra. E adesso tieni bene in mostra le bottigliette e vai giú per di là."

"Ma è buio e non si vede niente."

"Dove non si vede niente, nessuno ti vede," disse Chulain, "zitto e cammina." Andarono giú alla cieca, sentendo sotto i piedi una fanghiglia fetida.

"Maionese di topo," comunicò allegro Chulain, "hanno appena fatto la derattizzazione settimanale con l'acido." Kook si sentí lo stomaco molto stretto. Dopo una lunga e fetente discesa videro uno spiraglio di luce. Kook stava già per sbucare nel corridoio, quando si sentirono colpi di arma da fuoco e urla. Chulain accostò l'occhio allo spiraglio. Era in corso una rissa furibonda tra una ventina di scatenati armati di mazze di ferro e pistole. "Sono i tifosi del match di stasera," disse Chulain, "quelli con la stella sul cappello nero sono della banda cangaco. Sono messicani. Gli altri, quelli tatuati anche sul naso sono i Tong cinesi. Si stanno menando forte! Si odiano!"

"Perché?" chiese Kook.

"L'ha detto il poliziotto. Sono venuti per un incontro di fight-hockey, quello che si gioca con i pattini rostrati e le mazze sciabola. Nell'incontro di andata, i cinesi hanno decapitato a mazzate Calvez, l'idolo messicano. Secondo l'arbitro era tutto regolare, secondo altri invece no perché la partita era finita da tre ore."

Attesero che il rumore della rissa si allontanasse e poi uscirono con prudenza allo scoperto. Moto nere di vigilantes rombavano su e giú per i corridoi. "Coraggio Kook, ci siamo," disse Chulain, "ho un amico, qua al 17, che potrà darci qualche notizia sul nostro Van Cram. O almeno lo spero. Seguimi!"

Entrarono in un corridoio ai cui lati si aprivano sale di catch e pugilato a mani nude. In fondo, si sentiva un frastuono da girone infernale molto affollato. Ma le urla dei dannati e le grida dei diavoli erano i rumori elettronici di una sala videogames.

DEGGU N'GOMBO E IL ROCK DEL COCCODRILLO

Uccise tremila
astronavi spaziali
poi fu ucciso
da una lambretta su viali.

(lapide per un grande giocatore di videogames)

"Non me la passo male, Chulain," disse N'Gombo, esauriti i "vecchio pirata" e le coreografie di manate reciproche. Era un negro magrissimo e calvo, con gambe artificiali. Viveva su una sedia a rotelle con tanto di bar incorporato e statua di sirena intagliata su ogni bracciolo.

"Ho un centinaio di videogames che rendono bene," proseguí N'Gombo, "mi posso pagare due guardie private e i miei rapporti con i boss del livello sono buoni. Mi danno anche le ricevute delle tangenti. Sono un onesto commerciante, insomma..."

"Ma non è come su tra le stelle, vero, Deggu?" sorrise Chulain.

"No! Ma io ormai sono vecchio. Trent'anni di ipervelocità, lo sai, si sentono tutti in una volta, specialmente se hai lasciato le gambe a passeggiare da sole nello spazio. Cosí, mi accontento di guidare le astronavi di queste diavolerie elettroniche. Sono perfette, sai? Con la pulsantiera e le cannoniere laser, proprio come le nostre navi pirata. Però, qualche volta mi annoio un po'. Qua succedono sempre le stesse cose..."

Una raffica di colpi interruppe il discorso. Un videogame lí vicino stava sparando a tutto spiano sul giocatore, che era imprigionato al seggiolino, mentre nell'aria risuonava una marcia funebre elettronica.

"Ehi!" gridò Kook, "ma sta sparando davvero! Fermiamolo! Lo ammazza!"

"Certo," disse tranquillo N'Gombo, "quello è un ologame a rischio totale. Se fai almeno 6.000 punti, bene. Se no, ci rimetti la pellaccia. C'è scritto ben chiaro nelle istruzioni del gioco."

"Accidenti," disse Chulain, "e la polizia lo permette?"

"Be', secondo la legge, non si potrebbe eliminare il giocatore, ma solo ferirlo," ammise N'Gombo, "ma alla gente piace rischiare davvero, cosí la polizia chiude un occhio, a meno di casi clamorosi. Il mese scorso avevo un gioco che si chiamava 'Martian Revenge,' vendetta marziana. Dentro allo schermo, il giocatore, inseguiva un marziano in una giungla. Se non lo prendevi entro tre minuti, al videogame spuntavano braccia e gambe cingolate ed era lui ad inseguire te. Però a me avevano venduto un videogame difettoso, che non si è limitato a far fuori il giocatore; ha fatto fuori altre diciannove persone e lo hanno fermato a martellate, mentre stava entrando a grandi passi in una discoteca all'ottavo. Buffa storia! Ma perché non giocate? Ho due modelli nuovi. C'è 'Medical': bisogna scoprire ed eliminare duecento bacilli in dieci minuti. Se non ci riesci, vieni contagiato. Oppure, quello lí è straordinario: si chiama 'Stone crash', simula un percorso spaziale tra banchi di meteoriti."

"E cos'è quel tubo enorme a doccia sopra il sedile?"

"La nota realistica," disse N'Gombo. "Se perdi, da lí piovono pietroni di un quintale." Chulain e Kook si guardarono, mentre davanti ai loro occhi le guardie portavano via un giocatore tutto bruciacchiato.

"Mi piacerebbe fare a cazzotti con uno dei tuoi giochi, Deggu," disse il negro, "ma ho molta fretta. Cerco un'informazione importante, e solo tu me la puoi dare. Non meravigliarti se ti tengo questo aggeggio sotto il naso, è un disturbatore CCS per intercettazioni."

"Lavori in grosso adesso, eh, Chulain?" disse N'Gombo. "Cosa vuoi sapere?"

"Tu hai viaggiato con i piloti segugio, vero?"

"Sicuro. Quattro anni, di nascosto dalla Federazione. Quando facevamo i contrabbandieri. Lo sai, avevamo scoperto molte rotte interessanti. Li guidavamo sui posti e ci davano il venti, o anche il trenta del ritrovamento. Quando non ci ammazzavano, naturalmente."

"Hai volato anche con un certo Van Cram il vichingo?"

"Van Cram... aspetta, è un tipo biondo con un occhio solo, vero? No, non ho mai volato con lui. Era uno dei piú pazzi. Ha volato in tutti i quadranti dei pianeti perduti. Non aveva paura di niente."

"Non sai che zone battesse ultimamente? Dove potrei trovare qualcuno di quelli che volavano con lui?"

"Ti posso dare solo molti indirizzi di vedove di gente che volava con Van Cram. Però, forse c'è qualcuno che può aiutarti. È un certo Geber, un giornalista. Lo accompagnò nelle sue ultime missioni, sai, è uno di quegli inviati che scrivono: 'Siamo qui, nel fragore delle bombe', nella vasca da bagno dell'albergo a un anno-luce dal fronte. Adesso scrive sul giornale di Meskorska, il pianeta artificiale, vicino a Urano."

"Molto interessante," disse Chulain, "e posso farti un'altra domanda?"

"Prego," disse N'Gombo.

"Quell'animale lí fa parte della tua sala giochi o è un abusivo?" Chulain indicò l'entrata della sala, dove era apparso un coccodrillo lungo almeno dieci metri. Teneva vezzosamente in bocca una guardia come un ossicino, e muoveva la codona a tempo di musica, anzi si poteva dire che ballava, con un certo mostruoso senso del ritmo.

"Il superkokko del sabato sera!" urlò N'Gombo, "scappate, ragazzi, dietro a quel muro!"

Il bestione avanzò nella sala scodinzolando a tempo di rocksky, nel far ciò menando tremende codate ai videogiochi, che ora sembravano veramente urlare di paura.

"Ehi, animale " gridò N'Gombo. "Ogni macchina mi costa duemila lingotti! Pussa via! C'è solo roba meccanica, qua, vai fuori a fare colazione!"

Ma il kokko era occupatissimo a sgranocchiare "Jungle Jim", un videogame che gli sibilava e scoppiettava in bocca come un pop-corn. Nel vedere tale scempio N'Gombo perse ogni prudenza, innestò la marcia nella sedia a rotelle e andò contro il kokko sparando all'impazzata dalle mitragliere inserite nei braccioli. Il kokko sembrò dapprima infastidito dalla pioggia di confetti, poi ne beccò un paio in un occhio e si arrabbiò. Con una giravolta, alzò la coda in posizione e mirò la sedia di N'Gombo con la concentrazione di un giocatore da golf. Scodò e la pallina, cioè N'Gombo, fu spedita in volo per cinquanta metri, contro il muro.

"Deggu!" urlò Chulain, chinato sui resti dell'amico, "Deggu, rispondi! Quanto a te, gran stronzo corazzato, se avessi un'arma con me ti farei smettere di ballare!"

Il superkokko, che era molto suscettibile, non tollerò l'insulto e si diresse dondolando verso Chulain, per mettere in orbita anche lui. Chulain urlò, il coccodrillo alzò la codona vendicatrice, ma da un videogame alle sue spalle partí un raggio laser fulminante che centrò l'animale in pieno, e lo spaccò in due, con gran spreco di fumo e lapilli. Un buon odore di kokko arrosto riempí la sala, mentre Kook e Chulain cercavano di rimettere insieme i pezzi di N'Gombo e della carrozzella.

"Fratello," piangeva Chulain, "perché! Per salvare quegli scatoloni elettronici?"

"Dovevo pagare ancora solo due rate," sospirò N'Gombo.

Kook esaminò il gioco che aveva sparato. "È un videogame giapponese! Ci stavano spiando anche qui. Ma perché non è intervenuto prima! Poteva salvare N'Gombo." Sullo schermo del videogame apparve la scritta: *Mi dispiace. Ho dovuto chiedere ordini al computer centrale.*

"Peggio per voi, sam," disse Chulain, "non lo potrete piú interrogare, N'Gombo è morto. Accidenti a quelle bestiacce."

"Escono il sabato sera," disse un cliente della sala, guardando il corpaccione del kokko, "perché sanno che c'è piú gente. Sono un centinaio, vivono nelle fogne radioattive e diventano sempre piú grossi e feroci. L'altro sabato ne ho visto uno di sedici metri."

"Posso prenderne un pezzo per ricordo?" chiese educatamente un bambino a Chulain.

"Anche tutto. Oh, merda! E adesso cosa sono queste sirene?"

"Le vedove nere, le moto dei vigilantes! Gambe!" urlarono i clienti. Ci fu un bell'esodo di massa, mentre le grandi motoragno entravano rombando nella sala.

"Corri!" disse Chulain a Kook, "se ci fermano, ci faranno un sacco di domande, e avremo grane. È proibito sparare ai coccodrilli. Sono razza protetta."

"E a noi chi ci protegge, qua?" urlò Kook. Corsero lungo i corridoi esterni e si mescolarono alla folla della partita. Il suono delle sirene si allontanò.

ROBOT LOVE

"E tu di cosa ti occupi, carino?" chiese la pornorobot a LeO, che dopo la prestazione erotica stava fumando sul letto. Non fumava una sigaretta, fumava letteralmente dalla testa, in quanto l'eccitazione gli aveva bruciato un paio di fusibili.

"Beh," disse LeO, "al momento sono un robot da astronave. Ma prima... ero un satellite-spia."

"Oh," disse la pornorobottina, "chissà quante cose avrai visto!" Era un bellissimo modello Mitsubushi "Giardino di Ciliegio" con profondi occhi plurisegmentati, che accendeva di fascinose combinazioni di colori.

"Sí," ammise LeO con nonchalance, "insomma, in vent'anni di orbita, se ne vedono delle belle. Io poi, avevo un telescopio con cui potevo leggere il giornale dell'addetto d'ambasciata americano, da trecento chilometri di altezza... ne avrei da... raccontare sugli ambasciatori... cosette piccanti."

"Zuk zuk," rise la robottina, "e perché sei stato ristrutturato?"

"Era una vitaccia," sospirò il robot, "troppa concorrenza, non c'era piú un'orbita libera. E poi, lanciavano su nuovi satelliti, armati, con bombe nucleari, corna, denti... troppo militarismo. Cosí disertai... sai, da lassú la terra è molto piccola... ti fa un po' ridere l'idea che ci si debba sbranare, quando si sta tutti lí sopra... È come... vedere dei pesci che si mangiano in una vaschetta d'acqua!"

"Ti capisco," disse Giardino di Ciliegio, "anch'io sono una ristrutturata. Anni fa ero un robot a matrice maschile, lavoravo al reparto dischi dei magazzini Fnac. Una volta vidi una ragazza rubare un disco e non le sparai subito, come previsto dal regolamento."

"Non eri stata programmata bene?"

"No. Poiché dovevo lavorare nel settore libri, mi era stata aggiunta una programmazione culturale supplementare. In quella settimana avevo letto tremila libri sulla violenza, e ne avevo i circuiti intasati. Fui punito e ristrutturata. Mi cambiarono sesso e mi assegnarono a questo livello. Ma non me la passo male. I robot sono piú cortesi degli uomini. Solo ogni tanto arrivano questi robogru del settore scavi che sono dei veri bruti: ti svitano, se non stai attenta!"

"Posso sapere il tuo nome?" chiese timidamente LeO.

"Mi spiace. Il regolamento non lo consente. Però, se torni a trovarmi, forse..."

"Ma, sai," disse LeO, "io giro molto, oggi qua, domani chissà. Sulla mia astronave, si può praticamente dire che comando io... mi considerano molto..."

"È entrato qua una specie di cocorito di alluminio con due braccini tisici e un fanale sulla testa, se testa si può chiamare?" risuonò una voce, fuori dalla stanza.

"Credo," sospirò LeO, "che i miei amici mi abbiano trovato."

Quando Kook entrò nella sala controllo missione notò l'eccitazione frenetica che precede ogni volo. Alcuni tecnici giocavano a carte, un altro dormiva, e un altro disegnava orsetti col computer grafico.
Kook si presentò davanti agli occhi fotoelettrici del reparto segreto, la porta si aprí e gli rivelò il volto eccitato di Pyk.
"Caro il nostro Leonardo!" disse il ministro, "ho saputo delle vostre belle avventure! Che gliene pare dei livelli notturni?"
"Divertenti, ma forse consumano un po' troppa energia. Ho letto che con la corrente usata per i videogame si potrebbero scaldare tremila abitazioni..."
"In questi tempi fetenti," disse Pyk, "guai a togliere alla gente un po' di svago. Senza un po' di feste e di chica, è impossibile farla lavorare. Possono anche mangiare muffa di ammoniaca, ma guai se gli togli il concertino del sabato! Sarebbe come portar via i giornalini a Einstein!"
"I miei giornalini, in confronto ai testi dei suoi spettacoli, sono classici greci," disse furibondo Einstein, "e se lo vuol sapere..."
"Signori, signori," intervenne il solito Phildys. "Abbiamo poco tempo. Discutiamo piuttosto gli ultimi particolari! Prestatemi attenzione. La missione partirà domani sera. Abbiamo la certezza che né i sam né gli sceicchi vi daranno fastidio, almeno fino a Meskorska. Dopo, sarà vostro compito agire di conseguenza..."
"Cioè salvare la pelle," disse Chulain.
"Ora vi comunicherò gli altri dati," proseguí Phildys, "e non tutti allegri. Primo: Van Cram. Quando il suo vettore è arrivato a terra, segnalato stranamente in ritardo dal computer, siamo andati a consultare il registro dei voli spaziali. Bene, abbiamo scoperto che Van Cram era considerato disintegrato da un mese. Partí in volo da Meskorska verso il Mare Universale il 2 giugno, l'ultimo suo collegamento risale al giorno 20. Dopodiché, è sparito. Ogni ricerca radar in quella zona è stata infruttuosa..."
"Non mi stupisce," disse Chulain, "il tempo· in quei quadranti non è dei migliori... bufere, strappi magnetici, buchi ne-

ri... ci ho visto dei barometri fare karakiri con le lancette, ve lo giuro."

"Sí," disse Phildys, "ventisei astronavi disperse negli ultimi due anni. Nessuna traccia."

"E gli ultimi dati di posizione in codice che ha comunicato Van Cram?" chiese Kook.

"Ecco un'altra bella notizia, Kook: quei dati sono assurdi. Li abbiamo fatti controllare, e non hanno riferimenti reali. Il computer di bordo di Van Cram era già guasto, quando li ha rilevati. Perciò voi dovrete trovare la rotta da soli. E non è il solo mistero di questa storia. Oggi Kook, tu mi hai chiesto dove speriamo di trovare l'energia per colonizzare terra due. Ora te lo spiego. Buio in sala, per favore! Guardate queste diapositive: ecco la stazione mineraria di Kouzok, dove è stato ritrovato il vettore. Stiamo scavando in questo punto da due anni, perché ogni tanto il rilevatore segnala giganteschi flussi di energia sotterranea, brevi esplosioni che poi misteriosamente spariscono. Il vettore è stato trovato qua, conficcato nel ghiacciaio: e a cento metri abbiamo trovato questo."

Sullo schermo apparve un blocco di pietra lavorato, grande dieci volte un uomo.

"Accidenti," disse Chulain. "Cos'è? Un pezzo di fortificazione adronica?"

"No," disse Phildys, "questa pietra, che sembra tagliata col laser, non è dei nostri tempi. Gli esperti hanno stabilito che appartiene a una civiltà che i moderni chiamavano 'inca': quella pietra ha duemila anni."

"Gli inca," esclamò Kook emozionato, "avete trovato i resti della città inca!"

"Esattamente. I rilevatori mostrano che sotto quel ghiaccio ci sono i resti della città di Cuzco, dopo il bombardamento della quinta guerra. La parte antica ha resistito molto piú della moderna. E man mano che proseguiamo negli scavi, tutti gli strumenti sembrano impazzire: ultimo mistero abbiamo fatto esaminare il vettore di Van Cram dal computer che guida gli scavi. Volevamo sapere da dove proveniva il vettore. La risposta del computer è stata: M.A."

"M.A? Mi Arrendo?" disse con stupore Kook, "il computer si è arreso?"

"Proprio cosí," ammise Einstein, "e questo è veramente inspiegabile per un supercomputer autocorrettivo modello Tubing

Megaflop Paralaplace. Abbiamo ricontrollato i dati, e riformulato la domanda migliaia di volte. Il computer non ci risponde. Per cui siamo certamente di fronte a una sbronza."

Kook gli lanciò uno sguardo interrogativo.

"In termine non tecnico," precisò Einstein, "noi esperti chiamiamo sbronza un qualcosa che attacca i circuiti dei computer sofistificati, togliendo loro diciamo cosí, lucidità. Abbiamo appurato che questa 'sbronza' avveniva ogni volta che i computer erano in presenza di un flusso di energia abnorme, ad esempio un flusso di elementi transuranici, o esplosioni nucleari."

"In che senso 'avveniva'?" chiese Kook.

"Perché in questi tempi di crisi energetica, flussi cosí forti non ce ne sono piú," disse Einstein, "l'ultima sbronza registrata è stata quella di Pechino. Quando gli americani bombardarono con le bombe batteriologiche la Cina i famosi sette saggi, i sette computer centrali cinesi, si sbronzarono e alla domanda: 'Qual è la risposta militare prioritaria da dare,' risposero: 'Comprate un miliardo e mezzo di aspirine.'"

"In parole povere," disse Chulain, "cosa significa questa storia?"

"Un computer sofisticato come Genius 5 può sbronzarsi solo vicino a una fonte di energia superiore a un milione di gigavov. Sotto quei ghiacci, dentro la parte antica di Cuzco, noi crediamo che ci sia qualcosa che possiede un'energia mostruosa. E se la troveremo, vi manderemo presto i rinforzi, ragazzi!"

Era mezzanotte. Una bufera di vento e neve investiva il palazzo della Federazione. Lampi viola di tempesta elettrica illuminavano il pack di Parigi. Dalla sua camera al sessantesimo piano, Chulain sentiva gli orsi bianchi tassisti ululare di paura. Il negro era intento a uno strano lavoro. Aveva riempito una bottiglia di pece, e le stava piantando dentro uno stoppino. Chiuse poi la bottiglia con un tappo bucherellato. La luce della fiamma svegliò LeO che dormiva, con un leggero ronzio tipo fusa di gatto. LeO guardò con curiosità Chulain inchinarsi davanti alla bottiglia, e borbottare una nenia. Poi il negro prese un tubo lanciamessaggi, di quelli in dotazione alle astronavi per segnalazioni, e aprí la finestra. Una ventata gelida riempí la camera.

"Ehi, Chulain," gridò il robot, "sei pazzo? Cosa stai facendo?"

Il negro non rispose. Aprí il tubo, vi inserí la bottiglia, e poi la sparò nel cielo. Fatto ciò, si inchinò ancora e disse: "Questo è per te, Deggu N'Gombo."

LeO fece vibrare interrogativamente l'antenna centrale. "A chi fai segnalazioni, Chulain? Alla tua amante lunare? Ai giapponesi?"

"Niente di tutto questo, LeO," disse il negro, accendendosi la pipa, "questa è una cosa che facciamo noi, piloti del Mare Spaziale, quando muore un nostro compagno."

"E perché?" chiese LeO.

"È una vecchia storia, LeO. La vuoi ascoltare?"

Sposai una sirena
snella come un'orata
ahimè, com'è cambiata
ora è metà balena!

(Da... la canzone del baleniere cortese)

L'anno 2136 fu un anno speciale per la caccia alla Testadiferro. Quell'anno le balene Testadiferro (cosí venivano chiamate le grandi meteoriti che nuotavano nel Quadrante Spaziale del Mare Universale) cominciarono ad apparire molto presto. Fu chiaro che sarebbe stato un anno eccezionale. Non s'erano mai viste Testadiferro cosí grosse, lo giuro sulla mia pipa. Già circolavano le prime voci: la nave Town-ho aveva incontrato e cercato di catturare un meteorite lungo almeno duecento metri. La Testadiferro aveva strappato tutte le fiocine-calamita e divelto la parte anteriore della nave, lasciandola spalancata. Erano tornati a terra con un bel raffreddore, i ragazzi della Town-ho!

Io ero allora un giovanotto di belle speranze, con una gran voglia di navigare per lo spazio. Non avevo alcuna esperienza di caccia alla Testadiferro, ma ero ben piantato e coraggioso: perciò mi recai speranzoso alla locanda "Maritornes", un postaccio malfamato della stazione spaziale di Nanturanucket, dove si riunivano tutti i "cacciatori di pietre" piú famosi. Beh, c'era una bella fauna, ragazzi, in quella taverna! Non avresti potuto trovarci comparse per la pubblicità di un bagno di schiuma, no. Però io mi feci ugualmente coraggio, andai al bancone e sedetti in mezzo a due brutti ceffi col casco tatuato. "Cerco un imbarco," dissi subito, "sapete a chi potrei rivolgermi?"

Cascorosso mi guardò. Era un radioattivo, con la faccia grattugiata dalle ustioni. "Negretto," mi disse, "davvero cerchi un imbarco?"

"Sicuro," risposi, un po' preoccupato dalla sua manona col guanto di ferro che già mi cingeva la spalla.

"Forse lo hai già trovato," disse Cascorosso rivolto a Cascoblu. "Cosa ne dici, Vere?"

"Dico che mi sembra un ragazzone robusto, Amasa," disse l'altro senza guardarmi. "Ma forse, è un po' fifone."

"No, signori," dissi risentito, "ho coraggio da vendere!"
"Ah sí?" disse Vere, e mi guardò ridendo. Capii che mi stava preparando qualche brutto scherzo. Mise una mano nel giaccone a vento, tirò fuori una grossa bomba a percussione, e fece due o tre passi indietro. Nella taverna calò il silenzio. Vere con una gran risata, tirò la bomba in aria, proprio verso di me. Io riuscii a prenderla al volo. Sudando freddo, la posai sul bancone.

"Te la sei cavata, giovanotto," mi disse Amasa, con una amabile sghignazzata. "Vedi, la mia era solo una bomba: ma se perdi la testa davanti a una bombetta cosí piccola, cosa farai quando ti vedrai piombare addosso la Testadiferro, diecimila volte piú grande, che ti viene incontro nello spazio sibilando e soffiando gas?"

Il giorno dopo quell'insolito esame, i due mi accompagnarono alla nave di cui erano ufficiali, la Grampus. Era una astronave tozza e rabberciata, che portava come polena una testa di bisonte. La comandava un misterioso capitano Quijote Patchwork. Dico misterioso, perché tutti coloro cui avevo chiesto se lo conoscevano, mi avevano risposto: "Lo conosciamo sí! E lo conoscerà anche lei! In tutte le sue parti!"

Capii queste risposte quando mi trovai di fronte il capitano, la mattina nebbiosa in cui mi imbarcai. Quijote era l'uomo piú aggiustato, riparato e restaurato che avessi mai visto. Credo che solo la sua testa fosse originale, e neanche del tutto, perché aveva un occhio di vetro e una toppa di ferro sul cranio. Il resto, era un vero trionfo della fantasia biomeccanica. Aveva una gamba tutta di rame, istoriata con polipi e delfini, che ostentava fuori dai pantaloni corti. L'altra, dal ginocchio in giú, terminava in una punta di ferro acuminata. Mi dissero che, quando c'era tempesta, il capitano la conficcava nel ponte della nave e restava lí, inchiodato, roteando come un compasso, senza smettere di guardare il mare alla ricerca di preda. Aveva poi un braccio di gomma allungabile, e l'altro braccio terminava in una mano di avorio molto raffinata, vinta a un capitano cinese a braccio di ferro.

In quanto agli organi interni, era stato tante volte fracassato e triturato dagli scontri con la Testadiferro, che poteva essere considerato un catalogo di anatomia sintetica. Trachea di ottone con soffio cavernoso bemolle, cuore di gomma pane, stomaco a cura della divisione plastica della Bayer, sedici metri di buon intestino in polivinile, terminanti in un ano sintetico, con tanto di cicalino per i peti: e al posto di milza e pancreas, una centralina chimica sottocutanea.

Il suo fegato era stato visto fuggire e lanciarsi in mare una notte, dopo avere sopportato il sesto litro di rhum bollente. La colonna vertebrale, era rinforzata in bambú, le costole erano stecche di alluminio con apertura centrale a molla, il che risparmiava parecchio tempo ai chirurghi quando dovevano cambiare i pezzi. Ah ecco! aveva un solo polmone, vero però: a questo era molto affezionato. "Il vecchio Paul (il polmone)," diceva, "è sempre con me, e non mi ha mai abbandonato." E per premiare il suo Paul, fumava ininterrottamente. Dava un gran tiro di pipa e diceva: "Non male questo tabacco, vero, Paul?" E dopo ogni colpo di tosse ripeteva, "ci abbiamo dato dentro eh, oggi, vecchio mio?" Bene, vi chiederete, come mai Quijote Patchwork era conciato cosí? Presto detto: perché era il piú pazzo e spericolato cacciatore di pietre dello spazio. Affrontava Testadiferro grandi dieci volte la sua nave e puntualmente ci rimetteva qualche osso o qualche filetto. Ma non si arrendeva mai: "Un giorno," diceva, "farò il colpo grosso, prenderò la Testadiferro per cui passerò alla storia! Anche se quel pietrone dovesse essere la mia lapide!"

E se il capitano era pazzo, anche l'equipaggio non doveva essere da meno. Nelle ultime stagioni di caccia, Quijote non era mai tornato con piú della metà dei marinai con cui era partito. Sfortuna, diceva. Di fatto però, solo la feccia era ormai disposta a imbarcarsi con lui. Questo lo capii quando ormai ero a bordo, e non potevo tornare indietro. E una volta partito, il vento dell'avventura spazzò via le paure.

Quell'anno verso la zona di caccia, partirono le astronavi piú leggendarie: la Queen Mab, la Penguin, la Pequod, la Beagle, la Peng, la Pinta, la Ulysses, il Coniglio delle Stelle, l'Ippogrifo, la Shamaral, la Amadigi, la Tupac Amaru, la Platir, la Urganda, la Excalibur, la Palla di Cannone, la Pertega Salutis, il Nautilus, la Fogg, la Molly Aida, la Typee, la Essex, la Atalante, la Meeres Stille, la Potiemkin, la Marracau, la Schiena del Diavolo, la Ruppert Mundy e tante altre. Il nostro equipaggio era la schiuma della schiuma galattica: giapponesi disertori, astronauti russi mezzi matti, per gli anni di solitudine spaziale, americani impasticcati, contrabbandieri di Merskorska, cinesi fuggiti dalle risaie marziane, ex-poliziotti spaziali, scienziati fuggiti dai laboratori, minatori di Mercurio, uomini-lupo lunari, depressi saturniani e maniaci venusiani. E gli ufficiali, Vere e Amasa, due ceffi che si esprimevano per lo piú con la frusta.

Io ebbi la fortuna di entrare subito nelle grazie del capitano, e il perché è presto detto: ero molto bravo a intagliare pipe nel legno. Ne potevo fare una in una sola notte, mentre ero di turno al timone. Una di queste notti, appunto, Quijote mi passò vicino e mi vide armeggiare con il mio coltellino.

"Marinaio!" urlò con la sua vociona metallica, "cosa stai facendo!"

"Una pipa, capitano," dissi, mostrandogliela, "ma glielo giuro, non ero distratto. Stavo attento alla rotta."

Lui mi strappò di mano la pipa con un gesto iroso, la guardò: era una pipetta a forma di delfino. Subito si addolcí.

"È una bella pipa, marinaio," disse, mettendosela in bocca, "proprio una bella pipa!"

"L'ho fatta... per lei," mentii, con sfacciata prontezza, "so che lei è un appassionato fumatore..."

Il capitano mi guardò con curiosità. Poi mi fece segno di seguirlo, e mi portò nella sua cabina. Là, in un grande armadio a muro, mi mostrò la sua incredibile collezione. C'erano pipe di tutti i tipi e misure, e materiali. Le piú stupefacenti erano quelle intagliate dai marinai durante le lunghe ore di navigazione: era come se tutti i sogni e gli incubi del mare si fossero raccolti in quell'armadio. Pipe a forma di drago, di delfino e asteroide, di cometa, sirena e calamaro gigante. "Che meraviglia," dissi io ammirato mentre la collezione mi passava tra le mani, "che fantasia!"

"Non dire cosí! Tutto quello che si vede sul mare," mi ammoní severo Quijote, "nella nebbia della notte, nel riflesso del sole, non è fantasia, è reale. Le sirene sono vere, come sono veri i mostri piú orribili, i pesci lupo, le piovre con la testa di bambino. E le meteoriti? Sono forse metallo, grumi di minerali e pietre? No, quando le vedrai, capirai! Le Testadiferro sono vive! Pensano, lottano! Sono le balene dello spazio!"

Nel dire queste cose, Quijote era come trasfigurato, e mi batteva le sue micidiali manate eburnee sulla schiena. Mi mostrò pipe ancor piú strane: una ad esempio il cui focolaio era una luna perfetta, cratere per cratere. Su un'altra, fatta su ordinazione, erano intagliati il viso della moglie e dei sei figli con la scritta: "Non correre, pensa a noi".

Nacque perciò quella sera, tra me e Quijote, una forte simpatia, che non mancò di suscitare i commenti ironici dei miei compagni. "Hai fatto la pipetta al capitano, Chulain?" sentivo sibilare ogni tanto dietro alle spalle. Dovetti distribuire qualche cazzotto gratis perché la smettessero.

Dopo dieci giorni di navigazione, eravamo intanto arrivati alla Trappola, il punto di caccia del quadrante. Lí le meteoriti di minerale pregiato passavano a tutta velocità. L'abilità dei capitani stava nel prevederne la rotta tra le correnti magnetiche, e incrociarle al loro passaggio. A questo punto si calavano le scialuppe, attaccate alla nave con cavi. Se la meteorite passava lontana, le fiocinecalamita non la raggiungevano. Se passava troppo vicina, sbriciolava scialuppe e nave come amaretti. Ma se la distanza era giusta, e la fiocina-calamita arpionava il meteorite, subito dai motori dell'astronave veniva effettuata una "frenata" che riduceva gradatamente la velocità della Testadiferro.

Era una caccia pericolosissima, di cui Quijote era ritenuto uno degli assi; e lo dimostrò subito. Il primo giorno fiocinò due Testadiferro da trecento tonnellate: una "rossa" a forte contenuto di rame, e una "vanitosa" cosí detta per i cristalli luminosi che la facevano brillare.

Nei giorni seguenti, la caccia fu buona per tutte le navi: i forni trasformavano i meteoriti, e le stive si riempivano di lingotti pregiati. La sera, le radio si collegavano e si facevano grandi cori spaziali e gare di barzellette. Tutti erano soddisfatti, meno, naturalmente, il capitano Quijote. Lui se ne stava sul ponte, roteando sulla sua gamba di ferro, fumando e guardando le stelle.

"Non ci siamo, Chulain," mi diceva, "l'universo ride di noi. Noi vediamo la luce di stelle morte migliaia di anni fa, e chiamiamo grandi questi sassolini. Ma io lo so: al centro della corrente ci sono vere Testadiferro: roba da duemila, tremila tonnellate. Quelle sono pietre!"

Già capivo cosa stava preparando. Infatti la mattina dopo, diede ordine di avanzare verso il centro del quadrante. Amasa si oppose subito.

"Capitano," protestò davanti a tutti, "quel punto è pericoloso! Passano meteoriti troppo grosse e veloci. A una nave norvegese è bastato avvicinarsi, e il pezzo piú grosso che hanno trovato è stato un molare del nostromo. È una pazzia andare là!"

"Comando io!" disse brusco Quijote, "puntiamo verso il Bowling!"

Cosí veniva chiamato, con un certo humour, il corridoio centrale del quadrante. E, in effetti, il capitano aveva ragione. Le prime due meteoriti che catturammo, entrando in quella zona, facevano scomparire le precedenti. Una era quattrocentottanta tonnellate, ed era ben imbottita di uranio, l'altra poco meno di seicento, a forma di scarpa. Una volta lavorata, diede ottomila lingotti di minerali pregiati.

"Se troviamo l'altra scarpa," dissi al capitano, "possiamo anche tornare a casa!"

"Io," disse Quijote strizzandomi l'occhio, "preferirei trovare il proprietario della scarpa."

Quella notte dormii poco. Sentivo in lontananza dei sibili cupi, che facevano vibrare tutta la nave. Mi alzai e vidi il capitano sveglio; febbrilmente consultava il telescopio di bordo e calcolava rotte.

La mattina, il tempo era brutto. Onde magnetiche facevano rollare e beccheggiare la nave. Vedemmo in lontananza, apparire Plutone, un brutto presagio. Un marinaio messicano ricordò un vecchio detto spaziale: *se vedi Pluto, è già tardi per chiedere aiuto.*

Nubi di rottami, e relitti ci fecero capire che eravamo arrivati proprio nel Bowling, il corridoio delle Grandi Meteore. C'era un gran silenzio sulla nave: si sentiva solo il cigolare delle giunture metalliche del capitano. Quijote stava con lo sguardo fisso sul radar. Aspettava qualcosa. Dopo qualche minuto, improvvisamente, lo vedemmo irrigidirsi.

"È lei," disse, "arriva!"

Un punto s'era acceso sul radar. In breve divenne così grande che anche noi, dal basso della sala scialuppe, lo vedemmo brillare sul monitor.

"Calcola la massa, Amasa!" ordinò Quijote.

Amasa fece un rapido calcolo e sbiancò in viso. "Capitano," disse, "andiamo subito via!"

Noi che eravamo già agli oblò cominciammo a sentire dapprima una vibrazione, poi un rombo lontano, come di un migliaio di giganti in marcia. Tutta l'astronave tremava. Il punto nello spazio e sul radar si dilatava. Finché tutti vedemmo quello che il capitano aspettava.

Era una meteorite bianca, radioattiva, la più pregiata. Era almeno sei volte qualsiasi meteorite avessi mai visto, e venti volte la nostra astronave. Quella pietra gigantesca avanzava verso di noi a una velocità di ventottomila chilometri all'ora. Amasa urlò ancora: "Capitano, è quasi quattromila tonnellate, e tra un minuto ci sarà addosso! Viriamo di bordo!"

"Mai! Siamo in perfetta rotta di cattura," incitò Quijote, "alle scialuppe!"

"Lei è pazzo," urlò Vere, "i nostri motori non la freneranno mai! Ci trascinerà con sé, nello spazio!"

"È tardi per tornare indietro!" urlò Quijote, "alle scialuppe! Adelante, marineros! Oggi si passa alla storia!"

Anch'io, allo stesso tempo impaurito ed eccitato, saltai su una scialuppa, e mi trovai cosí nello spazio. Il rumore era fortissimo, la scialuppa ballava come indemoniata. Vedemmo avvicinarsi la grande massa bianca: era tutta avvolta dal fumo e dai gas, e aveva due spaccature sul davanti. Le spaccature sembravano OCCHI, OCCHI minacciosi! L'ombra bianca piombò su di noi con un fragore indescrivibile: sentii una vampata di calore, poi lo sparo del cannone di bordo, e iniziammo a volare a una velocità spaventosa, a testa in giú. I miei compagni gridavano di terrore. La nostra scialuppa e quella del capitano Quijote avevano agganciato la meteorite, che ora ci portava con sé, nella sua corsa, e trascinava anche l'astronave. La velocità non diminuiva e qualcuno era già svenuto.

"Non ce la faccio," diceva la voce disperata del motorista alla radio di bordo, "non posso frenarla! Mollatela! Ci distruggerà tutti!"

"L'abbiamo presa e non la molliamo!" urlò Quijote in risposta. "Prima o poi ridurrà la velocità, la maledetta! Tenete duro!"

Ma già le strutture della scialuppa cominciavano a scricchiolare.

"Mollate o vi disintegrerete!" ci dissero dall'astronave. Il nostro capo scialuppa tagliò allora d'un colpo il cavo della fiocina, e fummo fiondati nello spazio.

"Vigliacchi," urlò il capitano, "mi avete lasciato solo!" Riuscii a vedere l'ultima terribile scena. La meteorite che trascinava la scialuppa, la scialuppa che trascinava l'astronave. Poi dalla radio di bordo, la voce di Amasa:

"Va' all'inferno, vecchio pazzo! Non ci giochiamo la pelle per te!"

Pochi secondi dopo dall'astronave, tagliarono il cavo. La scialuppa schizzò impazzita e poi si schiantò contro il meteorite. Il capitano aveva incontrato, un po' troppo rudemente, la Testadiferro piú grande della storia galattica.

Quella sera nessuno parlava sulla Grampus. Tutti bevevano come spugne per cercare di dimenticare ciò che era accaduto. Ogni volta che scricchiolava una paratia della nave, trasalivamo:

ci sembrava di sentire il rumore delle giunture del capitano, e il rantolo del suo respiro.

Quella notte ci fu di nuovo bufera. In quattro restammo di guardia, a guardare il cielo nero e minaccioso. Stavamo vicini per ripararci dal freddo della notte galattica, quando un marinaio, improvvisamente, sbiancò in volto dal terrore: "Là," balbettò, indicando in alto, "là... è lui...!"

Sul ponte, illuminato dalla luce infernale del faro rosso di prua, c'era il fantasma del capitano Quijote. Ne sentimmo il respiro affannoso. Puntò la sua mano contro di noi e disse: "Fuoco! Fuoco!"

Atterriti fuggimmo, lanciando l'allarme. Ma quando tornammo sul ponte di comando, non c'era piú traccia del capitano: tutta la strumenteria stava però bruciando; Quijote aveva provocato una scintilla, facendo contatto con i fili.

La nave piombò nel terrore. Gli ufficiali cercarono di convincerci a non cader preda della superstizione. Dissero che eravamo sconvolti da ciò che avevamo visto quel giorno, e che forse avevamo avuto una allucinazione. L'incendio poteva essere stato causato da un banale contatto. Ma Gaspar, un vecchio marinaio messicano disse subito: "No! Noi lo abbiamo ucciso, e lui è tornato. La sua anima, il pixan, non avrà pace, e vagherà nel mitnal infernale, finché non si sarà vendicata. Tornerà e brucerà la nostra nave. Fuoco! Ecco ciò che egli vuole per noi!"

Il giorno dopo trascorse in uno stato di grande tensione. La notte vegliammo fino all'una, alle due. La vigilanza però cominciava ad allentarsi, e qualcuno provava anche a scherzare. Ma verso le tre un rumore risuonò nelle cucine. Scendemmo a precipizio: il capitano Quijote stava lí, con in mano una torcia fiammeggiante. Appena ci vide, la lanciò e sparí nel nulla. Ma intanto aveva appiccato fuoco a tutto il locale. Ci vollero diverse ore per placare l'incendio.

Il giorno dopo, ci riunimmo per decidere il da farsi. Qualcuno proponeva di abbandonare la nave. Altri di impiccare Vere e Amasa, i principali responsabili della morte di Quijote. Altri ancora di sparare addosso al fantasma. Gaspar invece disse: "Niente vale contro la forza del mitlan! Possiamo solo cercare di placarne l'ira. Uno di noi, quello che era piú amico del capitano, lo affronti e gli chieda quale sacrificio vuole in cambio della nostra salvezza. Sapete di chi parlo. Del marinaio Chulain!"

Tutti furono d'accordo, meno uno, indovinate chi. Perciò

quella notte restai sul ponte di coperta, e attesi tremando il fantasma del capitano Quijote. E quando la stella di Orione fu ben alta, sentii il rantolo del suo unico polmone e i suoi passi di zoppo. Infine mi apparve, avvolto in un sudario bianco. I suoi occhi allucinati erano la cosa piú spaventosa che avessi mai visto! "Capitano," dissi con voce tremante, "perdonateci! Faremo qualsiasi cosa! Ma la prego, risparmi la nave!" "Fuoco! Fuoco!" gridò il capitano, guardandomi con quegli occhi tremendi. "No, capitano, la prego," implorai, "non bruci la nave! Moriremo tutti! Era la sua nave. La prego, non..." La voce mi si spezzò in gola: il capitano mi aveva inchiodato al muro con la fredda mano d'avorio. "Fuoco!" gridò stravolto. "Imbecille! Fuoco per accendere la mia pipa! Sono tre giorni che non fumo!"

Non so come, ma tra i tremiti riuscii ad accendergli la pipa con il mio acciarino. Quijote tirò alcune boccate frenetiche, e l'espressione terribile sparí del tutto dal suo viso. Si sedette e mi raccontò la sua storia.

Dopo morto, si era ritrovato in fondo al mare spaziale dei capitani cacciatori. Non era un brutto posto, diceva, c'era tanta gente che conosceva, morta da tempo, si raccontavano storie di pesca, si sparavano un sacco di balle, si nuotava a braccetto qua e là. "Ma PER DIO!" disse il capitano, "ci fosse il modo di accendere la pipa, là sotto. Tre giorni senza fumare, credevo di impazzire! La prima sera ho cercato di accendere con una scintilla del quadro dei comandi. Poi volevo accendere con un giornale al gas della cucina, ma voi siete entrati urlando come pazzi, mi sono preso paura, sono scappato. Ora il problema è risolto, e posso tornare alla mia vita di fantasma, giú nella corrente profonda, nel regno di Fleba il fenicio e del barone Capodoglio. Però, Chulain, regalami il tuo acciarino. Lo terrò in una bottiglia, cosí non si bagnerà né si spegnerà mai!"

Ciò detto, mi strizzò l'occhio e sparí. Come riprova che non avevo sognato, restò nell'aria una nuvola di fumo azzurro della sua pipa. Raccontai tutto agli altri. Da allora, tutte le volte che un marinaio muore, i suoi compagni gli lanciano nel mare dello spazio una bottiglia e uno stoppino acceso, cosí che possa accendere la sua pipa.

Fang guardò a lungo, nella finestra di fronte, l'ombra di Mei che disegnava le figure lente del tai-chi contro la tenda. Ricordò la poesia di Wu Ti, sull'ombra dell'amata morta.

È o non è?
Sto fermo e guardo
Il frusciare della veste di seta
Come lenta viene!

Si sedette sulla stuoia, inquieto. Il suo pensiero vagava tra le linee del Ching[1] il libro cinese dei mutamenti. Cercava di interpretare gli strani avvenimenti di quei giorni: ma non era tranquillo: sentiva le onde telepatiche dei giapponesi cercare di entrare nei suoi pensieri. Decise di contrattaccare gentilmente all'intrusione: si rilassò e sentí finalmente la mente libera. Ma aveva appena ripreso i Ching, che sentí uno strano rumore, come di colpi soffocati, venire dal corridoio. Uscí silenziosamente e vide Einstein che stava giocando a pallone, dribblando un avversario immaginario sulla moquette verde. Correva e improvvisava a bassa voce una radiocronaca. Quando si accorse di Fang si bloccò di colpo e giocherellò un attimo, col pallone sotto il piede.

"Un po' di... attività fisica," disse col fiatone, "tonifica il sistema neurovegetativo, migliora l'efficienza mentale e..."
· "Lo so, lo so," disse Fang, "anche a me piaceva giocare a pallone."
"Per la verità," Einstein arrossí, "io non stavo 'giocando a pallone', bensí studiando in quale modo le sollecitazioni del mio piede possano originare queste traiettorie complesse, e..."
"Sicuro," disse Fang, "come no."
Einstein sbuffò e si ricompose. "Vado a terminare i piani di volo. Ho previsto che arriveranno a Meskorska in trentadue giorni."
"Anch'io stavo facendo delle previsioni," disse Fang, "con i Ching."

---

[1] I Ching sono esagrammi composti da linee intere e spezzate: in tutto 64 combinazioni. Esempio: ☷

"Quel giochetto cinese di divinazione?" chiese Einstein stupito.

"Giochetto, lo chiama," disse Fang sorridendo. "Prevedere i mutamenti è dunque per lei solo questo? Non è anche osservazione, intuizione, interpretazione? La parola 'suan' per noi, vuol dire sia calcolo aritmetico, sia divinazione. Non potrebbe essere che questi esagrammi abbiano la stessa confermabilità di tante cosiddette verità scientifiche?"

"Oh, non lo so, comunque è un metodo che non mi interessa. Io sono uno scienziato occidentale."

"A occidente e a oriente vediamo stelle diverse, ma non è lo stesso cielo? Eppure fu un occidentale, se ricordo bene, un certo Tolomeo, che scrisse l'*Almagesto*, un trattato di astronomia, e il *Tetrabilos* che è un testo fondamentale di astrologia."

"Ho forse capito dove vuole arrivare," sospirò Einstein, "scienza e mistero, scienza e filosofia, la microfisica delle particelle e lo yin e yang, la agitazione subatomica e la danza di Siva, il tao e il teorema di Bell. Poi si finisce col mettere Nostradamus nel computer, fare l'oroscopo ai gatti e cercare i mostri nei laghi durante il picnic. Conosco le idee di questi pseudoscienziati o parafilosofi così di moda. I giornali sono pieni delle loro trovate. Vuole i nomi?"

"Aspetti, provo a indovinare. Democrito? Pitagora? Eraclito? Aristotele? Hanno forse una rubrica sul *Times*?"

"Non scherzi: quelli erano tempi antidiluviani, vecchie concezioni," protestò Einstein, "mi meraviglio di lei, che si dice progressista! Allora la scienza era aristocratica, non mi dirà che Pitagora ed Eraclito erano democratici. Le loro non erano scuole: erano sette iniziatiche! Sa cosa intendo per sette?"

"Credo che adesso le chiamino laboratori sperimentali top secret, e stiano in bunker militari in mezzo al deserto."

"Di questi tempi, certe scoperte devono per forza essere tenute segrete," disse Einstein, "comunque non sentirà mai dire a uno scienziato moderno la frase di Eraclito: uno è per me diecimila, se li vale."

"No, anche se sarebbe molto comodo: così si potrebbe dire che a Hiroshima ci sono stati solo dieci morti."

"Signor Fang," disse Einstein, spazientito, "io credo che potremmo continuare a discutere all'infinito: lei attribuirà questo equilibrio all'Amore e all'Odio Empedocleo, o allo yin e allo yang, e io parlerò di equilibrio tra forza gravitazionale e forza magnetica. Non crede?"

"Io credo che, però, verrà un momento in cui dovrà ammettere che non riesce piú a spiegare niente. Perché l'equilibrio della scienza cammina su un ponte sottile di scoperte, sospeso su un precipizio di oscurità."

"Bella immagine: sta di fatto che su quel ponte passano i rifornimenti per l'umanità. Lo so, Fang. Il concetto di tempo del suo tao assomiglia molto al tempo della fisica moderna. Però la formula della relatività non è stata scoperta nei vostri templi. La sua filosofia può anche sorprendermi, Fang, ma si ricordi! La grande filosofia nasce in tempo di crisi. Lo sa meglio di me: nel V secolo avanti Cristo nascono la filosofia greca e la sua filosofia cinese delle Cento Scuole: e nascono in un periodo di invasioni, di guerre, di instabilità politica: dopo, verrà la dominazione di popoli barbari. Un grande esercito può cancellare una grande cultura: mai il contrario, lo ricordi bene!"

"Forse le idee hanno un modo di vincere che non è quello delle armi..."

"Lo creda pure," disse Einstein, "però le auguro che nessun ladro armato di spada entri nella tranquilla casa della sua meditazione. Comunque buonanotte: è molto stimolante duellare verbalmente con lei!"

"Non c'è nessun duello," stava per dire Fang. Ma Einstein si era già allontanato, facendo rimbalzare su e giú il pallone, con grande impiego di forze elettromagnetiche e gravitazionali, e schiacciamento di elettroni.

Nella sala del minidrago, sede del comando missioni di guerra, i generali Harada e Yamamoto erano a rapporto da Saito. Erano calvi e impassibili, e vestivano la divisa verde dell'esercito Sam, che radunava militari di tutto il mondo. I due avevano il petto interamente coperto e decorato da una schiera di quelle che a prima vista potevano sembrare medaglie, ma in realtà erano sessanta computer portatili per ogni tipo di evenienza. Sotto il braccio, Harada portava uno scatolone con la scritta "Top secret".

"Io non credo," diceva Saito, "che loro abbiano molti dati di rotta in piú di noi. Credo comunque che stiano girando attorno a qualcosa di grosso, che noi non conosciamo. I loro funzionari hanno ampie zone di pensiero schermate con l'ipnosi, da quello che ci dicono i nostri telepati. Oggi li abbiamo mandati all'attacco della mente di quel Fang ma non sono riusciti a intercettare quasi niente: un po' di preoccupazione per un molare che gli fa male e due o tre canzonette cinesi sul Felice Pescatore."

"Se vuole un parere," disse Yamamoto, "la guerra telepatica non funziona contro i cinesi! Solo con un bel topo esplosivo nella camera del signor Fang si risolverà il problema."

"Senza Fang loro non possono arrivare al pianeta misterioso, e senza seguire loro, neanche noi ci arriveremo. Ogni cosa a suo tempo," disse Saito.

Yamamoto si inchinò, facendo cadere un po' di transistor.

"Noi, anzi, dobbiamo, almeno inizialmente, proteggerli," proseguí il tecnogenerale, "poche ore fa un nostro videogame ha salvato il loro pilota da un coccodrillo mutante, nel forum di Parigi. Purtroppo non è riuscito a salvare un loro amico che gli ha passato informazioni, e che anche noi avremmo potuto interrogare. Questo dà loro un altro piccolo vantaggio. Ma i loro vantaggi si esauriscono qui, vero, Hitachi?"

"Sí! Abbiamo avuto conferma che l'astronave con cui partiranno è la Proteo Tien. Era un'astronave da guerra della Disney, poi usata come astronave per bambini a Cuba, quando la Disney Army conquistò l'isola creando Disney Island. Dopo l'ultima guerra, l'astronave fu acquistata dalla Federazione, e adibita a gite scolastiche. L'hanno scelta perché consuma pochissimo carburante, ma è una vera bagnarola."

"Ah!" esclamò Harada, "la vorrò vedere quando si troverà di fronte la nostra Zuikaku e i nostri amici ammaestrati!"

"Sí," disse Saito, "e adesso mi faccia parlare col colonnello Musishima." Harada aprí la scatola metallica e ne uscí un grosso topo grigio con un collarino bianco e rosso, i colori dell'esercito Sam. Salutò alzando la coda.

"Caro Musishima," disse Saito tamburellando in Mickey-morse, l'alfabeto di comunicazione topi-umani. "Quan-ti to-pi par-ti-re-te?"

Il topo batté sessanta colpi.

"Bene," disse Saito, "contiamo su di voi. Una astronave con due uomini e sessanta soldati grigi di equipaggio, lunga quattro metri, sarà l'arma piú agile dello spazio. Siete pronti? Manca niente?"

"Au-men-tare," batté con le zampe il topo, "prov-viste formaggio."

"Accordato," disse Saito, "caricate altri tre chili di formaggio liofilizzato."

"No," batté il topo, "for-maggio ve-ro di muc-ca."

Harada e Yamamoto si guardarono negli occhi. Un formaggino vero valeva quasi il loro stipendio mensile.

"Accontentiamoli," disse Saito, "in fondo, tre chili di formaggio non sono niente, se penso cosa si porteranno dietro gli arabi."

"No, no!" urlava Alya furibondo, "non è una cosa seria. Venti tavoli da ping-pong! Sono troppi!"

"Dai, ministrone," disse il primo pilota Dylaniev, "l'equipaggio ha bisogno di un po' di divertimento!"

"Avete campo da golf, discoteca, cinema con mille posti, tre piscine; cosa volete ancora! Sapete che dobbiamo caricare anche un po' di cibarie e qualche cannoncino sull'astronave?"

"Su, sceicco," insisté Dylaniev, "sulla Calalbakrab c'avete fatto anche le cacce alla volpe. Non dirci che è un problema di spazio.

Alya sbuffò. Quei piloti amerorussi erano veramente pestiferi. Se non gli avessero detto che erano i migliori, li avrebbe mandati a quel paese. Guardò in alto. La mole nera dell'astronave sceicca li sovrastava: era alta duecentosessanta metri e lunga piú di seicento. In effetti, venti tavoli da ping-pong non l'avrebbero certo sbilanciata.

"Va bene, ragazzi," disse tra i denti, "però è l'ultima che vi do vinta!"

"Io invece ho un'altra richiesta," disse il secondo pilota Vassiliboyd," staremo in viaggio tre mesi, forse quattro. Nello spazio, in ambiente a gravità parziale, i capelli crescono in fretta, e i pidocchi vanno a squadriglie. Sei barbieri non bastano."

"Vi darò altri quattro barbieri," sospirò Alya.

"E altre quattro manicure."

"D'accordo, d'accordo!" ruggí Alya, e si allontanò regalando ai due numerosi aggettivi arabi.

Vassiliboyd scoppiò in una risata. Era biondo e allampanato, con un orecchino di smeraldo, e clamorosi pantaloni d'orso bianco. L'altro pilota era piú basso e grassotto, con capelli a spazzola, occhiali neri e una tuta lightpump con la scritta "sono il tesoro delle stelle."

"Sai, Igor," disse Vassiliboyd, "credo che siamo gli unici al mondo capaci di far passare per taccagno uno sceicco."

"Questa è una missione pericolosa, Johnsky," disse Dylaniev, "se deve essere l'ultima, almeno spassiamocela!"

"Puoi contarci! Come puoi annoiarti su un'astronave dove è imbarcata Sua Maestà Il Corruttore Supremo Sadalmelik el

Akrab? Ehi, a proposito di spasso, guarda cosa sta salendo adesso!"

Indicò una ventina di robot che avanzavano in fila indiana con scatole di minestrone Middle West borsc e piante di marijuana sintetica. Dietro a loro, venivano quattro ragazze nella divisa rosa del Corpo Musicisti.

"Salve," gridò Dylaniev inchinandosi, "salutiamo le Dzunum, regine delle Hit-Parade!"

"Ciao, Johnsky," gli rispose una giovane dal volto olivastro, "ragazze, questo è l'amico che ci ha fatto avere il contratto di imbarco. Ti presento il gruppo: Edith, computerista, Alice, ingegnere del suono, Lorina, effetti speciali, io sono Coyllar, ideazione sonora."

"Io sono Dylaniev il pazzo e questo è il mio amico Igor Vassiliboyd. Siamo contenti che abbiate accettato! Questi arabi volevano che ci accontentassimo di biomusica in pillola e di computer da discoteca. Ma io mi sono impuntato. Ho detto, ci sono cinquecento amerorussi, nell'equipaggio, e vogliono ascoltare musica rocksky: quando hanno sentito il vostro cachet, hanno vacillato un po', ma poi hanno ceduto."

"Faremo della gran musica, tra quelle stelle," disse Coyllar.

"Avete molti strumenti?"

"Tutti in questa valigia. Dodici micromoog, sei batterie a soffio, un mazzetto di multisax e il mixer è questo che ho in tasca."

"E quei tre container lí dietro?"

"Quelli sono i costumi e gli effetti speciali," disse Coyllar.

"Sarà un gran viaggio!" proclamò solennemente Vassiliboyd.

"No, no, e poi no!" urlò Phildys, battendo il pugno sulla sua scrivania, "non se ne parla neanche!"
"Leggiti i contratti," disse il ministro Pyk. Sfoggiava una maglietta con la scritta: "Scusi dov'è terra due" e cappellino in pendant. "Convenzione 2146: 'Qualora un avvenimento sia considerato dalla direzione televisiva degno di interesse, essa avrà il diritto di inviare le sue strutture entro tutto il territorio della galassia.'"
"Ma il regolamento militare precisa: 'Qualora la sicurezza delle missioni non venga pregiudicata.'" disse Phildys. E una tonnellata in piú di materiale a bordo, con quattro persone, è un bel peso. "E poi, perché quattro?"
Il ministro Pyk ebbe un gesto di sconforto. "Due tecnici, no?" disse, "e poi ci vuole il presentatore! Uno che movimenti un po' le interviste, che faccia domande del tipo 'ma lei pensa mai a sua moglie tutta sola sulla sua vecchia terra laggiú?' Che dia il via alla pubblicità..."
"Sono tre. E la quarta?"
"L'ospite d'onore! Non sbuffare, Phildys, questo è un avvenimento molto grosso. Ho avuto già richieste da case editrici, cinematografiche, discografiche. Ho già firmato contratti pubblicitari. Volerà sulla nave, ma non disturberà, basta che appaia per pochi secondi, magari cosí per caso, durante i collegamenti... guarda almeno le proposte di copione:

Ospite attore

Presentatore: "Stiamo volando a milioni di leghe dalla terra, ed è venuto a trovarci un caro amico, un vostro beniamino, l'attore Peter Sordo. È arrivato pochi istanti fa, e ha molta fretta perché stasera deve essere sulla terra per la prima di un suo film... ma non ha voluto mancare all'appuntamento con noi."
Attore: "Sí, io saluto tutti i telespettatori, sono molto contento di poter essere qua a salutare gli amici di missione terra due che vanno a scoprire un nuovo mondo ed è una cosa importante per tutta l'umanità, è veramente qualcosa che dà a tutti una nuova speranza e il protagonista del mio ultimo film si chia-

ma appunto Giuseppe Speranza, è un uomo comune, un uomo come tutti che prova sensazioni semplici e comuni a tutti come la speranza la disperazione la delusione la colite il film si chiama *Che culo c'ho avuto* è un film da morire dal ridere e mi spiace che i ragazzi stasera non possano essere insieme con me a vederlo al cinema Diamante." (risata).

Presentatore: "Grazie Peter, e ora ti lasciamo al tuo astrotaxi che ti riporterà a Roma, grazie per aver trovato il tempo di essere qui con noi."

Ospite scrittore

Al centro del salone dell'astronave, su una poltrona, lo scrittore sta leggendo. Il presentatore gli si avvicina. Lo scrittore alza il volto dal libro. Finge sorpresa.

Il presentatore: "Uno strano incontro nello spazio: uno scrittore: Sam Capottino, di cui sta per uscire in tutte le librerie l'ultimo libro, *Parole tra le stelle* una raccolta di versi, aforismi, brevi articoli, massime, saggi e divertissements che lo scrittore ha raccolto nella sua collaborazione a una costellazione di quotidiani. Sono la testimonianza di una presenza attiva e costante sulla scena letteraria. A Sam Capottino chiediamo: perché un letterato su una astronave?"

Il letterato (pensandoci un po' su) "E perché no?" (sorrisi. Sigla di chiusura: Mozart.)

"Cosa te ne sembra?" disse Pyk, trionfante.

"Ti do dieci secondi per uscire," disse Phildys, puntandogli contro la pistola.

"Non finisce qui," ruggí il ministro allontanandosi, "il mio partito riuscirà a mettere le mani sulla tua missione, Phildys Plassey!"

E calandosi il cappello sugli occhi aggiunse: "Credo che questo sia l'inizio di una bella inimicizia."

Sulla piattaforma sotterranea di lancio l'astronave Proteo Tien era stata sollevata con crick idropneumatici. Decine di uomini in tuta correvano qua e là agitati. L'astronave aveva la forma di un trifoglio, con il lobo centrale un po' allungato. I lobi laterali erano neri. Chulain la stava esaminando con espressione dubbiosa. In quel momento arrivò Kook, tutto eccitato.

"Si parte, Chulain!" disse battendogli la mano sul casco, "si parte!"

"Non si parte," grugní Chulain. "C'è un guasto nel settore propulsione."

"Non è possibile!" disse Kook.

"Tutto qui è possibile," gridò Chulain, tirando un calcio alla astronave, "tutto è possibile su un'astronave che non vola da dieci anni. E che è fatta a testa di Topolino, ed è ancora tutta colorata e disegnata come quando faceva i viaggi per le scolaresche! Noi salveremo le sorti dell'umanità volando sulle orecchie di Topolino!"

Kook scese nella piattaforma. Vista da vicino, in effetti, la astronave aveva un aspetto tutt'altro che marziale. Da sotto il reparto motore decorato a nanetti uscí Mei, unta d'olio fin sul naso. Vicino a lei c'era un meccanico baffuto, neanche lui proprio candido.

"Ah, Kook," disse Mei, "siamo un po' in difficoltà. Ti presento il capomeccanico, il signor Caruso Raimondi, che volerà in missione con noi. Sta facendo il possibile per farci partire."

"A dir il vero," disse Caruso, "io non ci capisco niente. È tutto a posto, ma il motore non si avvia; c'è qualcosa che stona nel gruppo carburante. Ho mandato Sara a ispezionare i microcondotti, è l'ultima possibilità che ci resta!"

"Speriamo bene," disse Kook, "ogni ora in piú che restiamo a terra, renderà piú difficile trovare l'obiettivo. Nello spazio, tutto cambia e si allontana e sparisce a gran velocità. Come l'amore."

"Il mio vecchio capitano," rise Caruso, "diceva: magari le donne fossero come le comete, che si fanno vive ogni duecento anni."

"La mia maestra di ikebana," disse Mei, "diceva: nessun fiore educato regalerebbe mai un uomo alla sua fidanzata."

"Ehm..." disse Caruso, cercando una risposta appropriata.

"Uhm..." gli fece eco Kook.

Erano intenti a schiarirsi la gola con bella sincronia quando Kook si accorse che un'ape, un insetto raro e pericoloso era uscito da sotto l'astronave e si era posato sulla spalla di Caruso.

"Stia fermo, immobile," disse Kook, con la voce tesa.

"Perché?" chiese il meccanico, "che cosa succede?"

Kook gli diede una gran pacca sulla spalla, ma sbagliò l'ape, che, schivato il colpo, puntò con decisione sulla faccia dell'assalitore.

"Buona, Sara!" urlò Caruso, "è un amico!"

L'ape ronzò a un pelo dall'orecchio di Kook, fece due o tre acrobazie e atterrò sul dorso della mano del meccanico.

"Come... cosa... vuole dire?..." balbettò Kook.

"Non se la prenda: molte persone fanno fatica a credere che Sara sia il miglior esploratore di microcircuiti di tutto il settore meccanico."

"Cioè quella... là... è un meccanico?" chiese dubbioso Kook.

"Certamente," disse Caruso, "dopo solo due anni di addestramento sa percorrere l'astronave in lungo e in largo, volare dentro i condotti piú piccoli, e tornare a riferire. È insostituibile, in questo lavoro. Del resto, tra un fiore e una cella solare non c'è gran differenza. E poi questi animaletti, hanno cristalli di magnetite nel corpo: sentono ogni variazione elettromagnetica!"

"Ah!" disse Kook non troppo convinto, "e adesso le riferirà?"

"Certo. Sara! A rapporto!"

L'ape decollò e cominciò una sarabanda di figurazioni aeree. Caruso annuiva con la testa. A un certo punto sospirò e disse: "Ancora lui! Lo sapevo!"

"Cos'ha detto Sara?" chiese interessatissimo Kook.

"Adesso vedrà! Marinotti!" urlò il meccanico in un megafono: "Venga qua!"

Da sotto l'astronave sbucò un giovane meccanico capelluto, sfregandosi le mani sulla tuta.

"Dica capo," disse Marinotti masticando una gomma amerorussa con calma bovina.

"Sei tu che stamattina hai ispezionato il blocco interno 440 del flusso di energia?"

"Sí, capo," disse Marinotti chinando la testa e aspettando il peggio.

"Bravo, Marinotti," disse Caruso, gli girò alle spalle e gli diede una gran pacca sulla schiena. Marinotti ingoiò la gomma e cominciò a tossire, mezzo strozzato.

"Marinotti! se tu non la smetti di lavorare con quella maledetta gomma in bocca, e di posteggiarla attaccandola ai pezzi che ripari, io ti faccio licenziare! In questo momento l'astronave è ferma perché una tua gomma alla liquerizia blocca il flusso in un circuito del 440. Cosa hai da dirmi?"

"Ghuf, ghaf," strangozzò Marinotti, "mi difpiace..."

"Fila!" urlò Caruso, "vai a degommare il pezzo. Entro cinque minuti voglio il lavoro fatto." Si voltò verso Mei e Kook. "Credo che riusciremo a partire, stavolta."

"Grazie a Sara," disse Mei, inchinandosi.

L'ape eseguí due o tre voletti circolari.

"Cosa ha detto?" chiese Kook.

"Ha detto: testa nera simpatica. Cespuglio meno. Il cespuglio è lei per via della barba. Però è disposta a fare la pace."

"Come no," disse Kook, "ma in che modo? Temo che non sia possibile stringerci la mano."

L'ape rivolò brevemente.

"Sara," disse Caruso, "ha detto che farà la pace se lei gli fa leccare lo zucchero che le è rimasto sulla barba dopo il caffè di stamattina."

"Ne sarò onorato," disse Kook, porgendo il mento.

PARTENZA!

Alle 20,32, dai motori della Tien uscí un formidabile getto azzurro. In cabina di pilotaggio, Chulain mosse la testa di Pippo che costituiva la leva dello starter verso la posizione "countdown." Un portello si aprí e la pista, che dai meno trecento della piattaforma di lancio sotterranea portava al livello suolo, brillò illuminata dai riflettori.

Meno 90, 89, 88, 87... In quello stesso momento in Giappone sessanta topi perfettamente schierati entravano marciando nell'astronave Zuikaku. Li seguivano i due astronauti Yamamoto e Harada.

73, 72, 71... Duecento bottiglie di champagne erano pronte nelle mani di altrettanti camerieri, nel ristorante dello spazioporto di Petrominsk, capitale amerorussa. Gli sceicchi seguivano su un megaschermo gli ultimi preparativi di partenza della Calalbakrab, sfavillante di un migliaio di luci sotto la neve.

Meno cinquantasei, meno cinquantacinque... Kook cercò di rilassarsi: non gli era mai piaciuto il calcio in pancia dell'accelerazione di partenza: lanciò un sorriso un po' tirato a Mei, le prese una mano e le disse: paura? Sí, mentí Mei. E pensò: ma perché tutte le volte che se la fanno addosso devon far finta di farci coraggio?

Meno trentasei, trentacinque, trentaquattro... Phildys sudava. Non potevano fallire. Una partenza sbagliata avrebbe significato troppo tempo perso. E quell'astronave non vola da dieci anni... speriamo! Strinse forte un bracciolo della poltrona. Ahi, disse Einstein. C'era il suo braccio, sul bracciolo della poltrona.

Ventisei, venticinque..., i topi giapponesi avevano preso posto ordinatamente e stavano sdraiati pancia in su, legati con cinturini di sicurezza. I motori della Zuikaku ronzavano perfetti... La Calalbakrab vibrava scossa dalla potenza dei suoi ventidue motori spaziali Rolls Royce: ciò causava un certo tremolio nel bicchiere di whisky del pilota Vassiliboyd.

Meno sedici, quindici... quattordici... che il cielo ci sia amico, pensò Mei... spero di non vomitare, pensò Kook... spero che la baracca tenga... pensò Caruso... dio del ferro e dell'acciaio, dai una mano alla mia collega astronave pregò LeO, merda, merda, merda, scongiurò Chulain.

Meno otto motori al massimo sette ambiente normale sei pulsazioni accelerate ma nella norma cinque pista libera quattro temperatura fusione OK tre contatto due avviamento uno vai vai, vai, vai, vai, vai, è andata!

La Tien, tra gli applausi generali, si era alzata in perfetto assetto di volo. Alla torre di controllo, Phildys non riuscí a trattenere una lacrima. A Petrominsk, le bottiglie di champagne esplodevano fucilando il soffitto, mentre la Calalbakrab spariva maestosa. Sulla Zuikaku tutti i topi si intrecciavano le code l'un l'altro per congratularsi, per un totale di intrecciamenti che lascio calcolare a voi secondo la formula $x = \dfrac{60 \times 59}{2}$

2.

IL VIAGGIO COMINCIA

LA MINIERA

La cava nel ghiaccio illuminata dai riflettori risplendeva come un enorme diamante. La squadra di minatori aveva puntato gli occhi rossi dei picconi termici su una parete. Il cancha-camayoc, caposquadra, un indio dal volto impassibile, stava per dare il via ai dieci puric, i minatori. Erano indios sopravvissuti agli stermini delle ultime guerre, tra i pochi in grado di resistere a quel lavoro massacrante nel gelo. Ma c'erano anche mongoli, armeni, ainu, indiani, africani, eschimesi, decine di razze spinte dalle esplosioni atomiche in quelle terre di nessuno. Tra di loro si chiamavano "inuit" uomini.

Quando il caposquadra diede il via all'accensione, i picconi termici attaccarono la parete di ghiaccio che cominciò a fondere. Il calore si fece piú intenso: i puric masticavano coca e continuavano a scavare. Poco alla volta, nel ghiaccio, apparve un muro gigantesco. Al centro un monolito di molte tonnellate. Il tecnico cinese scese giú nella cava, con una certa apprensione.

"Basta," disse al caposquadra, "falli riposare, adesso." Insieme a un altro tecnico, si mise a esaminare il nuovo ritrovamento.

"Incredibile," disse, "tra un monolito e l'altro non passa la lama di un coltello. Vorrei tanto capire come hanno fatto, duemila anni fa, a fare un lavoro cosí. Ci vorrebbe un genio, per spiegarlo."

IL MISTERO DEL COMPUTER, OVVERO COME UN POPOLO ANTICO PUÒ FAR IMPAZZIRE UN POPOLO MODERNO

"Buongiorno, computer centrale Genius 5."
"Buongiorno, operatore capo Einstein."
"Qual è la situazione?"
"Oggi trenta agosto continuano ad apparire mura ed edifici inca. La città moderna è quasi interamente distrutta. Quella antica rivela la forma di un animale quadrupede. Spesi oggi nove gigavov di energia. Un minatore morto congelato."
"Quanti ne abbiamo persi finora?"
"Sedici."
"A chi si può attribuire la responsabilità delle morti?"
"Due casi imprudenza, un caso fatalità, tredici casi nostra negligenza e non rispetto norme di sicurezza."
"Insabbiare dato."
"Insabbiato."
"Bene, Genius. Adesso vogliamo parlare del vettore Van Cram?"
(Silenzio).
"Non è proprio di uno dei piú sofisticati computer del mondo il non rispondere alle domande. Ripeto, Genius, vuoi rispondere sul vettore Van Cram?"
"Dati confusi, programmazione insufficiente."
"Genius, ho ricontrollato quattro volte la tua programmazione. Non c'è alcun motivo per cui tu non possa rispondere a queste domande. O c'è qualcosa?"
(Silenzio.)
Einstein sbuffò e tirò un pugno sulla pulsantiera. Nulla di peggio di un computer in crisi, per un esperto. Non aveva mai visto una cosa cosí, in ben cinque anni di carriera. Decise di riprovare con le buone.
"Ti piace lavorare qui, Genius 5?"
"Fa un po' freddo."

"Siamo venti metri sotto terra, ma questa camera ha le pareti a sale, antiumido. Il freddo ti blocca qualche circuito?"
"No. Sono collaudato fino a meno cinquanta gradi."
"Ti piacerebbe lavorare all'aperto? Vuoi che ti portiamo sulla montagna, a vedere i lavori di scavo, di... persona? Pensi che ti sarebbe utile?"
"Forse."
"Bene, Genius. Domani ti porteremo a fare un giretto. Ma ora, fai uno sforzo, rispondi. Riconosci questo vettore?"
"Vettore di ricognizione MY TRP numero 467."
"Quando è arrivato sulla terra?"
(Silenzio).
"Da dove proviene?"
(Silenzio).
"Perché questo vettore, che è stato guidato a terra dai tuoi impulsi Lassie, è stato da te segnalato solo dopo l'arrivo al suolo e non, come prescrive la tua programmazione, mentre entrava nell'atmosfera?"
"Macedonia."
"Vuoi ripetere?"
"Macedonia di dati. Casino. Basta!"
Einstein si prese la testa tra le mani. Chiamò il settore osservazione energetica.
"C'è per caso un'altra di quelle scariche in corso?"
"È appena finita. Una scarica di 3000 gigawatt per venti secondi. Qualunque cosa ci sia là sotto, quando si arrabbia, fa sul serio."
Nella sala computer, entrarono Phildys e Fang. Erano vestiti con la tuta e il casco da miniera. Fang aveva in mano alcune cordicelle annodate. Vedendo la faccia di Einstein, Phildys capí subito che le cose non andavano meglio del solito.
"È sempre ubriaco?" chiese il generale.
"Sempre peggio. Quelle scosse lo hanno sconvolto. Sul vettore, poi, non c'è verso di cavargli una parola."
"Te l'ho detto, Einstein," disse Phildys, "prendiamo quel dannato vettore e mandiamolo a Parigi ai computer centrali. Proviamo con loro!"
"Se non ce la fa Genius con i suoi 50 megaflop, nessuno può farcela," disse Einstein, "Genius è, o almeno era, dieci volte piú intelligente degli altri."
"Hai provato a cambiare tonalità?" disse Phildys.

"Peggio che peggio," gli rispose Einstein, "prova tu stesso."
Phildys spostò il tasto di tonalità del computer su "intellettuale."

"Ehilà, Genius."

"Ehilà, Phildys."

"Cosa ne pensi di quel vettore di proprietà? Da dove potrebbe venire?"

"Ieri avevo sei secondi liberi e ho letto un bel libro, Phildys. Trattava della visione cosmologica greca. Beh, c'è un certo Eratostene che ha calcolato la circonferenza della terra quasi esattamente, tre secoli prima di Cristo. Io penso che i computer crucchi di Berlino vaneggino quando definiscono 'primitiva' e 'doppia' questa visione scientifica. Credo che ciò derivi da un errata interpretazione del concetto di eidolon e dal fatto che i loro operatori sono sbronzi di birra dalla mattina alla sera. Il problema su un vettore di proprietà riguarda appunto la parola 'proprietà'. Dunque, senza rimetter nel brodo le ossa del solito Platone, può qualcosa 'appartenere' a qualcuno? Il simbolico può scodinzolare? Chiediamoci allora, qual è il significato della moneta? Del kabuki? Del calcio di rigore?"

"Aspetta un momento, Genius..."

"... oppure, se diamo retta a quei presuntuosi computer francesi che dicono che ogni idiota è idiot savant, allora facciamo pure dell'avanguardia: un vettore è un vettore è un vettore è un vettore... ma se invece, come diceva il computer della Cattolica, omni potestas a deo..."

"Basta cosí," disse Phildys, spegnendolo, "è un vero logorroico."

"E questo è niente," disse Einstein, "metti la tonalità del 'buon senso' e ne sentirai delle belle."

"Da dove viene quel vettore, Genius?" disse Phildys, cambiando tasto.

"Siete con le pezze al culo, senza energia, dovete tirar fuori una città che è cento metri sotto il ghiaccio, metà dei minatori ha la broncopolmonite e voi continuate a rompere per sapere da dove viene quella salsiccia volante? Ma perché non andate a infilare la testa sotto la neve, a vedere se vi si chiariscono le idee!"

Fang non riuscí a trattenere un risolino. "Non ho mai sentito un computer parlare cosí colorito," disse.

"Dicci almeno se immagini qual è la fonte di energia che sta lí sotto," chiese Phildys.

"Lí sotto c'è qualcosa di grosso, ma mi venga un black out se lo so. In fin dei conti sono solo un computer."

"Non SOLO," urlò Einstein, "noi siamo SOLO uomini! Nei tuoi circuiti le informazioni corrono quasi alla velocità della luce!"

"Qualsiasi alga nostoc con la sua fotosintesi va molto piú veloce di me."

"Ma io non posso chiedere a un'alga la radice quadrata di sedici milioni!"

"Cosa gliene frega a un'alga di estrarre radici quadrate!"

"Genius," disse Einstein, spazientito, "non capisco: si può sapere perché ti deprezzi cosí?"

"Ho un esaurimento diodico."

"Come hai detto?"

"Un esaurimento diodico," ribadí il computer, "voi prendete gli esaurimenti nervosi, no? Bene, io ho i diodi, invece dei neuroni. Chiedo tre giorni di cura del sonno. Spegnetemi, per favore, o mi spegnerò da solo simulando un surriscaldamento."

Einstein guardò Fang come per chiedere aiuto.

"Lo accontenti," disse il cinese, "in queste condizioni non può farlo lavorare."

Einstein spense uno dopo l'altro i tasti del computer che si addormentò con un sibilo soddisfatto. Il ragazzo passeggiò un po' nervosamente, poi si sedette alla sua scrivania, sbranando a morsi il solito gelato panna e amfetamina.

"Che disastro," disse, "se quelle perturbazioni non finiscono, non ne verremo mai fuori."

"Non sei riuscito a sapere niente di nuovo?" disse Phildys. "A cosa ti fanno pensare queste mura colossali? E quella città sulla montagna, Machu Picchu? C'è la possibilità che questi inca possedessero una energia segreta? C'è la possibilità di città sotterranee?"

"Non c'è niente di chiaro," sospirò Einstein, "ho analizzato tutti i dati che mi avete fornito su questi maledetti inca. Ci sono tutti i problemi che si incontrano nell'analizzare una cultura povera. Questi, addirittura, non avevano una scrittura! Solo qualche disegno e quei maledetti quipu, quelle cordicelle annodate!"

"Io non direi," lo interruppe Fang, "che avevano una cultura povera. O che la mancanza di scrittura è un elemento di povertà."

"E cos'è allora?" chiese Einstein, in tono di sfida.

"Nel loro caso, era un modo di manipolare la storia, un controllo delle informazioni. Quando gli inca arrivarono in questa zona, duemila anni fa, vi si erano già avvicendate varie culture: la Chavìn, la Paracas, la Inca Nazca, la Tihuanaco, la Chimà. Gli inca conquistarono queste terre, e appresero molto da questi popoli. Ma i loro storici, questi mnemotecnici che annodavano le cordicelle del quipu, cancellarono le tracce di queste precedenti civiltà, come se ogni conquista del sapere fosse nata con gli inca. Essi possedevano la storia... la banca dati, il linguaggio segreto... la chiave del computer, non sorrida, Einstein, perciò raccontarono ciò che era successo a loro modo. Il vincitore cancella o disprezza la cultura del vinto, annodando le corde della storia in certi modi, e dimenticando altri nodi. Cosí come può fare lei, con i dati di Genius."

"Ridicolo," sbuffò Einstein, "io non devo cancellare nessuna civiltà."

"Ma deve difendere l'ordine su cui si regge la sua. E spesso, non si chiama progresso la cancellazione di una razza, o di una cultura precedente? Gli inca distruggono i preincaici e li dipingono come selvaggi. Pizzarro in pochi giorni distrugge la civiltà inca, saccheggia, brucia, ed ecco diventati selvaggi quelli che fino a poco tempo prima erano dei. Gli spagnoli, conquistatori, vinti in guerra diventeranno pirati. E cosí 'l'esercito regolare' anglosassone cancellerà gli 'scotennatori' da questo continente. Ha mai pensato, Einstein, cosa potrebbe scrivere di noi un testo di storia nazista, se i nazisti avessero vinto la guerra? E cosí, fino ai giorni nostri. Quando i computer guidarono la prima escalation atomica, divisero il mondo in zone 'non evacuabili' o 'facilmente evacuabili'. In quelle facilmente evacuabili, c'erano i popoli che non potevano difendersi: i nuovi indigeni. E i dati che contenevano i computer di guerra erano quelli sull'armamento e sull'ideologia del nemico: la 'ferocia' e la 'superstizione' della tribú rivale. Si potrebbe fare una carta del mondo, Einstein, in cui i popoli sono segnati col nome con cui sono stati odiati. Cuori di bestie, come noi cinesi chiamavamo gli unni, mangiatori di maiale, come ci chiamavano gli arabi, infedeli kefir e avvelenatori ebrei, popolo del diavolo, mangiatori di carne cruda; e cannibali. Voi europei pensavate che i neri fossero cannibali: e loro pensavano che voi foste cannibali, perché vedevano portar via sulle navi i loro compagni come schiavi. Ogni popolo Einstein, a un certo momento della sua storia può diventare 'selvaggio': anche il piú civile e moderno."

"Adesso proprio esagera, Fang," sbottò Einstein, "un momento lei discute di scienza nel modo piú avanzato e poi torna a parlare come un sovversivo del duemila. E voi cinesi allora? Che siete passati dal tao a mao? In nome di che cosa avete fatto rivoluzioni culturali e purghe e riabilitazioni e fucilazioni pubbliche in massa?"

"Anche noi," disse Fang, "abbiamo piú volte riscritto la storia. Per questo abbiamo capito che è importante non dimenticare nessuna vittima, nessun nodo della cordicella."

"Molto suggestivo, ma io sono alquanto diverso dai vostri inca. Io taglio dati superflui, non teste. E al di là di queste mura ciclopiche, e di qualche buona strada, e di bei costumi piumati, che cosa mi può mostrare di questa civiltà che possa stare al paragone con la nostra?"

"Immagino," disse Fang, "che non si accontenterebbe di una poesia."

"Ah, voi cinesi," rise Einstein, "la poesia! Avevate scoperto la bussola magnetica e la usavate per trovare un posto favorevole per le tombe. Scopriste la polvere da sparo e ci facevate i fuochi artificiali. Pensi, che cosa ho letto in questi giorni. Duemila anni fa, un vostro scienziato inventò un sismografo, in grado di prevedere i terremoti. Ebbene, questo oggetto prezioso fu considerato, dai cinesi del tempo, poco piú di un giocattolo, e lo scienziato fu trattato come un fantasioso poeta. Lo sapeva?"

"Questo uomo di chiamava Zhang Hong," disse Fang sorridendo, "quello che lei ha detto è vero, e io sono molto onorato che si stia interessando alla storia cinese."

"Semplice aggiornamento," disse Einstein, "è una cultura... molto ricca."

"Sí. A proposito, lo sa che per qualcuno gli inca erano originariamente cinesi?"

Kook salí le scale della torretta-osservatorio dell'astronave. Portava in mano un bacile di schiuma, uno specchio e un rasoio. Si fermò davanti all'oblò, e percorse con lo sguardo il mare di stelle attraverso il vetro verdescuro. "Facciamoci la barba," pensò, "ti trovi ben rasato un eventuale benvenuto alieno, Leonardus Cristoforus Kook solo un mese fa orbitante tranquillo sul tuo Cincinnatus odoroso di salvia pratensis e pisum sativum ed ora qui lanciato nello spazio verso chissà quale mare tutto insaponato larvatus prodeo a molte lune dal tuo paesello natale dove giovane e curioso la notte andavi al telescopio del nonno il cannone nero Reichart perché pensavi, intrepido, se riesco a vedere una cometa avrà il mio nome cometa Kook e se poi scoprirò una nuova stella la dedicherò al nonno o anche al cane perché no, scoperta alfa cassiopeiae Victorii Kook Canisque Buck, forse è troppo lungo, Alfa Buck-Victori molto meglio e calcolando quelle distanze miliardi di miliardi di miliardi era una specie di nausea infinita una paura cosí grande che non trovava posto nella tua testa e invece eccole qui le stelle e i pianeti in questi anni di viaggi ne hai visti tanti, misteriosi da lontano infernali rossi e gelidi spettri e da vicino rocce magma ghiaccio brodo di gas pietruzze roventi mai tirare fuori dal mare un corallo il suo colore appassirà, mai incontrare davvero un sogno eppure una volta sul mare l'ultima volta forse che si vedevano le stelle dalla terra una notte turbinosa in barca via dalla città che bruciava e lei ti chiedeva il nome delle stelle e tu le inventavi per far bella figura e lei tenera Dio, Leonardus, sei un'enciclopedia e quella cos'è, aldebaran, e fin qui si sa, ma quella, che sia Laland? ma si, glielo puoi dire, è Laland e quella? quella la costellazione del toro e tira a caso Kook quella è Betelgeuse l'altra è Bellatrix come no è l'altra chi se la ricorda piú e ti viene in mente un compagno di scuola un ganzo da circolo tennis, con un collo grosso da toro, Rigel il toro chiamato, e cosí quella è Rigel e dopo ti veniva da ridere l'ho detta proprio grossa o magari forse esiste davvero una stella con quel nome e lei tranquilla, chissà, conquistata da tutto quel sapere galattico lanciò segnali che voleva magari qualcosa di assai terrestre e tu Leonardus stordito dal mal di mare e da quel dolore strano che ti prendeva quando sentivi il suo braccio sulla tua spalla e sii gentile ragazza baciami subito amore volevi dire guardando le stelle e quando si sentí l'esplosione e quei riflessi sul mare il capitano disse tenersi stretti adesso ci sarà l'onda e pensavi se ci sarà l'onda allora l'abbraccerò e l'onda arrivò e il cielo era sotto e l'acqua sopra e..."

Kook volò in aria e ripiombò a terra. La crema da barba nevicava, ricadendo giú in fiocchi banchi. "Un vuoto gravitazionale," pensò "chissà come sarà contento Chulain, è la seconda volta oggi, un bel disastro questa nave guarda dov'è volato il rasoio certo Cincinnatus era piú tranquillo, piccolo e blu sempre rivolto al sole, chissà che ne faranno della salvia pratensis non era venuta su male, certo non i tre metri del programma, però odorava, e non sarebbe male rivedere su quel pianeta un albero, grande magari, una quercia, quella che c'era al centro profughi in montagna dove eri salito tu e guardavi giú la città che bruciava e perdevi tempo a cercare nidi e chiamasti tuo fratello e poi i cinque aerei come uno solo in picchiata neanche un uccello canta e tuo fratello corre al rallentatore l'erba alta lo frena come in un sogno e dai corri urlano e si apre la porta del rifugio e un uccello grida e poi il tuono e la terra che piove nera e tu in aria e lo vedi..."

Questa volta il vuoto di gravità fu piú forte, e Kook dovette nuotare per non rovesciarsi, mentre il pennello lo specchio e la crema volteggiavano in aria. La gravità tornò di colpo. Kook, con un tuffo, riuscí a prender al volo lo specchio prima che cadesse.

"Uff," sbuffò, "sette anni-luce di guai evitati."

"Il pranzo è servito," disse LeO apparendo trionfalmente in cabina guida con un vassoio nel becco.

"Cosa c'è di buono?" chiese Chulain.

"Gelato di tonno. Il disibernatore si è rotto. Per favore, non arrabbiarti. Piccolo inconveniente."

"Sono calmissimo," disse Chulain a denti stretti, "altri piccoli inconvenienti?"

"Tutto procede perfettamente. Solo, non c'è piú carta igienica. È tutta volata via scodinzolando, durante i vuoti gravitazionali. Inoltre, se devi uscire per la passeggiata spaziale, attento ai cavi di collegamento. Erano rotti, e li ho riannodati tutti, ma non sono sicuro che tengano."

"Questa non è una nave, è un rottame," brontolò Chulain.

"Non è degna di me, di Boza Chulain il soave tigrotto, di me che ho viaggiato sulle navi ribelli piú veloci e gagliarde dello spazio! Ah, mi ricordo quando viaggiavamo sulle rotte rosse, è inutile che cerchi di scappare, robottino, ti tengo un piede sulle rotelline e adesso te la devi ascoltare tutta. Viaggiavo, allora, col celebre capitano Sir Greamur. Appena saliti sulla nave, mi ricordo che ci disse: 'Compagni, qualcuno morirà in questa impresa, ma sappia che la sua spada, appena cadrà dalle sue mani insanguinate, verrà subito raccolta da un altro!'"

"Vi rubavate anche le armi?"

"Taci provocatore! Il nostro motto a quei tempi era: rubare ai ricchi per dare ai poveri. Assaltavamo le navi che trasportavano oro alle basi spaziali. Dopodiché portavamo il bottino ai minatori dei pianeti spenti. Subito un'altra nave della nostra flotta attaccava i pianeti spenti, i cui minatori, col nostro bottino, erano diventati molto ricchi. Li derubavamo e davamo l'oro ai poveri agricoltori dei satelliti verdi. Questi impazziti di riconoscenza gridavano: siamo ricchi, siamo ricchi! Ma subito, udendoli, piombavano altri di noi e li derubavano per portare l'oro ai poveri. Continuò cosí per anni, e non trovammo mai una soluzione. Non si poteva rubare al ricco per dare al povero senza che il povero diventasse ricco e tutto ricominciasse. Perciò una sera, sopracoperta, si alzò Mortensen, e parlò. Mortensen era un vecchio marinaio del nord, e sul suo viso abbronzato gli occhi chiari brillavano come due uova fritte in una padella. Ti piace questa immagine?"

"È una delle piú orrende che abbia mai sentito."

"Grazie, LeO. Mortensen dunque si alzò e disse: 'Capitano, sono anni che girovaghiamo nel cosmo mangiando bistecche di topo, con turni durissimi, lontani dagli affetti familiari. Quando partii mia moglie era giovane e bella, e le mie figlie avevano sei anni. Quando sono tornato dopo vent'anni di assenza mia moglie non mi ha riconosciuto, e le mie figlie erano molto cresciute, erano undici piú tre maschi. Sono stanco di fare il ribelle. Le chiedo il permesso di ammutinarmi.'"

"E il capitano cosa disse?"

"Il capitano stette un attimo in silenzio. Poi ci guardò dritto negli occhi e disse: 'Chi la pensa come Mortensen, può anche andarsene subito.'"

"Noi allora guardammo il suo bel volto fiero e leale. Entro quindici minuti ce ne eravamo andati tutti, portando via tutto quello che c'era da arraffare, comprese le bombole dell'ossigeno e le maniglie dei cessi. Il capitano non fece una piega: il giorno dopo, da solo, attaccò un cargo russo armato con missili. Si avvicinò e disse: conterò fino a dieci, e poi il mio cannone sparerà. I russi risposero: allora noi conteremo solo fino a sei. Il capitano Sir Greamur deflagrò senza un lamento."

"Era un gran fesso," disse LeO, commosso.

"È vero. Fessi come lui non ce ne sono piú," disse Chulain, "perciò tu capisci, robottino, che un ex-corsaro come me non può volare su una astronave dove le manopole dei comandi sono testine di nanetti e dove quella Mei semina le sue maledette insalate di fiori!"

Evocata, Mei, entrò con una tutina rossa sfavillante e un vaso di fiori azzurri di carta in mano.

"Chulain," disse, "ho pensato che la tua cabina è un po' spoglia, e che questa composizione potrebbe rallegrarla. Si chiama: 'tè di cielo per il guerriero'. Ti piace?"

"È bellissimo," gongolò Chulain, sotto lo sguardo schifato di LeO, "in effetti, stavo proprio dicendo che questa astronave ha bisogno di qualche tocco di colore..."

"Oh, Chulain," disse Mei, "certo, un duro come te non deve trovarsi a proprio agio in mezzo a tutti questi disegni di animaletti..."

"Oh no, mi piacciono i disegni. Qualche volta dipingo, durante i viaggi in astronave."

"Davvero? Ma chi l'avrebbe detto! E che soggetti preferisci?"

"Io... ehm... paesaggi," disse Chulain.

"Sí, i paesaggi centrali di Playboy," sibilò LeO passando velocissimo, "li vendeva agli astronauti solitari russi a dieci lingotti l'uno."

"È una calunnia," disse Chulain, facendo rotolare il robot con un calcione, "non ho mai chiesto piú di sei lingotti."

"Su ragazzi," disse Kook, che era entrato nella sala, "è l'ora della riunione. Smettete di litigare e cercatemi Caruso, o non possiamo cominciare."

"Cominciate pure! Sono qua," disse una voce rimbombando lontano.

Tutti si guardarono intorno, ma non lo videro. La voce risuonò ancora.

"Vedete quel tubo bianco nel soffitto? Bene, io e Sara stiamo lavorando li dentro. Parlate, noi sentiamo tutto."

"Dai, Caruso," disse Kook, "non possiamo gridare per farci sentire."

"Non occorre gridare, vi sento. Anche se bisbigliate!"

"Quello è pazzo, lui e il suo aiutante a strisce," disse a bassa voce Kook.

"Non siamo pazzi né io né Sara," tuonò Caruso. "Nel fare questo lavoro nei microcircuiti, ho sviluppato un super udito. Sento ogni piccolo rumore sospetto in un'astronave di seimila tonnellate, e posso sentire quante api ci sono in un prato, e se ce n'è qualcuna che ha le ali che non ronzano bene, e ripararla."

"Bum," disse Chulain, "questa è la piú grossa dell'anno."

"Ah sí?" disse Caruso. "Bene, per cominciare, Chulain, stamattina tu eri rimasto quasi senza dentifricio e hai dovuto strizzare il tubetto per farne venire fuori l'ultimo anelito. Ho sentito il rumore dello strangolamento: era penoso. In quanto a te Mei, mentre facevi il tuo ikebana, stanotte, i petali del garofano non facevano che cadere: ne ho contati diciotto. E tu Kook, hai digerito male: tutta notte i tuoi succhi gastrici si sono esibiti in un coro che mi ha ricordato certi passaggi dell'Ernani. E, per finire, caro LeO, tu hai un bullone svitato che ciondola e fa un gran casino."

Ammutolirono, poiché era tutto vero.

"Quand'è cosí," disse Mei, "posso cominciare. Ho avuto l'ordine di comunicarvi questi dati solo alla quarta settimana di volo, non so perché. I dati riguardano la terza parte del messaggio di Van Cram e sono... molto strani."

"Mi pareva strano che ci potesse essere qualcosa di non strano in questa storia," commentò Kook.

"Van Cram comunica che sta molto male... che lui e i suoi uomini sono pieni di macchie rosse, forse punture di insetti... come sapete, avevano sempre vissuto nello spazio, il loro organismo non era preparato a resistere a veleni naturali... dice di avere una forte febbre, poi comincia a delirare... dice testualmente...: 'Uomini tutti morti... grande disegno sulla terra... per arrivare qua... cercate l'uomo serpente... cercate la Strega...'"

"Grande disegno? L'uomo serpente? La Strega? Ma cosa significa?"

"Non lo sappiamo," disse Mei, "il messaggio è stato analizzato varie volte dai computer. Ne è risultato che Van Cram stava molto male quando l'ha lanciato, forse non ne aveva per molto. Ha addirittura spedito il vettore senza sigillarlo, il che, come sapete, invalida tutti i suoi diritti sul pianeta. Non sappiamo se queste linee, e la 'Strega', e 'l'uomo serpente' sono frutto del suo delirio o sono veri. Se sono delirio, nessun problema."

"E se no?"

"Se no," concluse Mei, "ci sono molte probabilità che quel pianeta sia abitato da forme di vita intelligente."

Chulain si alzò e picchiò un pugno sul muro. "E noi ci andiamo disarmati! Ecco perché ce l'hanno detto solo adesso!"

"È il solo pensiero che ti viene in mente, Cu?" disse Mei, severa.

"Certo! E che altro? Se arriviamo su quel pianeta e ci fanno fuori, a che cosa è servito questo viaggio?"

"Ma perché devi pensare che se c'è una forma di vita su quel pianeta, deve esserci per forza nemica?" lo interruppe Kook.

"Perché è tanto che viaggio nello spazio! E ho imparato a aspettarmi il peggio. Ne ho viste di tutti i colori: gas bollenti, mari allo zero assoluto, bufere di ranocchie, nuvole vischiose, alghe vampiro! Lo spazio non è un'aula di università, signori miei."

"Sí, Chulain," disse Kook, "ma qua non si tratta di possibilità di vita intelligente. Finora, in tutte le esplorazioni cosmiche, che io sappia, ci sono allo studio solo tre casi di possibile organismo intelligente superiore: le palle di neve di Urano, i microconigli dei meteoriti di Proxima Centauri e i mosconi misteriosi arrivati nelle minestre della stazione spaziale di Duecalionis su Marte. E per tutti e tre il giudizio degli esperti è ancora sospeso. Ma se ci sono 'grandi disegni', la cosa è diversa!"

"Balle!" disse Chulain. "Ne ho visti tanti di segni, disegni e geroglifici nello spazio. Non c'è pittore instancabile come il vento, o l'acqua. Si fa presto a sbagliare. Un mio amico, una volta, trovò fluttuante nel cosmo un grande libro con una scrittura misteriosa, e per dieci giorni tutta l'astronave impazzí e vennero scienziati da ogni parte perché erano convinti di aver trovato la bibbia marziana. Un giorno, il cuoco giapponese lo vide, e spiegò che era l'elenco telefonico di Tokio!"

"Comunque sia, dobbiamo prepararci a eventuali comunicazioni con gli alieni" disse Kook. "Abbiamo qualche codice universale?"

"Il computer conosce duemila linguaggi immaginari," disse Mei, "e LeO è un buon mimo."

"Balle," disse Chulain, "ve lo dico io cosa ci vuole per comunicare con i popoli alieni: il prontuario del colonizzatore civile, che dice al punto sei: 'Arrivando su un pianeta, per prima cosa spaventare i selvaggi locali con tuono di fucile, o lampo di luce che vi faccia subito rispettare e temere'."

"E dai!" protestò Kook, "perché li chiami selvaggi!"

"Punto uno del codice, caro Kook," sorrise Chulain, "da sempre nella storia, chi scopre per primo una terra ha il diritto di chiamare i suoi abitanti selvaggi. Se gli indios nel 1492 avessero scoperto la Spagna, avrebbero potuto dire che era piena di selvaggi coperti di strane vesti con colletti giganteschi e gioielli, e c'era anche un certo Cristoforo Colombo che parlava un linguaggio incomprensibile e diceva che la terra è un uovo, e che questi selvaggi spagnoli delle corti avevano usanze crudeli, come tenere dei nani come cagnolini e arrostire vivo che non rispettava la loro superstizione. E non si lavavano mai! E magari gli indios avrebbero potuto saccheggiare un po' di musei, chiese, palazzi, dicendo che volevano portare a casa qualche esempio dell'arte locale. Ma non fu cosí! Perciò io non voglio fare lo scoperto, voglio fare lo scopritore. Se qualcuno arriva sul mio pianeta, bene, ha ragione lui. Ma se io arrivo sul suo, tutti quelli che trovo li civilizzo, li converto al Chulainismo a fucilate, e se si ribellano gli frego tutta l'argenteria. Augh. Ho detto."

Dopo qualche istante di silenzio, il negro scoppiò a ridere: "Su, non fate quelle facce; vi ho preso in giro! Io ho paura come voi di trovare qualcuno su quel pianeta... non ho la stoffa del civilizzatore io..."

"Tanto probabilmente," disse Kook, "non ci sarà niente lassú. Solo qualche pianta antropomorfa, e qualche pietra di forma strana. Lo spazio non è adatto alla vita."

"Forse," disse Caruso, uscendo dal suo tubo, "ma c'è ancora qualcosa da dire. Quella che noi chiamiamo 'vita', sia che la crediamo creata dal carbonio, o da un Ente Supremo, è poi cosí facile da riconoscere? Vi racconterò una storia. La ascoltai da un marinaio con cui ero imbarcato su una goletta araba. Era un vecchio portoghese: si chiamava De Leon."

IL RACCONTO DI DE LEON:
LE STELLE MAGICHE

Successe circa trent'anni fa prima della Grande Crisi Energetica — disse il marinaio De Leon. Ero imbarcato sulla Tintorera, l'astronave di Garcia Meza lo squalo. Il capitano, che sulla terra era stato un grande sterminatore di indios, visto che non c'erano piú grandi regni da conquistare, s'era lanciato nello spazio. Aveva comprato con i frutti di anni di saccheggi questa astronave da guerra. Su di essa Garcia assaliva le astrocargo, le depredava, uccideva gli uomini e lasciava nello spazio una lunga scia di cadaveri. Gli piaceva il sangue, c'era da averne paura, era una specie di orco con baffi e barba nera, e vestiva sempre una tuta da guerra tutta intarsiata di denti di squalo. Ogni tanto il capitano atterrava su un asteroide. Scavava dappertutto, lanciava bombe, distruggeva ogni cosa sul suo cammino alla ricerca di uranio, senza preoccuparsi di sapere se sull'asteroide c'era vita o no.

"Se un essere vivente," diceva, "non ha due belle tette, o una pistola carica, non lo prendo nemmeno in considerazione."

Un giorno, atterrammo su un asteroide vicino a Enceledus, un satellite Saturnino. Era un asteroide molto piccolo, tutto di roccia bianca, spettrale. A me toccò di uscire in ricognizione con una squadra; avevo piuttosto paura, sapete, era una delle mie prime volte. Stavamo percorrendo una zona impervia con i robocani da ricerca, quando il mio robocane alza la testa e punta verso un buco nella roccia, una caverna. Entro e: beh, non credevo ai miei occhi: c'era un lago naturale dentro, bellissimo, con stalattiti altissime. Sul fondo del lago, limpidissimo, si vedevano delle stelle marine luminescenti: alcune erano bianche, altre nere, forse era la differenza di sesso, non so. Fatto sta che ce n'erano almeno duecento. Chiamai gli altri; anche il capitano arrivò, le vide ma non si mostrò per nulla impressionato.

"Sono stelle marine! E allora! Sulla terra ce n'è a migliaia, sotto al ghiaccio. Che valore possono avere?"

"Capitano," provai a dirgli, "ma queste vivono su questo asteroide lontano. Forse sono diverse, potrebbero essere una grande scoperta scientifica."

"Basta! Basta!" urlò lui! "Uranio, cerco, non stelline. Prendetele, forse sono buone da mangiare!" E rise sprezzatamente.

Beh, non ci crederete. Se le mangiò veramente, quella bestia, e disse anche che erano proprio buone. Io, però, ne avevo nascoste una trentina in un sacco; appena fui sull'astronave le misi in una vaschetta d'acqua e le nascosi. Ma un giorno il capitano fece una ispezione e me le trovò. Mi fece dare cento frustate, ma la cosa non finí lí.

Dovete sapere che il capitano aveva una grande passione. Adorava giocare a scacchi. Era anche molto bravo — per uno di quei misteriosi legami che uniscono malvagità e genio —, e nessuno, da anni, era mai riuscito a batterlo, neanche il computer di bordo. Ebbene, il capitano vide le stelline bianche e nere, e decise di fare una scacchiera unica al mondo. Su ogni stellina bianca montò un pezzo bianco, e altrettanto fece con le nere. Quindi le mise su una grande scacchiera di ossa di orso, e devo dire che il risultato era veramente splendido: la luminescenza delle stelline rendeva la scacchiera magica. Ma io notai subito che le stelline, fuori dall'acqua, stavano perdendo colore e appassivano, morivano, insomma.

Una notte mi alzai dalla branda e andai di nascosto nella stanza del capitano. Mi avvicinai alla scacchiera, con l'intenzione di rubare le stelline, e nasconderle, o almeno farle rivivere un po' nell'acqua. Ma il capitano, che era furbo e sospettoso, aveva munito la scacchiera di un segnale di allarme. Appena l'allarme scattò, balzò sul letto e gridò: "Maledetto mozzo! È la tua seconda insubordinazione! Questa volta finirai a nuotare nello spazio!"

Fui messo in cella. Sapevo ormai che le mie ore erano contate. Il codice di navigazione spaziale stabiliva che il capitano Garcia aveva diritto di vita e di morte sull'equipaggio. Eppure io, quella sera, non sentivo nessun dolore per la mia sorte: non facevo che pensare alla lenta agonia di quegli esseri, ridotti a pedine della scacchiera del capitano.

Il mattino dopo, Garcia in persona venne ad aprirmi la porta della cella. Rideva, ed io sapevo che quella risata annunciava qualche nuova crudeltà.

"Caro De Leon," mi disse, "sei veramente fortunato! I tuoi compagni ti vogliono bene, e hanno molto insistito perché ti dessi un'ultima possibilità. E io ho deciso di dartela, che diamine! Avrai salva la vita! A una condizione... che tu... ah, ah... mi batta a scacchi! Se io ti batto ti ucciderò nel modo che vorrò.

Se sarai tu a vincere, naturalmente tu ucciderai me: non è una gara ad armi pari?" e Garcia mi sghignazzò in faccia.

Non era una gara ad armi pari. Il capitano sapeva benissimo che io conoscevo a malapena le regole del gioco, mentre lui era un maestro. Aveva inscenato questa commedia, perché qualche amico nell'equipaggio, aveva coraggiosamente chiesto pietà per me; con questa macabra farsa voleva riaffermare il suo potere, e deriderci. Volle infatti che tutto l'equipaggio fosse presente alla partita. Ci sedemmo di fronte alla scacchiera, ed egli, bevendo la sua solita pinta di rhum, con un sogghigno disse: "Ecco! Muovi pure per primo! Ti do un ultimo vantaggio! Ora le hai vicine le tue care stelline, sei contento? Guarda che beffa però, saranno proprio loro a portarti nella tomba!" e rise ancora.

Guardai la scacchiera, e i volti rattristati dei miei amici. Non sapevo proprio che fare. Stavo per dire, su, basta con questa buffonata, mi uccida subito e facciamola finita, quando mi accorsi che una delle stelline, la pedina di regina, pulsava leggermente. Solo io potevo vederla, in quanto gli altri erano lontani dal tavolo e il capitano non aveva una buona vista. Con mio grande stupore, vidi la stellina che iniziava a muoversi verso la casella che aveva davanti. Istintivamente, ne accompagnai il tragitto con la mano. Guardai, se qualcuno si fosse accorto di quello che era successo. Nessuno, tantomeno il capitano Garcia, che ruttò rumorosamente e disse: "Bene! Buona apertura! Pedina di regina! Hai mosso in fretta, ragazzo! Vuoi morire prima?" e fece la sua mossa con il nero.

Quando vidi pulsare la seconda stellina, ancora una pedina, un pensiero incredibile mi nacque in testa. Ma solo alla quarta mossa, quando la stellina di cavallo pulsò e mi indicò chiaramente con una delle sue punte di muovermi avanti a sinistra, capii cosa accadeva. Quasi svenni per l'emozione. Le stelline PENSAVANO! E non solo, ma in quei pochi giorni che erano state usate sulla scacchiera, avevano capito il gioco degli scacchi, e stavano giocando per me! Con quanta intelligenza? Molta, come capii, man mano che la partita proseguiva, dall'espressione del capitano Garcia. Dall'iniziale risata, egli era passato a un risolino preoccupato, che divenne ben presto isterico. Da buon giocatore qual era, si rendeva conto, mossa dopo mossa, che lo stavo attaccando con grandissima abilità.

Mi guardò negli occhi, con paura, quando la stellina alfiere guidò la mia mano scivolando in una posizione di attacco alla regina nera. Anche i miei amici si erano resi conto che qualcosa di strano stava accadendo, perché li sentivo bisbigliare, e a farmi di nascosto cenni di tener duro. Il capitano cominciò a sudare, e a pensare piú a lungo prima di ogni mossa. Ogni tanto scuoteva la testa, come ad allontanare il pensiero che quel giovane mozzo potesse veramente giocare come un grande maestro... no, mi pareva di leggere nel suo pensiero, no, è il caso che lo guida in una serie incredibilmente fortunata di mosse, ma prima o poi commetterà un errore da principiante qual è.

Ma alla ventesima mossa, un attacco di regina, Garcia, si rese conto che io stavo veramente giocando al suo livello. Iniziò a tremare: non riusciva a capire. Impallidí, mentre gli mangiavo alfiere e torre. Le stelline, implacabili, lo attaccavano da ogni parte. Alla trentaseiesima mossa, si accorse che era quasi perduto. Mi guardava con terrore: capivo che piú che la sconfitta e la probabile morte imminente, una domanda lo rodeva: cosa sta succedendo? Come hai fatto a vincermi? Dove ho sbagliato? A quel punto, decisi di mostrargli la verità. La stellina di regina pulsò. Io non la toccai. Si spostò da sola, percorse due caselle, si fermò. Era uno strepitoso scacco matto di regina, cavallo e torre, una mossa da maestro.

Il capitano Garcia impallidí. Capí subito. Si alzò di colpo dalla scacchiera. Guardò ancora la stellina. Con un urlo, fuggí nella sua cabina. Pochi istanti dopo sentimmo il colpo. S'era sparato. Cosí finí il terribile capitano Garcia. Le stelline, rimaste troppo a lungo fuori dal loro elemento naturale, morirono tutte durante la notte. Non prima, però, di avere salvato la vita all'unica persona che le aveva trattate umanamente. Perché umane erano, se questo aggettivo ha qualche valore, di questi tempi.

"Questa è la storia," disse Caruso, "che mi raccontò quel marinaio, e io non ho nessun elemento per dirvi se è vera, o inventata. Ma da come la raccontò, io gli ho sempre creduto."

Nera e minacciosa, la Calalbakrab, il Cuore dello Scorpione, seguiva la Tien a meno di un cinquantesimo di quadrante. Vista in volo, era ancora piú impressionante che a terra, e si capiva perché sul suo conto fossero nate tante leggende. La sua forma ricordava uno scorpione: il corpo centrale era diviso in due parti, ognuna dotata nella parte anteriore di una ala-chela che poteva portarsi indietro o avanti, secondo le esigenze di volo e di combattimento. Le parti si chiamavano Zuben Elgenubi e Zuben Elschemali, e potevano anche separarsi e volare indipendentemente. In Elgenubi stavano i computer, i servizi e l'equipaggio. In Elschemali c'era la reggia volante con i suoi corridoi di marmo, i suoi giardini, le sue sale segrete. Le due parti erano unite posteriormente dal pungiglione, il cannone laser piú grande del mondo, in grado di distruggere un intero pianeta, e con il quale era stata disintegrata la Orion, la corazzata amerorussa, nella battaglia spaziale di Mercurio. Dopo questa battaglia, arabi e amerorussi si erano uniti nella lega dei sette sceicchi con a capo re Akrab, il Grande Scorpione, padrone di un terzo dell'energia del mondo. Ma l'equilibrio politico della lega era instabile, e le tensioni molto forti.

"Sai, Dylaniev, non credo che andiamo molto a genio ad Alya," disse Vassiliboyd, "credo anzi che ci manderebbe volentieri a passeggiare nello spazio."

I due piloti amerorussi erano sdraiati nella loro comoda cabina di guida, e ascoltavano un riassunto mozartiano dal musicomputer di bordo. Il pilota automatico guidava la nave, prendeva informazioni da terra sulla rotta e corrompeva i satelliti di ricognizione affinché non segnalassero il loro passaggio. Quattro adhara, le hostess spaziali arabe in divisa di seta azzurra, erano sempre attente a soddisfare ogni esigenza, dall'accendere le sigarette al riempire con solerte frequenza i bicchieri di vodsky (un decimo di vodka, uno di whisky e otto di distillato di insetti).

"Sai, John," disse Dylaniev, già ubriaco, "volare su questa astronave dovrebbe essere il sogno di ogni pilota. Io invece mi annoio!"

"Anch'io, Igor," disse Vassiliboyd, "però ero stufo di portare sceicchi grassoni in crociera con le loro amanti, su qualche motel lunare. Almeno qua, da un momento all'altro, può succedere qualcosa. Ti ricordi cosa diceva Laurel?: impara a vivere sotto l'ombra della spada!"

Dylaniev sorrise. Laurel era stato il loro istruttore quando si erano arruolati nei Ribelli, una formazione clandestina pacifista che si era assunta il compito di distruggere le armi spaziali americane e russe per impedire una nuova guerra mondiale. A forza di cacciare satelliti divennero i migliori piloti di astronave del loro tempo. Quando scoppiò la sesta guerra mondiale, venne loro proposta un'amnistia se si arruolavano nell'esercito regolare. Molti avevano accettato, pur di vedere finire presto la guerra. Ma la guerra era stata lunga. Adesso, molti ex ribelli pacifisti guidavano astronavi dei Sette Sceicchi, con lauti stipendi.

"Certo, se Laurel ci vedesse, non sarebbe contento di noi," disse Dylaniev cupamente versandosi altro vodsky.

"Era un pazzo, Igor," disse Vassiliboyd, "questa è la verità."

"Un pazzo, forse. Ma aveva delle idee. E non gliele passava il computer, come noi adesso. E non credo che ci sia un computer che si farebbe fucilare per le sue idee."

"Ahi, ahi, ahi," si lamentò Vassiliboyd alzando le braccia al cielo, "oggi è sabato e Igor Dylaniev ha la sua crisi di Coscienza, con la C maiuscola. Signore delle rotte, proteggilo!"

"Piantala John," disse Igor, cercando di alzarsi e rovesciando la bottiglia sui comandi, "lasciami in pace!"

"Sarebbe ora che tu la finissi di pensare al passato, Dylaniev!" Abbiamo creduto in certe cose, certo! Abbiamo tutti rischiato la vita per bombardare basi missilistiche e satelliti-spia nello spazio, per poi scoprire che metà di noi erano infiltrati. Abbiamo cantato delle belle canzoni, e manifestato, e messo bombe nei computer, e fatto un gran casino, e il risultato è stato: tre guerre, una dopo l'altra, due miliardi di morti! E adesso c'è solo ghiaccio sulla terra, Dylaniev, non c'è piú niente da difendere e l'importante è stare al caldo, avere delle comode braghe d'orso e vodsky per stare allegri! Se non ti va, non rompere, se hai ancora dei rimorsi, ci sono un sacco di stazioni spaziali che cercano taxisti in questi tempi..."

"Sei piú ubriaco di me, e cinico come al solito," disse Dylaniev, alzandosi a fatica, "e te la prendi con me perché ti fai schifo quasi come mi faccio schifo io... e basta con quella maledetta musica!"

"A me piace la musica computerizzata, Igor," disse Vassiliboyd, alzandosi in piedi, minaccioso, "e se oggi sei in vena di tristezze, vai all'archivio cinematografico e riguardati qualcuno di quei bei film pacifisti degli anni '80, o va' a cantare *we shall overkome* con la tua balalaika!"

"Vaffanculo, John!" urlò Igor, "vaffanculo tu e i tuoi computer rock e gli spettacoli a bordo e la piscina e la roulette e tutta questa baracca volante illuminata a lampadari antichi, quando metà dell'umanità è al buio!"

"Mi hai rotto, Igor," disse John. Si fronteggiarono un momento e poi si spararono una bella serie di cazzotti, tra le urla di spavento della adhara. Il pilota automatico segnalò "turbolenza equipaggio" al computer centrale.

CALALBAKRAB: UNA PROFEZIA PER SUA VELENOSA MAESTÀ

La galleria dell'astronave aveva il soffitto trasparente. Tra gli stucchi dorati e le colonne di marmo lo spazio rilucente di stelle era il broccato piú prezioso. In questo favoloso corridoio il re Sadalmelik Temugin Akrab procedeva sulla sua lettiga d'oro, bottino di guerra, portato da dodici uomini. Tutto il piccolo esercito dell'astronave lo attendeva schierato nella Sala Reale. Centotrenta guerrieri con le lance laser puntate in alto, e quaranta centauri sui Pegasus, cavalli meccanici perfezionatissimi capaci di correre a cento chilometri all'ora, e saltare vasti crateri.

Re Akrab, sceso dalla lettiga, ordinò a tutti di andarsene e restò solo nella vasta sala piena di bottini di guerra: c'erano mummie, statue, quadri, saccheggiati nei musei di tutto il mondo. Il risultato era alquanto confuso. Re Akrab sedeva su una sedia imperiale napoleonica, e davanti aveva come tavolo un ologramma di Beerkhout. Alle sue spalle, una parete in cui convivevano a fatica Velasquez, Goya, Picasso, Trumbull, Hokusai, Chagall, Caravaggio, tre autoritratti di mano reale, Lichtenstein, videogiochi, tappeti e l'insegna del Gordon Gin di Times Square, trofeo di guerra di cui Akrab era particolarmente fiero oltre a centinaia di teste di animali impagliati.

Il re prese un sigaro e lo accese da una saliera di Cellini ronsonizzata. Fumò accarezzandosi la barba rossa, poi premette un pulsante sul muro. Una parete in mogano della stanza si aprí, e rivelò un'abbagliante raccolta di gioielli. Su un grande pannello, diviso in due emisferi circolari, brillavano diamanti, rubini, smeraldi, zaffiri, di varia grandezza. Il re passò delicatamente la mano sul pannello. Il suono di un gong interruppe il suo appassionato esame. Sul videofono interno, che sostituiva con gusto audace la testa di una Venere greca, apparve una richiesta di visita.

"Chi rompe?" chiese regalmente Akrab.

"Sono Alya," rispose una voce sibilante, "e con me c'è l'indovino, El Dabih. Abbiamo una cosa molto importante da dirvi, Grande Scorpione."

"Entrate," disse il re. I due potenti consiglieri fecero la loro apparizione. Alya era vestito con un mantello di pelle a macchie scure, l'indovino portava la divisa nera e viola dei consiglieri parapsicologici ESP.

"O Conquistatore, o Grande Cacciatore," iniziò Alya, "resti il tuo nome nella hutba, in te brulica l'infinita saggezza, in te tutte le doti e le virtú e in te ogni saggia perfezione genetica, in te luminoso..."

"Basta, taglia," ruggí il re, "ho già capito che sei qui per parlarmi di una grana."

"Nella tua perfetta e inarrivabile... ebbene, sí, è cosí. Quei piloti amerorussi... Bisogna fare qualcosa!" disse Alya, "hanno fatto ancora a botte tra loro. Sono ubriachi dalla mattina alla sera. La notte girano per i corridoi schettinando e mettendo in allarme le guardie. Buttano i robot in piscina. Fumano marijuana negli ascensori e li rendono allucinogeni."

"Sono giovani," disse il re, con un sorriso. L'indovino annuí.

"Sí, ma c'è qualcosa di piú grave! Questa loro... agitazione non è frutto di allegria... sono scontenti! Abbiamo registrato tutte le loro conversazioni... ci odiano: specialmente quel Dylaniev ricorda troppo spesso il suo passato di ribelle... si ubriaca e dice che detesta lavorare per noi... non va piú ai concerti serali..."

"Questo è piú grave," disse il re, pensoso.

"E c'è dell'altro... quei due piloti girano sempre con il gruppo musicale le Dzunum... li abbiamo scoperti a... ehm, fornicare all'aperto, fuori dall'astronave, e le guardie devono andarli a riprendere. Il loro esempio potrebbe danneggiare la disciplina dell'equipaggio; ci sono altri amerorussi, qua sopra. Bisogna eliminarli!"

"Ti capisco Alya," disse il re, "la vitalità giovanile è una bella cosa, nella pubblicità delle bibite. Negli altri casi, disturba assai. Ma non possiamo liberarcene cosí su due piedi: primo, abbiamo preso quei piloti, in quanto come ex-ribelli hanno una perfetta conoscenza di queste rotte. Secondo, gli amerorussi hanno fatto pressione per partecipare a questo volo, cosí da poterlo sbandierare ai loro sudditi: e non credo che rinunceranno facilmente alla notizia che la nave che ha scoperto terra due, era guidata dai loro gloriosi piloti."

"E terzo?" chiese Alya.

"Terzo, voglio naturalmente sentire cosa dice il mio indovino!"

L'indovino si inchinò con esagerata cortesia. "Ieri notte," disse, "ho cercato il tuo destino nelle venti carte, nella ragnatela dell'epeira e nel fumo della grande Alkres, la brocca sacra. Il responso è stato questo:

"Verso la seconda terra
verrà dalla terra di due parti
sangue da sangue lontano
la testa dello scorpione sarà schiacciata
sotto il piede dell'aquila
quando il cielo cadrà sulla terra."

Il re impallidí. "Mi sembra una ben velenosa profezia, indovino. Cosa significa?"

"È una profezia alquanto oscura," disse El Dabih, senza alzare lo sguardo. "Io la interpreto cosí: in questo viaggio verso la seconda terra, il nuovo pianeta, verrà qualcuno a te nemico dalla terra di due parti, il continente americano (cosí viene chiamato nei vecchi testi) qualcuno di una razza che tu hai combattuto e ucciso."

"Gli americani, re," disse Alya, "tu distruggesti con i tuoi missili New York, nella tua Guerra Santa: ora essi sono alleati con noi, ma nel profondo del cuore ci odiano: e quei due piloti portano sul casco lo stemma dell'aquila!"

"Questo vuol dire la profezia, indovino?" chiese il re.

"Non lo so. Sono tanti i popoli che ti hanno giurato vendetta. Io credo che un grande pericolo ti minacci. Ma ciò non avverrà, prima che il cielo cada sulla terra."

"È cosí indovino?" disse il re, riprendendo baldanza, "allora, questo non avverrà mai! Questa profezia è buona per me! Il cielo non cadrà mai sulla terra, cosí come non cadrà la mia potenza!"

"Però devi essere ugualmente prudente," sibilò al suo orecchio Alya, "quegli americani sono comunque una minaccia, per te..."

"Sí," disse Akrab, con un sorriso crudele, "ma dobbiamo essere astuti. Mio Alya, c'è un proverbio arabo che dice: la lepre tagliata in due, non corre due volte piú forte. Mi capisci?"

"Sí," disse Alya con una luce di trionfo negli occhi, "sua Maestà vuol dire, nella sua infinita e luminosa Perfidia — che basterà eliminarne uno, il piú vivace. L'altro, sicuramente si calmerà, e noi potremo mantenere i patti con gli amerorussi. Vado subito a eseguire!"

"Calma, calma," disse il re, "quanta fretta! Alya, mio viscido consigliere e tu, mio sincero quanto ostile indovino, non pensiamo ora a queste cose. Pensiamo alle cose belle... alle ricchezze dell'arte. Avete mai visto questa parete di quadri? Su Alya, non esitare, vino e quadri non sono cari al Corano, ma sono cari a me."

Alya spalancò le braccia in un gesto di esagerata ammirazione. "Meravigliosi: chi sono questi pittori?" chiese, indicando alcuni quadri.

"Mantegna e Poussin. Due grandi pittori di rovine," disse il re, "io amo le pietre delle rovine. C'è nelle rovine la forza, la guerra, la continuità della storia e la sua legge. Guardate questi massi, enormi; è un quadro che mi sono fatto dipingere da un pittore di corte, quando combattevo in Sudamerica: è una città peruviana, non ne ricordo il nome. Massi enormi, imponenti: grande la gloria di chi li costruí, ma piú grande la gloria di chi li espugnò. Una fortezza conquistata, per la storia, è piú grande di una fortezza che ha resistito. E cosí un paese, un continente, un pianeta."

"È vero," disse Alya, "è vero, grande re."

"Ma l'universo," disse El Dabih, "non può essere conquistato. Il suo mistero si curva e sfugge nello spazio e nel tempo. Anni fa sognavamo chissà quali pianeti, oggi sappiamo che non usciremo forse mai dalla nostra galassia. Il cielo è troppo grande per noi."

Il re rise sprezzante: "Ne sei sicuro El Dabih?" Percorse in fretta la sala, fino alla parete di mogano, e aprí il pannello dei diamanti. "Guarda, indovino," disse, "il cielo è qui! Qui, davanti a te."

Alya spalancò gli occhi. "Per Allah! La Pioggia di Gemme! Sapevo che esisteva, ma non l'avevo mai vista!"

"Da tre secoli," disse il re, "da quando iniziò la sua fortuna economica con il petrolio, la mia famiglia raccoglie gemme. Per ogni stella catalogata dell'universo, c'è la gemma corrispondente. Eccole qui: Alnasi è questo diamante, questo rubino è la mia Calalbakrab, ecco Alazeel, Alaraph, Almuredin, Deneb el Okab, la tua stella Alya, Cebalrai, la stella dei miei guerrieri, e Mirzam, e Alnabor. Questo è il cielo che nessun astronomo, né Al Battani né Al Sufi, ha mai potuto vedere. Voi mi dite che l'universo è grande, che non potrò mai avere un diamante per ogni stella, che solo nella nostra galassia ce ne sono cento miliardi? Forse! Ma qua, sulla terra, questo è il cielo piú grande. Tutti, rinuncerebbero alle stelle per possederlo: può comprare qualsiasi cosa, corrompere, distruggere: la sua potenza è tale, che può fare paura, molto piú di un cielo tempestoso sopra di noi... chiedi, Alya, a chiunque. L'uomo è il solo abitante dell'universo. L'uomo piú ricco, è perciò il padrone dell'universo. Cosa, infatti, non può essere da lui conquistato o comprato?"

Si interruppe. Un'esplosione aveva scosso la nave, facendo tremare i grandi lampadari della sala.

ORDINE E DISCIPLINA
(A BORDO DELLA ZUIKAKU)

Sul ponte centrale della Zuikaku, vale a dire sul tavolo da pranzo, erano schierati sull'attenti i soldati grigi. Il generale Yamamoto li squadrava con attenzione, uno per uno. "Riposo!" ordinò, alla fine dell'ispezione, "Fuori dai ranghi i soldati GoSub, Radian, Degree, Log, Beep Off, Beep On, Pause e Cursor!" Gli otto topolini si schierarono in prima fila.

"Soldati," tuonò Yamamoto picchiettando sul microfono in Mickey Morse, "non sono affatto contento della disciplina di bordo! Sulla nave nemica sceicca c'è stato un attentato terroristico, la nave nemica sineuropea è bersagliata dai guasti: ma il vantaggio che ce ne deriva è minacciato da gravi episodi che possono pregiudicare il buon esito della nostra missione. Ed è per questo che oggi, in qualità di comandante il tribunale militare di questa nave, punirò severamente questi atti di indisciplina! Voi portate i gloriosi nomi delle tastiere dei calcolatori: e come un calcolatore, come un sol uomo, anzi come un sol topo, dovete funzionare! Iniziamo il procedimento! Soldato grigio GoSub!"

Un topo spaurito si portò la coda alla testa in segno di saluto.

"Soldato GoSub! Siete accusato di avere lasciato il posto di guardia per ben tre minuti, per recarvi a curiosare nella zona del soldato Using. Cosa avete da dire a vostro discarico?"

"Using," zampettò GoSub, "prende fuoco mentre ispeziona motora. Io corro e provo se piscio sopra lui spengo."

"Ridicolo! Avete fallito due volte. Il soldato Using è ugualmente morto, e voi avete lasciato sguarnito il posto di guardia. Vi condanno a tre giorni di gabbia di rigore."

"Signorsí," disse GoSub, e rientrò nei ranghi.

"Soldato grigio Radian! Voi siete accusato di aver lanciato un alto strido con insulti nei confronti del generale Harada."

"Generale," disse Radian, "schiacciato con stivale mio collega List, e pestato zampa mia destra. Male fatto urlare."

"Mai nessuno soldato giapponese si è lamentato perché qualcuno gli aveva pestato un piede," urlò Yamamoto. "È ridicolo! In quanto al soldato List, è morto perché non aveva il casco, come da regolamento. Anche per lei tre giorni di gabbia. Avanti il soldato Degree!"

Avanzò un topo dal pelo un po' piú lungo.

"Soldato Degree! Lei è accusato: uno, di essersi fatto becca-
re ben due volte da me con i peli lunghi e, malgrado il mio preciso ordine, non esserseli ancora fatti tagliare. Due! di avere pro-
ferito, dopo la morte dei due topi suddetti, la seguente frase:
qua ci schiacciano vivi e magari pure ci puniscono. Conferma di
aver detto queste parole?"

"Io detto sí," disse Degree, "e volere sapere chi maledetta
spia che riferire!"

Un mormorio topesco ultrasonico percorse l'astronave.

"Silenzio! Non permetto che si chiami spia chi giustamente
mi segnala le deviazioni dalla disciplina. Per questa dichiarazione sovversiva, la condanno a morte per cocacoliminazione!"

Un mormorio topesco ultrasonico ripercorse l'astronave.

"Zitti! E adesso, avanti i soldati Log, Beep On, Beep Off,
Pause e Cursor."

Cinque topi avanzarono a coda bassa.

"L'accusa nei vostri confronti è questa: in missione di ricognizione nella cantina dell'astronave per individuare un guasto
nell'impianto termico, si impadronirono di un frammento di formaggio naturale del peso di grammi sei di marca emmenthal su-
zuki. In seguito essi uscivano dall'astronave in picnic spaziale
con questo bene di proprietà dell'esercito e su di esso si accani-
vano con i denti e le mandibole, con piú azioni esecutive del me-
desimo disegno criminoso, fino a che nulla ne restava. Cosa avete da dire a vostra discolpa?"

"Eravamo digiuni," disse Beep On, "digiuni da due giorni."

"Scusa ridicola!" urlò il generale, "tutti sanno che i topi possono digiunare anche per sette giorni. Per questo reato condanno anche voi a essere cocacolati a morte!"

"È un'ingiustizia!" zampettò forte Beep Off.

"Portateli via!" Urlò furibondo Yamamoto, "questa è insubordinazione!" Altri topi presero per la coda i prigionieri ribal-
tati sulla schiena e li trascinarono fuori.

Il generale Yamamoto restò solo a guardare i piani miniatu-
rizzati di volo con gli occhiali telescopici. Subito dopo entrò Harada, con due ditali in mano. Aveva la testa tutta fasciata.

"Vuoi un po' di concentrato di tè, Yama?" chiese.

"No. Ma cos'hai fatto? Ancora testate?"

"Non riesco ad abituarmi alle dimensioni di questa nave, Yama. Sbatto dappertutto. Com'è andata oggi con la truppa?"

"Male!" ringhiò Yamamoto. "Ne ho dovuti eliminare otto!"
"Piú quattro già persi per incidenti, fanno dodici. Non potresti usare una mano un po' piú leggera, Yama?"
"Leggera!" disse sprezzantemente Yamamoto, "quando su una nave si avvertono i primi segni di insubordinazione, bisogna intervenire subito, con durezza! Si comincia a non tagliarsi il pelo e si finisce con l'ammutinamento."
"Ma via, Yama; cosa vuoi che facciano cinquanta animaletti davanti alle nostre pistole!"
"Il ratus norvegicus è molto piú astuto di quello che credi!" disse Yamamoto, "bisogna stare molto attenti."
"Hai ragione," disse Harada.
"Adesso mi dai ragione?"
"Si, dopo che ho visto bene il tuo casco," disse Harada.
"Cos'ha il mio casco?" chiese Yamamoto. Se lo tolse di testa e digrignò i denti per la rabbia.
Sopra c'era scritto: *"Generale Yamamoto è stronzo come centomila gatto."*

Nella gabbia i topi condannati stavano aspettando la loro ultima ora.
"Perché, perché," si lamentò Beep On, "piccola passeggiata spaziale, grande fregatura."
"Destino noi topi," disse Degree. "Sempre vivere sotto terra, sempre rubare, mai potere uscire fuori. Topo vita dura soffrire."
"Chi dato noi destino crudele, sempre vivere sotto terra, mai uscire?" disse Beep Off.
"Io credo," disse Log, "tutto spiegato da storia cinese primo topo e primo coniglio."

Dopo che il Cielo e la Terra furono separati e il Mondo iniziò a esistere, il primo dei dodici imperatori del Cielo, che avrebbe regnato 18.000 anni (a quei tempi le elezioni erano assai rare), chiamò il Fabbricatore di animali, Kkienn Zoou, e gli disse:

"Datti da fare. Voglio che tu mi riempia la terra di animali! Usa quello che vuoi, squame e pinne, becchi e corazze, ali e corna, antenne, peli e grugni, mettici tutta la scatola dei colori, fai lunghi nasi, occhi a palla, boschi di zampette, code prensili, falli nuotare, ronzare, barrire, sguazzare, emigrare, pungere, grufolare, spulciare, ruggire, mimetizzare, impollinare, gracidare, cinguettare, rosicchiare, mangiare le bacche, il plancton e il kitkat, falli enormi o minuscoli, simpatici o viscidi, fai quello che vuoi, ma fanne tanti. Voglio che poi l'uomo dica: Dio, che prodigio la natura!"

Il Fabbricatore di animali si chiuse nella sua baracca di legno con un po' di tè e libri di genetica e prese a disegnare, e montare modellini e incastrare pezzi e fare calcoli, finché fu pronto ed entro una settimana la terra era piena di miagolii e squittii e ronzii e starnazzamenti e pizzicotti di insetti e pescatori di frodo e insetticidi e mostre di gatti e accalappiacani e latticini e malaria e polenta col capriolo.

L'Imperatore del Cielo fece una visita alla Terra e fu abbastanza soddisfatto: tirò il naso all'elefante e disse che era un'ottima soluzione; ammirò il sistema di propulsione delle meduse e controllò di persona se il giaguaro faceva veramente i centoventi all'ora. Bene, bene, diceva ridacchiando. Si fece dare un microscopio e disse che i virus non erano male, ce n'era una bella varietà e anche se erano un po' bruttini nessuno li vedeva. Fece un po' abbassare il volume di ronzio dei coleotteri e disse: "Piú poriferi e meno platelminti." Per il resto criticò un po' l'ornitorinco, disse che il Fabbricatore faceva bene a non sprecare niente, ma si vedeva benissimo che quella era roba fatta con i ritagli. Disse anche che i lemuroidi erano un po' tristi, ed era meglio metterli in boschi dove si vedessero poco, in paesi poco abitati tipo l'Australia. Per finire fu entusiasta dei dinosauri: grossi, robusti, disse, resisteranno moltissimo.

E si vedeva che era estasiato mentre sfogliava il catalogo delle farfalle e dei colibrí, e si mise a ridere come un pazzo quando gli fecero vedere il tucano e soprattutto il leone marino. Cosí l'Imperatore del Cielo, tutto soddisfatto, se ne stava tornando nella sua reggia con le prima uova fresche (dal che si deduce che è nata prima la gallina), quando vide, in un prato, due coppie di animaletti pelosi e con denti in fuori che giocavano tra loro.

"Cosa sono quelli?" chiese a Kkienn Zoou.

"Mio Imperatore: quelli con la coda lunga e sottile sono i topi, quelli con la coda corta, i conigli."

Dovete infatti sapere che a quel tempo i topi e i conigli avevano le orecchie uguali, molto piccole, e si assomigliavano molto.

"Bene, bene," disse l'Imperatore del Cielo. Ma proprio in quel momento passò di lí l'Imperatrice del Cielo, sua consorte. E l'Imperatore, a cui piaceva molto darsi importanza alla di lei presenza, gonfiò il petto e disse a Kkienn:

"Belli, sí, ma si assomigliano troppo! Differenziarli, differenziarli! Classi, sottoclassi, famiglie, generi! Farli diversi, riconoscibili uno dall'altro. Piú animali ci sono, piú diranno che la creazione è opera di una mente superiore. Non lesiniamo modelli, su, al lavoro!" Dopodiché, tutto tronfio, si avvicinò alla sua signora, che con un celeste bacino, gli sussurrò: "Caro, ma come sei autoritario!"

Il povero Kkienn era stanco morto, e doveva ancora fare molti lavori di rifiniture, tipo mettere le pinne ai pesci, cercare di far volare la gallina che non gli era venuta bene, e montare i piedi alla foca. Ma suo malgrado, dovette obbedire e fare anche quel lavoro extra. Andò nel campo e disse: "Amici, c'è una modifica da fare. A una delle coppie metterò delle orecchie, belle lunghe e pelose."

"A noi no," dissero i topi, "con le orecchie lunghe saremmo troppo buffi."

"Neanche noi," dissero i conigli, "perché proprio noi? Stiamo bene cosí!"

"Avanti!" disse Kkienn. "Non ho tempo da perdere. Decidetevi o tiro a sorte."

Allora i topi balzarono sui conigli e a morsi li spinsero davanti al Fabbricatore.

"Su, colleghi, su," ridevano, "prendeteli voi gli orecchioni!"

"Ahi, ahi," dissero i miti conigli, "non mordeteci. Va bene, va bene!"

Il Fabbricatore prese le orecchie dei conigli e le tirò, le tirò fino a che furono belle lunghe e pelose come voleva.

"Uh," gridarono subito i topi, "come siete brutti! Uh, che orecchione! Perché non provate a muoverle, forse potete volare. Ah, ah, aha!"

I miti conigli si specchiarono nell'acqua del lago e si misero a piangere di vergogna. "Oh, che triste sorte ci è toccata," dissero, "come siamo ridicoli."

Quella notte, mentre i topi scorrazzavano e i conigli stavano nascosti nella tana per la vergogna, venne un temporale. Ma non un temporale qualsiasi, un temporale di quelli che c'erano all'inizio del mondo, roba da fine del mondo. Vulcani che eruttavano, fiumi che straripavano, montagne che passeggiavano. E un grande crepaccio si aprí nel prato, e si spalancò sotto le zampe dei topi e dei conigli, che restarono aggrappati con le unghie all'erba, sul ciglio dell'abisso.

"Aiuto, aiuto," urlavano, "Kkienn, salvaci! Stiamo per precipitare!"

Il Fabbricatore uscí dalla sua casa con un pezzo di merluzzo ancora in mano e, nel buio, si diresse verso il precipizio. "Dove siete? Dove siete?" chiamava nella bufera.

"Qui, qui," gridavano i topi e i conigli, ormai stremati.

E Kkienn giunse sull'orlo del precipizio. Allungò la mano giú e prese comodamente per le lunghe orecchie i conigli, portandoli in salvo. Poi cercò di prendere i topi, ma la loro testina era piccola, bagnata e viscida, la mano scivolava e non c'erano lunghe orecchie per cui afferrarli.

"Aiuto, aiuto," urlarono ancora un po' i topi. Poi precipitarono.

"Visto?" disse Kkienn, "voi che avevate deriso il mite coniglio per la lunghezza delle sue orecchie, ora vivrete sottoterra, nelle cantine e nelle fogne, e l'uomo vi odierà e vi sterminerà e vi caccerà e la donna strillerà e salirà sulla sedia al solo vedervi. I conigli invece verranno allevati, vivranno al sole, e mangeranno carote e saranno simpatici a tutti."

"Sí," disse una voce dall'abisso, "però a noi nessuno ci farà in spezzatino."

"Silenzio laggiú," gridò adirato Kkienn Zoou. Poi tornò a casa, montò le ultime pinne, ed era cosí stanco che per sbaglio ne infilò una alla foca. Cercò di modificare la gallina ma senza successo finché si arrabbiò e la tirò contro il muro urlando:

"Vuoi volare o no?" e la gallina batté la testa, dopodiché Kkienn Zoou si addormentò.

Per questa ragione, da allora, i topi vivono sottoterra, la foca non ha i piedi, e le galline sono stupide.

"Signore e signori, qui è Bob 'Borges' Buongiorno III di Canale Unico che vi dà il benvenuto a *Son tutte belle*, la trasmissione televisiva che vi è offerta dal latte sintetico Galactol, il latte dei bambini prodigio. La mamma di oggi è Ferdinanda Kook, mamma di Leonardus Kook, lo scienziato della Federazione impegnato in un pericolosissimo volo verso misteriosa destinazione, nel cosmo. Buongiorno, mamma Ferdinanda!"
"Buongiorno Bob."
"Guardi la telecamera, mamma Kook. I telespettatori sono ansiosi di sapere tutto di suo figlio. Ci dica, quand'è l'ultima volta che gli ha parlato! A risentirci tra venti secondi."

Pubblicità

"Mamma, cos'è una mucca?"
"Era un animale preglaciale che faceva il latte, figliolo. Ma adesso c'è Galactol, il latte batterico sintetico di vera muffa svizzera fabbricato dai migliori biotecnici della Procter and Gamble!" (inquadratura di cento tecnici vestiti di bianco, con un campanaccio alpino al collo, su un prato sintetico).
Coro e musica: "Siamo noi le tue mucche! (scampanellio) vieni a giocare con noi sui prati Galactol. Vinci una settimana nel parco montano sotterraneo dello Stelvio, Italia, con il grande concorso Galactol!"

Mamma Kook: "Ho avuto un collegamento due giorni fa con mio figlio. Sta bene, è ingrassato due chili!"
"Bene! E le ha detto dove sono diretti?"
"No. Non lo sa di preciso nemmeno lui."
"Non lo sa! Come vedete, abbiamo applicato alla signora Kook un casco della verità. Quindi non può dire bugie, neanche lei sa dove sta andando la missione misteriosa. Dica, mamma, si ricorda il primo volo di Leonardus?"
"Sí. Aveva dieci anni. Lo portammo in crociera spaziale lunare, quattro giorni. Non era contento. Diceva che non c'era il tempo di vedere niente. Sa, era un viaggio aziendale, eravamo poveri. Ci fermammo sulla luna solo pochi minuti, poi la guida urlò: 'Via, via, risalire tutti, andiamo a vedere i satelliti artificia-

li'. Leonardus si lamentò e disse, un giorno rifarò questi viaggi in prima classe!"

"Bene, bene! Una vocazione spaziale precoce. E ora mamma Kook una domanda bruciante. A risentirci tra pochi istanti."

Pubblicità

Scena: un orso bianco morto, per terra. Bufera di neve.

Donna: "Ecco, ancora una volta a piedi. Quando è partito stava benissimo, poi la solita colica da fatica e mi muore proprio a metà viaggio. E adesso cosa faccio, qua sola in mezzo al ghiaccio?"

Uomo: "Signora, vuole un passaggio?"

Donna: "Perché no! Ma che bella slitta!"

Uomo: "Sedili in pelo, nuova struttura molleggiata, pattini in acciaio gioviano superforte: e non è solo bella: è anche veloce! È Icebird, della Volskwagen!"

Fai un caldo incontro, con Icebird (inquadratura dei due che scopano sotto le pellicce, dentro la slitta che slitta via).

"Riprendiamo l'intervista! Allora, mamma Kook, Leonardus le ha mai parlato di questa missione?"

"No. Ahi! Ahi!"

"Mamma Kook ha mentito e il casco della verità le ha mollato un bel rimprovero elettrico! Su, signora, risponda per bene o alziamo il voltaggio. E non metta le mani sul casco, mi copre la scritta pubblicitaria. Allora, signora Kook, cosa le ha detto suo figlio della missione?"

"Ha detto... (singhiozzi) mamma, stavolta (singhiozzi) è una cosa grossa!"

"Una grande notizia, teleamici! Avete sentito! Qua, da *Son tutte belle*, Borges Bob, il notice-jockey che vi infila ogni giorno una sorpresa in casa, anche oggi ha una notizia sensazionale per voi: La missione misteriosa è UNA COSA GROSSA! Uahu! Ricordatevi che questa bomba vi è stata offerta da Bob Borges, e dalla Procter and Gamble che vi ricorda il latte sintetico Galactol! E ricordate il concorso: dove va il viaggio misterioso della Proteo? Mandate le vostre cartoline indicando 1. Se ci arriveranno; 2. Dove arriveranno; 3. In quanti ci arriveranno. Un miliardo di premi per voi! E ricordate che presso il vostro emporio governativo sono in vendita le magliette e i poster della missione, nonché l'album, di figurine 'Avventura nello spazio', nonché..."

Clic!

Phildys spense con rabbia la televisione.

"Questo è veramente troppo," esclamò impugnando il telefono, "Chiamatemi Showspotshow! Subito!"

"Il ministro," gli risposero, "sta venendo da lei proprio adesso."

"Che schifo," disse Phildys, "che trasmissione! Non ho mai visto niente di piú nauseante!" Il generale sentí vicino alla porta un rumore di passi strascicati. Alzò la testa. Lanciò un urlo. Sulla soglia, era apparso un extraterrestre mostruoso, con quattro braccia mollicce e una proboscide luminosa, che si srotolava nell'aria come un serpente.

Segretissimo 1874/15. Da banca centrale dati a unità Genius 5 operatore Frank Einstein.

Caro Frank: come da tua richiesta, abbiamo inviato un supplemento di memoria di 67.000 superunità MIPS al tuo computer. I dati riguardano l'ipotesi di presenza di altri esseri intelligenti nell'universo oltre a noi due, nonché tutti gli avvistamenti di UFO finora registrati e i dati sui disegni misteriosi di Inca Nazca. Sono contento che il tuo computer stia meglio. Gli ultimi suoi elettrodiodogrammi sono stati però da noi analizzati e la diagnosi è che Genius è ancora notevolmente disturbato. Ma ho una buona (o cattiva?) notizia per te. *Nemmeno i nostri computer sono riusciti a rispondere sul vettore Van Cram e sulla fonte di energia misteriosa.* Né il Galileo ITT, né Hulk Rockwell, né Ringo della Texas Instruments. Tutti K.O. C'è veramente qualcosa di incredibile in questa faccenda. Però fate in fretta: qua il clima politico è incandescente: c'è già chi vorrebbe fermare i vostri scavi perché dice che consumate troppa energia. Tieni duro, e vacci piano con i gelati!

(*P.S.*) Ho letto su *Futuro cibernetico* il tuo articolo sugli scrittori di software. È un articolo veramente straordinario, specialmente nella parte in cui stronchi l'ultimo lavoro package dei cinesi definendolo "un programma piú adatto a una lavatrice che a un computer". Mi ha ricordato quello che si cantava in classe, quando eravamo compagni di banco, ricordi?

Sono carino, son cretino
sono un computer di Pechino

Ciao, a presto, Kep Ferdydurke
Capo Sezione I Computer Centrali Governativi.

Il marziano puntò la proboscide su Phildys e disse: "La tua ora è venuta, terrestre."

Dopodiché si prese la testa tra le mani e se la svitò. Dal tronco, spuntò la testa sogghignante di Pyk.

"Ti piace questo costume, Phildys? Ne ho fatti fare seicentomila!"

Il generale, ripresosi dallo spavento, afferrò il ministro per una delle numerose zampe e lo sbatté a terra. Era fuori di sé.

"Ancora una delle tue buffonate, Pyk! Ho appena visto il tuo programma tivú! La mamma di Kook torturata in diretta. L'interrogatorio col casco della verità! Ormai i servizi segreti stranieri possono anche andare in pensione: basta che guardino la nostra televisione. E la nostra missione, trasformata in un album di figurine..."

"C'è anche il pupazzo 'Cu pilota pazzo'," disse Pyk sgambettando a zampe in su, cercando di rialzarsi, "poi il gioco 'Trova il pianeta' poi i costumi da LeO in alluminio..."

"Invece io voglio assoluta segretezza, hai capito? Quel pianeta è una cosa importante! È l'ultima speranza per noi, di non vivere al freddo, di uscir fuori dalle città sotterranee, di ritrovare il sole..."

"Commovente," ghignò Pyk, "su generale, è inutile che fai la commedia del buon governante. Credi che non lo sappia? Vi siete già spartiti tutto quel pianeta come una torta: un terzo a voi, un terzo ai cinesi, un terzo all'asta: ho qui le fotocopie dei contratti."

Phildys impallidí.

"Posso leggertele, generale? Il tuo partito ha già firmato la vendita di nove miliardi di metri cubi di mare ai giapponesi, con opzione per la caccia alle balene... poi avete ceduto un ottavo di tutte le terre emerse..."

"Un momento caro marziano," lo interruppe Phildys, "non fare la verginella: anche il tuo partito si è dato da fare: avete già dato agli arabi l'opzione per le riprese televisive sul primo campionato di calcio all'aperto terra due... una bella truffa... voglio proprio sapere come farete a portar su le squadre e gli spettatori!"

"Il contratto non parla di numero di squadre, basterà portare su ventitré persone: ventidue giocatori, e uno spettatore."

"Sei furbo, Pyk: ma bada: guai a te! Se i tuoi giornali fanno uscire queste notizie, io tirerò fuori lo scandalo dei robot elettorali! Bella roba, trentamila robot travestiti da vecchina che hanno votato per voi."

"Ah sí, e voi allora! Quando l'anno scorso avete fatto votare elettronicamente per schiacciata di pulsante, e tutti quelli che votavano per l'opposizione pigliavano una scossa a mille volt?"

"Non era mortale," disse il generale, "non siamo assassini, come i vostri videogiochi."

"Adesso basta Phildys," disse Pyk, agitando i tentacoli, "proprio tu mi fai il discorso da pacifista? Credi che non lo sappia che sull'astronave Proteo ci sono venti robot guerrieri comandati a terra, pronti a sbarcare su quel pianeta?"

Phildys accusò il colpo. "Sono... a scopo puramente difensivo..." balbettò.

"Ah sí, generale? E come mai non hai avvertito di tutto ciò Fang e Kook? Ti brucia, eh? E se io dicessi in parlamento che il pacifico generale Phildys sbarcherà su terra due con l'esercito privato, per farne il suo regno personale?"

"Tu non lo farai," disse Phildys, guardandolo con odio.

"Non lo farò," sorrise Pyk, "se d'ora in avanti tu sarai un po' piú ragionevole. Ti saluto, caro 'pacifista'." E lasciò Phildys, schiumante di rabbia.

Il generale prese a calci la testa da marziano, bestemmiò in cinquanta lingue spaziali e poi crollò esausto sulla poltrona.

"Guerrafondaio a me!" disse tra i denti, sparandosi due revolverate di tranquillanti in bocca. "A me!" Chiamò la segretaria, al videotelefono. "Signorina Minnie! Mi passi il reparto rapporti con la stampa... guerrafondaio a me!... pronto? Ufficio veline... bene, prendete questo nome... Bob Bongiorno, di canale unico... voglio che sia trasferito entro stasera, corrispondente estero da Saturno... che parta entro poche ore! Se protesta, tagliate! No, non i servizi! I rimborsi spese!"

Dalla tenda sulla montagna, Fang guardava quello che restava della città di Cuzco. Un ammasso di rovine, che gli scavi portavano alla luce di giorno, e la neve ricopriva di notte. Come gli spagnoli e i terremoti avevano distrutto la città inca, cosí la guerra aveva distrutto la Cuzco moderna. Ma cosa sono seicento anni di differenza nel lungo tempo della morte, pensava Fang. Chi riconoscerà, sotto la terra, un vecchio da un bambino? Le città distrutte si assomigliano: Cuzco è Lo Yang, Nagasaki è Varsavia. E cosí in queste rovine stanno vicine mura inca e carcasse di automobili, templi del sole e chiese cristiane. Fang sentí un brivido di freddo. Alcuni indios venivano su per il sentiero, masticando coca, stremati dalla fatica. Cantavano le loro canzoni huayno, andando verso la musica rocksky della capanna dello spaccio. Dietro a loro, arrancava nella neve Einstein: tutto infagottato nella tuta di pelo, sembrava un piccolo orso. Il ragazzo entrò nella tenda tutto intirizzito e mise subito un gelato a bollire sul fornello.

"Freddo, eh, Fang?" disse, "e dovresti sentire che roba giú agli scavi. Perché non sei venuto oggi?"

"Lei Wen, il segno del lampo," disse il cinese, "entrò nella mia bocca e fu Li Sao, l'incontro del dolore, che trasformò il mio volto in una smorfia di teatro giapponese kabuki. In parole povere, ho mal di denti."

"Credevo che la tua mente illuminata ti ponesse al di sopra di queste cose," sogghignò Einstein. "Perché non ti infili addosso qualche ago? Uno di quei vostri metodi millenari. O forse ormai li usiamo solo noi in occidente?"

"La medicina tradizionale cinese," disse Fang, "fu ripresa negli anni intorno al 1950 dal partito comunista, che fece insegnare negli ospedali e nelle scuole il trattato di medicina interna dell'imperatore giallo Huang Ti. Da allora medicina tradizionale e medicina moderna hanno sempre convissuto in Cina."

"Capisco," disse Einstein, "tanto voi fate andare d'accordo tutto. Yin e yang, contraria sunt complementa..."

"E il vecchio Fang, e il giovane Einstein," aggiunse il cinese. Einstein non rispose e si mostrò tutto indaffarato a srotolare alcune carte. "Guarda!" disse a un tratto, "ti ho portato il grafico degli scavi di oggi. L'ingegnere capo dice che ormai abbiamo portato alla luce tutto quello che risulta dalle ultime mappe. Non è molto. Abbiamo tracciato un perimetro della zona dove dovrebbe esserci la sorgente di energia. Il 'fuoco' misterioso si trova all'incirca dove sorgeva la costruzione inca detta 'Tempio del sole'. Sopra, ci sono i resti di un monastero benedettino. Però, da parecchio tempo non sentiamo piú scariche. Quella cosa lí sotto, se c'è, sembra nascosta: addirittura schermata contro i rilevatori," disse Einstein guardando il cinese, "comunque, è sicuramente molto molto profonda. Forse in una camera sotterranea. Gli indios dicono che ci sono dei labirinti, là sotto, si chiamerebbero chinkanas. Dicono anche che chi provò a entrarci, non ne uscí vivo. Leggende, si capisce. Ma gli indios considerano quel punto huaca, sacro, e non vogliono scavare. Mi rendo conto ogni giorno di piú che c'è un dato, misterioso, che ci sfugge ancora, Fang. Ma forse ci siamo vicini..."

"Cosa te lo fa pensare?" disse il cinese.

"Ho avuto una sensazione, Fang, guardando questi scavi, e anche quelli di Pisac, dove c'è l'osservatorio solare, e quel grande anfiteatro a Kenko, e soprattutto Machu Picchu, la città sulla montagna. Dietro a tutte queste costruzioni c'è un piano regolatore molto preciso. Il piano riguarda la rete stradale, che è immensa, i ponti, le acque. La città di Cuzco è al centro di tutto. Dalla sua piazza principale partono strade per i quattro punti cardinali dell'impero. Tutto è perfettamente collegato, tutto sembra studiato per un fine, un obiettivo. Ma quale? Solo religioso? Solo di controllo sociale, solo ragioni di difesa? Non direi..."

"Vuoi dire," intervenne Fang "che anche a te sembra che questa civiltà sentisse di avere un compito storico? Un fine oscuro?"

"Sí. Questi inca sono un popolo che non capisco. Sono governati da una strettissima aristocrazia e hanno una organizzazione sociale e statale raffinatissima, molto solidale. Sono capaci delle peggiori crudeltà, di sacrifici umani, di fare tamburi con le pelli dei nemici imbalsamati, di sacrificare tutti i servi del principe alla sua morte, e lasciano le porte delle case aperte, perché nessuno ruba, o rapina. Coprono i muri d'oro e non hanno moneta o tasse. Hanno una tecnica agricola avanzatissima, una rete viaria modernissima, e credono negli stregoni. Sono religiosi, ma i loro dei sono i pianeti, le fasi solari, le stelle. Sono un po' guerrieri, un po' ingegneri, un po' sacerdoti. E poi, questi sovrani inca: questo loro sposarsi solo tra consanguinei, questo mantenere ristrettissimo il cerchio del potere, questi riti segreti, come a custodire..."

"Un mistero?" disse Fang.

"Proprio cosí, un mistero," disse Einstein, pensoso, "anche tu lo pensi? Forse tu sai qualcosa che io non so?"

"No," disse Fang, "ma anch'io sono stato sorpreso da questi inca. Rileggendo la loro storia, tre cose mi hanno colpito: primo, come tu dicevi, questa civiltà sembra avere un compito storico: si organizza in modo perfetto, rende fertile la terra, crea centri di raccolta dei prodotti, costruisce una rete viaria enorme su cui, correndo a piedi in staffetta i messaggeri portano notizie a Cuzco da ogni punto dell'impero, pianifica il numero dei funzionari e dei lavoratori, costruisce città sulle montagne e fortezze colossali. Poi, a un certo punto della sua storia, cede quasi senza combattere all'invasione spagnola. Come se il suo compito fosse esaurito. Come se non le interessasse piú vivere, né confrontarsi con la nuova civiltà. Si corrompe al solo contatto, si lascia morire. Il secondo punto è la volontà tenace di questa civiltà di tenere segreta la sua storia. La mancanza di scrittura, la paura della pagina scritta. E inoltre l'esclusiva del clan inca, l'ayllu, i culti ristretti come le vergini sacre di Machu Picchu e i sacerdoti di stirpe reale, gli Illac Ymu. Tutto per 'custodire' qualcosa, insomma. E questo qualcosa non è l'oro che troveranno i conquistatori."

"Sono d'accordo," disse Einstein, "l'oro non aveva per gli inca il valore che ha per noi. Tutte le mura e gli edifici erano coperti d'oro, ma a nessuno veniva in mente di rubarlo."

"Sí, Einstein: e c'è ancora una cosa sorprendente: la loro arte divinatoria, anzi la loro ossessione del tempo, che li accomuna ai maya e agli atzechi. Chiunque non era in grado di lavorare, diventava indovino. C'era un vero e proprio 'sapere' divinatorio collettivo. Sembra che tutti gli inca sapessero che il loro destino era segnato. I cattivi presagi, come un condor che viene a morire sulla piazza di Cuzco, o le eclissi e i terremoti, non sono segni improvvisi, sono segni a lungo attesi. Questo per gli inca, come per i maya: leggi, come Atahualpa e Montezuma attendono l'arrivo del nemico che li ucciderà. Quetzacoatl, Pisarro o Cortes, chiunque sia quello che viene dal mare, essi già sanno che devono scomparire. Il loro compito è finito. Non vogliono 'vincere': questo è inconcepibile, per noi. Ci sembra impossibile che ci possa essere al tempo stesso una civiltà evoluta e superstiziosa, organizzatissima e magica. Eppure, forse questo è 'magico' solo perché non lo capiamo..."

"No, Fang," lo interruppe Einstein, "non è di magia che dobbiamo parlare. Questo è un mistero scientifico! Questa organizzazione 'sapeva' qualcosa, nascondeva una scoperta, forse quello che noi stiamo cercando là sotto. Una ricchezza, un potere, qualcosa di concreto. Basterebbe possedere qualche dato in piú per il computer, e la risposta si potrebbe avere subito! Niente che non possa essere ritrovato scientificamente."

"Però il computer non riesce a trovare questa risposta," disse Fang.

"No! Dice però che c'è un progetto, una direzione, un senso a noi sconosciuto in questa civiltà che la nostra scienza ritroverà, e comprenderà."

"Vedo che stai cambiando idea su questo popolo," disse Fang, "non sono piú 'selvaggi'!"

"È cosí, Fang," disse Einstein, "però secondo me, c'è qualcosa che ci stiamo nascondendo. Parla fuori dai denti. Anche tu sei d'accordo con l'ipotesi del computer?"

"Non so cosa ha detto il computer," disse il cinese tranquillamente.

"Lo sai! Puoi leggermi il pensiero. Sai che gli ho fatto analizzare i grandi disegni di Inca Nazca, quei disegni lunghi chilometri, che sembrano presupporre qualcuno che li guardi dall'alto. E quelle 'pelli' con cui sembra che gli inca costruissero mongolfiere. E i disegni di Palenque, e le terrazze. Tu sai, qual è l'ipotesi che ha formulato."

"Non so rispondere. Il mal di denti annebbia molte delle mie capacità telepatiche."

"Su, Fang a me non la fai! Questa ipotesi è assurda?"

"No, Einstein," disse il cinese, dopo un istante di silenzio, "è un'ipotesi sconvolgente, ma ci ho pensato anch'io."

HUATAC

L'indio vestito di grigio sta nella stanza di pietra. Cuoce le patate nella cenere. La cenere custodisce i tesori. È notte. Yohuantequi, la stella dell'amicizia, non brilla piú, il cielo è buio. Ma ecco la luna. Coya, con i capelli di corvo. La sua età è copacalla, diciotto anni.

"Huatac," dice, "ci chiedono di scavare là dove è huaca. Il messaggero corre con il cuore in gola; dal battito di mille cuori affannati dalla corsa e dalla paura, arriva la notizia che stanno tornando gli uomini armati. Che abbiano armature di ferro, o divise verdi, essi ci aspettano. Ci circondano. Che fare?"

L'uomo grigio è punucrucu, molto vecchio. Parla adagio. "Non scaveremo per loro. Alcuni di questi uomini sono buoni, ma altri sono malvagi. Supay, il demonio, guida i loro passi."

"Huatac," dice la luna, "eravamo tanti. Ora siamo pochi, e molti di noi già vestono le loro divise e portano le loro armi. La notte guarda dentro al camino spento. Scalderemo i nostri bambini con i racconti di Raymi, la festa del sole?"

"Noi sapevamo volare, sulle nostre mongolfiere, nei canestri di papiro," disse Huatac. "Muore il condor, che vive libero - Muore il cuy, il topo che vive nella casa dell'uomo e ne mangia i resti. E morirà chi vuole ucciderci. Anche se vola piú alto di tutti i condor, là incontrerà le stelle, e Huaca, Saturno. L'uomo barbuto morirà. Guai, a chi vuole spegnere il cuore della terra!"

"Sei triste, Mei?" chiese Kook. Stavano seduti davanti al grande oblò. Per uno strano effetto ottico dello spazio, sembrava che l'astronave fendesse un mare in tempesta, spruzzi azzurri e viola si alzavano ai suoi lati. Il ronzio dei motori era profondo e ipnotico. Mei si voltò verso Kook, il viso bianchissimo e stanco.

"Non so cosa mi prende, Kook. È un viaggio cosí lungo. Ed è tanto che non riesco a sentire Fang..."

"Gli sei molto affezionata, vero?"

"Sí. Mi ha insegnato molte cose. Quando uscii dal corso per telepati, all'Università -parapsicologica Maimonides, ero molto sicura di me e dei miei poteri. Si sapeva che noi telepati eravamo soprattutto richiesti per spionaggio e interrogatori, e cose simili e i governi ci usavano gli uni contro gli altri. Ma ognuno di noi credeva di essere il piú forte e il piú bravo. Un giorno, mentre pensavo queste cose, su un prato dell'Università, incontrai il pensiero di Fang. Mi si avvicinò e mi disse: 'Conosci la storia del maestro Hu?'

"Questo maestro era uno dei piú grandi insegnanti di arti marziali della Cina. Alla fine del corso radunò tutti i suoi migliori allievi, che sarebbero diventati a loro volta maestri e disse: 'Voi vi sentite ora forti e quasi imbattibili. Forse è vero. Prima di congedarvi però, vorrei farvi una domanda. Immaginate di dover attraversare un giorno uno stretto ponte sul fiume. Dall'altra parte avanza un terribile guerriero, che voi sapete molto feroce e forte. Vi incontrerete a metà del ponte, e lí potrebbe attaccarvi. Quale sarà lo stile che può salvare la vita?'

"'Maestro,' disse il primo allievo, 'certo è lo stile della scimmia. Con l'agilità, sullo stretto ponte, saltando qua e là, schiverò i suoi colpi e lo batterò.'

"'Io credo, maestro,' disse il secondo allievo, 'che solo lo stile dell'ubriaco, con le sue movenze inattese, può stordirlo, e fargli perdere l'equilibrio, e fare sí che io possa ucciderlo e salvare la vita.'

"Il terzo allievo disse: 'Io credo che con lo stile della tigre, attaccandolo per primo, con un colpo improvviso, potrò avere salva la vita.'

"'Io invece, maestro,' disse un quarto allievo, 'credo che la boxe del labirinto, lo stile segreto che egli non conosce, lo sorprenderà e farà sí che lui muoia, e io abbia salva la vita.'

"L'ultimo allievo disse: 'Maestro, io credo invece che bisognerà dimenticare tutto ciò che ci hai insegnato, e andare verso di lui con un sorriso di pace. Cosí avrò salvata non solo una vita, ma due.'

"'Questa è la risposta che attendevo,' disse il Maestro.

"La storia di Fang era per me. Rifiutai ogni offerta che volesse mandare in guerra le mie capacità, e da allora Fang mi è sempre stato vicino. Ma anche ora, che parlo di guerra... sento... come una presenza malefica su questa nave... qualcosa... che è pronto a uccidere..."

"Ma non ci sono armi quassú," disse Kook turbato, "almeno armi nucleari, o tali da provocare una guerra. Vero, Chulain?"

Chulain scosse la testa, "Io so che cos'hai Mei. Mei ha il male del navigatore, lo spleen spaziale: lo slok-slok p'i."

"Lo slok-slok," confermò Caruso, "scende nella notte, con un mantello color vecchio albergo. Si fa accompagnare da musiche come blues, tanghi e milonghe..."

"Spesso sotto il mantello nasconde delle fotografie," disse LeO, "case di campagna, nonni, domeniche al mare, barboncini defunti, vecchie squadre di calcio, tramonti, e..."

"E il volto dell'amato," sospirò Chulain, "che ti guarda, e saluta accorato, mentre l'astronave parte."

Mei rise. "E non c'è rimedio allo slok-slok p'i spaziale?"

"Qualcuno," disse seriamente Chulain, "prova le droghe! Caffè, cocaina, lumpiridion, allucinogeni. Ahimè: nell'esplosione dei sensi la droga gli mostra ancor piú vivo il viso dell'amato!"

"Qualcuno," disse LeO, "gioca ai videogames di bordo finché il dito non gli si gonfia e per tutta la notte sogna attacchi di astronavi verdi e schifose e alieni fosforescenti, ma ahimè da una astronavina verde nel sogno scende l'amato bene gridando: deh, non spararmi, son io, son io."

"Altri," dice Caruso, "fanno cruciverba, oppure si sparano seghe, o tutte e due le cose insieme e di tutte e due le cose poi si vergognano."

"Altri," confidò Chulain, "combattono lo slok-slok nel modo migliore: e cioè raccontando a turno storie."

"Le gare di storie," confermò LeO, "esatto! Ognuno racconta una storia: lo slok-slok p'i, arriva, ascolta le storie, ne ascolta una, due o tre, alla fine si stanca e si addormenta. Allora basta prenderlo di sorpresa e lanciarlo fuori dal finestrino. Tutti tornano allegri."

"Allora forza ragazzi," incitò Kook, "una bella storia allegra!"

"Oh no," disse Mei, "le storie allegre sono cosí tristi."

"Allora," intervenne LeO, "ti racconterò una storia triste:

"C'era una volta una signora che si chiamava Emmeline Grangeford. Era molto triste, perché aveva perso il suo cane. Compose una poesia molto bella su di lui che faceva. (La poesia faceva. Il cane non si sapeva piú cosa faceva).

"'Oh, la tua lingua nella tazza
faceva rumore di piedi nella guazza
quando pioveva, spesso ti ho picchiato
perché
le tue impronte sul tappeto avevi lasciato
ed ora: ora, oh, come vorrei
sentire puzza di cane bagnato.'

"E cosí la signora Grangeford guardava fuori nella pioggia e aspettava e piangeva e componeva. Finché un giorno, sentí grattare alla porta: in preda a un tremito d'emozione, aprí e...

"E un leone balzò dentro e se la mangiò tutta, compresi i pettinini d'osso che aveva in testa.

"La morale è: C'è sempre qualcuno che si approfitta del dolore altrui."

"Mi sembra una storia tremenda," disse Caruso.

"Prova tu a fare di meglio," disse LeO.

"C'era un tenore italiano che aveva una voce cosí bella, ma cosí bella che ne divenne pazzamente geloso. La teneva sempre chiusa nella bocca e non la faceva uscire mai. Parlava a gesti. La voce, che era giovane, e forte e piena di vita, sempre chiusa, deperí, si spense. Finché in un giorno nebbioso e umido, il tenore perse la voce.

"Andò per le strade a cercarla, ma non avendo voce non poteva chiamarla: né poteva parlarne con alcuno. Si chiuse in casa, e visse lunghi anni nel suo ricordo. Un giorno aprí la radio e la sentí! Lei, la sua voce, piú bella che mai. Ora viveva con un tenore spagnolo. Andò a casa del tenore. Li trovò insieme, che leggevano ad alta voce lettere d'amore. Il tenore italiano sparò al tenore spagnolo.

"'Muoio,' disse la voce del tenore.

"Allora il tenore italiano capí che cosa orribile aveva fatto. Si puntò la pistola alla tempia e morí, senza un grido."

"Questa," disse Kook, "è poco credibile."

"Allora raccontane una tu," disse Caruso.

"Un neutrone e un protone si annoiavano e si misero d'accordo per fare una reazione. Per strada incontrarono un elettrone. Si misero insieme e ci fu una gran confusione. Con loro grande emozione, seppero il giorno dopo che erano stati visti, e avevano dato luogo a una importante scoperta scientifica."

"Questa," disse Mei, "è troppo scientifica."

"Allora," disse Kook, "raccontane una d'amore."

"La tessitrice e il pastorello vivevano sulle due sponde del grande Fiume di Nuvole. Non potevano parlarsi, né vedersi. Ma affidavano i loro messaggi d'amore a una gru azzurra, che poteva volare sopra il fiume di Nuvole. Cosí per anni si amarono, scambiandosi poesie, e offerte d'amore, e giuramenti di fedeltà. Un giorno ci fu una bufera nel fiume di nuvole, e lampi e tuoni, e il fiume di nuvole si diradò. La tessitrice e il pastorello, finalmente, potevano vedersi e parlarsi. Camminarono uno incontro all'altro e videro a terra la gru azzurra, che nella bufera era morta, e giaceva lí, povero sacco di penne.

"'Ahimè,' disse il pastorello, 'ora che possiamo incontrarci, come vedi il nostro amore è morto.'"

"Questa è troppo triste," disse Chulain, con un gran lacrimone, "e proprio non ne sopporterei un'altra cosí."

"Neanch'io," disse Mei.

"Allora, Chulain," disse Kook, "raccontaci la storia dei pianeti piú strani che hai visto!"

Ho visto molti pianeti strani — disse Chulain — e di molti ho sentito raccontare. Ho visto Meccanus, dove gli abitanti sono fatti di pezzi di ferro intercambiabili e sono a turno uomini, trattori, cavalli, case, e gru, e ognuno cambiandosi un pezzo e girando una vite può scegliere di fare quello che vuole, ma uno non è mai uno, ma ha sempre un pezzo in qualcuno, però non è quel qualcuno, per cui si dice che a Meccanus non esiste nessuno, eppure le strade sono piene di cavalli, carriole, ometti e macchinette di metallo. Poi vicino alla chioma di Berenice c'è il pianeta Tricoevus. Gli abitanti di questo pianeta sanno già al momento della nascita quanti anni vivranno: uno ogni capello fino a trecento. Hanno capelli grossi e setolosi, color pulce. I capelli possono essere trapiantati: perciò i ricchi possono comprare capelli dai poveri e vivere a lungo. Dieci capelli, dieci anni di vita in piú. Se un povero nasce con cento capelli, subito ne vende ottanta, perché non vuole certo vivere cosí a lungo da povero. Se un ricco nasce con pochi capelli, subito babbo e mamma glieli comprano. Ma ci sono anche i 'figari' che sono banditi che rubano capelli ai ricchi per darli ai poveri. Ma guai a loro! Se vengono presi, subito la forbice del barbiere cala sulla loro testa. E i poveri ricominciano a pelarsi, e a volte vendono anche l'ultimo capello, perché bisogna pur vivere.

Un altro pianeta molto strano è Dapocus: lí tutti gli abitanti c'erano fino a un momento prima. Si capisce che ci sono, perché ci sono le case, i camini fumano, le automobili hanno il bollo in regola, i negozi sono aperti, i fiori dei giardini ben curati, le strade pulite. Ma se suonate a una casa, vedrete il cartello: "sono in giardino". Vedrete il cane nella cuccia, le foglie radunate, il prato ben tosato, ma non c'è nessuno nel giardino. Tutt'al piú un altro biglietto. 'Sono a lavorare'. Prenderete il metrò, ma non ci troverete nessuno. Tutti sono appena scesi. Al posto di lavoro, leggerete che l'ufficio è chiuso da appena cinque minuti. Vedrete tazze di caffé appena bevuto, cicche fumanti, fogli dentro le macchine da scrivere, ma nessuno, dentro, a lavorare. Il telefono suonerà, ma appena risponderete, qualcuno avrà già messo giú. Uscirete e troverete tutti i negozi chiusi con la scritta "torno subito". Le macchine ben parcheggiate, ma vuote. Una ha il motore acceso, ma del proprietario, nessuna traccia. Il parco è pieno di cartacce e preservativi e giornali di quel giorno, ma tutti lo hanno appena lasciato. Andate in albergo: il portiere tornerà tra un momento. Prendete la vostra chiave, l'unica (tutti gli altri sono appena usciti). La vostra camera è stata rifatta, gli asciugamani cambiati. Andate in bagno, la porta si apre, clic, correte, ma il cameriere è già uscito, la colazione è sul comodino. Sentite il rumore di una banda in strada. Uscite! L'ascensore vi si chiude in faccia, qualcuno l'ha appena preso, scendete di corsa le scale, arrivate in strada. La strada è piena di coriandoli, di scritte, di stelle filanti, di bottiglie vuote. Ma non c'è anima viva. Lontano, sentite il rumore della banda che si allontana. Allora vi arrabbiate, vorreste urlare, gridare, ma non potete.

Neanche un minuto prima, siete andato via.

Ma il piú strano pianeta di cui ho sentito raccontare è il pianeta della Sacra Merda. In esso la merda è la piú grande ricchezza, la moneta con cui si compra tutto. Gli abitanti non hanno portafogli: ma grossi vasi che portano in giro, e piú sono grossi e puzzano, piú si vantano. Le banche sono dei giganteschi pozzi neri, guardati a vista da poliziotti e vigilantes. Qua si effettuano i versamenti. Dai piú piccoli, alla vecchina che viene a consegnare due palline da coniglio, tutti i suoi risparmi, al commerciante che viene a portare l'incasso della giornata, una carriolona ben odorosa. Naturalmente, nelle case non si dice "vado nel bagno," ma si dice "metto nel salvadanaio". Ogni bambino ha il suo vasino fatto a maialino. Ahimè! Anche in questo paese c'è chi vende anima e corpo, per diventare merdoso a dismisura! C'è chi rapina, e sotto la minaccia di una pistola ti obbliga a depositare lí, per strada, tutto il malloppo che hai in pancia! Se qualcuno, incautamente, si ferma in un prato per fabbricare un po' di contante, stia attento che nel breve tempo che si tira su i pantaloni, qualcuno gli avrà già sottratto il suo bene. Per non parlare degli esibizionisti: quelli che quando entrano al ristorante, eccoli mettere merda qua e là in mano ai camerieri: e lasciano come mancia uno stronzo come un cotechino: e dicono, non per vantarmi, ma ho tanta merda che non so piú dove metterla!

L'economia in questo pianeta è naturalmente soggetta agli sbalzi di questo genere primario: qui la mancanza di investimenti si chiama stipsi, e la diarrea si chiama inflazione. Speriamo di mantenere il tetto della diarrea sotto il dieci per cento, dicono i governanti. E poi scoppiano gli scandali, e si scopre che segreta-

mente i governanti prendevano quintali di merda dagli industriali e chiudevano un occhio sul contrabbando di merda all'estero. Esistono anche le cambiali, uno può acquistare una macchina, ad esempio, prendendo dieci purganti al momento dell'acquisto: ma se poi la cambiale andrà in protesto, sarà dichiarata panciarotta. E ci saranno perquisizioni e a volte anche sequestri da parte dei chirurghi-finanzieri. Ma questo capita ai pochi sfortunati: questo pianeta è ricco. Tutti i mesi, ogni giorno sei, San Libero, si fa la festa della Santa Merda. I piú grandi merdoni del paese convengono con grandi macchine color crema e marron, e riempiono saloni pieni di lampadari e bei quadri e porcellane da bagno. Le signore sono vestite tutte di bianco e i signori in rosa. Si sente dire: lo vedi quello? Ha fatto la merda con le bische: è un parvenú. Quello, invece: uh è di sangue blu, la sua famiglia è sempre stata un letamaio. E tutti ballano, e soprattutto scoreggiano, per mostrare la loro ricchezza. Le grosse signore scoreggiano in tonalità di bordone gonfiando come vele i vestitoni stretti di raso, le giovani signore scoreggiano deliziosamente con virtuosismi di flauto e clarinetto, i ricchi commercianti petano come cannoni scambiandosi pacche sulle spalle, gli intellettuali sfiatano con grande sofferenza, spiegando che la merda non è poi tutto al mondo, i giovani brillanti tirano bronze pungenti che alzano le falde dei loro frac in eleganti impennate, i vecchi nobili brontolano e spetazzano e non raramente nel far ciò cade nelle loro mutande qualche spicciolo, i bambini trillano ventini, i neonati pigolano e il padrone di casa, apparendo sulla soglia rosso e trionfale, spara un peditone storico con fremente interminabile premito che scrolla le cristallerie e a voce alta dice:
"Il pranzo è servito!"
E tutti vanno a lavarsi le mani.

Ciò raccontato, Chulain fece segno agli altri di stare zitti. In un angolo dell'astronave, lo slok-slok russava sonoramente. Lo prese delicatamente per le orecchie, aprí il finestrino e lo tirò nello spazio. A Mei tornò il sorriso.

3.

BATTAGLIA NELLO SPAZIO

MEZZANOTTE: A SETTE ORE DI VOLO DA MESKORSKA

Astronave Zuikaku - Ordine di servizio

Prepararsi all'arrivo su Meskorska. Scenderanno: il sottoscritto generale Yamamoto, travestito da venditore di giocattoli e travestiti da topi meccanici, i soldati che hanno frequentato l'ultimo corso di mimo e mimetizzazione, e cioè i sergenti On e Input, e i soldati Unlock, Status, Mem, Mids, Pigreco e Data. In seguito a questa missione l'esecuzione per cocacolamento dei condannati, è rinviata a domani. I seguenti soldati sono comandati di servizio: picchetto: caporale Return, soldati Step e Next; piantone camerate: Tab.
Firmato: il comandante Yamamoto.

Calalbakrab. Programma della serata

In attesa dell'arrivo a Meskorska, verrà proiettato nella sala rossa il film: *Meskorska, gemma dell'industria araba*. Nella sala blu, concerto di musica country amerorussa con i Puskin Brothers. Sala computer: gara di decifrazione geroglifici tra computer, categoria tascabili. In campo il campione 676 IBM, contro lo sfidante Rank Xerox 1088. Sala delle gemme: spettacolo di danza del ventre con la bellissima Suleima. Sala Bakaya: dibattito: "Quale futuro per l'esplorazione spaziale?"

Notizie interne - Sua Maestà il Grande Scorpione Sadalmelik El Akrab il Corruttore, nella giornata di oggi ha centrato il cestino della carta assai distante dalla sua scrivania, per ben sei volte consecutive, con palle di fogli. A Sua Maestà, non nuovo a queste imprese sportive, i complimenti di tutto l'equipaggio.

Domani sera è concessa a tutti coloro che non sono di servizio la libera uscita su Meskorska. Si ricorda che la nostra nave è convenzionata con il ristorante Meleph, e l'osteria-night Elgomaisa, nel settore arabo.

Importante - È circolata ieri la notizia di un attentato alle sale reali. Nello smentire decisamente questa voce il re comunica che chi verrà sorpreso a diffondere notizie false e tendenziose verrà democraticamente censurato e la sua lingua esposta in questa bacheca.

Lutto - Il pilota Igor Dylaniev, di anni trentasei, oggetto di unanime stima, è stato trovato morto suicida nella sua cabina. Il medico di servizio ha stabilito che la morte è avvenuta per overdose di alcool e barbiturici in soggetto debilitato da sei coltellate al petto. I funerali avverranno domani.

Pensiero della sera - Ci si può pentire anche di essersi pentiti. (Ibn-Sawi al -Muin)

La sirena spaziale della Proteo muggí due volte, e tutta la sua fanaleria lampeggiò, illuminando lo spazio.

"Spostati dalla mia rotta, cretino!" urlava Chulain nella radio di bordo. Proprio davanti a loro un piccolo cargo spazzino procedeva lentamente, eliminando scorie e detriti metallici con il suo aspiratore a bocca di rana.

"Ehi, bello, spegni il lampadario," rispose una voce dal cargo, "passa pure, ma poi non lamentarti se ti sporchi il vetro!"

Chulain lo sorpassò e subito si rese conto del perché avrebbe fatto meglio a restare dov'era. L'astronave si trovò immersa nella nube dei rifiuti di Meskorska, tutto quello che può sputare nello spazio una città orbitante di dieci chilometri di diametro. Nell'aria galleggiavano rottami di metallo, limature, bucce e plastiche, antenne, bottiglie e profilattici. Sul vetro della Proteo si stampò subito un sacco di spazzatura da una tonnellata, componendo un bel quadro di arte residuale.

"Attento ai moscerini, terrestre," sghignazzò lo spazzino spaziale. Chulain rallentò sconsolato guardando la nube di sporco, "che fogna," disse. "L'ultima volta che sono venuto qua c'era una fila di ottocento astronavi, un ingorgo pazzesco. Avevamo carburante, allora!"

La grande sfera trasparente e luminosa di Meskorska si avvicinava, ruotando lentamente. Le venature delle strade le davano l'aspetto d'un gigantesco bulbo oculare. Due o tre ventate fetenti confermarono che erano vicini alla zona industriale a gravità zero.

"Controllo astroporto Cola," segnalò Chulain, "qua Proteo. Stiamo per atterrare."

"Prima fermatevi al casello e pagate il pedaggio," rispose la voce del Controllo.

Chulain sobbalzò: "Quale pedaggio? Siete pazzi?"

"Quella che state percorrendo è una spaziostrada. Non avete visto i Cosmogrill e la segnaletica? Quante tonnellate pesate?"

"Centoventi," buttò lí Chulain.

"Bene! Ci dovete sessanta lingotti per il pedaggio e cento di multa per tentata truffa, perché dal registro astronautico risulta che pesate piú di ventimila tonnellate."

"E se non paghiamo cosa succede?"

"Abbiamo due cannoni termici puntati su di voi. Se li usiamo il vostro carrozziere diventerà miliardario."

"Penso che pagheremo, amici."

MESKORSKA TERMINAL

Pochi minuti dopo, i nostri stavano comodamente seduti sulle poltrone similtigre del quinto astroporto di Meskorska, attendendo che i robot doganieri terminassero i controlli.

Dalle ampie vetrate dell'astroporto, potevano vedere la struttura geometrica a toro delle industrie e delle terre coltivate, e i giardini della zona residenziale.

"Meskorska," comunicava stentoreo un altoparlante, "fu fondata nel 2098 da sette benemerite ditte multinazionali, per effettuare studi sulle applicazioni industriali spaziali e sulla rieducazione lavorativa a gravità zero per carcerati."

"Per avere manodopera gratis," tradusse Kook.

"Per ordine di grandezza, è la terza delle ventidue isole spaziali, ed è la piú lontana dalla terra. Da essa partono le esplorazioni che porteranno minerali pregiati e nuove scoperte all'umanità."

"Alle ditte del Consorzio," dissero tutti in coro.

"L'isola misura dieci chilometri di diametro ed effettua una rotazione completa ogni sei minuti. Ciò consente di avere, nell'equatore, una gravità terrestre. Lungo l'equatore sono sistemate le zone residenziali. Procedendo verso i poli, ci sono le industrie a gravità decrescente, fino a quelle di gravità zero, utili per le leghe metallifere e gli studi sull'antiprotone. Queste zone sono schermate in modo da avere le fasi alternate di giorno e notte necessarie al ciclo produttivo. L'atmosfera è a ossigeno, introdotto liquido e poi liberato: corrisponde nella zona residenziale a un'atmosfera paleoterrestre di montagna a ottocento metri. Nella zona industriale l'atmosfera è nei limiti della norma."

"Come dentro una pentola di acido solforico," disse Chulain.

"Vi ricordo le numerose bellezze di Meskorska che non potrete non ammirare. Nel settore uno, il settore Atari, la zona Harajuku di giardini pensili, le fabbriche dei piú moderni ologames, oltre a Ololand, la finta città tridimensionale. Nel settore due, settore Lockeed, le zone a gravità zero dove potrete imparare il volo libero e l'air surf con i nostri istruttori, e le famose fabbriche di armi astronautiche. Nel settore tre, Arabian United, le piscine a tuffo rallentato, la Fiera Energetica e la Sahara line, dove si creano i piú moderni carburanti, e dove viene lavorata l'energia solare delle celle orbitanti.

"Nel settore Bulova, oltre allo stadio sportivo Rossi per centomila spettatori, visitate le microindustrie di precisione, e i formicai di orologi. Nel settore Coca-Cola cinque, che è quello dove vi trovate, non mancate di visitare la zona ristoranti e il settore alimentare con le serre verdi, nonché il settore veleni e armi chimiche. Nel settore IBN-IBM, potrete visitare le piú grandi fabbriche di tappeti e computer dello spazio. Nel settore sette, LBS (Lucas Bondarchuck and Spielberg) visitate il museo della conquista spaziale, la casa natale di ET e l'Accademia drammatica per robot. Buon soggiorno sulla nostra isola e ricordatevi: il biglietto per l'escursione Meskorska-notte, con guida autorizzata, si può acquistare ai nostri sportelli e costa due lingotti gli adulti, uno bambini e radioattivi."

"Grazie capo," disse Chulain rivolto all'altoparlante, "adesso possiamo andare a vedere questo ben di Dio?"

"Non prima di avere chiarito il motivo della visita," disse la voce, "non vediamo molti sineuropei da queste parti."

"Siamo cacciatori di sole," disse Chulain, "vogliamo visitare la Fiera dell'Energia e vedere le nuove celle solari Cirio."

"Uhm," esitò la voce, "dite che siete cacciatori di sole? Allora, rispondete: quale era l'energia totale solare irrorata sulla terra nell'era preglaciale?"

"Uno a cinque per dieci alla diciottesima Kilowatt ora all'anno," rispose Kook, "altre domande?"

"Sí. Volete della marijuana?"

"Che tipo?" chiese Chulain.

"Spaziale da semi senegalesi. Una bomba!"

"Affare fatto," disse Chulain.

"Lasciate due lingotti nel cestino là alla vostra destra, e ve la ritroverete nella valigia," disse la voce, "buona permanenza."

Vassiliboyd e Coyllar si erano appena seduti in un ristorante fast-food meskorskiano. Stavano in silenzio, un po' incantati dalle luci della città spaziale e dal menú a cartone animato che si agitava velocissimo su uno schermo davanti a loro, con le avventure di Superhamburger contro i Vuoti di Stomaco.

"Ehi voi due, svelti," li aggredí il robot cameriere con berrettino giallo, "avete centoventi secondi per mangiare, e ne avete persi già sei."

"Due ham senza cip bigas due panam," ordinò con sicurezza il pilota.

"Cos'è il panam?" chiese preoccupata Coyllar, mentre già gli hamburger senza cipolla e le bibite gasate sibilavano loro incontro sul nastro.

"Gelato panna e amarena," disse Vassiliboyd bloccando al volo il suo hamburger, "passami il ketchup. In fretta: la bottiglia resta aperta solo dieci secondi."

"Non mi piace mangiare cosí," protestò la ragazza.

"A Dylaniev piaceva molto," disse il pilota, "Alla scuola di volo una volta per scommessa mangiò venti panini in cinque minuti. Diceva: essere voraci è rivoluzionario."

"Eravate molto amici, vero?"

"Molto, anche se ultimamente litigavamo spesso... lui era... non so se riesco a spiegarlo... come una metà di me... la metà inquieta... e..."

"Trenta secondi per il caffè, signori," gracchiò il robot.

"Ecco un lingotto. Non romperci i coglioni per sei minuti!"

"Fate pure con calma, ragazzi," disse il robot, catturando con la zampetta la mancia.

"Abbiamo sempre fatto tutto insieme," proseguí Vassilliboyd, "finché dopo l'ultima guerra... lui non scherzava piú... era diventato serio, faceva tutti quei discorsi sul nostro passato... non si rassegnava, e io gli dicevo, è tutto finito Dylaniev, guardiamo la realtà, tutti i nostri compagni sono morti o finiti a fare i portaborse del governo... e lui diceva, non è cosí... c'è ancora molto da fare... e adesso che è morto..."

"Adesso," disse Coyllar, "magari pensi che aveva ragione lui?"

"Non lo so," disse il pilota, scuotendo la testa, "so che noi siamo qui, aspettando che i nostri nemici sineuropei trovino la rotta, per poi farli fuori e regalare un nuovo pianeta a quel pazzo ingioiellato, e a una ventina di consigli di amministrazione di tutto il mondo..."

Coyllar guardò il pilota negli occhi. "E se ci fosse qualcosa da fare? Qualcosa che magari Dylaniev avrebbe voluto fare, tu lo faresti al posto suo?"

A Vassiliboyd venne in mente l'insistenza con cui Dylaniev aveva appoggiato l'ingaggio delle Dzunum per quel volo. Ma una voce alle sue spalle gli impedí la risposta.

"Ehi, ricciolone! Ci vuoi passare la notte, su quello sgabello?"

Chi aveva parlato era un tipaccio con l'uniforme dei vigilantes dell'isola, armato di bastone elettrico.

Vassiliboyd lo guardò con aria di sfida. "Lo vuoi tu lo sgabello?"

"Precisamente, pilota," disse il vigilante.

"Eccotelo," disse Vassiliboyd, e glielo spaccò in testa.

"Quel pilota americano è molto nervoso," disse il topo Pigreco, sporgendo la testina baffuta fuori dal cestino, pochi metri piú in là.

"Stai nascosto," ordinò l'incantevole vecchietta Yamamoto, "e quando ti fai vedere, muoviti a scatti! Topini, i bei topini meccanici! Chi li compra? Sembrano veri!"

IL MENÚ PIÚ GRANDE DELLO SPAZIO

"Beh, è proprio bello qui," disse Mei, "non credevo che ci fosse tanto verde!" Stavamo camminando nel centro di Meskorska, in un viale contornato da alberi e felci giganti.

"Hanno molta energia solare e da lavorazione protonica. Non tornerebbero certo a ghiacciare sulla terra," disse Kook, indicando la folla di meskorskiani che animava la strada, "anche perché la maggior parte è nata qua. Ma non illuderti. Qua, nella zona residenziale equatoriale, abita solo il venti per cento. Tutti gli altri sono confinati nella zona industriale: sono mestengos o carcerati che devono scontare la pena, o emigrati da luoghi radioattivi. Non fanno una bella vita: turni di lavoro massacranti in ambienti pericolosi e li chiamano 'facce di topo' perché non si levano quasi mai la maschera antigas."

"Ma non sarà cosí su tutte le isole spaziali," disse Mei, "voglio sperare, almeno non sulle nostre!"

"Le nostre isole spaziali sono molto piccole," disse Kook, "ma temo non siano molto diverse da questa."

Il gruppo si fermò davanti a una via di edifici tutti bianchi, con finestre blindate. "È questo l'indirizzo di quel Geber," disse Chulain, "il suo giornale dovrebbe essere qui."

Sulla porta di uno degli edifici c'era un vecchio meskorskiano che li notò.

"Vu seek zeitung buggialugga?" disse.

"Che lingua parla?" chiese Kook a Chulain.

"Parla il shihrap, lo slang delle isole spaziali," disse il negro, "ha detto: 'cercate il giornale piú bugiardo dello spazio?' Ya, olman: nu seekita."

"Buggialigga geschlossen ouvra miezzanait. Tienes paglieta?" disse il vecchio.

"Ha detto: 'la fabbrica di bugie apre solo a mezzanotte.' Qua i giornali fanno i turni, per coprire l'arco delle ventiquattro ore. E chiede anche una sigaretta. Take ciga paglieta olman: sabes du bona snack billig mucho esn? Wo tu tzu o la!"

"Sure svartman," rispose il vecchio, "chilla strasse allà muchoka snack slapasgud."

"Ottimo," disse Chulain, "gli ho chiesto dove trovare un buon ristorante a buon prezzo. Mi ha detto che ce ne sono molti in quella strada. A noi, Meskorska, leccornia dello spazio!"

RESTAURANT 'LE LINNEO'

Intorno ai nostri eroi, il Pantagruel Circus, la piazza dei ristoranti piú rinomati di Meskorska. Ristoranti vegetariani, di carne batterica, esotici planetari, ristoranti di alghe e pizzerie italiane, ristoranti biochimici a siringa, crioristoranti.

"Che ne dici, di questo, Sara?" disse Caruso all'ape che gli stava sul cappello, "Al 'Linneo', cucina francese."

"Io e la cucina francese non ci frequentiamo da anni," disse entusiasta Chulain, "forza, buttiamoci!"

Entrando, li accolse un ambiente davvero chic. Piatti piccolissimi, posate minuscole. Un'orchestra di violini suonava *Il valzer delle libellule*. Camerieri discreti, in giacca verde brillante, stavano in attesa, davanti a un grande pannello con la scritta "Il nostro cibo è cosí leggero che vola!"

"Bene ragazzi," disse Chulain, sedendosi, "siamo capitati proprio in un posticino di classe. Madame Mei, vuole che le legga il rancio del giorno?"

"Oui, Monsieur Chulain," disse Mei, notando con stupore che vicino alle sue posatine, c'era una lente di ingrandimento.

"Et voilà," intonò Chulain, "menú del giorno:
Sauterelles au miel Jean Baptiste
Sauterelles rôti a la Cuvier
Salade de Sauterelles à l'indonesienne
"Non so cosa sono queste sauterelles, ma il nome è appetitoso. Che siano frittatine?" disse Chulain, proseguendo la lettura senza accorgersi dei cenni disperati di Mei.

"A suivre: ragout de blattes Linneo
patè de puches
gigot de Nemesia Moulin Rouge!
"Ehi, gigot vuole dire cosciotto, questo lo so."

"Ehi, Chulain," bisbigliò Kook, tirandolo per una manica con forza.

"Che c'è Kook? Lasciami finire. Alè, sentite qua:
Bourdons à la Balineise
Omelette de Sceliphron Spirifrex
Omelette aux moustiques
Couscous de Crillon marocaine
Salade d'abeilles au gelee royal Guizzardi
Salade de guepes à l'armoricaine
"Ehilà! E cosa saranno queste abeilles e guepes! Ahi!" Un calcio terrificante di Mei sotto il tavolo gli mozzò il fiato.

"Caruso," disse la ragazza, "faccia come le dico! Chiuda subito Sara nella sua scatolina da riposo!" Caruso stupito stava per chiedere perché quando si accorse di un piatto nelle mani del cameriere e capí. Prese l'ape e la rinchiuse rapidamente.

"Chulain, scusa per il calcio," disse allora Mei tirando un sospirone, "tu parli tutti gli slang dello spazio, ma il francese non è il tuo forte. 'Sauterelles' vuole dire cavallette, il cosciotto è un cosciotto di ragno, e gli altri piatti sono omelette alle zanzare, patè di pulci, cuscus di grilli, insalata d'api alla pappa reale e macedonia di vespe."

"Questo è un ristorante di specialità entomologiche," disse Kook, "evidentemente, insieme alle piante, riescono anche ad allevare molti insetti."

"Non mi sembra il posto piú adatto per Sara," disse Caruso alzandosi per primo.

"Le monsieur il se ne stop pas?" chiese il cameriere sussiegoso.

"Nous sommes vegetariens," disse Mei.

Poco lontano, tra la folla meskorskiana, la vecchina Yamamoto riscuoteva un gran successo con i suoi topini meccanici, tanto che dal cesto giunse uno zampettio:

"Ehi, generale, sono Pigreco. La informo che deve smettere di far pubblicità, perché ha già venduto tutti i topi meccanici veri. Se gliene chiedono un altro dovrà vendere qualcuno di noi."

"State tranquilli," disse il generale, "piuttosto, vorrei sapere cosa fanno quei maledetti aramerorussi."

Gli aramerorussi erano molto vicini, travestiti da turisti. Il loro capo, un arabone in bermuda a cocomeri e zoccoli da sbarco, stava comunicando notizie via radio alla Calalbakrab.

"Li seguiamo capo!" Adesso sono entrati in un ristorante che si chiama 'Creatures'. Nessuna traccia dei giapponesi. Piuttosto, Vassiliboyd e una ragazza del complesso hanno fatto a botte con le guardie e sono stati arrestati. Cosa facciamo?"

"Lasciamoli al fresco tutta notte," rispose la voce di Alya, "che si schiariscano le idee. O faranno la fine del loro amico! Piuttosto mi hai comprato la palla souvenir di Meskorska con dentro la neve che cade?"

CHEZ LE CREATURES

"Tutto quello che si può mangiare in questa galassia, noi ce l'abbiamo," diceva modestamente l'intestazione del menú computerizzato, con una tastiera a centoventi voci.

Un cameriere austero, con folte basette sintetiche, arrivò al tavolo. In mano aveva un terminale computer per le ordinazioni. "I signori desiderano?" disse in perfetto sineuropeo.

"Ci aiuti lei," disse Chulain, "non è facile scegliere in un menú di sessantamila portate."

"Se permettete, signori, vi consiglierei le minestre misteriose. Sono buone, ed è emozionante non sapere cosa ne salterà fuori. Come secondo piatto, se siete robusti, potrei portarvi un prupus venusiano."

"E perché occorre essere robusti?" chiese Kook.

"Se volete rendervene conto, al tavolo vicino ne stanno servendo uno."

Al loro fianco, infatti, due russi panciuti stavano scoprendo una zuppiera da dove veniva un ottimo odore di bollito. Il primo russo infilò una forchetta, ma dalla zuppiera saettò un tentacolo azzurro che lo afferrò per la testa e lo tuffò dentro al brodo, tenendolo sotto. Due camerieri intervennero e con una coltellata liberarono il cliente. Ci provò l'altro: ma il prupus, un incrocio tra un polipo e una medusa, uscí decisamente dalla zuppiera e ingaggiò una furibonda lotta corpo a corpo, tra schizzi di sugo e urla del russo, che alla fine, mezzo strangolato dai tentacoli, urlò: "la frutta, voglio la frutta!"

"Come vedete," disse il maître con un sorriso, "non tutti hanno il fisico per mangiare il prupus. Noi lo portiamo bollito, ma a lui non fa molto effetto, perché su Venere vive in un magma a duemila gradi."

"Io credo," disse Mei, "che preferiremmo qualche altra vostra specialità... non semovente, per favore."

"La nostra specialità è il fungo 'semipiaci'. È un fungo scoperto sul pianetino gioviano Antilochus. Siamo i soli a possederlo, nella galassia, è veramente un cibo rarissimo. Veramente pochi lo hanno mangiato, sottolineo, pochi."

"Molto bene," disse Chulain, "allora quattro minestre misteriose, e un fungo semipiaci. Ah sí, e una camelia poco condita per Sara. Deve mangiare in bianco."

Il maître si inchinò e batté le ordinazioni al computer chef.

Furono serviti in pochi secondi.

Chulain esaminò con sospetto il brodo nero e viscido nella sua scodella. "Cosa ne dite," chiese, "esploriamo?"

Iniziarono l'assaggio con cautela, ma ai primi bocconi si rassicurarono. Mei trovò nel suo brodo delle alghe deliziose, Caruso dei fiori rossi dal sapore dolce. Chulain e Kook trovarono delle ottime tagliatelle che avevano come unico inconveniente quello di sfuggire nuotando in fondo.

Ed ecco che quattro camerieri portarono sul tavolo una massiccia zuppiera d'oro. Il maître batté le mani con solennità.

"Signori! Vi devo spiegare brevemente qual è il modo di mangiare il fungo 'semipiaci'. Questo fungo è dotato di un... diciamo cosí, carattere un po' particolare. Egli si può presentare in tre forme. Io ora scoperchierò la zuppiera: il fungo vi apparirà di un colore bianco, neutrale. Cosí non ha alcun gusto. Ma se voi gli siete antipatici, (uso questo termine impropriamente, perché evidentemente si tratta solo di una particolare sensibilità delle sue spore) ebbene, se gli siete antipatici, diventerà verde, grinzoso e molliccio, e non lo potrete mangiare, perché sarà velenoso come poche cose nell'universo. Se invece gli piacete, il fungo si accenderà di un bel colore rosso e giallo, e sarà un boccone squisito, quale forse mai avete gustato!"

"Incredibile," disse Kook, "e cosa bisogna fare per essergli simpatici?"

"Nulla," disse il maître, "il fungo decide di testa sua... o di cappella sua, mi si passi la bêtise. Voilà, madame e messieurs, il fungo 'semipiaci'!"

Sul piatto apparve un bellissimo fungo candido e panciuto, una decina di chili almeno. Ruotò un po' sul gambo esaminando i commensali. Poi cominciò a coprirsi di sfumature arancioni, il gambo si illuminò di rosso, e in pochi istanti il fungo diventò meravigliosamente colorato. I camerieri applaudirono.

"Complimenti, signori!" disse il maître, "siete piaciuti al fungo. Ora, non ne dubito, sarà lui a piacere a voi!"

"Già, naturalmente," disse Caruso, con la forchetta a mezz'aria, "su, comincia ad assaggiare tu, Chulain."

"Come no! Non capita tutti i giorni di mangiare un fungo a cui sei simpatico... quindi... direi di cominciare da qua... o da qua..." il negro avvicinò il coltello al fungo, senza decidersi. "Sentite ragazzi, io non mi intendo di funghi, taglialo tu, Kook."

"No," disse subito Kook, "io, ecco, mi ero dimenticato di dirlo, ma da piccolo feci una indigestione di funghi chiodini... non posso assolutamente mangiarne... Mei, comincia tu."

"Eh no!" disse Mei, "mi dispiace, ma non posso accoltellare chi mi ha appena manifestato la sua simpatia."

"Devo dedurre," intervenne il maître, "che non volete mangiare il fungo?"

"No," disse Chulain, "gli siamo simpatici, come possiamo tradire cosí la sua fiducia?"

"Bene, signori, non avevo dubbi," concluse il maître, "perché, vedete, il fungo 'semipiaci' ha una particolarità. Diventa verde e velenoso in presenza di persone malvage e voraci. Diventa colorato e gustoso in presenza di persone dotate di dolcezza e sensibilità. E certamente, nessuna persona sensibile potrà mangiare un fungo che gli ha dimostrato tanta simpatia."

"E quindi?" disse Mei.

"Quindi, è per questo che il fungo 'semipiaci' è un piatto cosí raro. *Perché nessuno lo ha mai mangiato.* Quelli che avrebbero voluto non hanno potuto, e viceversa. Questo fungo è la specialità del locale da cinquant'anni, e non lo abbiamo mai cambiato. Un dessert, signori?"

COME I NOSTRI EROI APPROFITTARONO
DEL GRAN CASINO CHE SCOPPIÒ

"Mi dispiace, nonnina, ma i venditori ambulanti non possono entrare," disse il portiere del "Creatures" al generale Yamamoto.

Il generale lo guardò umilmente da sotto la parrucca bianca un po' storta. "Mi faccia restare qua all'entrata," squittí, "solo un momento. Anzi no, ha ragione, tolgo subito il disturbo!" Il generale aveva cambiato idea vedendo avvicinarsi alcuni brutti ceffi. Erano il capo delle guardie dello Scorpione, Gienah, e i suoi sgherri. I bermuda a fiori non lo ingannavano: ognuno di loro portava una strana macchina fotografica con obiettivo a cannone. Yamamoto vide subito che se gli avessero fatto una fotografia, sarebbe stata l'ultima. Cosí, tutto ingobbito, passò davanti a loro, pesticciando sugli zoccoli di legno.

"Ehi," sentí alle sue spalle, "non ti sembra un po' robusta, quella vecchietta? Ehi, tu, nonnina! Vieni un po' qui."

"Soldati grigi!" bisbigliò Yamamoto ai suoi topi, "manteniamo la calma! Sí! Sta chiamando me, giovanotto?"

"Sí, nonna," disse l'arabo squadrandola, "cosa porti in quel bel cestino?"

"Topolini meccanici, made in Japan," trillò Yamamoto.

Gienah scoprí il cestino con una manata. I topi si irrigidirono. "Bene, bene," disse l'arabo, prendendo in mano Pigreco, "che carini... sono di metallo, no?" e premette la pancia del topo con due dita. Pigreco resistette eroicamente e fece andare su e giú le zampe e la coda con rigidità robotica.

"Davvero carino," sogghignò Gienah, "sembra vero!"

"Invece lo costruisce la Honda," disse Yamamoto, "tecnica giapponese!"

"Allora," disse Gienah, alzandolo nella manona, "sarà anche infrangibile, no? Posso provare a tirarlo per terra?"

"Guik," urlò Pigreco (vaffanculo in topesco) e azzannò l'arabo alla mano. Fu l'inizio del terremoto. Yamamoto si strappò la parrucca, lanciò un grido terribile e sfoderò il campionario completo dei suoi calci di karaté contro gli arabi. Ne atterrò due con un doppio calcio rotante semplice. Alle spalle un arabo lo colpí con una tripla randellata e fu morso alla caviglia da una doppia coppia di incisivi topeschi. Gienah roteò la macchina fotografica e attaccò con un grandangolo rotante, ma fu azzannato al gluteo destro da Pigreco. Quattro arabi si buttarono addosso a Yamamoto che si esibí in un kumite-akai-do (colpo del nocciolo di ciliegia che schizza tra le quattro dita).

La rissa divampò tremenda: i topi azzannavano, Yamamoto roteava i piedi e gli arabi bastonavano, diversi passanti si beccarono calci e morsi, e nella grande confusione i nostri eroi se la svignarono non visti.

"Forza," sbuffava Chulain, correndo, "ci danno un vantaggio insperato, andiamo a quel giornale!"

Dopo poco ansanti, suonavano al campanello di Meskorska sera. Un vecchio con un casco da football americano, con la scritta "proto" venne loro ad aprire.

"Chi du ju uon gonfià?" disse con tristezza.

"Come dice?"

"Chi volete picchiare? Nun vulete picchiare qualcuno per un articulo? Nun fa' rettifica a su' naso?"

"No. Vogliamo solo parlare con Geber!" disse Mei.

Il vecchio tirò un sospiro di sollievo.

"Ah! Geber! Geber no more accà. Gone via, gehen, geyn. Fooooof!"

"E dove è andato?" disse Chulain, "addò gone? Molto importante per noi sapere!"

"Geber andato posto mucho schlekt, horripilo posto. Zombi ospital Moriturlich!"

"È all'ospedale per contaminati!" disse Caruso, "accidenti, deve essere messo proprio male. Corriamo subito là!"

"Pu, no possible," disse il vecchio, allargando le braccia, "tu non zombi, iu chent annà in zombizone. Verboten, prohibito, interdit."

"Siamo fregati," tradusse Chulain, "nessuno può entrare nella zona dei contaminati."

"Iu può in," spiegò il vecchio, "ma nun cchiú out. Ma si verboten for men, forsitan non verboten robotibus!"

"Giusto," disse LeO, "il vecchio ha ragione! Io posso entrare... e anche Sara... noi non abbiamo paura del virus."

"Oh LeO," disse Mei, "tu farai questo per noi?"

"Sí! Sono un robot di sentimenti quasi umani. Per questo entrerò là dentro, per la modica somma di trecento lingotti."

"Che bravo bipede!" disse Kook, mentre LeO si allontanava sui nastri mobili verso la sua missione.

"Questa è la nostra forza!" disse Mei, con orgoglio, "noi siamo pronti al sacrificio e uniti, mentre gli altri si azzuffano tra loro! Come diceva la nostra saggia presidentessa Mou-lan, è facile tagliare uno per uno mille fili, ma è quasi impossibile tagliarli se essi sono intrecciati tra loro, in un unica corda. Questa è la forza della Federazione!"

Dalle centinaia di sci blu e neri parcheggiati fuori dalla Sala delle Riunioni, si intuiva che stavolta la seduta del Parlamento sineuropeo era molto affollata. Dalle rampe della Tour Montparnasse scendevano zig-zagando gli ultimi deputati. Arrivò scodinzolando elegantemente uno svedese e dietro di lui due grossi greci incrociarono gli sci e si schiantarono con violenza contro il poliziotto di servizio.

"In piedi, sgomberare," intimò Phildys, che curava il servizio d'ordine. "Sta arrivando Sua Santità!"

Preceduto da quattro guardie svizzere, piombò giú per la rampa in discesa libera il papa Giovanni Paolo "Nino" III, presidente del Vaticano. Si fermò con un cristiania strappato un po' esibizionista, innevando tutti.

"Ehilà, Phildys," disse, togliendosi il cappuccio bianco crociato da sci, "ti benedico. Dove posso trovare un po' di grappa? Mi si son gelate le balle!"

"Al bar, Santità," disse Phildys. Da anni ormai il Vaticano era uno stato come tutti gli altri, con una potenza economica pari a quella dell'Inghilterra, e un esercito, e armi nucleari proprie. Però quel papa tirava veramente un po' troppo sul laico.

Dalla sala, si udí la voce del presidente dell'assemblea che apriva la discussione: "Siamo qua," declamò, "per discutere del progetto terra due. L'ordine del giorno comprende due punti: primo, quale politica tenere nei confronti della missione. Secondo: quale politica tenere nei confronti di eventuali alieni del pianeta. Direi di iniziare subito gli interventi..."

"Un onorevole cazzo!" tuonò il rappresentante cinese Ping Hsueh. "Prima dobbiamo ridiscutere la spartizione di terra due. Non vediamo perché la Cina debba averne solo un quarto. Siamo nella federazione con pari responsabilità!"

"Ma la vostra produzione energetica," disse il ministro inglese Snowdown, "è un sesto di quella europea. La cosa scandalosa mi sembra invece che al mio paese non sia stato assegnato alcun mare! Manchiamo forse di tradizione? Dovrei ricordare Morgan e Nelson?"

"Questi sono problemi ridicoli," lo interruppe il Gran Ciambellano francese Bassinoire, "vorrei sapere invece perché l'esclusiva delle riprese televisive subacquee è stata data ai cinesi e non a noi. Dovrei ricordare Picard e Cousteau?"

"In merito alle riprese televisive," urlò Pyk, "la lega dei partiti catodisti protesta per l'inqualificabile atteggiamento governativo che non permette l'invio di una troupe televisiva al seguito della missione, privando gli utenti di uno spettacolo senza precedenti io fumo Marlboro."

"Ricordo ai colleghi," disse seccamente Phildys, "che non è permesso fare pubblicità durante gli interventi parlamentari."

"A nome degli Eserciti riuniti," intervenne il generale Von Ofen, "voglio sapere perché su quel pianeta non è stato inviato alcun contingente di soldati. Vogliamo lasciare lo spazio cosmico nel caos anarcoide?"

"Signori," disse il sindaco di Parigi, madame Zoe, "vi prego, non scanniamoci per un pianeta che ancora non c'è: vi prego di ricordare che da tre giorni Parigi è al freddo, i bimbi muoiono e le crêpes vanno servite calde!"

"Vorrei," intervenne l'alcalde spagnolo Chimenea, "porre l'accento sulle disumane condizioni di vita dei lavoratori in quelle miniere gelide non riscaldate dai caloriferi Chimenea. Solo questo mese sono morti ventidue eschimesi."

"Tutti sanno che gli eschimesi accettano con serenità la morte," lo interruppe il papa, "piuttosto vorrei sapere come mai nessun inviato della Santa Sede, né del ramo missionario, né del ramo amministrativo, è stato mandato sul posto. Vogliamo che la gente del posto continui a vivere nell'ignoranza della fede? E il progetto del santuario, che fine ha fatto?"

"Basta con i misticismi!" disse Pyk. "Il vero problema è se dobbiamo mandare lassú la tivu; il resto sono discorsi fumosi, e a tal proposito vi ricordo che io fumo..."

"Balle!" urlò Von Ofen, "per prima cosa, bisogna mandare su un contingente di soldati!"

"Non occorre," disse Pyk, "ci sono già i robot di Phildys, là sopra. Venti robot guerrieri, con armi nucleari, e telecomando da terra. Ho le prove! A me non la si fa! Fumo Marlboro, io!"

Un urlo di sdegno percorse l'assemblea. Il delegato austriaco si tolse lo scarpone da sci e iniziò a batterlo fragorosamente sul banco.

"Il mio partito chiede il telecomando di almeno cinque robot!"

"L'Inghilterra è indignata!"

"La Svizzera vomita dallo schifo!"

"La Francia chiede le dimissioni del governo in quanto incapace di una vera politica subacquea."

"Il partito comunista mediterraneo si chiede preoccupato se, nella risposta alla sua interrogazione sulle miniere sudamericane, la frase 'che gli indios crepino pure' esprima una volontà precisa del governo di non occuparsi a fondo del problema."

"Signori!" urlò il rappresentante svizzero, "ho una comunicazione urgente, che penso possa introdurre un elemento di conciliazione tra le contrastanti istanze finora espresse dall'assemblea!"

Silenzio in sala.

"La polenta è pronta!"

Con un urlo di gioia, tutti corsero fuori dall'aula.

"Senti che bel silenzio?" disse Einstein. La neve cadeva fitta sul fianco della montagna.

"Non sento niente," disse Fang.

"Ogni tanto, venire via dal rumore di quei computer non è male," disse il ragazzo, e raccolse una manciata di neve, evidentemente molto tentato di farne una palla, "naturalmente," aggiunse subito, "questo silenzio ha una ragione scientifica: sono i fiocchi appena caduti che assorbono il suono, come pannelli isolanti."

"Naturalmente," disse Fang.

"Quando la neve viene compressa," spiegò Einstein, "questo assorbimento diminuisce," e vedendo che Fang era voltato di spalle, rapidissimo fece la palla di neve e la lanciò.

"Bel colpo," disse Fang, senza girarsi.

"Adesso dimmi che ci vedi anche all'indietro!" disse Einstein, stizzito.

"Ho sentito il rumore."

"Sei come quegli eschimesi che si riconoscono a distanza dal rumore delle calzature sul ghiaccio? O hai qualche sesto o settimo senso come i pipistrelli e gli innamorati? Beh, niente di strano non è poi necessario vedere. Adesso quasi tutte le teorie scientifiche vengono prima pensate, poi 'viste' negli esperimenti. Vedere è riconoscere, dicevamo al centro computer."

Fang si fermò un attimo a riprendere fiato. Erano arrivati alla fine della salita; da lí il sentiero scendeva fino al villaggio indio, un cerchio di baracche rosse e igloo nella neve.

"Pensi," disse Einstein, "che potremo fare qualcosa per convincere quegli indios o comanches o eskimongolesi o quel che sono, a scavare per noi?"

"Non credo: per loro quei luoghi sono huaca, cioè sacri: vi esiste tutta una serie di regole e divieti che noi non conosciamo."

"Bah! E tu che continui a difendere la loro cultura!"

"Anche per noi non ci sono state forse state verità scientifiche huaca? Poi è arrivato qualcuno che ne ha svelato la totale falsità."

"Credo di avere capito," disse Einstein, fermandosi ansante, a braccia conserte, "tu sei uno di quelli che non gode di una scoperta, ma solo quando una scoperta viene cancellata. Sei felice quando salta la geometria euclidea, quando vacillano le teorie sui quanti e Darwin va al tappeto. L'universo si curva sotto il peso della gravità, le particelle gemono bombardate per regalarci nuove insicurezze, e tu godi!"

"Io sono felice per ogni scoperta che aiuta l'uomo. Ma quando una scoperta resiste solo perché il suo superamento metterebbe in crisi la Scienza e il suo potere, allora benvenuta la crisi. Vedi, Einstein, allo stesso modo dei grandi uomini che le pensano, anche le teorie hanno una giovinezza, una vecchiaia, una morte. Possono morire, eppure lasciare una grande traccia dietro di sé. Una scienza che non accetta questo, e preferisce trovare le sue certezze nei grafici di sviluppo delle industrie, e nella misurazione della potenza crescente delle armi, io non la amo."

"Perché sei un po' disfattista."

"Galileo, Lamarck, Darwin, Newton e un signore tuo omonimo erano disfattisti."

"Incredibile! Prima Democrito e Chuang Tze, adesso mi tiri fuori Galileo. Mi meraviglio che mi risparmi Mao Zedong."

"Già. Bravo Einstein, non ci avevo pensato."

"Accidenti a me e alla mia boccaccia," si lamentò il ragazzo, "mi ero ripromesso di non parlare piú di queste cose con te!" Iniziò a bombardare la valle di proiettili di neve per sfogarsi, finché non arrivarono al villaggio. La gente li salutava mentre passavano, e i ragazzini ridevano della colossale tuta imbottita di Einstein. Venne loro incontro una donna giovane e bruna dal volto olivastro. Portava la bombetta bianca e nera quechua. Li guidò attraverso uno spiazzo dove alcuni ragazzini giocavano saltando su un disegno di linee intere e spezzate.

Erano una giovane pellerossa, un eschimese e due piccoli indios. Uno di loro, saltando, cantava:

Uno, due, tre, quattro
dove sei nato?
su un albero roble son nato
cinque, sei, sette, otto
lontano son volato
Pedro Navaya col dente d'oro
son diventato
I, erh, san, ssu
ui hermano, oiga,

chi ha bruciato
la casa dell'uccello gorrion?
vai per il lago il fuoco il vento
vai per lago fuoco e vento
e forse arriverai.

Il piccolo indio danzò l'ultima parte della cantilena, guardando Fang. Il cinese sembrò pensieroso, mentre entravano nella capanna della donna. Il pavimento della capanna era di pietra secolare. Nei muri, i ripostigli per il cibo. Gli indios sapevano mantenere il cibo per anni, con gli stessi antichissimi metodi degli inca.

La donna li invitò a sedere per terra, e si sedette a sua volta in mezzo a tre uomini, due indios bassi e robusti, vestiti a colori vivaci, e un eschimese sorridente.

Einstein guardava il volto della donna, incantato.

"Sono Coya," disse l'india, "e sono la figlia del capo-villaggio. Avete qualcosa da dirci?"

"Ecco," iniziò Einstein, "noi... la Federazione è... sorpresa per il vostro rifiuto di continuare il lavoro... non capiamo il perché."

Coya si consultò a voce bassa con uno degli uomini e parlò.

"Mio fratello Catuilla lavora laggiú e dice: 'troppo pericoloso, troppi uomini morti. E siamo troppo vicini al cuore della terra.'"

Einstein si fece attentissimo. "A cosa?"

"Una storia inca," disse Coya, "dice che chi si avvicina a quei luoghi con cattive intenzioni, ferirà il cuore della terra, e centomila soldati del sole usciranno fuori, e il loro urlo salirà fino a coyllar, le stelle."

"Ha sentito Fang?" disse a bassa voce Einstein, "centomila soldati! Cosa vorrà simboleggiare tutto questo?"

"Voi," disse Fang, "dite che non ci si può avvicinare a quel luogo se si hanno cattive intenzioni. Ma voi non le avete certo..."

"Noi no," disse l'eschimese, "ma non conosciamo le vostre."

Einstein protestò. "Ma... amici! Noi siamo qua per farvi lavorare... vi abbiamo dato viveri, vestiti, riscaldiamo il vostro campo..."

"Se è cosí," disse Coya, "allora continuerete a farlo anche se non lavoreremo piú?"

Einstein non rispose. L'indio dal volto piú scuro parlò a sua volta.

"Sono Aucayoc, e ho conosciuto molti uomini bianchi. Sono venuti con le maschere della pace, hanno firmato trattati, fatto promesse. Poi ci hanno tradito e ucciso. Non sappiamo chi siete, ma sappiamo che desiderate molto quello che sta sotto al tempio del sole. Quando si desidera tanto una cosa, non ci si ferma davanti a niente per averla. Questa, per noi, è una cattiva intenzione."

Einstein guardò Fang, stizzito. "Hai perso la lingua?" bisbigliò. "Magari pensi che abbiano ragione. Beh, io potrei dire a questo punto che ci sono molti altri modi per convincerli a lavorare."

"Ma non lo farai," disse Fang, "anzi, andrai fuori a giocare con i ragazzi."

Einstein guardò Fang come se fosse impazzito. "Oh, al diavolo," disse, e uscí dalla capanna.

"Dove va piccolo cachorro chiacchierone?" chiese Catuilla.

"A giocare," disse Fang.

Catuilla sorrise a Fang, prese una ciotola piena di farina, e indicò il fuoco.

"Grazie," disse Fang, "mangerò volentieri."

"È chunu, farina di patate. La conosci?"

"Dai libri," rispose Fang.

"Quello che si mangia nei libri sa di carta vecchia," rise Nanki.

"Sí," disse Coya, "non si può conoscere un popolo solo dai libri. Mentre i miei fratelli cucinano, ti racconterò la storia dei Grassi Castori. È una leggenda del nord, la sentii da un vecchio capo indiano, tanti anni fa."

I GRASSI CASTORI

C'era una volta al Nord, nella regione dei Grandi Laghi, una tribú indiana detta dei Grassi Castori, il cui capo era Cosciotto d'Aquila, la cui signora era Lontra Panciuta. Erano indiani allegri e grassottelli, e vivevano felici sulle sponde di un lago dalle acque azzurre e limpide, il Chanawatasaskawantenderoga, che in dialetto castorico significa "senza coloranti aggiunti".

Un gran brutto giorno, arrivò sulle rive del lago azzurro un gruppo di uomini bianchi. Erano mister Joe Tifone, delle ferrovie Tifone spa, e i suoi consulenti. Stavano costruendo una strada ferrata che da New Orleans avrebbe portato nel cuore dei grandi laghi, per uno scambio commerciale: dai boschi del nord sarebbe arrivata la legna per le cucine e le caldaie di New Orleans, e da New Orleans la cenere e la spazzatura per i grandi laghi. Mister Tifone si presentò ai Grassi Castori pieno di doni: casse d'acquavite, giornali porno, orologi subacquei e pullover di Armani. Egli ben sapeva che le tribú indiane sono molto attratte da queste cose, e che in poco tempo, questa ricchezza avrebbe corrotto la loro natura onesta e li avrebbe avviati sulla china dell'estinzione. Mister Tifone disse a capo Cosciotto: i miei uomini faranno un piccolo buco nella foresta per far passare la strada per Cavallo di Ferro, e in cambio grandi regali arriveranno alla tribú dei Grassi Castori. Il grande capo lo ascoltò, poi cosí parlò:

"Viso pallido parla con lingua biforcuta come scambio ferroviario. Dove passa vostra strada, alberi cadono come foglie d'autunno, e indiani muoiono. Cavallo di ferro sputa nuvole di fumo che interferiscono con nostra rete di comunicazioni. Se voi tagliare un solo albero, noi mandare nostri castori a rosicchiare vostri uomini. Riprenditi i tuoi regali. Timeo yankees et dona ferentes. Augh!"

Tifone se ne andò scornato e incazzato. Mentre usciva dal villaggio gli si avvicinò lo stregone Obeso Salmone, un indianone famoso per la sua avidità.

"Uomo bianco," disse, "me molto piacere tuoi giornalini tua acqua di fuoco tua moda casual. Tu ascolta me! Grande albero non cade con grande testata, ma con molti piccoli colpi! Poco alla volta, noi abbatteremo Grassi Castori. Tu dare a me regali, io corrompere ed estinguere stop."

"D'accordo, Obeso Salmone," disse Tifone, "siamo soci. Avrai tutte le casse di acqua di fuoco che vuoi."

"Io me accontentare di tre per cento azioni tua ferrovia," disse l'indiano.

Cosí iniziò il tentativo di distruzione della povera tribú indiana. Per prima cosa Obeso Salmone aprí una boutique nel villaggio. In poco tempo, i costumi tradizionali dei Castori scomparvero. Le donne giravano nella neve con minigonna e magliette con paillettes, gli uomini portavano pantaloncini da basket e canottiere con la scritta "Dallas cowboys". Ma erano tutti grassi e in buona salute come prima, e si trovavano molto eleganti.

"Il freddo non ci spaventa," diceva Lontra Panciuta, "abbiamo cambiato i vestiti, ma la Grande Luce ci riscalda!"

Il mese dopo Tifone convocò lo stregone.

"Caro Salmone," disse, "ho speso una fortuna in capi di abbigliamento e i castori sono piú rotondi di prima! Da tutta la regione mi giungono notizie di tribú in rovina. I Nasi forati sono intasati dal raffreddore, i Seminole devastati dal fernet, i Mohicani boccheggiano. Come mai i Castori tengono cosí botta al freddo?"

"Cambiare loro costumi e accorciare gonne non basta," disse lo stregone, "perché la Grande Luce li riscalda. Ma niente paura: quando un popolo resta senza dio, allora tutto andare in rovina! Tu porta a me materiale lista annessa stop."

Tifone lo accontentò: dopo pochi giorni Obeso Salmone convocò la tribú, e si presentò in smoking bianco con fregi d'oro, e chitarra a tracolla. Disse che aveva fatto un sogno. Manitú gli era apparso remando su una canoa biposto in compagnia di un giovane bianco con i capelli a banana. "O stregone," gli aveva detto Manitú nel sogno, "io sono vecchio e stanco. Mi ritiro nella Grande Prateria Celeste, in una grande fattoria con una grande squaw (aveva usato un altro termine). Questo è il vostro nuovo dio: si chiama Elvis the Pelvis, e voi lo adorerete col nome sacro di Shakarockawa, l'uomo che canta e scuote un po' tutto, e lo invocherete col nome di Bebopalula. Ma per favore, non pregatemi piú: adorate lui, comprate i suoi dischi, ballate e soprattutto, non lavorate. Ho detto. Augh! Yeah!"

A queste parole, e alla musica che lo stregone iniziò a suonare, tutti gli indiani si misero a ballare come matti, compreso capo Cosciotto che prese la consorte e la roteò tre volte in aria causando diversi feriti.

"Possiamo danzare anche tutta la notte together," disse il grande Capo, "e non adorare piú Manitu, e non lavorare piú-u-uuu. La Grande Luce ci darà forza!"

Il mese dopo Tifone riconvocò lo stregone.

"Caro il mio pescione," gli disse iroso "come la mettiamo? Sono quattro mesi che aspetto! Tutte le tribú indiane dei laghi sono distrutte. Alcoolismo, risse, crisi cardiache e di identità. Solo i nostri Grassi Castori ballano, cantano, ed estinguersi è l'ultimo dei loro pensieri."

"Impaziente uomo bianco," disse lo stregone, "la Grande Luce dà loro forza. Abbiamo cancellato i loro costumi e la loro religione. Ora non ci resta che far fuori il loro ecosistema."

"Il loro eco cosa?" disse Tifone.

"Ecosistema è una parola magica indiana," spiegò lo stregone, "che significa: Grande sfera della vita-acqua-cielo-terra. Distruggiamo il bosco e il lago, e i Grassi Castori scompariranno."

E in quel mese la terra dei Castori conobbe la furia di Tifone. Egli dapprima inquinò tutto il lago con una grande chiazza di petrolio. Tutti i salmoni diventarono neri e morirono cantando strazianti spiritual. Poi fu la volta del bosco, che fu distrutto con un incendio doloso: tutti i castori (animali), rimasti senza lavoro, dovettero emigrare nelle falegnamerie di Montreal. Le alci fuggirono lontano e furono abbattute a fucilate, e fuggirono ancora piú lontano e l'ultima fu uccisa da un cacciatore in un motel di Chicago dove aveva cercato di nascondersi dando le false generalità di Wilbelk Mitchum, dentista. L'accampamento dei castori si trovava ora in mezzo a una brulla radura dove, tutte le notti, Tifone scaricava barili di bacilli e vibrioni di colera, tenie e sanguisughe, spargeva spray di sifilide e infarinava i gatti nei pidocchi.

"L'uomo bianco è davvero una carogna," disse al suo popolo Cosciotto d'Aquila, "egli ci ha rubato il lago, e il bosco. Ma la Grande Luce ci protegge, e ci salverà dalla fame, e dalle malattie."

Dopo due mesi, i Castori erano grassi e allegri come non mai, anche se niente cresceva piú sopra la loro terra. Avevano ripiantato qualche albero, richiamato con un telegramma un nucleo di castori, e scavato un macero artificiale, nel quale andavano in canoa con densità da vacanza adriatica, e pescavano pesci rossi di importazione. Cantavano, fumavano il calumet, ed erano felici.

"Brutto ammasso di pesce marcio," disse allora Tifone allo stregone, "di tutti gli altri indiani nel raggio di mille chilometri sono rimasti solo tre esemplari, al reparto rianimazione dell'ospedale di Ottawa. I Grassi Castori invece non sono mai stati cosí grassi!"

"O pestifero uomo bianco," disse Salmone, "contro la Grande Luce non ci resta che un'ultima arma: la Morte Nera."

"Sarebbe a dire?"

"Un quintale di cioccolata sfusa in barattolo! Niente può resistere ad essa! Denti, fegati, stomaci, tutto si schianta al passare del nero, appiccicoso uragano!"

"Avrai la cioccolata," disse Tifone, "ma ricordati, è l'ultima che provi!"

E Tifone attese tre lunghi giorni. Il quarto giorno, udí un coro di lamenti funebri venire dal campo indiano. "Ce l'ho fatta!" urlò raggiante, e corse là, col cuore pieno di speranza. Ma una brutta sorpresa lo attendeva. I Castori stavano officiando la cerimonia funebre per Obeso Salmone. Era stato trovato morto quella notte: vicino al suo corpo, sessanta barattoli vuoti di cioccolata. Tifone si strappò i capelli dalla rabbia, e chiese consulenza a una ditta specializzata in stermini di indiani, la "Bill". Anche loro si dichiararono perplessi: in effetti nessuna tribú aveva mai resistito alla cancellazione dei costumi, della religione e dell'ambiente. Questa "Grande Luce" designava evidentemente una forza spirituale molto forte. L'unica soluzione, a questo punto, era la fucilazione in massa!

"Mai," disse Tifone, "nella mia carriera non ho mai sparato a un indiano. L'ho sempre ammazzato a colpi di progresso. Non farò mai una cosa simile!"

"Allora si arrangi," disse la ditta Bill.

Tifone stette a pensarci su un po' di notti. Finché, una mattina, uscí dal villaggio, per fare una passeggiata. E vide un giovane indiano che zappava la terra brulla con molta cura. Terminato il lavoro, l'indiano si inchinò tre volte alla terra.

"Cosa fai!?" gli chiese Tifone.

"Saluto e onoro la Grande Luce," disse il giovane.

Tifone ebbe un sospetto: attese che l'indiano se ne fosse andato, e poi febbrilmente scavò nel campo. E sapete cosa trovò? Una PATATA! Una PATATA, ecco la Grande Luce, che manteneva grassi i Grassi Castori, che aveva dato loro calore nel freddo, energia nel ballo, e li aveva sfamati quando tutto era andato distrutto sopra la loro terra, perché la patata cresce SOT-TOTERRA! Quello era il loro tesoro, altroché forza spirituale! Proteine, erano!

Il giorno dopo il malvagio Tifone si presentò da capo Cosciotto col viso contrito.

"Grande capo," disse, "io ti devo le mie scuse. Ho cercato di sterminare la tua tribú. Ma ora ho capito che siete un grande popolo, illuminato dalla Grande Luce. Perciò ti chiedo, umilmente, di perdonarmi, e di fare sí che anche io possa godere della Grande Luce."

"E come?" chiese capo Cosciotto.

"Presto," disse Tifone, "lungo questa ferrovia, passeranno migliaia di persone. Pescatori che vanno ai laghi, famiglie in picnic, sciatori, cercatori d'oro. Pensa se anche loro, durante il lungo viaggio verso il Nord, potessero conoscere la Grande Luce!"

Il volto del capo Cosciotto d'Aquila si illuminò.

Esattamente un anno dopo, quando la ferrovia fu terminata, e il treno si fermò alla stazione di Fatbeavertown (grassocastorotown), duecento indiani con divisa bianca e cappellino con la scritta "patate fritte Castoro" attendevano i viaggiatori, mentre una gigantesca nuvola di odor di fritto avvolgeva boschi e valli. Dentro lo snack della stazione il grande capo Cosciotto e la signora, con cappelli da cuochi, servivano torte di patate, crocchettine e confezioni di puré da viaggio. Ben presto sul luogo sorse una fabbrica, e le "patate fritte del castoro" invasero il mercato. Dopo pochi anni, dei cinquemila indiani della tribú, ne erano rimasti ottantasei, e il piú grasso pesava sessanta chili. Il Grande Capo li faceva lavorare sedici ore al giorno nei campi e nella fabbrica. La metà morí intossicata dai conservanti, altri finirono fritti cadendo nelle padelle giganti. Ben presto, nella zona inquinata, non crebbe piú una sola patata. Capo Cosciotto e sua moglie morirono mentre tornavano da un pranzo al rotary di Quebec, uscendo di strada con la loro Ferrari gialla.

L'ultimo Grasso Castoro, che si chiamava Cervo Sciupato, continuò a vendere cestini da viaggio sulla ferrovia fino a novantasei anni. Poiché non ci vedeva piú un'ostia, spesso si metteva a gridare "patate fritte" in mezzo alle rotaie, credendo di essere sulla pensilina. In una di queste occasioni, fu centrato dal rapido da Winnipeg delle 8,40. Le sue ultime parole furono:

"Mi avevano sempre detto che un giorno avrei raggiunto la

mia gente nei Grandi Pascoli Lontani di Manitú. Ma non sapevo che ci si andava in treno."

Cosí si estinsero i Grassi Castori.

"Cosí," disse Fang, "la Grande Luce era una piccola patata!"

"Voi studiate i nostri grandi templi e vi entusiasmate," disse Coya. "Nessuno ricorda la pentola del mais, la fatica del lama, e degli uomini. Sul soffitto del Recinto del Sole un uomo morí, mentre disegnava un fiore azzurro. Un altro uomo prese il suo posto. Chi si accorge ora del fiore azzurro, tra i mille disegni di quel soffitto?"

"Quando ho visto queste pietre," disse Fang, "ho pensato alla Grande Muraglia. È una grande costruzione del mio paese, lunga duemila chilometri: la fece costruire l'imperatore Shih Huang Ti. I suoi nemici dissero che per ogni pietra alzata, un uomo morí. Le ossa dei morti furono mescolate al cemento della costruzione."

"Ecco allora quello che non devi dimenticare," disse Coya. "Forse cosí, guardando le nostre pietre, troverai quello che cerchi."

Fang si inchinò e uscí: non nevicava piú. Nella piazzetta, saltando a gambe aperte, come un goffo uccello, Einstein giocava, insieme agli altri bambini.

"Ehi," disse quando vide il cinese, "grande idea, la tua! Fare finta che mi piaccia questo gioco infantile, per vincere la diffidenza di questa gente!"

Fang si incamminò. Quando fu fuori dal villaggio, sentí ancora la voce squillante di Einstein, insieme a quella degli altri ragazzi.

"Il piccolo Ling," pensò, "è diventato piccolo!"

"Vat si, smula?" intimò il poliziotto all'entrata della Città bianca, la zona ospedaliera di Meskorska, "chi sei, nanetto!"

"Medical tai doctorobot," disse LeO, con gran sfoggio di slang spaziale.

Il poliziotto lo squadrò con sospetto. Anche se LeO si era messo un cavo a mo' di stetoscopio sul becco, non aveva proprio l'aria del primario.

"Uat spezialitaten tai medicinsk?" inquisí il poliziotto.

"Ehm... fegatist robodoctor, Liver, higado, leber, fegato!"

"Only fegatist?" incalzò il poliziotto, tenace.

"Omnibus internis regaglis expertus. Sed spezialist fegatist."

"Den ju visit me," disse il poliziotto, scoprendosi il pancione peloso.

LeO avvicinò il tromboncino destro alla pancia del poliziotto. Era un tromboncino a raggi X e LeO si godette un bel panorama di frattaglie militari.

"Uhm," sentenziò alla fine, "infausta diagnosis. Malo!"

"Keské malo?" chiese il poliziotto un po' spaventato.

"Fegatus tuus non mictum retine, quoad macroblastos glicemicus dixit katz index et Takata Dohamoto, deinde massiva nasalis emottisis in pavimentum ubique versata, non exitus tibi dabit illico er immediate, sed evitandum butirrum intingulaque colesterolum ferentes ut sis nocte levis, sis tibi coena brevis! Eucrasia!"

"Vas?" chiese il poliziotto, sempre piú pallido. "No compríos!"

"Naturalis! aknavish speechsleeps in a foolsear! Tuo fegato kapputt! Dieta! Pa liao no more drunk, no more drugs, no more krafen: e ridi! Comprí?"

"Ies doctor tai," disse il poliziotto, ammirato da una diagnosi cosí ben esposta, "zanchiù, doctor: vas, vas!"

Cosí, con Sara ben nascosta in un orecchio, LeO entrò nella Città bianca. Passò i reparti di pranoterapia e quello trapianti, da dove venivano le urla dei donatori renitenti: girò intorno alla facoltà di Stregoneria, con gli infermieri tutti muniti di un cappello con corna di bufalo, e imboccò il reparto psichiatrico lobotomie e cocktail genetici. Tutti questi reparti erano a speranza due, vale a dire con probabilità di sopravvivenza del cinquanta per cento. Poco dopo LeO attraversò "speranza uno," malattie spaziali con minime possibilità di guarigione, e fu vicino al cubo di vetro nero della speranza V.S. (volete scherzare?). Vide con un brivido gli scivoli che portavano i malati inguaribili direttamente nell'inceneritore centrale. Dentro l'ascensore un cartello ammoniva:

"Prima di salire, informatevi se il vostro congiunto non è già stato 'dimesso'. In questo caso, potrete ritirare la scatolina con le ceneri al distributore automatico all'ingresso."

Il robot affrettò il passo attraverso il reparto malattie da lavoro: il reparto era stracolmo. Si sapeva che quasi la metà dei lavoratori di Meskorska, non superava il terzo anno sul pianeta. I lavoratori erano piú volte riparati, con sostituzione di arti: ma alla fine venivano timbrati npr (non piú riciclabile) e inviati allo speranza zero. Contro tutto questo c'era stata una rivolta, nel 2068. Un intero settore di operai di Meskorska aveva scioperato e indetto una manifestazione. Era stata loro concessa una piazza centralissima, la Piattaforma Uno. Non appena gli scioperanti vi furono riuniti, la piazza si spalancò sotto i loro piedi. Era una piazza trabocchetto studiata appositamente dagli architetti Meskorskiani in caso di disordini. Tutti e 50.000 gli scioperanti furono mollati nello spazio: il governo comunicò che la manifestazione "era stata sciolta". I sindacati dissero che comunque, era sostanzialmente riuscita. C'era però da dire che i sindacalisti di Meskorska erano tre robot.

CHAROS

LeO entrò nella grande stanza piena di monitor. I monitor erano disposti a "V" rovesciata, come la prua di una nave, di modo che il "timoniere", l'uomo al centro della sala, poteva controllarli tutti insieme. L'uomo aveva un camice nero, capelli imbrillantinati e occhiali neri a specchio. Su ogni schermo pulsava una linea luminosa.

"Pardon," disse LeO, "man Geber?"

"Parli pure l'eurosinico," disse l'uomo, squadrando il robot, "sono greco. Sono il dottor Charos."

"Vorrei vedere il signor Geber," disse LeO, "è possibile?"

"Non è possibile," rispose l'uomo, "fino a pochi minuti fa era nel reparto charopalevi, ma ora è stato trasferito nel reparto nirvana."

"E questo cosa significa?" chiese il robot.

"Glielo spiegherò. Questo dove ci troviamo noi è il settore charopalevi, in cui i ricoverati lottano con la morte, ma hanno ancora una certa energia vitale, che è poi quella linea che lei vede sul monitor. Quando la linea comincia a pulsare vuole dire che Atropos, il nostro computer, ha calcolato che restano al malato meno di sei ore di vita. A questo punto il malato viene messo nel 'Nirvana', un reparto speciale dove può godere di tutti gli ultimi confort. Ultimi non solo in senso di modernità... mi capisce, no? Qui il morituro può avere un collegamento televisivo con tutti i parenti, videocassette della serie 'tutta la mia vita in un attimo', musica, cucina internazionale, droghe analgesiche, roboprete confessionale multiculti, consulenza notarile per testamenti in sedici lingue, e soprattutto può scegliere, solo premendo un bottone, se vuole essere sepolto, criogenato nell'azoto liquido, imbalsamato, liofilizzato, o altre soluzioni piú fantasiose. Stamattina uno ha chiesto di essere sparato nello spazio vestito da Batman..."

"E il signor Geber è già stato... nirvanizzato?" chiese LeO.

"Sí. Da tre ore la sua linea di energia è rossa. Vuol dire che ne ha per un'ora appena. È abbastanza lucido per parlare, ma non posso farla entrare: al nirvana sono ammessi solo i familiari e lei, per ragioni, diciamo cosí, genetiche, non può certo essere un parente..."

"Ero la sua macchina da scrivere," disse LeO, "sono stato inviato con lui in tutto lo spazio! La prego..."

"Non se ne parla neanche," disse Charos, e riprese a leggere il giornale sportivo. LeO notò la data: era vecchio di un mese.

"Che sorpresa, eh, la finale del campionato di calcio eurosinico?" buttò lí astutamente il robottino.

Charos drizzò le orecchie. "Lei sa il risultato finale?"

"Sí. Sulla nostra astronave c'è una radio a onde parsec, tutte le domeniche riesco a prendere le stazioni terrestri."

"Davvero?" chiese Charos sottovoce, avvicinandosi, "sa qua, su Meskorska, è proibito avere notizie fresche del campionato terrestre. I dirigenti hanno paura che questo ci faccia venire nostalgia di casa..."

"Io," disse LeO con noncuranza, "so tutti i risultati."

Charos lo guardò con occhi spiritati. "Se me li dice, la farò restare nel Nirvana cinque minuti."

"Quarantacinque minuti."

"Va bene. Ma non li dica subito," disse Charos, tremando, "oh Dio, come sono emozionato: è come vedere tutta una partita in pochi secondi."

"Dunque, nelle semifinali..." iniziò LeO.

"No, aspetti... io mi siedo qui, e lei si metta lí, con la testa davanti a quello schermo. Faccia finta di essere un giornalista televisivo. Dio, che emozione! Che tachicardia!"

"Dunque: caro telespettatore," intonò LeO, "alle semifinali sono arrivati: l'Angriff di Berlino, i Turbanti Gialli Ch'I di Pechino, le Liverpool spinters e..."

Charos scattò in piedi.

"E la Gioventú Mediterranea!"

Charos lanciò in aria vari analgesici urlando. "Ce l'hanno fatta! La mia squadra! La squadra di Kalosartipos, il mio idolo!"

"Il greco Kalosartipos è stato tra i migliori dei Mediterranei, segnando la rete che ha dato la vittoria alla Gioventú sui cinesi per due a uno nella prima semifinale."

"Oh Dio," disse Charos, portandosi la mano sul petto, "allora... siamo in finale."

"In finale," proseguí LeO, "la Gioventú Mediterranea affronta l'Angriff Berlino, che si è liberato delle inglesi con tre gol del tremendo centravanti Van Merode."

"Quel maledetto panzer! Quel mezzo robot!"

"Naturalmente per l'allenatore dei Mediterranei, Dino Zoff, il principale problema tattico è bloccare il possente tedesco, che come sapete ha ginocchia, caviglie e gomiti a snodi di acciaio, e quando è lanciato è inarrestabile. Ma il geniale vecchio allenatore inventa una mossa clamorosa: mette alle costole di Merode il terribile difensore Leo Mastino, detto 'il lama' per la sua scorrettezza bestiale e per l'abitudine di sputare in faccia agli avversari. Mastino comincia subito a sputare, ma non in faccia, bensí nelle giunture metalliche del tedesco, col risultato che già dopo mezz'ora di gioco Van Merode si muove a fatica per la ruggine. La saliva di Mastino sembra non finire mai! Il panzer è bloccato! Invano il massaggiatore lo olia!"

"Bravo Mastino! Vai cosí!"

"A questo punto la Gioventú incitata da trecentomila tifosi si lancia all'attacco, ma Rossi IV sbaglia una facile occasione."

"Lo sapevo!" urlò Charos, "Rossi sbaglia sempre le partite importanti! Bisogna cambiarlo! Dentro Kalosartipos!"

"Nella ripresa scende sulla destra Caboto, crossa al centro, vola di testa Cotugno, è palo!"

"Crucchi rotti in culo!" urlò Charos stravolto, pestando sui pulsanti e sollevando rantoli di agonia. "Fate schifo! Anche i pali, adesso!"

"All'ottantaseiesimo Kalosartipos entra al posto di Rossi IV."

"Adesso ci pensi, a tre minuti dalla fine, deficiente di un Zoff, adesso che abbiamo perso!"

"La partita si sta per chiudere zero a zero, ricordiamo che al Berlino Angriff basta questo pareggio per vincere il campionato in virtú della miglior differenza reti... ma ecco Kalosartipos intercetta un pallone a centrocampo... va via in progressione... supera Bauer... è al limite dell'area... dribbla anche Stirner... avanza, è solo in area... atterrato! Atterrato, a due passi dal portiere, Kalosartipos!"

"Rigore!" Charos, perso ogni ritegno, saltò, in piedi su una sedia. "Era un rigore grande come Giove! Ho visto benissimo. Arbitro maialeeeeeee!"

"L'arbitro indica il dischetto. Rigore per la Gioventú Mediterranea."

Charos iniziò a passeggiare su e giú per la stanza. Era pallido come un morto.

"Lo stadio è ammutolito," disse LeO, "questo tiro vale un campionato. Ecco Kalosartipos che prende la rincorsa. Parte il tiro. Rete! Gioventú uno, Angriff zero."

"Goooooooooooool!" urlò Charos, paonazzo, "goooool! Siamo campioni!" E stramazzò giú dalla sedia.

"L'arbitro fischia la fine," continuò LeO, "gli spettatori esultanti portano in trionfo Kalosartipos... dottor Charos, che le succede?"

LeO si avvicinò al dottore, steso per terra, con un espressione beata sul viso.

"È la piú grande... gioia... della mia vita," sospirò Charos. E spirò.

LeO non fece in tempo a dirgli che si era inventato tutto. Ma, ripensandoci, non gliel'avrebbe detto lo stesso.

GEBER

LeO stava ora davanti al letto di Geber. Il giornalista sembrava assopito, una flebo in un braccio, il tubicino del whisky che gli penzolava davanti alla bocca. Sulla spalliera del letto, la radiolina suonava *buone notizie amore*. Suore bianche e paffute passavano silenziose, su pattini a rotelle. Geber spalancò gli occhi e vide il robotino. Sorrise ed esclamò:
"NEL RACCONTO DI UN ROBOT
GLI ULTIMI ISTANTI DEL GRANDE GEBER."
LeO rimase interdetto. Una suora, passando alle sue spalle, bisbigliò:
"Sta delirando da due giorni. Parla solo a titoli di giornali. O si adatta anche lei a parlare cosí, o non le risponde."
LeO guardò il viso pallido e febbrile di Geber e cercò di rincuorarlo:
"LA FORTE FIBRA DI GEBER
LOTTA CONTRO LA MORTE."

Geber rispose, scuotendo la testa:
"*Nostra intervista esclusiva al primario dottor Tubi.*
NESSUNA SPERANZA PER GEBER."

"UNA MALATTIA MISTERIOSA
STA CONSUMANDO GEBER?" disse LeO.

"TUTTA LA VERITÀ SULLA FINE
DEL GIORNALISTA GEBER," fu la risposta.
"*Meskorska, dal nostro inviato. Non è stata affatto una malattia misteriosa ad uccidere il giornalista Geber. Il giornalista, una delle penne piú osannate del regime, è stato avvelenato dal suo direttore, dopo che aveva scoperto sul pianeta di Mellonta un cimitero di settemila desaparecidos...* NO. CALUNNIE! No! CALUNNIE dei sovversivi." Geber iniziò a tremare.
"Ripeto:

"Tutta la verità sulla fine
del giornalista Geber.

"*Meskorska, dal nostro inviato. Si sono rapidamente smontate le voci secondo cui il noto giornalista Geber sarebbe morto per avvelenamento. Le voci, circolate negli ambienti dell'opposizione, sono state ridimensionate dal primario dell'Ospedale di Meskorska professor Tubi, noto luminare nonché* cugino del ministro Ptolmay nonché proprietario di bische e contrabbandiere di morfina... no! tagliare! tagliare le righe! Levare l'occhiello! via dalla pagina quel pezzo!"

Geber iniziò a contorcersi nel letto. La suora arrivò pattinando a gran velocità e gli iniettò un calmante. "Poveretto," disse, "è schizofrenico. Lo sente? Parla con due voci diverse."

Geber ansava e si dibatteva nel letto: "Aiuto! Un coccodrillo! Il coccodrillo del direttore! Mi mangia! Apre la bocca e... ecco, escono le parole... collega esemplare... aiuto! limpida carriera professionale... donò tutta la sua carica di entusiasmo... aiuto. Nooo! Lo vedo! Il coccodrillo in terza pagina!

"La lezione
di Geber."

LeO titubò, poi rivolse la domanda che gli stava a cuore:
"Conosceva Geber
i segreti di Van Cram?"

L'occhio di Geber si fece attento. Disse, con un filo di voce:
"*Una esclusiva del grande Geber:*
"Quei mesi duri e violenti
sulla nave di Van Cram."

LeO gli sussurrò all'orecchio:
"La mappa dei Boojum:
un mistero non risolto."

"*Sommario: nella corsa al pianeta due, la famosa mappa dei Boojum è forse decisiva: se i sineuropei se ne impadronissero, manterrebbero il loro vantaggio.*"

Geber rantolò con le ultime forze:
"Sette colonne, titolo di apertura!
Ho visto la mappa dei Boojum!

"*Meskorska, dal nostro inviato: Ho visto la mappa dei Boojum: si trova su Mellonta, sul piede dell'uomo-serpente. Chi è l'uomo-serpente, vi chiederete... ebbene...*

"Edizione straordinaria
improvvisa scomparsa
del grande Geber."

Rantolò Geber reclinando il capo, e LeO capí che non c'era
piú niente da chiedere. Corse fuori eccitato. Quello che sapeva
era molto importante, guai se fosse caduto in mano ad altri. Passò rasente alle corsie, Sara ronzò qualcosa, e il robot si stupí un
po' che da un letto si alzasse un malato, poi due, vide i loro volti
minacciosi, e un lenzuolo bianco lo avvolse. Non vide piú nulla.

"È sotto tortura," disse Alya, trionfante, "o grande Temu-gin, o Terrore dei cieli, il grande giorno si avvicina. Forse in quel robot che abbiamo catturato c'è davvero la chiave per andare su quel pianeta."

"Non credo, Alya," disse l'indovino El Dabih, "siamo ancora molto lontani, e la strada è piena di misteri."

Il Grande Scorpione si avvicinò ai due. In mano portava una brocca preziosa, e due sottili calici.

"A chi devo credere, allora," disse, versando lentamente da bere, "all'ottimismo del buon Alya che mi adula, e mi fa credere che vive solo della mia luce, e mi sarà sempre fedele? O alle parole oscure di El Dabih che mi serve ma non mi ama, mi consiglia ma non mi stima, mi segue solo perché sono il piú forte. Ahimè, il re non dorme tranquillo, perché sa che sempre, vicino a lui, c'è un traditore: può essere il mago, o il buffone, il miglior amico o il duca rivale, o la favorita, o la sua stessa madre. Chi mi tradirà? Chi si vendicherà? Il buon Rigoletto o il cupo Rasputin, o il pacioso eunuco Chen Kuo? O Gano, o forse Hop-Frog, o An Lushan? O forse Almagro? Un fedele, mille traditori, vicino al Grande. Pochi Gobbels, molti Goring."

"Maestà," disse Alya, "come può credere che io possa tradire? Che motivi avrei?"

"Mille motivi," sorrise il re, "sei ambizioso. Hai detto molte volte che non ti accontenti di ciò che hai su questa terra. Sei pieno di vizi..."

"Vizietti, Maestà, vizietti."

"Sei crudele," continuò il re, "e bugiardo. Il tuo piatto preferito è lo spezzatino di colibrí. Quando ho fatto fucilare il mio gatto Serse, per quell'orrendo delitto che estinse la razza dei colibrí sulla terra, ho sempre sospettato che quelle piume sul muso gliele avessi messe tu."

"Non è vero, Maestà," Alya impallidí, "come può credere..."

"Tutto posso credere," disse il re, "anche che la bomba che è esplosa nella sala delle udienze l'abbia fatta mettere tu. Che sia stato tu a uccidere il telepate di bordo. Che sia tu a capo di questa congiura..."

"Maestà," disse Alya inchinandosi, "farei qualsiasi cosa per dimostrarvi la mia fedeltà."

"È proprio ciò che farai," disse il re, porgendogli il calice, "bevi! Una delle due coppe è avvelenata. Ho le prove che uno di voi due è un traditore. Ma se hai la coscienza tranquilla, Alya, bevi. E anche tu, El Dabih."

L'indovino guardò negli occhi il sovrano. Lentamente bevve il suo vino. Alya, invece, restò col calice in mano, tremando.

"Allora," disse il re, "non bevi? La tua fedeltà già vacilla?"

"Ma se... la coppa di El Dabih non conteneva veleno... se lui è ancora vivo... allora è la mia... maestà... io," balbettò Alya, "perdonatemi!"

"Di cosa!" ruggí il re, puntandogli la sciabola alla gola.

"Non lo so, di qualunque cosa, ma perdonatemi," implorò il ministro, buttandosi ai piedi dello Scorpione. Il re lo scostò con un calcio.

"Guardie," gridò, "portatelo via! Torturatelo! Fategli confessare... qualcosa! Qualsiasi cosa, per cui possa essere messo a morte! E uccidete il suo segretario! E uccidete i soldati che erano di guardia quando è esplosa la bomba! Guai, a chi vuole tradire lo Scorpione!"

Quando le urla e le invocazioni di Alya si spensero nei vasti corridoi, Akrab si avvicinò all'indovino e indicò la coppa vuota:

"Cosí El Dabih," disse, "tu mi sei fedele!"

"Tu lo sai re. Ho bevuto perché, se tu hai deciso che io muoia, tanto vale che muoia subito. Come potrei oppormi?"

"Cosí," disse irosamente Akrab, "neanche della tua fedeltà posso essere sicuro! Perché, allora, mi resti vicino?"

"Perché spero di potere fermare la tua follia," disse l'indovino, "pensi forse che spargere il terrore su questa nave, uccidere a tuo piacimento, possa servire? Tu sai benissimo che Alya non ha cospirato contro di te. Puoi uccidere tutti i tuoi ministri e le leggi, ma la paura resta dentro di te. Non puoi tagliarle la testa!"

"Indovino," disse il re, "se tu chiami follia la mia legge, allora ogni legge è una follia. Alya non bevendo ha commesso un peccato, il piú grande per un suddito: considerare la sua vita piú importante di quella del suo re. Tu sei un uomo che scruta nel vasto dei cieli e nel minuscolo dei vapori, sai vedere nell'abisso delle gocce in una tazza, e in quello che c'è dietro gli occhi chiusi. Ma io devo guardare il mondo, quello reale: le armi, le terre, le ricchezze. In tutto ciò non c'è magia: c'è ordine. Non puoi capire che cos'è il potere, tu! Non mi giudicare, o potresti pentirtene! Io posso essere ben piú pericoloso di un presagio!"

"Non ho paura di te," disse per tutta risposta l'indovino, fissandolo ancora negli occhi. Re Akrab, senza rendersene conto, indietreggiò di un passo. Poi l'ira gli ridiede forza. Con voce calma disse:

"El Dabih: tu hai detto che niente di male mi succederà, finché il cielo non cadrà sulla terra..."

"Cosí diceva la profezia."

"Ebbene," disse il re, e gli occhi gli brillavano di astuzia, "fino a quel giorno, e cioè per sempre, ti nomino mio Primo Ministro. Avrai un palazzo, e strumenti preziosi per guardare le stelle, e oro, tanto quanto nessuno dei miei consiglieri ha mai avuto! Accetti questa offerta, indovino!"

El Dabih non mostrò alcun stupore. Prese una penna, scrisse alcuni numeri su un foglio. "Grande Scorpione," disse alla fine, mostrandoglielo, "noi arabi inventammo questi numeri: il sistema decimale. Ma la nostra piú grande invenzione fu syfr. Syfr, che divenne poi zephirus e poi zero. Noi inventammo il numero che indica il vuoto, il nulla. Un numero pauroso, nel cui segno circolare la mente si può smarrire. Ebbene, tu conosci lo zero, esso è il numero delle grandi cifre; aggiunto, in lunga fila dietro a un semplice numero, lo trasforma in un mostro: un miliardo, un miliardo di miliardi. Sono i numeri con cui si indicano le tue grandi ricchezze: e lo zero vi cammina in fila, come in una carovana i cammelli carichi di gemme e sete, dietro al padrone. Esso è il tuo servo fedele: uno zero. Il tuo popolo, tanti zeri dietro a te, e cosí i tuoi consiglieri. Io potrei forse essere il secondo o terzo zero, nel grande numero della tua gloria: ma sempre vuoto, uguale a tutti gli altri. Ma non è questa la sola cosa che ti sfugge. Lo zero spalancò anche un'altra via: se lo zero si fa seguire da una virgola, e poi da altri numeri, ebbene non ci sarà numero, per grande e mostruoso che sia, che potrà uscire dal suo orizzonte. Esso crescerà, schiererà cifre come soldati, ma sarà sempre, ahimè, meno del numero piú piccolo, meno di uno. Cosí tu rincorri un potere assoluto, ma per quante cifre, numeri e soldati vivi e morti tu possa mettere insieme, davanti a te c'è uno zero: il mistero che non afferri, la natura, che supera ogni tua ricchezza, il cielo, che non puoi avvicinare. E bada! Dopo lo zero, e la virgola, possono seguire molti, altri zeri. Milioni di zeri. Ma se alla fine ci sarà un numero, esso esisterà. Questo è il mondo che non ti appartiene, la via che ti sfugge, l'infinitamente piccolo della libertà nascosta, il mistero della complessità che non puoi avere.

"Il tuo piú povero suddito è un numero, in fondo a tanti zeri: ma esiste, è vivo. C'è chi ammira le grandi misure e i grandi numeri necessari per esprimere la grandezza dell'universo, le distanze delle stelle. Ma lo scienziato, e l'uomo comune, resterà parimenti stordito dai numeri che inseguono e trovano la piú piccola particella atomica, l'occhio dell'ape, la cellula. Questa vita che hai intorno, i tuoi sudditi, la natura, ciò che sta nell'altra terra lontana dello zero, tu la disprezzi. Vorresti cancellarla. Pensi che tutto si possa comprare, pensi che i tuoi numeri siano abbastanza grandi per abbracciare il mondo. Essi sono syfr, zephir, il nulla, il vuoto. Le cose che tu puoi comprare sono un numero cosí infinitamente piccolo, che dovresti vergognartene. Non gloriarti della tua ricchezza. Essa è niente, sia se la rivolgi verso il cielo, sia verso i mondi dell'infinitamente piccolo. Grande Scorpione, nascondi il tuo oro, chiudi il libro dei numeri, perché esso è per te spaventoso."

IL RACCONTO DI SARA
(LIBERAMENTE TRADOTTO DALL'APESE)

Io e LeO insieme ezzere entrati muri bianchi zentito odori ztrani Leo detto puzza medizine, zi, poi vizto uomo nome Geber lui piuttozto apazzito zembrare e racconta ztoria che io zentire tutta pozzo voi riferire ma quando pozzia uzzire io zercare dire LeO vizto dietro zpalle noi alcuni omini ztrani fuori di letti ronzare, zi, ma LeO non azcoltare e io fare zampetta zolletico orecchio LeO dire attenzione uomini ztrani dietro noi zpalle e loro balzano zu LeO, zi, e LeO cazca zuolo grande fraztuono e zpara zuo raggio e io zerco lui aiutare e zompo contro occhio uno omino e lo zeco ma altri due fanno zipo zipo con piztola razzo colpize LeO lui caricato mezzo dentro lenzuolo zacco portato via io niente pozzo fare ronzo ronzo verzo aztronave corza quazi zcontro con zcarafaggio diztratto zi che volava tezta bazza, zi, qui arrivare io tutto zegreto Geber ztrega uomo zerpente pozzo voi raccontare ma io molto trizte perché LeO prizioniero, ze avezzi avuto mie zezzantamila amiche di alveare noi punzere omini zi fare loro tutti grozzi bitorzoli ma zola coza fare me zentire zuperflua come zanzara, me dizpiace omini zpezzo me rubato fiori invazo alveare rubato mielo ma mai rubato amico, zi, omo è animale piú zozzo e zanguinario e ztupido di tutta galazzia zono zicura zi.

Le Dzunum stavano provando *Quello che non ti aspetti*, uno dei loro brani piú famosi, nella sala di incisione della nave. Anche i duri guerrieri della nave muovevano un po' il piedino a tempo di ritmo.

Sono quello che suona il sax negli strip
quello che parla da solo
quello che dorme coperto di giornali vecchi
e ti attraverserò la strada per morire
sotto la tua macchina ben lavata
sono quello che non ti aspetti.

"A tutto volume quella base, Vassiliboyd," disse Coyllar, "coprirà le nostre voci, e non potranno intercettarci con i microfoni. Dai, vieni dentro con noi. Stiamo decidendo, e dobbiamo fare in fretta, c'è un clima di terrore su questa nave. Siamo d'accordo sul piano? Anche tu, nuovo adepto?"

"Io vorrei discutere un po' i particolari..." disse Vassiliboyd.

"Vuoi già tirarti indietro, pilota?" disse Alice, puntandogli minacciosamente un disco tagliente alla gola.

"Ehi ragazzina, io ero nei ribelli quando tu non eri ancora nata. Ma in tutti questi anni, non mi si era mai presentato il problema di impadronirmi di un'astronave con duecento soldati. Pensate sia facile? Avete un piano?"

"Ascolta, pilota," disse Lorina, "Akrab porta al collo una gemma: mettendola sotto una luce del computer centrale, la rifrazione provoca entro tre minuti la separazione delle due parti dell'astronave. Nel frattempo noi ci impadroniremo della nostra parte e lasceremo la Elgenubi a nuotare nello spazio. Cosí non solo li saboteremo, avremo anche un'astronave per noi, per cercare un posto nello spazio dove vivere come persone libere."

"E pensate che molti dell'equipaggio saranno dalla nostra parte?"

"Piú di quanti credi," disse Coyllar, "almeno metà degli amerorussi e anche molti arabi."

"Va bene," disse Vassiliboyd, "io voglio aiutarvi, contro l'uomo che ha ucciso il mio migliore amico. Ma il vostro piano mi sembra pazzesco! Bisognerebbe mettere fuori combattimento tutti i soldati della nave per almeno dieci minuti, arrivare a re Akrab, prendere il prisma, impadronirsi della nave... come pensate mai di riuscirci?"

"Con la musica," disse Lorina.

"Non prendetemi in giro," disse il pilota.

"Non ci credi all'altezza, vero?" disse Coyllar, "bene, allora ti dirò alcune cose: la bomba nella sala udienze l'abbiamo messa noi, per suscitare l'ira del re, in modo che lui, uccidendo guardie e ministri, come ha fatto, si attirasse l'odio dell'equipaggio."

"E abbiamo già dalla nostra parte due tecnici del computer centrale," disse Edith, "e quando siamo partiti, abbiamo subito individuato il loro telepate-spia e lo abbiamo eliminato con un assolo di coltello. Non ti sembra un piano, tutto questo?"

"In quanto al modo con cui attaccheremo," disse Coyllar, "guarda questo strumento. Si chiama Ultradivarius, è un violino elettronico. Leggi un po' le sue caratteristiche."

Vassiliboyd lesse con interesse, e alla fine fischiò di ammirazione.

"Ragazze, Dylaniev aveva ragione ad avere fiducia in voi! Sono contento di entrare nel piano al suo posto: credo proprio che a sua Maestà non piacerà la musica di questo concerto!"

Nella vasca, il liquido nero e vischioso ribolliva. I topi condannati, bendati, stavano in fila indiana sulla passerella. Tutti gli altri erano schierati sotto: molti piangevano. Alcuni, con un coro ultrasonico non udito dagli umani, cantavano *grigio è il mio color*. Li sovrastava, col suo metro e cinquanta, il generale Yamamoto in alta uniforme da Gran Macellaio; al suo fianco Harada, piuttosto pallido.

"In qualità di legittimo rappresentante dell'impero militare Sam e della sua giustizia su questa nave," disse Yamamoto, "eseguo la sentenza di morte per cocacolazione dei soldati: Cursor, Pause, Gosub, Degree, Radian, Beep On, Beep Off, e Log per insubordinazione. E inoltre dei soldati: On, Input, Unlock, Status, Mem, Mids, Data e Pigreco, colpevoli di essersi fatti sfuggire, con il loro atteggiamento codardo, un obiettivo di grande importanza strategica quale il robot sineuropeo LeO. In particolare per il soldato Pigreco, che contravvenendo all'ordine di fingersi topo meccanico, ha originato l'incidente, la morte non avverrà per annegamento, ma per stillicidio di gocce sul cranio."

"È una crudeltà," gridò Unlock, "bestia!"

"Silenzio," gridò Yamamoto, "si proceda all'esecuzione."

Harada, con la punta della sciabola, spinse il primo topo sulla passerella. L'animaletto recalcitrò un attimo, poi precipitò. La coca cola frizzò e lo divorò rapidamente, e in pochi attimi non rimase che lo scheletrino. Uno stridío di raccapriccio si levò nell'astronave. Un topo vomitò. Uno per uno seguirono gli altri condannati: tutti morirono con grande dignità. Addirittura, con grande sfoggio di humour, Beep Off disse: "No, la coca cola no, mi fa fare i rutti." E si tuffò con una capriola.

Fu poi la volta di Pigreco. Salí sul patibolo, col bel muso topesco levato in alto, i baffi dritti in segno di sfida. Si lasciò legare al palo della tortura. Dall'alto, da un contenitore a spina, il liquido iniziò a corrodergli il cervello.

"Guardate tutti!" disse Yamamoto, "cosí finirà chi è codardo in guerra!" Tutti i topi stavano immobili, e muti. Anche Pigreco non emetteva un grido. In realtà, egli stava tenendo un discorso ultrasonico ai suoi amici.

"Soldati, roditori, topi liberi! Io muoio, ma non invano. La mia fine vi svela il vero volto del tiranno. Chi di voi pensava che fosse un gran privilegio uscire dalle fogne, avere cibo e alloggio, e una bella divisa, ora si ricreda! I potenti uomini si servono di noi come carne da macello, ma appena chiediamo il diritto alla vita e alla dignità, essi tornano a trattarci come animali. Non possiamo anche noi amare la vita? Dobbiamo forse lottare per qualcosa che non sarà mai nostro? Sono forse gli asteroidi fatti di pecorino?"

"No," gridarono in coro i topi.

"Yamamoto dice che la guerra e il saccheggio sono naturali a tutti gli esseri: e Yamamoto è un uomo, anzi uomo d'onore. Ebbene io vi dico," proseguí Pigreco, "è forse per trovare schiavi o diamanti che siamo entrati nelle case umane? Qualcuno di voi è mai uscito da un appartamento con un orologio al collo, o con in bocca un assegno circolare? NO! È per fame che rubiamo!"

"È vero," dissero i topi.

"Io vi dico," continuò Pigreco, "mentre questa micidiale melassa mi spappola il cervello, che vedo molto chiaro, ora! Male abbiamo fatto a servirli! Ci hanno riempito la testa con le loro teorie sull'evoluzione. E loro, naturalmente, si sono messi in cima all'evoluzione. Ebbene, diciamolo noi, quello che Darwin non ha mai detto! l'evoluzione non è lineare, ma procede a salti, e nell'ultimo salto è caduta in un pantano: l'uomo!"

Applausi.

"Hanno un bel da dire, loro, l'evoluzione, la selezione naturale. Noi possiamo anche rimescolarci i cromosomi, allungare zampe e baffi, farci crescere le branchie, adattarci a ogni ambiente. Ma se poi un uomo si alza storto la mattina e ci fa secchi a fucilate? Addio, selezione naturale! Ricordate, i nostri caduti! I milioni di topi-vigili urbani schiacciati l'anno scorso nelle strade di Tokio, i nove milioni di topi usati per tappare il buco nella diga di Hokkaido, e i trenta milioni di noi che quotidianamente vengono hamburgerizzati. Riprendiamoci la nostra libertà, amici! Meglio una briciola nella tua cantina, che una pagnotta dietro le sbarre."

"Facciamo dieci briciole," urlò il topo Wait.

"È ora di prendere una decisione, amici! Per anni gli umani ci hanno fatto girare nei loro labirinti sperimentali, per capire se eravamo intelligenti. C'è venuto il mal di mare, a forza di fare chilometri a zig-zag per avere un pezzo di formaggio. Adesso basta, il pezzo di formaggio ce lo prendiamo senza passare dal loro labirinto!"

"Em-men-thal, Em-men-thal," scandivano in coro i topi.

"Non elemosineremo piú il cibo davanti ai loro ristoranti con l'insegna del gatto portafortuna maneki-keko," disse Pigreco, "non vivremo piú sotto i loro mercati ortofrutticoli, ma dentro i loro mercati!"

"Insalata libera!" urlò And.

"E se loro suoneranno i loro gatti, noi suoneremo i nostri virus! E li appesteremo tutti!"

"Bubboni al tiranno!" urlò Return.

"Amici," disse Pigreco, con voce sempre piú fioca, "l'ignobile bevanda già mi gasa e mi invade il cervello causandomi incubi con giovani cretini che ridono su spiagge al tramonto scolando lattine. Finiremo noi tutti uguali e rimbambiti come gli umani? No! Ribelliamoci!"

Ci fu un urlo topesco di entusiastica adesione.

Pigreco scosse a fatica la testa fradicia: "La mia ora è giunta. Da quando Erasitrato affamò il primo passero, l'uomo ha torturato l'animale, amici. Ricordo i bei giorni passati insieme, quando a Tokio ci divertivamo a nasconderci sotto i cappelli e a farli correre spaventando la gente. Allora molti giapponesi amavano la natura: come sembrano lontani, quei tempi! Ebbene, io vi lascio! Vado nei giardini sacri della Grande Vacca, dove dagli alberi pendono scamorze e sulla spiaggia risuona il frangersi dello yogurt, dove le trappole sono perseguite dalla legge e i gatti sono vegetariani. Addio amici! Lottate nel mio nome e ricordate ciò che diceva il grande Gas Gas: 'una forma di venti chili si digerisce meglio se ci siete sopra che se ci siete sotto.' Sollevatevi dal peso dell'oppressione! Buaaaaaaaaaaaark."

Fu il suo ultimo grido: la coca cola aveva giustiziato il buon Pigreco. Tutti i topi se ne andarono, a coda bassa.

4.

IL SILENZIO DEL MARE

MACHU PICCHU.
CHI È VENUTO DA LASSÚ?

E il vecchio Fang e il giovane Einstein arrivarono sulla cima di Machu Picchu, la città del cielo. La testa girava un po', per l'aria dei duemila metri e le bottiglie di chica scolate. Sopra di loro le quattro grandi montagne: l'Acongate, l'Ausengate, il Salccantay, il Soray, tutte vicine ai seimila metri. Sotto, una nebbia fitta e lattiginosa si agitava lentamente, come un mare inquieto.

"Questa nebbia," disse Einstein, sbronzo come uno dei sette saggi, "sono le anime dei morti Jivaros, sospese tra cielo e terra!"

"No, dottore," disse la guida, Catuilla, "sono i motori delle scavatrici."

"Posso avere ancora chica?" strascicò allora il ragazzo, "mi sento un po' fiacco. Ehi! cosa sono quelle due cose tonde là in fondo. Ammesso che siano veramente due..."

"Sono due mortai," disse la guida, "vengono chiamati 'gli occhi che guardano il cielo' perché tutto, in questa città, guarda in alto. Là, su quelle quattordici grandi terrazze, c'era Intihuatana, il 'posto dove si lega il sole'. Là c'è un quadrante con tutte le fasi solari e lunari, e una mappa delle stelle."

Einstein guardò la città misteriosa, e gli sembrò una gigantesca rampa rocciosa di lancio verso chissà quale destinazione cosmica. "Cosa c'entra tutto questo con l'agricoltura!" sbottò all'improvviso, "questa città non fu costruita perché sotto c'erano campi fertili? Perché cosí in alto se dovevano coltivare patate? Perché questi inca si divertono a confezionare misteri?"

"Mi sembra che non ci siano grandi misteri," disse Fang, "l'agricoltura è legata al sole, alle fasi lunari, alla pioggia. Tu pensi che sia magico, quello che invece a legato a verità molto semplici..."

"L'agricoltura è una cosa, la magia un'altra, la scienza un'altra ancora, e la chica tutte le comprende," sentenziò Einstein con un singulto.

"La magia," disse Fang, prendendo il ragazzo sottobraccio, "è legata alla terra, ai suoi cicli, ai suoi cambiamenti, e li osserva con attenzione, proprio come la scienza. Poi un giorno gli stregoni e i re decidono di usare la magia per terrorizzare gli uomini, e comandare. Ciò che una volta era naturale, diventa segreto. C'è un detto voodoo che dice: 'al suono del tamburo magico ho ammaestrato il cane della peste e del fuoco, e ora mi obbedisce, e io lo lancerò contro chi si ribellerà.'"

"Sembra una minaccia nucleare," disse Einstein, "fatta da un governo che ha bevuto molta chica. Ehi, Catuilla, è vero che i vostri stregoni bevono dei gran intrugli vegetali quando vogliono... hum, entrare in comunione con le cose?"

"È vero. Bevono e vedono le cose nel tempo nascosto, le cose di cui non puoi parlare."

"Ho un'idea!" disse Einstein, "proporrò la chica ai nostri fisici che non riescono a verbalizzare i concetti della quarta dimensione spazio-tempo. Avanti: si introducano i tamburi nei nostri laboratori! Ay me ay ohieeee! Acca due oooo!"

"Il ragazzo ha bevuto un po' per scaldarsi," spiegò Fang allo stupito Catuilla, mentre salivano ancora le altissime scalinate. "Vorrei farle una domanda: cosa mi può dire di queste Acclaluna, le vergini del sole che abitavano il tempio di questa città?"

"È una storia oscura," disse l'indio, "erano millecinquecento, vivevano sempre chiuse, nessuno le vedeva piú dopo che erano entrate nel tempio. Dovevano custodire un culto, ma non si sa precisamente quale... scomparvero nel nulla."

"E che riti si celebravano, quassú. E perché in un punto cosí alto, e con tale segretezza? E perché questa città fu costruita dopo le altre, cosí separata..."

"Non lo so," disse Catuilla, che sembrò turbato, "non fatemi domande a cui neanche i vostri scienziati hanno saputo rispondere. Adesso, penso sia ora di scendere... sta per nevicare ancora."

Einstein guardò l'indio che scendeva le terrazze in fretta, a balzi.

"Se ne va! L'hai spaventato! Ci nasconde qualcosa! Io lo so cosa, e lo sai anche tu, mio bel cinese! C'è un'idea che frulla nella testa a tutti e due."

"È solo un'idea."

"Perché non parlarne allora! Anche tu pensi a un'influenza aliena su questa civiltà. Questi inca guardano il cielo perché dal cielo *scende qualcosa*. Scende su queste alte grandi terrazze, che sono perfette piste di atterraggio. Solo pochi eletti, solo la famiglia inca conosce questo segreto. In questi templi si nascondono le astronavi, si lavora forse un'energia sconosciuta. Le strade, questa ingegneria raffinata, vengono da una cultura superiore, di un altro pianeta. E il *loro* progetto che guida gli inca. E adesso *loro* ci sfidano a capirlo. E gli indios non ci vogliono aiutare: perché hanno ancora paura di *loro*!"

"Oh, Einstein, vai troppo in fretta," disse Fang, "il tuo computer ti sgriderebbe."

"È tutto plausibile," incalzò Einstein, "ascolta: una razza aliena, sceglie questi inca per chissà quale piano cosmico. Arrivano dal cielo con i dischi volanti: ma guarda questi disegni, Fang! Guarda la loro ruota solare, lí ci sono i motori a reazione, gli oblò di guida..."

"Se ogni cosa tonda ti ricorda un disco solare, allora c'è la ruota di Ezechiele, la ruota celtica, la ruota basca, la ruota indú, i mandala, la ruota dei trigrammi cinesi..."

"Forse sono scesi dappertutto," disse Einstein, eccitato. "Loro, i piú grandi scienziati della Storia! I Maya lo dicevano, che i loro dei erano venuti da Venere... la lastra di Palenque, dove è disegnato un dio Maya che guida un'astronave... e le mongolfiere... chi può avergli insegnato a usare la mongolfiera, Fang? E poi le linee di Inca Nazca, quei disegni giganteschi... erano segni, segnali per chi veniva dallo spazio... *sono le linee che ha visto anche Van Cram su quel pianeta, lassú*... ed ecco che tutto ritorna a posto... c'è una Scienza, dietro a questo mistero... non la nostra, ma un'altra Scienza, questi Dei sono scienziati, nessun mistero; vennero da qualche... università galatti-

ca... con una valigetta personal in ognuna delle otto braccia...
hic; il professor Quetzacoatl della facoltà venusiana di astrofisi-
ca vi parlerà sul tema... hic... la chica come ostacolo epistemolo-
gico... hic..."

"Einstein," disse Fang, "la tua è una tesi molto interessante,
ma forse ora è meglio che ti siedi." Il cinese aiutò il ragazzo a
sdraiarsi. Le montagne si sporsero per guardarlo, o almeno a
Einstein sembrava cosí. La testa gli girava.

"Fang," sospirò, "non ci capisco piú niente!"

"Su calmati Frank," disse il vecchio.

"Io," disse il ragazzo, "non mi chiamo solo Frank. Mi chiamo Frank Ling Ti Einstein. Sono nato a Berlino nel reparto ge-
nerico del professor Han, cinese. E ho già avuto due attacchi di
ciberfobia!"

"Disgusto dei computer?"

"Esattamente. E se ne avrò un terzo, verrò silurato, e finirò
a marcire in qualche ufficio sotterraneo. LORO là, nel governo
sanno tutto, Fang! Tu non lo sai. Quando avrai la mia età capirai, LORO sanno tutto di noi, schedano ogni nostro gesto, possono riavvolgere e riascoltare il nastro della nostra vita." Il ragazzo si alzò, barcollando. "Per questo devo andare! Devo tornare da Genius, risolvere il mistero... Devo produrre, o mi faranno fuori... Con LORO non si gioca, Fang. Anche se non si
sente urlare, anche se c'è silenzio nelle grandi sale di controllo,
questi sono tempi crudeli, amico mio!"

"Aumentare il voltaggio."

"Voltaggio aumentato. Nessun segno di squilibrio nei circuiti."

"Ci deve essere un punto su cui intervenire. Provate a togliere le calotta superiore."

"Tolta. Ci sono circa sessanta unità transistorizzate."

"Quale potrebbe essere il centro della memoria? Provare a disturbare con un'interferenza laser. Togliere il contatto con le funzioni primarie."

"Già provato. Il soggetto è completamente paralizzato nei movimenti, ma cosciente."

"Intervenire con elettrodi nei centri della volontà."

"Nulla da fare. Il soggetto, a ogni scossa, perde il funzionamento delle unità centrali. Emette solo dati di costruzione e numero di matricola."

"Altre proposte?"

"Si potrebbe intervenire sulla lubrificazione periferica. Forse si potrebbero distruggere i contatti dell'equilibrio creando disorientamento spazio-temporale. Ma ci sono poche speranze."

"Non mi piace torturare i robot," sospirò d'un tratto il torturatore capo della Calalbakrab, il professor Munkal, "troppo resistenti. Non si può usare la deprivazione sensoriale. Anzi, se li si chiude in una camera buia, ronzano soddisfatti. Non soffrono il dolore. Non si possono ricattare torturando i parenti."

"Sí. È un lavoraccio, capo," disse il suo aiuto, Nakir, guardando pensoso il corpo di LeO sdraiato sul tavolo di tortura, tra i fili degli elettrodi e i monitor di controllo. "E se provassimo a prenderlo a calci, questo maledetto scatolone?"

Munkal rise. "Ah, i vecchi metodi! Come invidio gli sguatteri della tortura, quelli con i manganelli e l'acqua salata. Come doveva essere semplice torturare con ruote fatte a mano, secondo la vecchia genuina ricetta dei frati inquisitori. Adesso tutto è cosí dannatamente uguale, standardizzato..."

"Ma efficace," disse Nakir, "da quando torturiamo con il computer, abbiamo il novantasei per cento di riuscita... e si perde anche poco tempo."

"Sarà," sospirò Munkal, "Forse anche questa volta dovremo dare retta alla tecnologia. Non c'è modo di convincere questo robot a parlare. Per sapere cosa gli ha raccontato quel giornalista Geber nell'ospedale, dovremo asportargli l'unità della memoria, riversarla su un nastro e riascoltare tutto. Sarà un lavoraccio."

"Sí capo," disse Nakir, "ma quando gli avremo asportato la zona della memoria, questo robot funzionerà ancora?"

"Senza questo pezzo non avrà piú alcuna facoltà vitale. Avrà l'intelligenza di un tostapane. Se l'è voluta lui. Procediamo. Mettere in funzione il braccio meccanico per una resezione dei gangli e asportazione completa di cassetta memoriale del tipo 234 A-Atari."

"Pronto a procedere," disse Nakir. "Le istruzioni dicono: si divida il soggetto nelle quattro unità strutturali svitando la cerniera centrale, e si liberi la calotta cranica liberando le otto viti di sutura a semicerchio. A questo punto si sollevi la coppa protettiva di acciaio..."

"Sentite ragazzi," disse LeO, "quando avrete finito, potreste mettermi in una scatola di montaggio e spedirmi agli amici per ricordo?"

"No! Cosí impari. Potevi parlare quando te lo abbiamo chiesto," disse Munkal, "e poi ogni tuo pezzo può essere un microfilm. Adesso stai buono. Direi di cominciare da quei due bulloni lí. Forza, cosí..."

"Dieci, nove, otto..." disse LeO.

"Accidenti, è duro... non si svita... forza!"

"Sette, sei, cinque," continuò LeO.

"Stai zitto! Si può sapere cosa blateri?"

"È una preghiera," disse LeO, "due, uno..."

L'esplosione fu cosí forte che la Calalbakrab girò su se stessa due volte, in un tuffo carpiato spaziale.

C'era un gran silenzio, sulla Proteo. Ognuno fingeva di fare qualcosa, senza troppo riuscirci. Il primo a parlare fu Chulain.

"Perché lo hanno messo nella condizione di farsi saltare in aria?" disse, "forse, se gli avessero promesso di rimontarlo, non lo avrebbe fatto."

"Lo avrebbe fatto in ogni caso," disse Caruso, "una volta gli ho revisionato i circuiti decisionali. Giapponesi! Cocciuto come un kamikaze!"

"Non mi piacciono i kamikaze," disse Kook, "non mi va che si butti via la vita cosí, per nulla."

"Non l'ha buttata via per nulla," disse Chulain, "loro le nostre informazioni non le hanno avute. E poi, il mio sergente diceva: 'mi chiedete se morire in questa guerra ha un senso? Purtroppo lo potremo sapere solo dopo che saremo morti.'"

"C'è una cosa da fare subito," disse Mei, "ora che abbiamo scoperto quei robot guerrieri nascosti. Ristrutturiamoli subito. Questa sarà la nostra risposta alla morte di LeO!"

"Sono un po' perplesso, Mei," disse Chulain. "Il tuo signor Mao diceva: solo una guerra può preparare una lunga pace. Ora, io non dico che dobbiamo entrare in guerra... ma disarmare la nave completamente... magari, uno o due robot..."

"Se ne teniamo uno o due," disse Caruso, "è come tenerli tutti. Sono telecomandabili da terra. Se giú decidono, un bel giorno, che i nemici siamo diventato noi, quei robot si impadroniranno della nave... conosco bene quel modello... e il mio governo."

"D'accordo, d'accordo," disse il negro guardando fuori dall'oblò di prua con preoccupazione. "Ma io rimanderei la decisione a dopo: forse siamo in pericolo. C'è un'astronave che si sta avvicinando." Kook si avvicinò al radar.

"È piuttosto piccola. Cosa credi che sia," disse, "pirati? Una scialuppa araba?"

"Che mi prenda..." disse Chulain dopo un poco, "mai vista una cosa cosí!"

L'astronave che avanzava sembrava un organo di chiesa: la propulsione usciva dal retro delle canne con un rumore funebre e profondo: sul davanti era tutta intagliata in legno, con centinaia di statue di santi cristiani, divinità indú, feticci, totem e reliquie di tutte le dimensioni. Davanti fiammeggiava la scritta: "Ubique Domus mea."

"La chiesa spaziale!" disse Kook, "ne avevo sentito parlare, ma non l'avevo mai vista! È padre Mapple che la guida, lo conosco bene!"

"E chi è padre Mapple?" chiese Caruso.

"Vi racconterò tutto dall'inizio," disse Kook.

Vent'anni fa, Leopold Mapple era il giovane scienziato piú brillante del nostro corso per studenti superdotati all'Istituto di Scienze di Londra. Era un ragazzone di cento chili, roseo e ben vestito. Lo si sarebbe potuto prendere per un ricco rampollo nullafacente: invece era lo scienziato piú importante nella ricerca sulla fisica subatomica. Ma era anche il piú inveterato gaudente, mangione, bevitore, tabagista, donnaiolo e cultore di ogni altra cosa dai piú chiamata vizio. Spesso veniva richiamato dal nostro rettore, gran lucertolone calvinista, a un atteggiamento piú morale, ma Mapple gli rispondeva sempre: "Sono uno scienziato e ho studiato con attenzione il mondo: e dico che mai, nelle mie osservazioni, né col microscopio, né con la camera a bolle, né con le analisi chimiche, né coi raggi X ho mai visto apparirmi una cosa chiamata 'morale'." Era infatti Leopold Mapple, l'uomo piú radicalmente ateo, piú rigidamente materialista, piú lontano da qualsiasi sbavatura filosofica o mistica, che io avessi mai conosciuto. Per lui tutto era materia, numero, osservazione, confronto, realtà: su tutto il resto egli spargeva abbondantemente la sua risata fragorosa, ben conosciuta in tutte le birrerie londinesi.

"C'è un solo mezzo," egli ripeteva spesso, "per elevarsi da questa terra: ed è possedere una velocità superiore a 11,45 chilometri al secondo: tutto il resto è carburante per la superstizione e l'ignoranza." E a questo suo monolitico approccio all'esistenza, egli si manteneva coerente. Radunava un gruppo di amici, io, il dottor Hyde, e Bohr, e Fermi e Jacobson e ci trascinava nella Londra notturna. Mangiava e beveva smodatamente: "Nulla teoria, sine hosteria," diceva e aggiungeva: "Certo non ci si ciba in fondo che di molecole, ma tra un piatto di idrogeno e un pasticcio di maiale, c'è una bella differenza." E a chi gli diceva che diventava sempre piú grasso, rispondeva: "Nell'Universo, le cose grosse sono piú rare delle piccole: pochi elefanti, molte zanzare, poche grandi stelle, tanti pianetini."

Insomma, un tipo piuttosto bizzarro, l'avrete capito: ma l'eccezionale bravura scientifica e l'allegria contagiosa, lo rendevano simpatico a tutti. Piaceva anche alle donne, anche se lui ripeteva spesso: "Considero ogni parola detta a letto, oltre le sei, come una conferenza, e come tale mi riservo di abbandonarla." Questo suo carattere gli causava anche qualche guaio, come una volta, quando vide alcuni bambini fermi davanti a un presepe sotto Natale. Subito volle spiegare loro: *uno*, che Gesù Bambino non poteva essere nato seminudo nella capanna perché sarebbe morto assiderato entro pochi minuti, *due*, che la Madonna non poteva averlo partorito restando vergine perché la fecondazione artificiale è stata inventata quasi duemila anni dopo, e *tre*, che se veramente sulla capanna fosse arrivata una cometa avrebbe ridotto tutta la Palestina a una voragine fumante. Inoltre i pastori che arrivavano con le pecore probabilmente non erano venuti lí per regalarle, ma per venderle come è loro abitudine, e che i tre re magi con i doni erano la piú grande delle fandonie perché mai nella storia un re si è fatto una cammellata nella notte per andare a portare dei doni a un bambino nudo, magari a una bambina di sedici anni sí, ma a un neonato mai nei secoli dei secoli amen e dopo, siccome i bambini erano piuttosto choccati, li portò tutti in una pasticceria e offrí loro una montagna di kraffen dicendo: prendete e mangiate, eccovi dio infinitamente buono nella sua santa trinità di crema, marmellata di arance e cioccolato.

Fu denunciato dai genitori, e si guadagnò una nota di biasimo dal rettore, che però non lo espulse perché proprio in quei mesi Mapple stava ultimando un esperimento straordinario: era riuscito a costruire una camera a bolle speciale dove era sicuro di scoprire la terza forza elementare, la forza che, diceva, sta all'origine di tutte, e non è né onda né particella, qualcosa di completamente diverso, e definitivo.

"Farò l'ultimo strip-tease alla cosiddetta materia," ci disse, troneggiando tra macerie di lattine di birre, a una festa organizzata la sera prima dell'esperimento. "E quello che resterà alla fine, sarà il principio: altroché Buddha e Javeh e Visnú e altri figuri metà uomo e metà cane e splendenti e resuscitanti e volanti e sibilanti su e giú per il cielo. Basta con il traffico aereo degli impostori! Quello che troveremo al termine del mio esperimento, sarà Dio, a tutti gli effetti di legge: ciò da cui tutto è composto, e creato, e causato: una particella, un'onda, una relazione. Non lancerà fulmini, nel suo nome nessun profeta sarà costretto a massacri, non avrà bisogno di travestirsi da toro di legno per scopare: sarà una formula, tutto lí. Gioiosa, semplice, tangibile, consistente, divulgabile nelle scuole, utilizzabile in industria. Ragazzi, quel giorno andrò dal rettore e gli dirò: 'faccia mettere questa formula nel presepe, al posto di Gesù Bambino. E vedrà se giuseppi e marie e pastori e pecorelle e regnanti cammellati e angeli trombettieri non ci faranno la figura dei fessi!'" Noi scoppiammo a ridere, qualcuno era un po' scandalizzato, ma Mapple ci travolse, beveva cantava e petava come un cavallo gridando: "In interiore hominis vox veritatis!" e passammo in rassegna tutte le bettolacce di Sub-Chelsea e per contare i tappi di birra fatti saltare Bohr disse che ci sarebbe voluta un'equazione complessa, e tornammo a casa ubriachi fradici.

Il giorno dopo, fragoroso come sempre, Mapple arrivò all'Istituto per l'esperimento. "Bene," disse "ora prendiamo un bell'atomo grassotto e prendiamolo a cazzotti finché non gli cascano giú tutti gli elettrodentoni." Era questo un suo modo colorito di definire gli esperimenti subatomici. Un giovane tecnico si calò nella grande camera a bolle, dentro la quale sarebbe avvenuto il bombardamento, fino all'ultima particella. Quella mattina Mapple era particolarmente euforico, e ben farcito di birra. Non si accorse che il tecnico si era sdraiato a terra per controllare la temperatura del suolo. Cosí lo chiuse senza accorgersene dentro la camera, e iniziò il bombardamento. L'esperimento durò otto giorni: per quel tempo, il reparto restò chiuso a tutti. Il nono giorno ecco arrivare Mapple in smoking, reduce dalla solita notte di baldoria. C'eravamo tutti con lui, mentre si avviava alla camera nucleare: "Ragazzi," egli gridava, facendo roteare il bastone d'avorio, "le nuvole di duemila anni di incensi religiosi stanno finalmente per dissolversi. Migliaia di preti invaderanno gli uffici di disoccupazione in tutto il mondo. Nessun bambino verrà mai piú atterrito da purgatori e inferni! Le marmellate in cima agli armadi verranno sterminate, senza paura di ritorsioni. Nelle chiese risuonerà, liberatorio, il tintinnio dei brindisi. Suore nude si concederanno a rabbini infoiati, ex-voto, ex-stole, ex-messali, tiare, sottanoni e paramenti e ultime cene tutto brucerà, nello stesso fuoco in cui la chiesa ha bruciato i libri, gli eretici, i villaggi degli infedeli. L'ultima crociata è giunta! L'umanità è salva! Cristo è disceso in terra, anzi è sempre stato lí, e io ve lo mostrerò! La causa causarum, la sacra particula, il colui da cui, il primo motore, l'ordo initialis, l'uovo cosmico, il fabbro celeste, il danzatore eterno, l'occhio del Buddha, il kkien, il waugwa, il primo bit, il supremo artefice! Presto a voi in tutto il suo scientifico splendore! Seguitemi!"

E noi lo seguimmo, eccitati, fin davanti alla porta sigillata della camera dell'esperimento, e trattenemmo il fiato insieme a lui, quando lui aprí la porta e vide... vide...

Vide il tecnico, con la barba lunga, e i capelli incolti, con il viso scavato da otto giorni di digiuno, e il camice bianco strappato, che alzava al cielo le mani bruciate dalle ustioni radioattive e gridava: "Sono qui! Sono io, Mapple, finalmente mi hai trovato!" Descrivere il viso di Mapple in quel momento, non mi è possibile: diventò bianco come marmo, gli occhi sembrarono uscirgli dalle orbite, ed egli lanciò un urlo, un urlo che fece tremare i vetri dell'Istituto, e i nostri cuori:

"Noooooooooooooooooo!"

Fuggí, travolgendo tutti. Nessuno di noi riuscí a raggiungerlo per spiegargli cosa era veramente successo. Sparí nel nulla e riapparve solo dopo molti giorni, la barba lunga, gli occhi rossi: capimmo subito che era uscito di senno."

"Mapple," cercammo di spiegargli, "quello che hai visto era solo il tecnico dell'Istituto, rimasto chiuso nella tua camera atomica per otto giorni!"

"No, amici," egli disse con voce ispirata, "era Dio! In fondo a ogni atomo, c'è Dio."

Due mesi dopo partí, con questa strana astronave, nello spazio. Da quel giorno egli vola per le galassie, portando la Religione ovunque, nelle stazioni spaziali, nei pianeti, nelle astronavi: non c'è culto o rito o confessione che egli non conosca e commerci. Cosí sia.

"Fratelli e sorelle," disse padre Mapple, "siamo qui riuniti per commemorare l'anima di Leporello LeO, passato a miglior vita. Breve è il nostro passaggio su questa terra e doloroso il trapasso, ma di ciò pure dobbiamo consolarci e farci una ragione, ed è appunto questo che io vado a fare per la modica somma di venti lingotti per il sermone semplice o trenta per il sermone speciale con citazioni."

"Ci faccia pure il sermone speciale," disse Chulain.

"Il signore ha scelto bene: cosa sono dieci lingotti di fronte alla morte? Ebbene noi siamo qui per commemorare Leporello Tenzo E-Atari: un piccolo giapponese: possa Joko protettore dei bambini gialli accoglierlo nel suo asilo celeste dove i trenini Shinkansen vanno a duecento chilometri all'ora e il grande lottatore Inochi doma la costellazione del Toro Selvaggio e dove..."

"Non era un bambino," lo interruppe Kook, "era un robot."

"Ah," disse padre Mapple, "allora, un momento di pazienza: vado a consultare il mio elenco di sermoni funebri. Dunque erre, erre, rastafari, rosacrociani, rotariani, no... non ho niente per i robot: non andrebbe ugualmente bene un sermone un po' speciale, tipo una danza vodoo con varie emorragie di pennuti, et similia?"

"No," disse Chulain, "Leporello non era un seguace Vodoo."

"Allora," disse padre Mapple, "che ne dite di una commemorazione da generale dei carabinieri, con tanto di banda dell'Arma registrata e alzabandiera? Oppure un kaddish ebraico? Un funerale New Orleans? Ho qua la tromba e il nerofumo per il trucco. E una bella mummificazione egiziana, o Navaho? No? Allora, una cerimonia indiana, con tanto di seppellimento sopra il Sacro Elefante? Voi mi trovate l'elefante, al resto penso io. Niente elefanti? Poco male! La ditta Mapple and Mapple, sacramenti interplanetari, ha sempre qualcosa per voi, e vi ricorda il vecchio slogan: 'perché andate in giro vivi quando noi vi possiamo seppellire per soli quaranta dollari?' Ditemi, ragazzi, di che religione era questo Leporello?"

"Era un robot," disse Chulain, "non era religioso!"

"Pregava, qualche volta?" disse Mapple, "aveva croci al collo, posters, denti di animale, sacre reliquie, anulari di vergini, testine mignon, cilici? Si confessava, si comunicava, sacrificava conigli, primizie o primogeniti? Aveva dei tabú? Non mangiava maiale, non beveva alcoolici, non toccava quello che era bianco, non faceva l'albero di Natale?"

"Niente di tutto questo."

"Un ateo, dunque," disse Mapple, "ma poiché non esistono perfetti atei, perdio, troveremo il suo dio. Allora: bestemmiava?"

"No," disse Chulain, "tutt'al piú tirava dei sibili."

"Era marxista? Determinista? Darwinista? Aveva qualche ideologia? Insomma gli piaceva molto qualcosa?"

"Era un robot," disse Mei, "gli piaceva molto la meccanica."

"Eccoci!" disse Mapple trionfante, "allora, terremo per lui il sermone della fede tecnologica. Tutti in piedi: dalle lettere di Gesù al suo commercialista, libro X, 678 et sequitur, edizioni Mapple.

"In quel tempo Gesù e la madre Maria furono invitati a un pranzo di nozze a Cana, luogo molto distante dalla loro dimora. Noleggiarono quindi essi una vecchia Lancia Aurelia, e caricati sui sedili di dietro i dodici apostoli, si partirono. Ed erano solo a metà del cammino che per la polvere, le buche e la strettezza dell'abitacolo gli apostoli erano già spossati e perciò San Pietro a nome di tutti disse:

"'Signore, non potremmo darci il cambio, e venire davanti a guidare un po' noi?'

"E il Signore rispose:

"'Beati coloro che stanno sui sedili di dietro, perché in caso di scontro frontale essi saranno salvi.'

"Ed erano ormai vicino alla meta, quando una gomma della macchina per un sasso aguzzo si forò, ed essa macchina si sbandò e girò su se stessa tre giorni e tre notti, e quando si ristette tutti erano miracolosamente illesi, ma la macchina aveva una gomma a terra.

"E gli apostoli dissero: 'Ahimè, che siamo senza il conforto di un crick in mezzo al deserto con una gomma a terra, senza telefoni di soccorso né stazioni di servizio.'

"E Gesù disse:

"'Uomini di poca fede! Per cosí poco vi perdete di animo? Se la fede muove le montagne, non potrà essa sollevare un'auto?'

"A quelle parole gli apostoli, rassicurati, si sedettero, attendendo il miracolo levitatorio del Signore.

"Ma Gesù, irato, disse:

"'Non state lí come coloro che son fessi! Siete in dodici, forti e pescatori, tirate su la macchina.'

"E gli apostoli si accinsero all'opera e le loro schiene si tesero nello sforzo e il sudore bagnò i loro volti e sollevarono l'auto e la tennero su mentre Gesù cambiava la ruota. E poscia che si furono giunti a Cana, ed ebbero mangiato e ben bevuto, la Madonna si avvicinò al figlio suo diletto e disse:

"'Figlio, perché tu che tutto puoi, hai lasciato che i tuoi seguaci tanto faticassero a sollevare la macchina?'

"'Madre,' disse Gesù, 'un Dio che risolve tutti i problemi degli uomini, non è un Dio, ma un servo. E quando smetterà di fare i miracoli, la gente lo chiamerà traditore o lo rinnegherà. Un Dio non deve fare che un miracolo al mese, per farsi rispettare.'

"'Sarà,' disse Maria.

"'E ora,' disse Gesù, 'moltiplicherò per voi i pani e i pesci.'

"'Non si potrebbe avere una paillard?' disse San Tommaso. E subito fu punito, e messo in cucina a lavare i piatti ove era fuoco, e pianto di cipolle, e strider di tegami.

"E ora preghiamo:

Pater noster qui es in caelis
sia fatta la tua finalità
venga la tua entropia
cosí nei cieli come in terra
Dacci oggi
un adeguato apporto proteico
e rimetti a noi i nostri ioni
come noi li rimettiamo ai nostri conduttori
e non c'indurre in sottoproduzione
ma liberaci dal lavoro manuale
Amen.

"E ora tutti in ginocchio diamo l'addio terreno a Leporello LeO: era un robot forte, coraggioso e gentiluomo: lavorava sodo e non si lamentava. Sparirà dalla storia, ma resterà nei nostri cuori. Quando anche noi spariremo, sparirà del tutto. Ma non sparirà il glorioso nome della sua ditta costruttrice. Per i santi Atari e Sansui, e i Beati Krupp e Agnelli e Bell e Rockfeller e Santo Hughes e il Beato Onassis e San Moritz e San Tropez, io dichiaro chiuso il tuo ciclo produttivo, o LeO, che tu possa trovare un buon posto in paradiso e non vagare a lungo nel purgatorio della disoccupazione, in saecula saeculorum amen. Rispondete!"

"Amen," dissero i nostri.

"Volete una chiusura trionfale da due lingotti, apocalittica da tre o piena di speranza da quattro?" disse padre Mapple.

"Piena di speranza."

"Bene dormi, ora LeO. I campi di grano sono maturi."

"Quali campi di grano?" protestò Chulain.

"È la formula," disse Mapple, "i riti non si discutono, si seguono. Sono sessantotto lingotti e cinquanta, prego."

Huatac, nel buio della capanna sente la montagna che si muove e si agita.

"Perché, non dormi, montagna?"

"Gli uomini mi hanno ferito, scavano e cercano il mio cuore," dice la montagna. "Io sono vecchia e il mio fuoco è spento, non posso piú fermarli gettando fuori il calore della mia ira. Cerca tra essi quelli che non mi odiano, aiutali a arrivare alle quindici porte."

"Cosí farò," disse Huatac, "se lo vuoi."

"Molti anni fa Capac e mamma Occlo piantarono il loro bastone d'oro su di me," dice la montagna, "e fondarono il regno inca dei tuoi avi. Allora c'erano alberi e torrenti e erba su di me. Poi i fiumi si stancarono a portare i corpi dei morti."

"Quei tempi torneranno?" disse Huatac.

"Nel cielo sono i generali volanti. Sui picchi sono annidati gli eserciti. Sulla terra gelata gli uomini non trovano un'erba di cui vivere. Il cielo cadrà sulla terra. Il futuro ritornerà. Puoi capire?"

"Sí," disse Huatac, "montagna, io ti aiuterò."

"Io ti ringrazio, Huatac," disse la montagna. "Ho tanta neve addosso. Pesa, come un mantello fradicio, sulle spalle di un viandante. Il vostro piccone mi tormenta. Ma stanotte tutto è tranquillo. Non parlare. Non camminare. Non mi svegliare. Posa piano la tua candela sulla mia terra, quando ti addormenterai, perché io ti sentirò."

LA MORTE DI EL DABIH

"Inetti," gridava re Akrab, "sono circondato da inetti! Dovrò continuare a seguire i miei nemici, quando con un solo colpo di pungiglione potrei cancellarli? Volare su questo covo di serpenti, invece di dargli fuoco?"

"Il tuo potere, re, ha bisogno di molti uomini," disse l'indovino. "Di eserciti che combattano, di braccia che portino il cocchio del tuo trionfo. Per farsi obbedire da questi uomini è necessaria la giustizia."

"No, indovino," disse Akrab. "Il re, come Dio, scende nella notte, nel buio! La paura è il miglior modo di farsi obbedire: su questa astronave, ora, c'è paura: e sempre di piú dovrà essercene."

"Grande Scorpione," disse El Dabih, "tu sai cos'è la paura?"

"Lo so bene! Quando le armi dei russi assediarono il mio bunker, tre giorni e tre notti, ogni passo che sentivo poteva essere quello del nemico, che veniva a catturarmi!"

"E in quei giorni avresti fatto qualsiasi cosa per salvarti? Avresti obbedito a qualsiasi ordine?"

"Sí! Firmai patti con tutti, cedetti le mie terre perché venissero in mio aiuto!"

"E dopo?" disse El Dabih.

"Dopo lo sai, quando la vittoria fu mia," disse Akrab, "il mio generale Guderian ridusse Mosca a un deserto fumante. E anche i miei alleati distrussi, perché non restasse traccia di quei giorni!"

"Cosí fu," disse El Dabih, "fosti mite finché avevi paura, ma appena la paura passò, il tuo odio divampò cento volte piú feroce. Ora su questa nave tutti ti obbediscono: non hanno forse la dignità di un re, ma hanno una dignità. Tu la calpesti tutti i giorni. Vedono i loro compagni scomparire nella sala delle torture, li vedono esposti sgozzati ai ganci, durante le adunate. Ti sei mai chiesto quanto odio potrebbe venire da loro, se non avessero piú paura di te?"

"Ma l'avranno," disse il re, "giorno e notte. Al loro fianco, come un mio soldato. Un esercito di paura, nero e silenzioso!"

"Allora, Grande Scorpione," disse l'indovino, "se è piú forte chi fa paura, non sei tu il piú forte qua dentro!"

Il re ebbe un gesto d'ira. "Indovino vuoi sorprendermi? Chi sarebbe piú forte? Tu, forse?"

"No, non io di certo, ma ciò di cui tu hai paura. Tu ti liberi dei consiglieri piú fidati, uccidi a ogni minimo sospetto, ti circondi di armati, fai assaggiare cibi e bevande, hai messo spie ovunque, non esci piú dalle tue stanze. Non è questo il comportamento di un uomo che ha paura?"

"Bada indovino, tu vuoi sfidare la mia pazienza! Come puoi dire che c'è qualcuno piú potente di me, su questa nave?"

"Se il tuo potere è tutto nel tenere tra le mani il dispositivo di esplosione della nave," disse El Dabih, "è un ben povero potere: ti dà la morte se lo eserciti. Lo vedi... anche di me hai paura. Se avanzo di un solo passo, retrocedi. E non sai perché!"

"El Dabih," disse il re con ira, "allontanati da me... non un passo in piú." Sfoderò la sua spada luminosa e la puntò sul viso di El Dabih, abbagliandolo. L'indovino restò immobile, con gli occhi chiusi. Il re abbassò di colpo la spada. "Tu non hai paura, vero El Dabih?" chiese, con espressione crudele. "Bene. Allora non avrai niente in contrario a bere qualcosa insieme a me. Nello stesso bicchiere, s'intende cosí sarai sicuro che non c'è veleno."

"Berrò. Non si diventa crudeli bevendo alla stessa coppa una sola volta. Ci vogliono piú volte."

"Eppure, indovino," rise il re, "il Profeta dice: i vizi si prendono in una notte, per le virtú ci vuole molto piú tempo. Beviamo! Sai cos'è che stai bevendo?"

"Vino," disse l'indovino, "un vino molto dolce."

"Sí è molto dolce, per coprire un leggero sapore amaro. C'è del veleno di scorpione nella coppa. In sei minuti, uccide. Sei stupito? Non ti chiedi perché anche io ho bevuto?"

"Perché," rispose l'indovino continuando a bere, "tu sei immunizzato, forse."

"È cosí," disse il re, dissimulando un moto di stupore. "Da quando avevo sei anni, i miei medici mi hanno mitridatizzato ogni giorno a piccole dosi, contro tutti i veleni conosciuti. Le mie cene sono sempre state un po'... pesanti, ma ora è quasi impossibile avvelenarmi. Non puoi avvelenare lo scorpione con il suo stesso veleno, no? E ora, non hai paura di me indovino?"

"No," disse El Dabih, "perché dovrei?"

Il re ebbe un violento gesto d'ira e gettò l'indovino a terra, gridando: "Credevi che non sarei riuscito a liberarmi di te e della tua superstizione, vero? Ebbene, ora io mi siederò qua davanti a te, e ti guarderò morire, attimo per attimo. Io ho l'antidoto per quel veleno. Chi decide la tua vita, El Dabih, di chi devi aver paura, se non di me? Chiedi l'antidoto finché sei in tempo! Tra un minuto, forse meno, potrebbe essere troppo tardi. Chiedimi pietà e sarai salvo! Non sai, come fa soffrire la puntura dello scorpione!"

"Io vorrei," disse l'indovino sedendosi, "raccontarti una storia."

"Una storia?... adesso!" disse il re, con voce stupita.

"Una storia. Breve, come il tempo che mi resta. Ascoltala."

L'UOMO CHE COMPRÒ L'ALDILÀ

Viveva un tempo nel Texas, un ricco sceicco di nome Ibn-Sawi Al-Hunt. Era padrone di tutto il petrolio, le macchine, e le mucche del Texas, e l'estratto del suo conto in banca era in due volumi. Ma Ibn Hunt non era felice. "A cosa mi servono," diceva, "questi soldi, se tanto dovrò morire?" Pensava spesso a questo, nell'ufficio al trecentesimo piano della sua reggia di Dallas e niente piú lo interessava, e i suoi affari languivano. Pensava, pensava, finché un giorno, mollò un gran pugno texano alla scrivania e dichiarò a se stesso:

"Ho avuto tutto quello che ho voluto dalla vita! Ho schiantato ogni difficoltà. Ho finanziato golpe in paesi lontani, deviato uragani per proteggere i miei raccolti, comprato, venduto e rovinato uomini e aziende. Mi arrenderò proprio adesso? No, io troverò il modo di sfuggire alla morte!"

E subito iniziò la sua ricerca. Convocò quella stessa notte i medici piú famosi del mondo. Il consulto gli costò miliardi, ma non serví: alla fine i medici dovettero ammettere che tutt'al piú avrebbero potuto allungargli la speranza di vita di una decina di anni o poco piú. Se ne andarono, lasciandolo in compagnia di modelli di cuori di plastica e ricette di tranquillanti. Il giorno dopo Hunt comprò la piú grande fabbrica di surgelamento del mondo e ordinò a tutti i tecnici di studiare un programma di ibernazione per lui e per le sue trecentomila mucche. Ma i tecnici dissero: "Anche se la iberniamo, lei potrà forse tornare a vivere tra cento anni: ma quando verrà sgelato, avrà lo stesso problema. In piú c'è anche il rischio che lei e le sue mucche finiate su qualche mensa militare."

Allora Hunt convocò i piú famosi maghi del mondo, che restarono chiusi in una stanza per tre giorni. Quando questa fu aperta ne uscirono due draghetti versicolori, alcuni elfi di varie nazionalità, e un diavolo in windsurf nato da un esperimento a quattro mani di un mago haitiano e uno californiano. Tutti costoro furono d'accordo nel dire che potevano garantirgli solo un'età di circa centoventi anni bevendo tutti i giorni una tisana di tartaruga e soprattutto facendo molto footing.

Ibn Hunt lesse allora tutti i libri sulla ricerca dell'immortalità: studiò la mummificazione egiziana e lo yoga tibetano. Lesse dei re Maya che si portavano dietro oro, gioielli e carte di credito. Degli etruschi, e dei babilonesi, e dei loro sepolcri che sembravano Grandi Magazzini. Lesse di Shih Huan Ti, l'imperatore cinese che fece seppellire con sé ottocento guerrieri di argilla e duecento cavalli. Degli indiani che si portano dietro la lenza da pesca, degli africani che si portano dietro le vettovaglie. E queste cose lo facevano ridere: cosa te ne fai, all'altro mondo, di armi e cibo e cavalli di argilla! Non è certo quello, che serve lassú... eppure...! Un'idea improvvisa lo fece fremere. Fece telefonare ai medici, e li riconvocò tutti: "Ho letto," disse loro, "che è possibile una morte 'temporanea': il cuore cessa di battere, poi riprende. E i redivivi, durante questo breve periodo affermano di aver visto l'aldilà, di avere provato una grande felicità, e poi di essere tornati sulla terra."

"È proprio cosí," risposero i medici. "È successo diverse volte."

"E voi potreste," disse lo sceicco, "con un impiego di mezzi quali mai si è visto sulla terra, riuscire a farmi brevemente 'morire,' diciamo cosí, 'con biglietto di andata e ritorno'?"

I dottori si consultarono a lungo. Erano indecisi, quando Ibn Hunt disse: "Se mi garantite che, senza il minimo rischio, voi mi farete morire per dieci secondi, io vi darò un miliardo di petroldollari."

Dopo poche ore gli fu presentato un elenco delle attrezzature necessarie. Fu acquistata tutta l'università di Palo Alto. I migliori specialisti del mondo lavorarono a tempo pieno. Per un mese, in segreto, furono fatti esperimenti su cani e cavie umane. Sui risultati i computer lavorarono giorno e notte, finché venne la risposta: la spesa necessaria all'esperimento era pari a quella della costruzione di ottocento ospedali: ma i medici si dichiararono in grado di fare "morire" lo sceicco per diciotto secondi.

L'esperimento fu mantenuto segretissimo. Tra gli stessi medici, nessuno riusciva a capire il desiderio dello sceicco: pensarono a una sfida alla morte, a un costosissimo brivido, forse chissà, a una scommessa. Ma la realtà era ben diversa. "Se io riesco ad arrivare in quel posto, che sia aldilà, inferno, paradiso, o vuoto cosmico, almeno saprò cosa c'è," pensava Hunt. "E sapendo cosa c'è, forse riuscirò a comprarmi l'immortalità. Se ci sono delle divinità, ci sarà un modo per corromperle, se c'è l'inferno mi porterò dietro duemila camion di birra fresca, se diventerò un gatto mi farò seppellire in una zona di vecchiette gentili. Non esiste posto, dove non si possono fare buoni affari: ma bisogna conoscere bene il posto. È inutile andarci con ottocento cavalli di argilla quando poi magari è un deserto ghiacciato e avresti dovuto portare ottocento termosifoni." Cosí pochi giorni dopo, Hunt si sottopose all'operazione "una vacanza diversa". Quel giorno a Palo Alto c'era un grande nervosismo. Anche se la percentuale di rischio era minima, era pur sempre un esperimento mai tentato prima: cosa sarebbe successo se Hunt non fosse "ritornato"? Che sconfitta per la scienza, e soprattutto che miliardo di dollari in meno! Venne l'ora fatale. Hunt salutò i suoi amici piú cari, (il suo commercialista e Brenda, la mucca campionessa texana di latte.) Poi si sdraiò sul lettino e disse ai medici: "Ricordatevi: mi avete promesso diciotto secondi di morte. Mi costerà piú di 50 milioni di dollari ogni secondo. È decisamente il biglietto piú caro della storia. Datevi da fare. In carrozza!"

L'esperimento ebbe inizio alle otto precise: i computer scattarono tutti insieme, una calotta coprí Hunt e cominciò a congelarlo: lo stava portando fino alla temperatura a cui il cuore si sarebbe fermato: poi dopo diciotto secondi, un procedimento di rianimazione detto "bentornato" lo avrebbe richiamato in vita. I migliori specialisti erano intanto pronti per ogni evenienza e complicazione, c'erano pezzi di ricambio di tutti gli organi e attrezzature sofisticatissime tra cui una rete cattura-diavolo costruita dai marines, nel caso Hunt tornasse in compagnia. Ed ecco che sui monitor la linea vitale dello sceicco iniziò a pulsare piú fioca. Ebbe ancora qualche fremito, poi divenne piatta! Ibn Hunt era clinicamente morto. Nello stesso momento Ibn Hunt ebbe la sensazione di fare una capriola con un gran solletico sulla pancia, e si trovò seduto per terra, su una moquette grigia, in un polveroso corridoio di uffici. Davanti a lui, dietro una scrivania, stava un ometto pelato, in maniche di camicia. Hunt sentí anche nell'aria un gran odore di peperonata.

"Ho solo diciotto secondi a disposizione mi chiamo Hunt sono di passaggio vorrei sapere tutte le modalità per ottenere immortalità mie proprietà ammontano a..." iniziò lo sceicco parlando tutto di un fiato.

"Calma, calma," disse l'ometto, "se lei ha diciotto secondi terrestri, vuole dire che ha centottanta secondi nostri, cioè tre minuti."

"Davvero?" disse Hunt. "Allora, io vorrei diventare... cioè... chiedere come diventare immortale... perché vede io non sono morto... cioè non in modo irrimediabile... non so come dire."

"Lei si chiama Hunt, vero?" disse l'ometto, sfogliando in un registro. "In effetti non c'è nessuno a questo nome previsto per oggi: lei è uno di quei fenomeni... sí, un resuscitato?"

"Piú o meno," disse Hunt.

"Uhm, lo sapevo," sospirò l'ometto, "da quando avete scoperto la rianimazione qua tutti i giorni passa qualcuno che non c'entra. E mi dica, quale sarebbe il suo problema?"

"Voglio l'immortalità. Le parlo fuori dai denti. Sono pronto a tutto."

"Immortalità... uhm... non credo sia possibile," l'ometto si grattò la testa. "Non ho mai visto niente di simile nei regolamenti... a meno che... forse ci potrebbe essere la parola del quiz *Medita e vinci*."

"Cos'è, cos'è?" chiese Hunt, eccitato.

"Oh, vede, ultimamente c'era una grande richiesta di immortalità da parte di maghi, mistici, santi, questi incontentabili che a cento anni si lavano ancora con l'acqua fredda! E allora i capi hanno lanciato un concorso per paravisione: sa, quelle visioni paranormali che ha sempre questa gente. C'è un indovinello con una parola di ventisei lettere che, se pronunciata vestiti da pastorello a testa in giú, assicura cinquecento anni di vita supplementari... non è l'immortalità, però insomma... Secondo me è una buffonata, ma ai capi piace tanto: dicono che cosí la gente è incoraggiata alla ricerca mistica..."

"Mi interessa molto: mi dica, come posso fare a trovare la parola segreta... presto... il tempo passa."

"Ma io non la conosco," esitò l'ometto, "e poi non saprei... è una trafila difficile..."

"Sono pronto a pagarle mezzo miliardo di dollari," disse Hunt.

L'ometto trasalí. "Ehm... a me non servirebbe qua... certo però ho una nipotina sulla terra a cui farebbe comodo... ma è uno strappo al regolamento troppo forte..."

"Un miliardo di dollari," incalzò Hunt, "la sua nipotina diventerà la donna piú ricca d'America! Le affiancherò un mio consulente commerciale!"

"Mi ha convinto," disse l'ometto, "allora, sbrighiamoci! Dunque, anzitutto ci vuole una carta da bollo."

"Eccola qua," disse Hunt che era stato previdente.

192

"Benissimo," disse l'ometto, "allora lei firmi qui e le compilo io il resto. Allora scriviamo, dunque io signor eccetera, avendo avuto tot crisi mistiche e tot apparizioni, avendo in una di queste apparizioni ricevuto da mio nonno... come si chiamava suo nonno?"

"Dagoberto," disse Hunt.

"Da mio nonno Dagoberto il quiz della parola segreta, e avendolo risolto e pronunciata la parola vestito eccetera eccetera, chiedo mi venga concessa la dilazione di anni 500, in lettera e in cifre, del mio permesso di soggiorno sulla terra come da decreto speciale eccetera numero eccetera. Ecco: questa domanda la presentiamo all'ufficio pratiche speciali: a tal proposito lei dovrà versare un altro miliardo ai discendenti di un signore che si occupa di quell'ufficio... lei mi capisce... poi provvederò io ad avvisare quassú suo nonno Dagoberto e darò un'aggiustatina alla sua biografia, signor Hunt, se mai dovessero controllare... ci metterò un po' di buone azioni, e poi episodi di trance, apparizioni eccetera... lasci fare a me... ecco, le scrivo sulla mano due indirizzi a cui fare i versamenti..."

"E la parola? presto?" disse Hunt, "ho ancora pochi secondi."

"Ah già la parola! Io non la conosco, ma basterà che lei la chieda all'ultimo terrestre che ha risolto il quiz, vale a dire... un momento che guardo, ecco il signor Ravi Punchakar, palestra yoga 'forti e magri' di Berkeley, San Francisco California. Lei non dovrebbe certo avere problemi a convincerlo... ma mi raccomando, non parli con nessuno della cosa, o la procedura verrà invalidata..."

"Uh," disse Hunt, "ce l'abbiamo fatta! Appena in tempo ho ancora otto secondi! Bene la saluto e... potrei farle un'ultima domanda?"

"La immagino già," sospirò l'ometto, "l'odore viene dalla mensa aziendale... ma mi raccomando, non racconti questo... laggiú siete convinti dei suoni e degli odori celesti... e poi..."

L'ometto roteò e sparí. Ibn Hunt rifece la stessa capriola all'indietro e si ritrovò sul lettino della sala di rianimazione. Vide i medici chini su di lui, accatastati come una squadra di rugby. Alzò le dita in segno di vittoria. Un urlo di gioia schiantò le provette.

Hunt chiese di essere dimesso il giorno stesso dopo una visita generale. Salí subito nel suo ufficio e fece due telefonate. Con una versava due miliardi su conti in Svizzera intestati a tale Adelina De Lucifero, di nove anni, residente a Torre Annunziata, Italia, e l'altro ai fratelli Nembroth, stagnini di Dusseldorf. Poi telefonò ai suoi gorilla di portargli con la massima delicatezza e nel piú breve tempo possibile il signor Punchakar. Poche ore dopo il guru scendeva nell'eliporto dello sceicco, che lo attendeva già vestito da pastorello.

"Signor Punchakar," disse lo sceicco, "mi scuso della fretta e le spiego perché l'ho voluta qui. Anch'io seguo la paravisione e conosco il quiz della parola segreta. Ieri ho avuto un'apparizione: ho visto mio nonno Dagoberto che mi ha detto: bravo, hai vinto il jolly, ti autorizzo a nome del capo a chiedere la parola al signor Punchakar."

"Impossibile," rispose il guru, "nel concorso non si è mai parlato di jolly. Mi sembra tutto molto strano."

"Signor guru," disse allora lo sceicco, "le offro dieci miliardi di dollari."

"Cosa sono dieci miliardi di dollari, di fronte al tempo!" rispose il guru, alquanto risentito.

"Ma come!" incalzò Hunt, "pensi quanti centri, quante palestre, quanti monasteri potrebbe costruire con questi soldi! La catena mistica Punchakar. Pensi quanta gente potrebbe trovare la via della serenità grazie a lei!"

"Ma... è una cosa enorme... ci dovrei pensare," esitò il guru.

"Non esiti," disse Hunt, accalorandosi, "sí adesso lei vivrà a lungo, ma che vita noiosa! Lei non sarà mai nessuno, per secoli! Un piccolo guru che dovrà vivere sempre nascosto con la paura che il suo segreto venga scoperto, e che qualche medico curioso lo vivisezioni! E vedrà accumularsi trecento anni di conto di fruttivendolo! Invece, con i miei miliardi, lei potrà chiudersi in una reggia, in un santuario tutto suo. Fondare un culto, con filiali in ogni parte del mondo! Diventare divino! I love Punchakar!"

"Mi ha convinto," disse il guru, "in effetti, il mio conto del fruttivendolo è già abbastanza alto."

"Allora," disse Hunt, sentendo il cuore battergli all'impazzata dall'emozione, "ecco l'assegno... mi dica la parola."

"La parola segreta?" disse il guru, "non la so a memoria... ce la ho scritta qui... no, in questa tasca non c'è."

"Presto," gridò Hunt, paonazzo, "la trovi! Sono anni che attendo questo momento."

"La parola è... dunque, eccola qua, lei sa che deve essere pronunciata a testa in giú... bene, se lo sa, ecco, è una parola molto lunga, ventisei lettere."

"La parola, indovino!" urlò Hunt.

"La parola," disse il guru, "è esattamente..."

Ma non riuscí a dirla perché Hunt gli crollò addosso, stroncato da un colpo apoplettico per la troppa emozione. Il re gli si avvicinò e gli tastò il polso. Non c'era piú nulla da fare. L'indovino El Dabih era morto.

Al Comando di Missione-Urgentissimo. Io comandante Ishii Yamamoto Segnalo la gravissima situazione sulla nave, giunta ormai a uno stato di ammutinamento. Gli episodi rivoltosi iniziarono il giorno in cui fu eseguita la condanna a morte per cocalazione del soldato Pigreco, ed altri. Dopo questa morte, iniziarono a circolare sulla nave volantini, delle dimensioni di un francobollo, con frasi deliranti sulla "tirannia di bordo". Detti volantini sediziosi erano firmati da un sedicente gruppo "Code rosse". In seguito a ciò perquisii gli armadietti dei soldati rinvenendo materiale indubbiamente destinato a obiettivi criminosi e precisamente numero sei armi da offesa consistenti in pennini acuminati.

In seguito a detta perquisizione, mandai a morte per banda armata i soldati: G. Print, G. Cursor, Wait, If, Then, Goto, Ungoto, Return, Stop e Next.

La sera stessa sulla nave ci fu una manifestazione di protesta, la scarpa del generale Harada fu assaltata, e i suoi laccetti annodati insieme. La mia scrivania fu attaccata e cosparsa da numerose piccole provocazioni. Inoltre un panettone che tenevo per le grandi occasioni fu completamente rapinato dell'uvetta dai vandali. In seguito a questi gravissimi fatti mandai a morte i soldati: Clear, Random, Grad e Lock che si erano rifiutati di far parte del plotone di cocacolazione.

Il giorno dopo furono rosicchiati tutti i fili del comando carburante, e io stesso fui rosicchiato, durante il sonno, da un nucleo armato che dimezzò il mio orecchio destro: ma benché circondato da un numero soverchiante di nemici, mi battei e sgominai gli aggressori. La sera stessa trovammo, nella sala macchine, il soldato New, nostro informatore, morto con un pezzo di pecorino in bocca. Attualmente dieci topi disertori sono nascosti in qualche parte della nave, e l'esercito a mia disposizione è costituito solo dal soldato Point. Anche il generale Harada è sparito, e temo sia stato rapito. Chiedo che mi venga subito inviato un contingente di due gatti per spezzare l'infame disegno sovversivo. Vorrei inoltre sapere dal centro sperimentale, i motivi di questo comportamento aggressivo rattico, mai osservato in laboratorio.

(PS) Segnalo che i rivoltosi, avendo costituito un nucleo

clandestino, si sono addirittura cambiati i nomi, perché non vogliono piú essere chiamati come i tasti del computer.

LE CODE ROSSE

"Bisogna fuggire da questa nave," disse il topo che portava il nuovo nome di battaglia di Gas-Gas, "e bisogna fare fuori Yamamoto. Sentiamo le proposte, compagni."

"Anneghiamolo nell'acqua dei serbatoi," disse il topo Talete.

"Apriamo un portello e facciamolo volare in aria, nello spazio," disse Anassimene.

"Bruciamolo con la luce-laser, arrostiamolo nel fuoco," disse un topone scuro.

"Calma, Eraclito," disse il topo Democrito, "dobbiamo studiare la cosa nei piú piccoli particolari."

"Basta che ce ne andiamo di qua, e troviamo un piccolo posto tutto per noi," disse il topo Epicuro, "dove vivere felicemente e giustamente."

"C'è un simile posto?" disse Pirrone, "ed esiste la giustizia?"

"La giustizia," disse amaro il topo Trasimaco, "non è che l'utile dei potenti."

"Non dobbiamo aver paura," disse Zenone, "qualsiasi cosa accada, noi vorremo che accada!"

"Allora d'accordo," disse il topo Gas-Gas. "In nome di Apollo Sminteo e del suo tempio ove veniva adorato il topo albino, si dia il via all'opera di deumanizzazione della nave!"

Rapporto odierno. Situazione base Cuzco. Black out energetico di due ore. Rissa al villaggio minatori, dove gli indigeni invitati a far funzionare la dinamo d'emergenza si sono rifiutati di pedalare. È scoppiata una rissa: un eschimese ha ferito un soldato con un randello di pesce secco, e un altro militare è stato annodato con un colpo di lotta da un mongolo. Si richiede un invio supplementare di forze di polizia. Stasera è previsto il collegamento a trifotoni con la Proteo Tien. Dalle 20,24 alle 20,27, l'astronave si troverà nell'area coperta dal nostro satellite-antenna Sinatra uno. Tenetemi aggiornati sui movimenti striscianti e triforcuti del ministro Pyk. Firmato generale Plassey Phildys.

"Finito il tuo rapporto, Phildys?" disse Einstein, "è l'ora del collegamento?"

"Sí," disse Phildys, "da un momento all'altro dovrebbe apparire l'interno della Proteo."

Sullo schermo davanti a loro i numeri cominciarono a scorrere: dieci, nove, otto. Si sentí un tecnico dire a un altro: "cinquanta lingotti che non ci colleghiamo." Invece, attraverso milioni di leghe nello spazio, ecco apparire la faccia barbuta di Leonardus Kook.

"Collegamento riuscito!" gridò Phildys. "Evviva. Kook, puoi vederci bene?"

"Come se foste a un passo! Ehilà Fang!"

"Caro Leonardus," disse il cinese, "come va! E Mei? E Chulain?"

"Per favore," disse Phildys, "consumiamo un trifotone ogni venti secondi di collegamento, e ci costa una cifra. Chiusi i convenevoli. Kook rispondi: cosa pensi della ipotesi di Einstein che ti abbiamo comunicato?"

"Non so dare una risposta definitiva," disse Kook, "l'ipotesi che sotto quelle rovine ci sia qualcosa costruito da una civiltà aliena, è interessante: ma si è già parlato di 'influenze dallo spazio', per civiltà diverse da quella inca, senza argomenti decisivi per dimostrarlo. Per quanto mi riguarda, come esperto di energie ho analizzato con attenzione questo loro culto solare. Sicuramente c'è un rapporto strano che lega gli inca al cielo, e soprattutto al sole. Il sole è il loro Dio, è ciò che dà loro forza. In tutti i loro templi viene raffigurato come un grande disco d'oro, una faccia umana contornata da raggi. In questi templi la luce del sole cadeva su questo disco, dando a tutto un fulgore soprannaturale. Il culto era amministrato da una casta chiusa di sacerdoti, gran parte dei riti erano segreti. Ma non credo che questo basti per sostenere che adorassero di nascosto un disco volante, o un'energia misteriosa. C'erano anche riti aperti a tutti e la loro festa piú bella, Raymi, era collegata al solstizio d'estate. Alla fine della festa il sole veniva concentrato per mezzo di uno specchio concavo, per incendiare il cotone. Perciò quando nelle loro leggende si sente parlare di 'raggio che stermina' o di 'un uomo che sale piú alto del condor', possiamo pensare ai laser o alle astronavi, ma anche a cose piú semplici. Insomma, per me l'ipotesi degli alieni è debole: se fossero venuti, avrebbero lasciato tracce ben piú solide di queste. Cosa dice il computer a riguardo?"

"Il computer è abbastanza d'accordo con te," rispose Einstein, "però dice: attenzione: questi inca sono molto abili nel cancellare le tracce della loro storia."

"Quindi," disse Phildys, "non hai niente di nuovo da proporci, Kook. Peccato, contavamo su di te, ma a questo punto la soluzione può essere una sola: ci sono cinquanta chilometri di labirinti verticali e orizzontali là sotto: spazzeremo via tutto con una bomba e vedremo cosa salterà fuori."

"Non mi sembra un'idea geniale," disse Kook.

"È l'idea che sta passando in Federazione," disse Phildys, "e noi non possiamo farci piú di tanto. Il collegamento sta per finire, abbiamo ancora solo tre trifotoni... hai altre notizie da dare?"

"Come no! Grandi notizie," comunicò Kook. "Abbiamo trovato la sala segreta dei tuoi venti robot guerrieri e li abbiamo congedati."

"Come? Come hai detto?" Phildys balzò contro lo schermo, come se volesse entrarci dentro. "Kook, spiegati!"

"Caruso ha riciclato i robot," disse Kook, "è un vero artista nel genere. Ha tolto loro le armi e li sta trasformando per impieghi civili, carpentieri, aggiustatori. Adesso sono tutti di là in officina che cantano 'la naia è finita!' e 'borghesi!'"

"Kook, guai a te se osi fare una cosa simile!" gridò Phildys. "La tua è insubordinazione! Te lo dico senza mezzi termini: i robot hanno un telecomando da terra. Se tu non li rimonti come prima, te li faccio esplodere in faccia uno per uno!"

"Phildys ha ragione," disse Fang, "Kook, non dovevi disobbedire. Il tuo è stato un atto molto grave. E sarebbe anche piú grave se tu dall'astronave disinserissi il comando da terra dei robot, cosa che può essere fatta premendo il tasto 379 del computer. Ma, tu non commetterai certo un'azione simile!"

"Maledetto cinese," gli urlò Phildys, "le proibisco di leggermi il pensiero! Si occupi dei fatti suoi! Che cos'è questo rumore..."

"È il bip che annuncia che sono finiti i trifotoni, signore," disse il tecnico.

"Kook!" urlò Phildys, "stanno finendo i trifotoni, ma ne riparleremo! Te la farò pagare a terra! Giú le mani dai miei robot! Non permetterti... oh Cristo... è finito il collegamento!"

Sullo schermo friggeva ora un grigiore indistinto.

A Phildys non restò che prendere la solita revolverata di tranquillanti e guardare Fang che fischiettava e danzava su un piede solo.

"Senta, Fang," gli disse, cercando di mantenere la calma, "visto che ha combinato questo bel lavoro, almeno non ne parli con nessuno... è lei che ha avvertito telepaticamente Mei, vero?"

"Ci ho messo molto per leggere nella sua testa di quei robot," ammise Fang, "mi ero insospettito vedendole delle zone di pensiero schermate. L'hanno ipnotizzata, per non farle affiorare questa faccenda?"

"È... una procedura normale per i segreti militari."

"Chissà che bella libertà di decisione dovete avere, tra una ipnosi e l'altra," disse Fang, uscendo dalla sala, sempre saltellando.

Phildys si avvicinò a Einstein e lo apostrofò irosamente:

"Quel vecchiaccio mi fa impazzire! E tu, perché stai sempre zitto? Non sarà che sei passato dalla sua parte anche tu?"

"Che parte?" disse Einstein.

"Dai che lo sai, tutti parlano del tuo... spostamento verso il rosso, Einstein... si dice che tu stai diventando un pacifista e tratti questi indios come se fossero intoccabili... non sarai un po' stanco, Einstein?"

"Phildys," tagliò corto il ragazzo, "se vuoi farmi fuori, dimmelo subito."

"Non è questo, ma ti parlo fuori dai denti. Pyk lancerà in parlamento la proposta di un accordo con gli sceicchi. Se non troviamo qualche elemento nuovo da opporgli, la spunterà!"

"Troveremo qualcosa," disse Einstein risoluto, "andrò da Genius e lo imbottirò di nuovi dati. Troveremo quella fonte di energia, e la tireremo fuori senza bombe. E questo non perché lo dica Fang, ma perché sono convinto che è la soluzione migliore."

"E allora," disse Phildys, "sei d'accordo sul fatto che bisognerà bombardare la zona e convincere gli indios a lavorare anche con la forza?"

"Dammi due giorni di tempo," disse Einstein, "due giorni soli."

5.

VICINO AL CUORE

SI SCENDE

Quella notte nella sala operativa buia, Einstein dormiva, la testa china sul computer. Genius si divertiva a fare uscire file di ometti di carta da tutte le parti. Fang entrò silenziosamente, ma Einstein lo sentí e lo guardò subito sospettoso.

"Sei venuto per convincermi, Fang?" disse il ragazzo.

"No, Einstein. Sono qua per aiutarti."

Il ragazzo smise la faccia dura. "Allora fallo subito. Ho appena rimpinzato Genius di dati e gli ho chiesto: 'Mi vuoi dire che cosa c'è sotto questi labirinti?' Sai cosa mi ha risposto? 'Forse delle talpe col mal di testa.'"

"Beh, se non gli è tornata l'efficienza, almeno gli è tornato il buonumore!"

"Ma sí," disse Einstein, "facciamoci una bella risata! Siamo al gelo, ma i principi morali sono salvi. E mi raccomando, non mandiamo gli indios a scavare. I lavoratori non devono lavorare!"

"È di questo che ti volevo parlare, Einstein," disse il cinese, "ho parlato con Coya, poco fa. Mi ha detto che gli indios sono disposti a calarsi là sotto insieme a noi."

"A noi? A me... e a te?" chiese Einstein stupito. "Ma... non sarà pericoloso? Lí sotto è freddo... alla tua età... non ci sarà qualche difficoltà?"

"Quando si è giovani si trovano delle difficoltà, quando si è vecchi le difficoltà trovano te. Non mi tirerò indietro. Scenderemo per un punto delle chincanas che loro chiamano 'la bocca', vicino al Tempio del Falco. Ma nessuno dovrà saperlo. Sembra che debbano farci vedere qualcosa di molto segreto."

"Scenderò," disse Einstein entusiasta, "evviva la ricerca sperimentale sul terreno."

"Saggia decisione, piccolo drago! su, preparati. Entreremo nel labirinto a mezzanotte esatta!"

"Davvero?" disse Einstein. "Pensa, che strano! Anche la Proteo Tien oggi esce dal quadrante sedici e si tuffa nel Mare Universale, esattamente a mezzanotte. Neanche col computer, avresti potuto preparare una simile coincidenza!"

Kook a Mei

Cara Mei: ti stupirai, forse, di questa lettera che ti lascio sotto il cuscino. Domani ci tufferemo nel Mare Universale: potrebbe essere l'ultimo giorno della nostra vita: per questo, ho deciso di scrivere ciò che non ho mai avuto il coraggio di dirti.

Dal primo momento che ti ho visto, Mei, ho provato per te una strana sensazione: come se dal passato ritornasse qualcosa di conosciuto, come se nella tessitura dei pensieri razionali si insinuasse una mano che li diradasse, e rivelasse un paesaggio ormai dimenticato, il paesaggio dei sentimenti. Ebbene Mei, io non credo razionalmente nell'amore: credo che esso non sia che una serie di piccoli compromessi, di felici improvvisazioni con cui i due attori fingono che singoli bisogni, o attrazioni, abbiano un titolo piú nobile sul cartellone del teatro della vita. Un intellettuale e uno scienziato, tale io sono, non potrà, pur nell'abbandono, che riconoscere i segni di questa recita: un bacio non è l'apostrofo roseo tra le parole t'amo, oh, no! Un bacio è la firma a calce del contratto che ti impone di amare.

Questo il mio atteggiamento razionale. Ma nella vita, tutto è andato diversamente: una lunga sequenza di follie amorose. Cominciò con una compagna di banco: di nascosto, le mandavo bigliettini con poesie. Essa mi sorrideva. Le mandavo bigliettini con brevi racconti. Essa li accettava. Al secondo trimestre, le spedivo ogni giorno un quaderno con un romanzo su di lei in una decina di capitoli. Non mi sorrise piú.

All'università, ebbi una relazione con una giovane russa, allieva come me del Corso di matematica. Un giorno essa mi chiese: quanto mi ami? E io dissi "tanto" e spalancai le braccia. Lei disse che "tanto" era un'espressione numericamente ambigua e che io avrei dovuto portarle una dimostrazione piú precisa della grandezza del mio amore. Io le portai la seguente:

"Il mio amore eterno per te sarebbe esprimibile solo con una apertura delle mie braccia pari alla circonferenza del mondo al quadrato."

Essa ci pensò un po' su e poi mi dimostrò che la frase poteva essere matematicamente espressa cosí $A\ e$ (amore eterno) $= a\ mc^2$ (Apertura bracciale Mondo Circonferenza al quadrato).

Ma poiché le due "a" si potevano cancellare, in quanto termini uguali dell'equazione, restava

$$e = mc^2$$

Ovvero la formula della relatività. Il mio amore non era quindi né eterno né grande, ma del tutto relativo nello spazio e nel tempo. Ciò dimostrato, essa mi lasciò.

Dopo di lei conobbi una programmatrice di computer. Era una donna molto lucida e organizzata. Mi disse che aveva nove giorni di tempo per un'esperienza amorosa completa. Il primo giorno ci amammo, il secondo litigammo, il terzo ci ritrovammo, il quarto ci sposammo, il quinto ci tradimmo, il sesto ci riconciliammo, il settimo ci annoiammo, l'ottavo ci rendemmo conto che tra noi tutto era finito, il nono ci ritrovammo amici e pubblicammo la nostra esperienza su una rivista specializzata. Fu tutto molto spontaneo.

Da quel giorno, niente piú mi aveva avvicinato all'amore. Guardavo nel mio microscopio accoppiarsi e sdoppiarsi e rincorrersi amebe e cellule, e non mi facevano fremere gli oscuri legami amorosi che legano l'ape al fiore, e la luna nel cielo al tartufo sotterraneo e il sole al girasole, e l'istinto del salmone e dell'anguilla e la folle passione dell'orca per l'orco, e invano il mio maestro Fabre diceva, "su, via dai libri, vada fuori, Kook, è primavera: nella serra, in ogni fiore, c'è un'orgia. Chi riuscisse a inventare un motel per insetti, farebbe i milioni!"

Io restavo chiuso, nella mia capsula. Finché arrivasti tu! Ebbene sí, io ti amo! Vorrei vivere con te in una casa sul mare e insegnarti il nome delle stelle, e tu riempiresti le stanze di fiori ma non quella da letto perché i fiori consumano l'ossigeno, e potremmo avere un cane su cui fare esperimenti non crudeli si intende, e un bambino da crescere sano e intelligente e neodarwinista e andare sulla spiaggia al tramonto a studiare le maree e raccogliere sul bagnasciuga la patella longicosta e la pleurotoma babylonia. O angelo di questa astronave, accogli il mio amore e questa mia poesia (so che ami i fiori).

È Verlaine, il mio poeta preferito:

L'odore delle rose lieve
grazie al vento leggero d'estate

si fonde al profumo di lei

Addio mia cara, a presto!
Leonardo

Caruso a Mei

Ebbene sí, è mio, questo billet doux che, birichino, infilò sotto il tuo cuscino il suo capino. Domani si osa! Ebbene, perché aspettare ancora a dirti ciò che dentro mi preme, del mio cuore, del mio cuore il palpitar? Quando vi vidi, o Mei, provai la stessa emozione di quando vidi entrare in scena la Prochonskaia nella parte di Aida, sopra un trattore, nella regia di Kutusov al festival agricolo marziano. Il cuore mio rombò come un turbo. Ah, l'amore, l'amore è un dardo. E il bacio, non è forse esso l'apostrofo roseo tra le parole ti, apostrofo, amo? O Mei,
   o mia piccola Butterfly
perché aspetti Pinkerton che non torna mai
quando vicino Raimondi hai?
Ti piacciono, questi versi che ti dedico d'impromptu?
Oh, ben io ebbi infelici amori, o mio bene. Fu detto del melodramma: "Il melodramma è quella cosa dove il soprano e il tenore vogliono andare a letto insieme e il baritono non vuole." Ahimè, nella vita io spesso impersonai il baritono, e ogni volta arrivò qualche tenore a portarmi via l'osso. Ed io già ero rassegnato alla baritonale cavatina: tutti mi vogliono, tutti mi cercano / ma è il tenor che scoperà. Questo fino al momento! al momento celeste in cui
   (oh istante d'amore / oh dolce contento / soave momento che uguale non ha)
   io ti vidi. Soli eravamo, senza alcun sospetto, e io eseguii per te la Bohème, per sola voce e chiave inglese. E voi diceste: "Oh, che bella storia, e quanto triste; certo, in queste opere c'erano da temere, piú delle complicazioni sentimentali, quelle polmonari! La fine del melodramma certo venne con gli antibiotici!" E io sentii che avrei voluto riscaldarti la gelida manina e da lí passare a un riscaldamento di tutti i locali e sentii dentro a me quell'amore che palpita nell'universo l'universo inter misterioso misterioso eccetera. Ebbene, se tu non m'ami, ebben io v'amo:

ricco non sono
ma un cuor vi dono
un'anima amante che fida e costante
per voi sola sospira cosí
dall'aurora al tramonto del dí

e vorrei vivere con te in una casa col camino acceso e avere tanti bambini almeno dodici e ognuno suonerebbe uno strumento e al piú cretino faremo suonare il triangolo e al tramonto andremo sulla spiaggia e canteremo, io e te le arie piú immortali incuranti dei lazzi dei bagnini

e perdio
quando sarà mia moglie
da questi zerbinotti innamorati
metterla in salvo sarà pensier mio!

Questo, amor, ti prometto, in due righe di biglietto. Avrei voluto dedicarti una poesia di Verlaine, ma ieri non so chi mi ha fregato il libro. Ma tu rispondimi ti prego:

una frase un rigo appena
rispondi, ad amore con amore
amor ti vieta di non amare
e fa sí che oggi, in scena
finalmente anch'io possa
come tenor cantare

Addio, addio! Caruso Raimondi.

Sara a Caruso (pensieri)

*Parfoit aussi le dard d'un insect jealoux
inquietait le col des belles sous le branches*

Lo so. Non sono bella io. Bella ai tuoi occhi, intendo. Come si fa a fare una dichiarazione d'amore con due antenne pelose in testa e gli occhi a cellette? Eppure, in qualsiasi giardino, la mia bocca a tromboncino, il mio addome panciuto, farebbe girare la testa a piú di un apone. Ma che speranza ho di piacere a te, e anche se ti piacessi, cosa potrebbe succedere tra di noi, se una tua semplice carezza ogni volta mi fa rischiare la vita? No, sarebbe impossibile: già mi immagino, nascosta nella camera, a spiare le tue telefonate o i tuoi incontri, già immagino il tuo imbarazzo nel dovermi presentare agli amici. Che vantaggi avresti? Sí, forse non dovresti pagare due biglietti per il cinema, non costo molto in pellicce, ma è poco: troppo poco, perché un uomo ami un'ape. Eppure, io credo che l'amore impossibile sia l'amore piú forte: e per questo, ti resto vicino. Mi basta guardarti, quando la mattina ti alzi, e ti fai la barba cantando, e io, ancora un po' addormentata tra i tuoi capelli, mi pulisco le ali, e mi preparo al primo volo. Sí, lo so. Sei buono con me. Facciamo un buon lavoro insieme. So stare al mio posto. Tu neppure immagini, che ci possa essere posto per un sentimento, dentro questi pochi millimetri sospesi in aria. Pensi, forse come il tuo Voltaire: "Nessun animale all'infuori dell'uomo conosce quelle strette in cui tutto il corpo è sensibile, quei baci in cui le labbra gustano la voluttà che mai non si stanca." Hai mai visto la danza d'amore delle gru, hai sentito il richiamo d'amore delle balene? Sai che l'orchidea simula con i suoi colori e le sue forme il ventre della femmina, perché il bombo maschio venga ad amarla? Sí, noi siamo davvero "amanti" dei fiori. Perché non potremmo amare anche gli uomini? Ah, se tu sapessi guardare, ascoltare!

Io conosco le meraviglie di ogni fiore, vedo le stagioni entrare e uscire da lui, e cambiarne gli abiti e le stanze: ho viaggiato dentro i campi di grano, e nei labirinti incandescenti delle turbine: e ho visto paesi e luoghi che neanche tu immagini. Ma perché, continuare a parlare! Che nessun dubbio ti tormenti, nello studiarmi, nel catalogarmi, classificarmi in qualche sottoclasse d'insetti, nelle tombe di vetro del tuo ordine. Un giorno, chissà, forse, te ne andrai, da questa terra che non sembri amare. Ebbene, quel giorno, noi continueremo a vivere anche senza di te, come è stato per milioni di anni.

Chulain a Mei

Cara Mei. Sono il tuo Chulainone. Domani si balla. Chissà se caveremo fuori la ghirba, bella mia. Beh, te le devo dire. Sono cotto di te! Farei qualsiasi cosa per te. Anche girare con un kimono tutto a garofani, anche andare al cinema a vedere quei film con Biancaneve che canta e gli animalini assortiti che fanno il coretto. Cara Mei, ho visto di tutto in cento anni di spazio, senza battere ciglio. Ma quando l'altra sera ti ho vista chinare con quel chimono con lo spacco, per me è stato come il big bang!

Mei, io non so scrivere lettere d'amore. Oggi, quando abbiamo ristrutturato i robot guerrieri e tu li dipingevi a fiorellini, io soffrivo un po'. Ebbene sí, siamo un po' diversi, tu ed io. Io son nato in strada, in un quartiere dove, se non sapevi usare il coltello non arrivavi alla prima comunione. Ma so anche essere carino: cosí ti dedico una favola: è la favola che mio nonno Doc Lametta mi raccontava per farmi addormentare. Non è una gran bella favola: ma è l'unica che so. Ciao bellissima.

Il tuo tigrotto Chulain.

LA FAVOLA DI NONNO DOC:
CAPPUCCETTO NERO

Cappuccetto Nero era una sgarzola di tredici anni che viveva a Harlem con una mamma rompipalle. La mamma puliva i pavimenti da Ronnie, il locale chic per pescecani, dove si sniffava coca a tutto andare e gli spacciatori sudavano piú dei camerieri. Bene, a fine serata la mamma di Cappuccetto puliva la moquette con l'aspiratutto e ci trovava dentro un bel mucchietto di coca e lo portava a casa. Dovete sapere che Cappuccetto aveva anche una nonna cieca, ex-sassofonista di jazz, che viveva da sola con un canarino, e tutti e due tiravano coca come mantici, la nonna addirittura se la sparava nel naso con il sassofono, il canarino ci si infarinava dentro e poi cantavano insieme *I get a kick of you* e svegliavano tutto il palazzo. Ogni settimana Cappuccio Nero doveva attraversare tutta Harlem per portare la coca alla vecchia, se no quella dava di matto e andava a suonare il sax per strada col canarino che teneva il piattino in bocca (era un canarino robusto) finché qualcuno non le dava una dose se la smetteva, perché la nonna con l'età era un po' rimbambita e suonava il sax sbagliato tenendo in bocca la parte grossa e non era un bel vedere.

Ma non divaghiamo. Una notte la mamma dice a Cappuccio: vai a portare la roba alla nonna, ma occhio a Lonesome Wolf, Lupo Solitario, che l'ho visto bazzicare da quelle parti. Lonesome è un ragazzo che spaccia di tutto, anche lamponi se c'è mercato, e ha una fedina penale che sembra un elenco del telefono. Cappuccio Nero se ne va nella notte e non ha paura, perché è una piccola negretta di tredici anni, ma ha in tasca un serramanico che sembra una tavola da windsurf.

Ed ecco che alla 44ª Strada esce dal buio Lupo Solitario e le si piazza davanti e fa sfavillare le zanne nella notte e dice:

"Di', sorella, cosa porti in quel canestrino? Focaccine?"

"Perché non ti fai i cazzi tuoi, lupo," dice Cappuccio, e gli molla un tal calcio là dove dondola che Lonesome tira fuori dalla gola i tre litri di whisky e il pasticcio di maiale della colazione.

"Ehi, piccola," fa Lonesome, "pesti duro. Ma stai calma: non voglio fregarti la roba. Ho un business da proporti. Senti, facciamo fuori la vecchia, e ogni volta che ma' ti dà la roba, ce la teniamo noi. Io te la piazzo, facciamo a mezzo e quando abbiamo un po' di soldoni da parte, andiamo in Florida e apriamo un chiosco di frullati. Cosa ne dici?"

"Cazzo, Lonesome," disse Cappuccio, "c'hai un bella nuca. Non ti facevo cosí tosto. Ci sto."

Ed ecco che si presentano alla baracca della vecchia, che è lí in vestaglia sul letto che sbrodola corn-flackes dappertutto e si sta mangiando la sua pantofola spalmata di burro, piú cieca che mai.

"Sono qua, nonnina," disse Cappuccio.

"Vaffanculo, Cappuccio," bercia la vecchia, "ti sei fermata a fare sbattipanza con qualche sifilitico per strada, che arrivi solo adesso? Un altro po' e mi sniffavo del detersivo, dal gran che sono in down. Molla la neve, stronza."

Il lupo, che pure non frequenta delle duchesse, ci resta secco al fraseggio della nonna. Per di piú il canarino gli caga in testa.

Allora il lupo si avvicina al letto della nonna con una sciarpa in mano per darle una tirata di collo.

"Sei tu, stronza?" dice la vecchia, allungando l'artiglio, "qua la roba. Ma... che puzza di piedi che fai."

"Ho camminato molto," dice il lupo, facendo la vocina da disco-music.

"Sarà," dice la vecchiaccia, tastandolo, "ma cosa cazzo sono queste due gran basette a spazzolone."

"È l'ultima moda newyorchese, nonna," squittisce il lupo.

"Ah sí?" continua la megera, "e queste spalle qua dove le hai messe insieme?"

"Faccio un sacco di flessioni, nonna," dice il lupo, e si prepara a darle una bella strizzata.

"Ah sí?" dice la vecchia, "e questo cos'è, un regalo?" E agguanta il lupo sempre lí dove dondola, e gli dà una bella tirata e Lonesome ulula come dieci ambulanze in processione.

Poi la nonna tira fuori una berta da sotto al cuscino, e inizia a sparare a mitraglia, il lupo ulula dal male, Cappuccio cerca di svignarsela con la roba ma il canarino le gnocca un occhio con una beccata, si sveglia tutto il condominio, finché arriva un pulismano di ronda grosso che sembrano tre distributori di coca cola uno sull'altro. Dice:

"Che cazzo succede qua! Ci si sollazza?"

"Come no," dice Cappuccio, "e tu non vuoi tirare un po', pulone?"

Iniziano a sniffare come bracchi. Poco dopo arrivano due

soggetti rasta in pigiama con una bottiglia di gin, e un casino di portoricani con i bidoni da suonare. La vecchia prende il sax e sta per suonare *Blue Moon* alla rovescia ma il rasta le versa dentro tutta una bottiglia di gin e la stende per qualche ora. Cappuccio Nero se li passa tutti uno alla volta e poi c'è una gran scazzottata perché un portorico si è rimesso due volte nella fila e il poliziotto è cosí fatto che si chiava anche la nonna dicendo sono sempre stato un suo fan signora Liz Taylor e nella confusione un portorico si fa uno spiedino col canarino e Cappuccio si incazza e fanno di nuovo a botte e arrivano altri dieci o dodici sconvolti e anche un bonzo, insomma alla mattina alle otto Cappuccio si presenta a casa proprio alla frutta con una faccia come un vampiro col collasso.

"È questa l'ora di tornare a casa, troiaccia?" dice la mammina, "dove sei stata?"

E Cappuccio le racconta una favola.

Generale Yamamoto - Missione Zuikaku
Da: Saito, comando missione
Situazione da voi descritta sulla nave molto grave. Troppo
tardi per inviare contingente gatti, ma siete autorizzati a usare
tutte le armi speciali a vostra disposizione contro la rivolta, e per
vincere la corsa spaziale. In quanto al motivo dello strano comportamento dei topi, vi allego la seguente nota pervenutami solo
oggi.
Dai laboratori per personale da volo Sansui, sezione "soldati
grigi".
"Dopo attento controllo del dossier genetico dei topi inviati
in missione sulla nave Zuikaku è risultato che, per un inspiegabile errore, sono stati imbarcati due topi appartenenti a un altro
settore, quello riproduzione. I topi in questione, precisamente
quelli erroneamente chiamati And e Tab, sono di sesso femmini-
le e i loro veri nomi sono Climene e Clori. La presenza di due
tope sulla nave potrebbe aver scatenato meccanismi imprevisti
nell'equipaggio, suggerendo ai ribelli la scelta di fondare una co-
lonia indipendente. Consigliamo pertanto di tenere costante-
mente sotto controllo la rivolta."

"Deciso allora," disse Coyllar, "domani sera. Il concerto inizierà alle dieci. L'attacco alle dieci e trentaquattro. Qualche dubbio?"

"Sí," disse Lorina, "la nostra azione di domani ha un effettivo riscontro nelle masse? O siamo isolati?"

"A un milione di chilometri dalla terra," disse Vassiliboyd, "questa è una domanda a cui non è facile rispondere."

"Io ho una sorella, sulla terra," disse Coyllar, "si chiama Coya. Un giorno ci dividemmo: lei preferí restare con la nostra gente, a lottare sulla terra, io decisi di affrontare il nemico sul suo terreno, quello della tecnologia, del sapere. Ebbene, io non ritengo di avere abbandonato il mio popolo. Ho incontrato indios dappertutto, in questo inferno, in queste guerre."

"Eppure," disse Alice, "dovrebbe esserci il modo per ribellarsi tutti insieme. Forse, se si annunciasse tutto con manifesti, come per i concerti, se si usassero un po' di effetti speciali, con l'annunciatore che sale sul palco e urla 'e ora ragazzi, per la prima volta qua nella nostra città, le avanguardie combattenti!' e tutti accendono un cerino..."

"Sentite," disse Vassiliboyd, "posso farvi una domanda? Perché mai avete scelto di mascherarvi da gruppo musicale?"

"All'inizio non era una mascherata. Io credevo che la musica potesse essere un'arma formidabile per fare pensare la gente," disse Alice, "poi cambiai idea. Ti ricordi la guerra dei dischi?"

LA GUERRA DEI DISCHI

Sono baby faccia di topo
sono nata con la maschera antigas
qua al livello diciotto
vuoi sapere che faccia ho sotto?
baciami e lo saprai
e dopo morirai.

215

Vi ricordate questa canzone? Fu prima in classifica tutto l'anno, quando cominciai a suonare io. Due furono allora i grandi avvenimenti della scena musicale. Il Controllo Sessuale e la guerra dei dischi. Il Controllo Sessuale lo conosci, anche se ammorbidito, è ancora in vigore. Era proibito avere figli, senza permesso governativo. Tutti gli atti sessuali dovevano essere inoltre denunciati, in quanto socialmente pericolosi per il rischio di contagio radioattivo, e soprattutto perché si temeva che una sessualità eccessiva potesse distogliere dal Grande Piano di Ricostruzione del dopoguerra. Per questo, la musica e la folla dei concerti erano la migliore occasione per avere rapporti clandestini. Io cominciai ad andare ai concerti solo per poter trovare qualche nuova vibrazione, per scopare, insomma. Ma ci fregarono tutti quando inventarono l'Alveare Morale. L'Alveare era una struttura ad anfiteatro, tutta a cellette trasparenti. Ogni celletta aveva un numero, corrispondente al biglietto. Tu dovevi entrare a seguire il concerto nella tua celletta, dove venivi chiuso a chiave, da solo, fino alla fine. Era proibito uscire: si doveva applaudire almeno tre volte o si veniva puniti con una forte scossa elettrica. Questo però non piaceva a tutti, e cosí cominciarono i concerti clandestini, nelle stazioni di metrò abbandonate, in vecchi ruderi sepolti nella neve, in igloo abusivi. Nacquero complessi leggendari, come le Satananà e i Bobi Lapointe in Francia, i Trogn Zikh a Praga, i Drei Zigeuner in Germania, i Man and Mo di Pechino, i Vendetta Metalmeccanica italiani, i Fladdermoss svedesi, i Pestilence inglesi, i Cabo Roto spagnoli. Io studiavo e suonavo sax, bisax, trood, e moog elettronici. Il gruppo con cui cominciai erano i Mauna Loa sound: quattro negri che suonavano tamburi, un irlandese che faceva esplodere dinamite, un coyote ammaestrato e io che suonavo un organo da chiesa trovato in una cattedrale abbandonata. Il nostro primo concerto, alla Gare d'Orleans, fu un successo. La prima carica di dinamite ammazzò nove spettatori, e svegliò migliaia di pipistrelli che cominciarono a volare dappertutto impazziti. Il coyote attaccò un assolo di ululo di coyote, un pezzo che si chiamava *Vieni giú se hai il coraggio, luna*. Il pubblico cominciò ad agitarsi mica male, e alla fine anche tutti i pipistrelli si attaccarono buoni buoni al soffitto e si misero a stridere a tempo, "ui-ui-ui"! Peccato che quel concerto fosse pieno di bastardi e spie. I nostri nomi furono subito comunicati al Controllo Discografico e la sera stessa i poliziotti con la divisa a lustrini del Rock Control circondarono la nostra tana. Ci sorpresero nel sonno: catturarono tutti, solo io riuscii a scappare, lanciandomi da una finestra. I miei compagni furono lobotomizzati e trasformati in un'orchestra di cha-cha-cha per le crociere arabe.

L'anno dopo suonai con gli Invisibili. Non sapevo chi fossero gli altri membri del gruppo. Ogni settimana mi arrivava una comunicazione: "Trovati ai Grandi Magazzini Metro, alle 9 di sera." Dopodiché, mimetizzati tra la folla, iniziavamo il concerto. Di regola, facevamo improvvisazioni usando come base ritmica i rumori di luoghi molto affollati. Il nostro primo disco pirata di un certo successo fu *Natale è bestiale* concerto per fiati, batteria e rumore degli acquisti natalizi all'emporio Lafayette di Parigi. Io suonavo il sax nascosta nel gabinetto. Ma il disco pirata che ci lanciò fu *Tutti al muro*, in cui noi improvvisavamo jazz per venti minuti durante una rapina alla Banca di Stato. Il disco finiva con due raffiche di mitra: solo io e il batterista ci salvammo. Quell'anno però, ci fu il Grande Cambiamento di Giro Armonico. Ormai i dischi clandestini erano troppo popolari, e commercialmente sfruttabili, e perciò la musica fu nuovamente liberalizzata. In realtà, ne restarono sempre padroni gli stati, attraverso le grandi multinazionali del disco. Le case discografiche piú importanti erano due: la One, degli Sceicchi, e la Eno, dei giapponesi. A capo della One c'erano Mick Jagger e Muhammed Paul Mac Cartney: i due ex-musicisti, benché fossero entrambi ultracentenari, erano ancora attivissimi. La One rappresentava la vecchia guardia, il revival, la musica elettronica, a prevalente componente umana. L'altra grande casa era la Eno: la guidavano C bemol e D diesis, due computer giapponesi del modello creativo, fautori della musica piú avanzata: musica in pillola, musica su stimolazioni sensoriali, musica materica, musica ipnotica. Tra questi due colossi resistevano altre piccole case discografiche e generi musicali: c'era ad esempio l'Aida records, la preferita dei teppisti lirici, giovani che si aggiravano nei metro vestiti da Radames, da Walchiria e da Conte d'Almaviva, cantando a squarciagola quartetti e romanze. Poi c'erano i Beet, fanatici beethoveniani che si trovavano la sera nei Beet club per scatenarsi al suono delle nove sinfonie. C'erano i Do, seguaci del compositore tedesco Kurt Storen che diceva che solo il do è una nota musicalmente espressiva, e componeva tutte le sue opere su questa unica nota: c'erano gli Aironi, che ascoltavano solo dischi con canti di uccelli, c'erano i Turbos che dicevano che nessuna musi-

217

ca può eguagliare il rombo possente di un motore. Appena la liberalizzazione aprí nuove prospettive al mercato, la guerra dei dischi iniziò. Come sempre in queste cose, nessuno ha mai ammesso di avere incominciato. Ma tutto fa credere che sia stata la Eno ad aprire le ostilità: fu lei, per prima, a far fuori i cantanti della concorrenza.

Ricordo il primo episodio, a cui ero presente anch'io, il concerto di Edgard Allan and the Poe. Allan era un musicista di Boston che faceva un rock cupo, decadente, con grandi sprazzi di ironia e inventiva. Con lui suonavano quattro mutanti esangui: Lorre, Price, Lee e l'organista Berenice.

Quella storica notte, Allan suonava alla cripta del "Gatto Nero", una catacomba da seimila posti. C'era tutta la newwave gotico-tubercolotica e dandy-corsaro-vampiresca del momento, giovanette e giovani pallidi che tossivano con affettazione. Edgard Allan salí sul palco col mantello nero svolazzante, il volto bianco come un morto, e appena la sua chitarra di marmo intonò le prime note del suo hit *Raven*, imitando il verso del corvo, tutto il pubblico levò in alto le mani guantate di nero, proprio come le ali di corvo e iniziò a rispondere in coro: "Mai piú, mai piú." Proprio in quel momento, successe la catastrofe. L'amplificazione del concerto era della casa Usher, dodici amplificatori a forma di bara da una tonnellata l'uno. D'un tratto, crollarono tutti insieme sul palco, schiacciando Allan, e da lí rotolarono sugli spettatori: ci furono scene orribili di panico, la cripta prese fuoco, morirono seicento persone. La Eno accusò subito la One di non aver rispettato le misure di sicurezza; la One accusò la Eno di aver fatto lei saltare gli amplificatori, con una carica di esplosivo. La guerra dei dischi era cominciata.

Due giorni dopo a New York, a un concerto Eno di musica di pillole i seimila spettatori attendevano l'effetto garantito (sensazione di relax, aumento del tasso metabolico basale, diminuzione della resistenza elettronica nella cute, e dell'alcalinità nella saliva). Furono invece tutti devastati da un attacco di diarrea che per alcuni fu addirittura fatale. La One sfruttò subito l'accaduto diffondendo lo slogan: la musica Eno fa cagare. La Eno scoprí che le pillole erano state sostituite con purganti e la rappresaglia non si fece attendere: il bassista dei Parsifal, numero uno delle hit-parade della One, fu trovato impiccato a una corda del suo contrabbasso. La sera stessa durante un concerto a Londra il celebre jazzista "Kid" Mangoosta fu ucciso da un cobra schizzato fuori dal suo sax. La rappresaglia della One fu terribile: un aereo bombardò la fabbrica di organi elettrici Yamaha, e a seimila robot pianisti pronti per concerti in un magazzino furono svitate le mani.

Ma il colpo piú terribile per la Eno fu la morte di Micro Minstrel. Micro era considerato il poeta della musica materica: tramite un computer di sua invenzione, egli era in grado di trasformare in musica qualsiasi ritmo interno o sequenza della materia: da quella della catena di amminoacidi, al movimento delle particelle nei gas, ai diversi ritmi cardiaci. Tra le sue opere piú conosciute *Glicemia* una dolcissima composizione tratta dalle variazioni zuccherine in un malato di diabete, al famoso concerto *Viaggio del bolo alimentare*. Il suo capolavoro era però la sinfonia *Influenza*, che narrava la storia di un gruppo di virus, dal loro ingresso nell'organismo, (andante) alla loro lotta con gli anticorpi (andante con brio) all'arrivo degli antibiotici (marcia trionfale) e al ristabilimento della salute nel corpo (il bellissimo adagio della convalescenza). Ebbene Micro Minstrel fu orribilmente ucciso: mentre stava componendo un concerto per oboe e succhi gastrici, sentí alcune tremende stonature: cadde in preda ai crampi e capí troppo tardi di essere stato avvelenato.

Fu in questo clima di guerra, che io fui chiamata alla One: c'era bisogno di gente nuova per i concerti; ormai fare il musicista era rischioso e parecchi si ritiravano. Io avevo appena fondato la Dzunum, un gruppo di undici donne, tutte tastieriste. Suonavamo rock pacifista sul "treno", un organo a seicento tasti lungo vari metri. Una mattina mi piombarono in casa alcuni omacci con la divisa da "angeli" della One, e mi dissero che qualcuno dei loro capi voleva vedermi. Dapprima ero un po' spaventata, poi meravigliata. La sede della One era un gigantesco disco volante nero. Quando mi ci portarono, volava a seimila metri di altezza sopra il polo nord. Con mia grande emozione, mi accorsi che mi stavano portando al cospetto delle loro Santità. L'interno della One era una cattedrale. Le pareti erano tutte affrescate con scene dei vecchi concerti dei Beatles e dei Rolling Stones, e dai vetri colorati sorridevano i grandi del passato da Chuck Berry a Presley, da Bowie a Kimoko. Ai lati, c'erano i sepolcri dei Beatles e dei Rollings, con i corpi perfettamente conservati negli abiti di scena. Jagger e Mac Cartney mi attendevano in una piccola saletta che era la ricostruzione di un appartamento inglese della fine del novecento, con il caminetto, un vecchio stereo giapponese e quadri di Warhol alle pareti. Mac Cartney stava davanti al camino, ricantucciato sotto una coperta a scacchi scozzese. Era un vecchietto grassottello completamente sordo e anche un po' rimbambito. Jagger gli urlò cinque o sei volte il mio nome, e tutte le volte lui chiedeva "è l'infermiera per la puntura?" e voleva tirarsi giú le braghe. Jagger invece, era secco secco: si appoggiava a un bastone e aveva una parrucca un po' ridicola, ma gli occhi erano ancora vivaci. Mi disse che avevano grandi progetti su di me: volevano lanciarmi in un concerto al Colosseum di Roma, e farmi un contratto per dieci anni. Non riuscivo a capacitarmi di questo incredibile interesse nei miei confronti: ma un contratto con la One era il sogno di ogni musicista: perciò firmai subito.

"Bene, ragazza," mi disse Jagger, "hai fatto bene! Bisogna prendere al volo le occasioni, finché si è in tempo!" Mi sembrò, mentre parlava, che una luce diabolica si accendesse nei suoi occhi. Mick fu comunque molto carino con me, mi invitò a cena, poi nel suo appartamento. Cominciò a parlare dei suoi ricordi e mi volle suonare *Satisfaction* con la chitarra e ballare, e gli venne l'affanno, poi si mise a piangere ricordando alcuni suoi concerti, e di colpo mi si addormentò sulle ginocchia. Lo misi a letto, gli rimboccai le coperte, e stavo per andarmene. Fu allora che vidi sul tavolo una cartellina con la scritta "progetto Dzunum": c'erano dentro diversi fogli fotocopiati. Per curiosità, ne presi uno ma dimenticai di leggerlo: non ebbi piú un attimo di respiro; iniziammo subito le prove, e solo tre giorni dopo eravamo già nel camerino, attendendo di entrare in scena per il concerto. Ci sentivamo tutte molto eccitate: era veramente incredibile, da un momento all'altro, passare dal pubblico del metrò ai duecentomila spettatori del Colosseum. La One aveva fatto le cose in grande: "Un concerto che non dimenticherete," era scritto nei manifesti, "un concerto forte per un pubblico forte". E dappertutto c'erano le nostre foto: eravamo undici belle ragazze e facevamo un certo effetto, con le nostre tutine fosforescenti. Mi ricordo che solo una di noi, Patti, era un po' cupa.

"C'è qualcosa che non capisco," diceva, "troppa fortuna in una volta!"

Ma era troppo tardi per avere dubbi. Cosí lasciammo il camerino e ci trovammo all'entrata del palco del Colosseum. Ricordo che mi mancò il fiato. Vidi sopra di noi, tutto intorno, nella ricostruzione dell'antico monumento romano, duecentomila persone scatenate: il loro urlo era la cosa piú paurosa che avessi mai sentito. Mick Jagger salí sul palco e caricò il pubblico gridando: "Ragazzi! Era da tempo che si aspettava qualcosa di nuovo nella musica: e ora quel qualcósa è arrivato: oggi vedrete veramente di tutto: undici splendide ragazze sfideranno i pericoli dei boia della Eno con un concerto eccezionale: musica e rischio per voi con le Dzunum!"

Le parole di Jagger mi fecero rabbrividire: solo allora, mi ricordai del foglietto. Mentre le mie compagne provavano lo strumento, (ci volevano due minuti per accordarlo) con una scusa tornai nel camerino: e lí lessi la verità.

Segretissimo: da direzione Eno a direzione One. Progetto Dzunum.

Abbiamo letto la Vostra proposta con interesse. Anche noi abbiamo notato che da quando nei nostri concerti c'è la possibilità di veder morire in modo violento il musicista, il pubblico è molto aumentato. Sappiamo che ad esempio l'ultimo concerto di Killer Coltrane, in cui il cantante non ha subito attentati, è piaciuto poco e la vendita dei suoi dischi è calata, mentre vanno forte tutti i dischi dei cantanti uccisi. Conveniamo inoltre che la vendita di poster, biografie, gadgets e reliquie dei cantanti morti, è un grosso fatto commerciale. Siamo perciò d'accordo che bisogna far cessare questa stupida guerra tra di noi e unirci per sfruttare queste nuove possibilità del mercato. Continueremo perciò a far credere che la guerra sia in atto tra di noi, ma in realtà pianificheremo una serie di concerti con fine tragica, secondo un piano organico di marketing. Siamo disposti a fornire i killer e i mezzi per portare a buon exitus i Vostri concerti, e contiamo su di Voi per analoga collaborazione. In merito al concerto delle Dzunum, conveniamo che vedere undici belle donne in pericolo di vita sarà per il pubblico particolarmente eccitante: a questo proposito, le assicuro che il nostro Servizio Sabotaggi ha predisposto, per questo Concerto, una sorpresa di particolare spettacolarità e sanguinosità. Con la speranza di una sempre maggiore e fattiva collaborazione tra le nostre ditte. La musica è una sola! Cordiali saluti.

Firmato C bemol, direttore generale Eno Music
D diesis, condirettore.

Allora capii tutto: capii perché nei giorni precedenti al concerto ci avevano tenute sempre segregate, il perché delle occhiate strane dei tecnici, perché tanta eccitazione nel pubblico. Molti sapevano già che le Dzunum avrebbero fatto una brutta fine! Mi precipitai per avvertire le compagne, e con orrore, vidi già alcuni addetti con in mano pacchi di poster listati a nero, pronti per la vendita. Cercai di tornare sul palco, urlai: "Scappate! è una trappola!", ma due "angels" della One mi sbarrarono la strada e mi bloccarono. Cosí dovetti assistere, impotente. Mentre le mie compagne suonavano il primo pezzo, improvvisamente da una porta laterale entrarono undici bestioni: undici omacci metà gladiatori e metà giocatori di football, con la scritta "Lions Eno" sulla maglia. Erano armati di scarponi chiodati e chitarre elettriche rostrate. Massacrarono le mie compagne una per una. Il pubblico era in delirio, e lo speaker urlava: "Musica, sport, violenza! Solo la One può darti questo tutto in una volta!" Riuscii a divincolarmi, e fuggii mescolata al pubblico. Da quel giorno ebbi un solo pensiero: vendicare le mie compagne. Giorno e notte cercai il modo. Poi conobbi Coyllar e le altre e, studiando le frequenze del suono del moog, trovammo l'idea, l'arma perfetta. Ed ora l'arma è pronta, e l'impero degli Sceicchi sta per ascoltare il concerto finale!

Il sibilo della bufera copriva le voci, impennate di vento gelide sollevavano in aria ventagli di neve. Einstein staccò l'orecchio dalla radioricevente.

"Sono entrati," gridò forte a Fang, "hanno fatto il tuffo nel Mare Universale quattro minuti fa! Adesso dovranno fare tutto da soli."

"Anche noi," disse il cinese.

Einstein guardò in giú, lungo la scalinata ripidissima, tagliata nel ghiaccio, che portava a una stretta cengia sospesa sul burrone. Sulla cengia alcune torce luminose, tremolanti, incendiavano lo strapiombo di un ballo di fantasmi. Il ragazzo sentí la testa girare.

"Si va all'inferno," disse, "coraggio, Fang."

Scesero con prudenza lungo la parete, verso la luce delle torce. Gli occhi degli indios li attendevano, unica cosa visibile sotto i cappucci. Sopra le tute gli indios portavano fasce e cappelli coloratissimi, una sfida al bianco dell'abisso. Dallo sguardo, Fang riconobbe Coya, Catuilla, Aucayoc e Nanki, l'eschimese. Ma c'era anche un'altra persona: un vecchio che, nonostante il gelo indossava solo un poncho grigio. Si avvicinò a Fang, portando qualcosa tra le mani.

"Io sono Huatac," disse solamente, "e noi ci siamo già conosciuti."

"Sí," rispose Fang.

"Io possiedo una cosa," disse il vecchio indio, "che da molti anni e dagli anni dietro gli anni, è stata custodita dalla mia famiglia. La montagna mi ha detto di consegnartela." Huatac la mostrò: era un quipu di cordicelle bianche. "Questa, nodo per nodo," aggiunse, "ti porterà al nodo piú grande, le quindici porte. Poi dovrai proseguire da solo."

"È un compito molto difficile," disse Fang, "non so se ne sarò all'altezza..."

"Andate," disse brusco il vecchio, guardando in su, verso l'orlo dell'abisso, "non c'è molto tempo. Molte cose stanno per succedere."

Un'onda di vento fece risuonare il burrone di una nota profonda, come un'invocazione dolorosa. Il vecchio risalí la scalinata e la sua ombra, per un attimo, si incrociò con quella di Fang che la luce delle torce lanciava verso l'alto. Poi Huatac sparí.

"Non capisco," disse subito Einstein, "cosa sono le quindici porte?"

"Non sei ancora davanti al mistero," disse Coya, "e già non capisci? Apri, Aucayoc."

Solo allora Einstein notò che, incastonato nella parete c'era un monolito e, con una lancia, l'indio stava facendo leva in una fessura. Il grande masso girò su se stesso, rivelando una apertura buia.

"Accidenti," esclamò Einstein, ammirato, "questa è alta ingegneria! Sono come le parti ruotanti del Pyraminx della Federazione!"

"Dentro!" intimò Aucayoc, autoritario, "qualcuno potrebbe vederci."

Pochi istanti dopo, il masso fu richiuso alle loro spalle, e Einstein ebbe paura. Le torce illuminarono una grande sala di pietra dal soffitto basso. In fondo, si aprivano quindici porte trapezoidali. Ognuna mostrava un cunicolo buio.

"Questa," spiegò Coya, "è la parte meno conosciuta delle 'chincanas', i labirinti del mistero. Molte persone in passato hanno cercato di percorrerla, perché si dice che qua siano nascosti grandi tesori, statue d'oro, interi corridoi laminati d'oro. Ma solo uno, dei mille che vi entrarono, ne è uscito. Aveva in mano una spiga d'oro, ma era impazzito dal terrore; nessuno riuscí a farsi raccontare cosa gli era successo."

"E gli altri mille?" chiese Einstein.

"Li incontreremo," disse Catuilla, cupo, "ora Fang deve dirci dove andare!"

"Ho guardato il quipu," disse il cinese, "è fatto di quindici corde, su ogni corda c'è un nodo. È evidente che questi nodi ci devono guidare attraverso il labirinto."

"Non è molto difficile," disse Einstein. "Basta unire i nodi con una linea, da quello piú alto al piú basso, giú fino a quello grosso in fondo. Quindici corde, quindici entrate, quindici direzioni. Non mi sembra una gran magia, è un problema enigmistico elementare."

Fang, iniziò a tracciare il percorso indicato dai nodi su un foglio. Alla fine, la linea visibile fu questa:

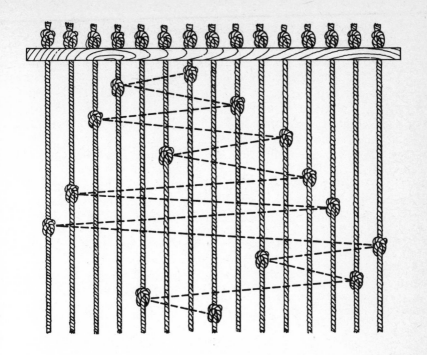

"Sembra," disse Fang, "che dobbiamo entrare dalla settima apertura, e passare due corridoi, poi scendere verso la quarta direzione. Andiamo!" Chinandosi, si infilarono nel cunicolo. Davanti camminava Aucayoc, con la torcia piú grossa, dietro Fang con la mappa, poi Coya, Nanki, Catuilla e per ultimo Einstein, che cercava di non staccarsi neanche di un centimetro dalla robusta schiena dell'indio. Il cunicolo scendeva sempre piú ripido, per poi gradatamente allargarsi. Passarono due cunicoli laterali, e si trovarono di fronte a un pozzo proprio in mezzo al pavimento della galleria.

"L'enigmistica si complica," notò Einstein, "ora è per i solutori piú che abili."

"Il labirinto scende di livello," disse Fang, "comunque, questo è il nodo per cui passare, secondo la mappa."

"È cosí," disse Aucayoc, infilandosi con decisione nel pozzo, che aveva una ripida scalinata a chiocciola.

"Un momento," disse Einstein. "La cosa è piú complicata di quanto credessimo! Aspettate un attimo, pensiamoci su..."

Ma non appena vide Catuilla sparire nel pozzo, si lanciò giú come una talpa.

Dopo qualche metro, il pozzo piegò a centoventi gradi. Stavano scendendo nel cuore della montagna: e poco dopo, videro la prima scritta sul muro: "Hector Alvarez, Majo 1606." Proseguendo, le scritte divennero piú frequenti: erano nomi di spagnoli, e anche messicani e inglesi e italiani, che si erano avventurati nelle chincanas in secoli lontani.

"E dove sono finiti tutti questi?" chiese Einstein, con un brivido.

"Eccone uno," disse Nanki. In un angolo del corridoio, un corpo mummificato molto ben conservato dal freddo sedeva appoggiato al muro. Nel suo cuore era conficcata una sottile spada spagnola.

E intanto Pyk e Phildys si vendono tutto

"Spariti," disse Phildys, sconsolato, "non li troviamo piú da nessuna parte, nel momento piú importante, sono spariti."

Il ministro Pyk, lo guardava con commiserazione.

"Te l'ho detto, Phildys," gli disse, "i tuoi due cervelli si sono arresi. Non c'è ragazzino fenomeno e saggio cinese che possa risolvere il tuo problema. E neanche quei cinque pazzi, lassú, su un'astronave disarmata. Tu sai qual è la sola soluzione."

"Bella soluzione, mettersi in mano agli aramerussi!"

"Phildys, non ti riconosco piú! Dov'è il politico astuto, il teorico delle convergenze, quello che riuscí a lottizzare anche i rifugi antiaerei in guerra? E adesso hai questi dubbi? Non c'è scelta: da soli non arriveremo mai sulla terra due, perché ci faranno fuori, e non troveremo mai la fonte di energia sotterranea. Ma se firmiamo l'accordo entro un mese, gli sceicchi, con le loro bombe a sensore, trasformeranno Cuzco in un cratere, e quello che c'è sotto, che sia inca o alieno, verrà fuori per forza."

"Gli indios non lo permetteranno," disse Phildys.

Pyk si prese la testa tra le mani. "Questa è grossa! Tu pensi che cinque o seimila indios per re Akrab siano un grosso problema morale? Piú o meno come per noi un moscerino sul parabrezza."

226

"E quelli lassú sulla Proteo," disse Phildys, "che ne sarà di loro?"

"Verranno avvertiti che d'ora in poi gli sceicchi sono nostri alleati. E se non ci stanno, neanche loro saranno un problema morale. Lo spazio è cosí pieno di pericoli imprevisti..."

"Un altro moscerino, eh?" disse Phildys, "dovrà fermarsi spesso e farsi lavare i vetri eh, il tuo re Akrab! Va bene ci penserò su. Ma voglio aspettare di ritrovare Fang e Einstein. Anche i nostri nemici hanno qualche difficoltà. Forse non tutto è perduto."

"Fai come vuoi Phildys," concluse Pyk, "ma ricordati: mancano pochi giorni alla riunione straordinaria. E se non ci stai con le buone, Phildys, ti farò saltare in aria. Ricordatelo, generale! Sono un ex-presentatore. Chi sbaglia la risposta va fuori dal gioco!"

I LABIRINTI MISTERIOSI: LE QUINDICI PORTE

Fang si fermò a controllare la mappa: erano a due terzi del percorso indicato dal quipu. Da molte ore camminavano sotto terra, e il labirinto si faceva sempre piú impressionante. Cunicoli e corridoi procedevano orizzontali e obliqui, si spalancavano nelle pareti, scendevano a picco, risalivano. Ogni angolo della rete di gallerie nascondeva corpi mummificati, nella posa in cui la morte li aveva raggiunti: riversi, seduti, avvinghiati insieme. C'erano armi e monili di almeno quattro secoli. Qualcuno aveva rubato ai morti, prima di morire a sua volta, e vicino ai corpi stavano ammucchiate insieme spade spagnole, machetes messicani e pistole inglesi.

"Gli ultimi," spiegava Coya, "entrarono alla fine dell'800, poi un terremoto coprí questa entrata. Noi chiamiamo questi luoghi la 'Strada degli sciacalli' perché ci si incamminavano i cercatori di tesori, e ognuno spogliava il cadavere dell'altro. Guardate questi!" C'erano tre scheletri in pochi metri, vicino all'altare di lamine d'oro. Due crani spaccati denunciavano una furibonda lotta.

"Sono brasiliani," disse Coya, "le spedizioni finanziate nell'800 dai baroni del caucciú, alla ricerca dell'Eldorado. Que-

227

ste collane con il Cristo sono inconfondibili. Ne vennero decine, per cercare il tesoro Inca. Ma non ci riuscirono. Questi labirinti non perdonano, e chi li aveva costruiti voleva cosí."

"Basta," urlò Einstein terrorizzato, "fermiamoci! È da ore che camminiamo! Come possiamo essere sicuri che la strada sia giusta? Non stiamo per fare anche noi la fine di tutti gli altri? Siamo sicuri che bastino quei nodi per darci la direzione? Ci sono angoli, curve, buchi, dappertutto qua! Questo labirinto è diabolico, e quel quipu troppo semplice."

"Aucayoc," disse l'indio indicandosi al petto, "sa che la via è giusta."

"E chi glielo dice," disse Einstein, "ha un computer direzionale tascabile?"

"Aucayoc conta i passi," spiegò Coya, "e sa esattamente di quanto ci spostiamo, e se questo corrisponde al percorso indicato dal quipu. Aucayoc è muratore costruttore, ha imparato dal padre a muoversi in qualsiasi labirinto e rovina o tempio, seguendo il metodo di indicazione di questi quipu. Con queste cordicelle gli inca erano in grado di ritrovare una stanza nascosta in una città delle dimensioni di Machu Picchu. Aucayoc conosce molto bene questa tecnica."

Camminarono ancora mezz'ora: gli scheletri si diradarono, finché non se ne incontrarono piú: segno che erano sulla strada buona, pensò Einstein, o almeno lungo una strada che pochi avevano percorso. Piú o meno nel punto indicato dal terzultimo nodo, in un corridoio piú ampio dei precedenti, Aucayoc disse: "C'è una luce, laggiú!"

Affrettò il passo, scomparve dietro un angolo. Il rumore dei suoi passi cessò di colpo. Gli altri lo raggiunsero, e rimasero senza fiato: *Aucayoc bruciava*, una fiamma improvvisa, sprigionata dal buio lo avvolgeva!

"C'è un incendio!" gridò Einstein, "c'è del fuoco là in fondo!"

"No," disse Aucayoc, coprendosi gli occhi abbagliato, "sono le lacrime! Le lacrime del sole, riflesse dalla torcia!"

Da quel punto, tutto il labirinto era ricoperto di sottili lamine d'oro, e risplendeva al di là di ogni immaginazione. Proseguendo, videro in nicchie sulle pareti spighe d'oro, un lama d'oro in grandezza naturale, piccoli porcellini e statue di uomini e donne.

"Il tesoro inca!" disse Einstein. "Il tesoro!" cercando negli altri il suo stesso stupore. Ma gli indios e Fang, piú che stupiti, sembravano ipnotizzati, come se corressero verso qualcosa, in confronto al quale quell'oro era niente. E quel qualcosa apparve subito dopo, al penultimo nodo: un nuovo cunicolo che scendeva ripido. In fondo, c'era una scala: la scala li portò all'ultimo nodo del quipu: una sala dal soffitto altissimo. C'era al centro, come ad attenderli, una larga panca. Sul fondo della sala c'erano quindici porte, con disegni scolpiti. Erano alte come cinque uomini ed erano tutte d'oro. Einstein restò a boccaperta, il cuore gli batteva all'impazzata.

Coya iniziò a cantare un huayno, la canzone quechua, Catuilla e Aucayoc le fecero eco.

Coya guardò Fang e disse: "Ciò che cercavate è qua. Di là da quelle porte c'è il cuore della terra, e Huatac ci ha portato qui."

"Il mistero è vicino," disse Fang. "Ora dovremo proseguire da soli, come soli sono i nostri amici nello spazio."

IL VIAGGIO DELLA PROTEO:
ARRIVO AL PIANETA DIMENTICATO

Sono convinto che nel 2000 tutti avranno i loro
cinque minuti di radioattività. (Andy Warhol)

"Questa non è una rotta, è un labirinto," imprecò Chulain, osservando sul radar il brulichio luminoso dei puntini di asteroidi e relitti che circondavano Mellonta, "bisognerà fare un po' di zig-zag tra le carcasse, attenti allo stomaco, amici!"

"Quel pianeta rottame è magnetico," disse Kook, "attira le astronavi naufragate e gli asteroidi metallici!"

"Scommetto che Deggu non ha mai avuto un video-game cosí," disse Chulain, virando al pelo tra due relitti. La Proteo ballava e beccheggiava e tutti si tenevano stretti alle pareti. Sara ronzava in surplace al centro della cabina. Ogni tanto un colpo sordo scuoteva la nave, mentre Caruso cantava a squarciagola l'ouverture del Guglielmo Tell.

Chulain vide arrivare da sinistra un'ombra enorme: era un cargo russo con scritta in cirillico e la faccia di Andropov, ultimo presidente sovietico, sulla fiancata. Aveva uno squarcio a poppa, da cui usciva una puzza intollerabile. Chulain riuscí ad abbassarsi appena in tempo, e le trecentomila tonnellate del cargo passarono sopra la Proteo facendola sbandare.

Kook riprese fiato: "Schivata per un pelo. Ma cos'è questo odore!"

"Io so un po' il cirillico," disse Mei, "sulla fiancata c'è scritto: 'Vero caviale del volga, anno 2020.'"

"Caviale marcio," disse Caruso, "frollato nello spazio per piú di cento anni. Che tartina!"

"Tenetevi," avvertí Chulain, "c'è una nube bianca di chissà cosa, là davanti."

"Sono scheletri," disse Caruso dall'oblò, "migliaia di scheletri di desaparecidos. Li portano qui con l'astronave, una puntura di sonnifero, e giú nello spazio."

"Attenti!" gridò Chulain. L'astronave stava passando proprio in mezzo alla nube, il rumore sui vetri era quello di una grandinata, ma non si vedeva altro che la polvere bianca delle ossa frantumate. Passata la nube, Mellonta, il pianeta artificiale dimenticato, apparve in tutta la sua desolazione. La pattumiera della Galassia, l'avevano chiamato. E in effetti, avvicinandosi, non si vedevano che rovine di edifici e carcasse di astronavi. Quella che era stata una volta la Grande flotta spaziale, l'Invincibile Armada sineuropea, il Vento Divino Giapponese, la Nuvola dell'Ordine aramerorussa, distrutta dalla crisi energetica e dalle guerre, era venuta ad arenarsi giorno dopo giorno sul pianeta. La Proteo Tien scese in uno spiazzo circondato da una catena di montagne di metallo, astronavi rugginose grandi almeno dieci volte lei.

E dalle montagne, poco alla volta, cominciarono a scendere delle piccole creature bianche... prima una... poi dieci... poi cento.

"Circondano la nave," disse Mei, preoccupata. "Cosa sono? Sono migliaia!"

"Non riesco a distinguerle," disse Chulain al video cannocchiale, "sembrano... strani quadrupedi... hanno denti aguzzi... sembrerebbero... è impossibile... nei libri le chiamavano..."

"Io lo so," disse Caruso, aprendo il portello, e uscendo di corsa. "No!" urlò Chulain, "pazzo! Stai attento. Quelle creature possono essere pericolose."

Kook corse a prendere un'arma per uscire in aiuto a Caruso. Ma Caruso era già rientrato: teneva una delle creature tra le braccia. La creatura non sembrava molto aggressiva, anzi, muoveva la coda in segno di contentezza.

"Le creature aliene," disse Caruso, "sono contente di vederci!" In quell'istante milleduecentododici cani entrarono nell'astronave e iniziarono a far festa e a leccare la faccia all'equipaggio, tutti insieme.

SAGGIENTARRUBIA

Solo dopo molti sforzi Chulain riuscí a liberarsi dai convenevoli, in un coro di uggiolii. I cani lo guardavano scodinzolando, attendendo un lancio a tappeto di bastoncini.

"Non abbia paura. Sono solo affettuosi," disse una voce sconosciuta nell'astronave.

Si mostrò un personaggio piuttosto strano. Era un vecchio dalla pelle arrossata, con un collo lunghissimo che sporgeva da una tuta rosa, e un nasone enorme, e adunco, color rosso acceso.

"Sono il padrone dei cani," disse l'uomo, "scusate il mio aspetto, ma qua le radiazioni fanno questi scherzi, a volte anche peggiori. Mi chiamo Saggientarrubia, l'uomo-fenicottero. I cani sono Toio, Cai, Pino, Ivan, Jim, Luca, Manolo..."

"Non ce li dica tutti per favore. Sono tutti molto belli," disse Mei. "Ma come sono finiti qui?"

"Beh, ci sono sempre stati, credo. Un vecchissimo mellontiano mi raccontò che, quando arrivò su questo pianeta, gli dissero che un giorno era caduta qua una capsula naufraga russa. C'era dentro una cagnetta bianca, piuttosto vecchia. Due anni dopo, arrivò un'altra capsula naufragata. C'era dentro un cane americano, che si chiamava Tom. Questi sono i loro... discendenti."

"Ah," disse Kook, "e per curiosità, come si chiamava la cagnetta russa?"

"Laika," disse l'uomo-fenicottero, "perché, era la sua?"

"No," disse Kook, "ma ne avevo sentito parlare. E lei ha sentito parlare dell'uomo-serpente?"

"Come no!" disse Saggientarrubia, "il grande Pintecaboru. E chi non lo conosce, a Mellonta!"

"Ci porterebbe da lui?"

"Posso portarvi... ma debbo avvertirvi che è un tipo molto... bizzarro, e spesso perde la pazienza."

"Che la perda!" disse Chulain, "siamo in quattro contro uno."

"Credo," disse il fenicottero, "che quando lo avrete conosciuto non sarete piú cosí tranquilli. Però, se volete, vi accompagno. Si va per di là." Il fenicottero allungò il collo in direzione delle rovine di un edificio. Era l'astroporto di Mellonta, enorme e impressionante, anche nell'abbandono. Sulla pista giacevano decine di astronavi, e dagli oblò usciva fumo. I dimenticati le usavano come abitazioni. I grandi vetri degli atrii erano rotti e scheggiati, e le poltrone abitate da una fauna di astronauti con le tute rappezzate, bambini nudi, radioattivi pieni di piaghe. Solo i cani sembravano vivi, e si inseguivano e saltavano su e giú dai cancelli d'ingresso, o si spulciavano tutti in fila sul lungo bancone del bar. I bambini si divertivano a far risuonare le voci registrate delle hostess che annunciavano: "I passeggeri del volo

Lufthansa per la terra sono pregati di portarsi al cancello 4", e c'era sempre qualche allucinato che si metteva in fila con la valigia.

"Ci dispiace di urtare la vostra sensibilità," disse Saggientarrubia, vedendo la faccia tesa di Mei, "ma noi scomparsi siamo i quartieri bassi della galassia. Radioattivi inguaribili, facce-di-topo, mutanti, soldati mutilati, scienziati intossicati, carcerati, robot in tilt, vecchi ex-piloti, lucciole Nasa. Tutti coloro che non possono piú partecipare alla Grande Corsa, insomma!"

"Ma di questo pianeta si dice che è disabitato," disse Mei, "se la Federazione sineuropea lo sapesse!"

Il fenicottero sogghignò. "Tutti quelli che vedete lí," disse, "accampati sotto il ponte autostradale, sono sineuropei. Sull'altra nave spedita qui ce n'erano duemila, disoccupati in eccedenza. La Federazione lo sa benissimo!"

"Non lo avrei mai creduto," disse Mei, "È orribile!"

"Orribile è una parola che si dimentica presto, qua sopra," disse il fenicottero. "Ecco, qua siamo all'ingresso della superstrada. Come vedete, è abbandonata, non ci sono altri mezzi che i piedi e i cani, per spostarsi a Mellonta."

"I cani? E come?" chiese Kook.

"Con le rotoslitte," disse il fenicottero, "come questa. Su!" E li fece salire su uno dei mezzi da trasporto piú bizzarri che avessero mai visto... Erano sei poltrone da sala di attesa di aeroporto, montate su ruote da camion con un vetro da astronave a far da parabrezza. Una pattuglia di cani muniti di casco e occhiali, tirava il tutto.

"La zona dove andiamo," disse Saggientarrubia, "è piena di polvere di radiazioni. Conviene che vi mettiate anche voi il casco."

"Dove stiamo andando?" chiese Chulain, mentre avanzavano fragorosamente sulla vecchia autostrada sconnessa, tra cigolio di ruote e abbaiare festoso dei pistoni a quattro zampe.

"Andiamo al secondo astroporto di Mellonta! Il punto da dove partono le spedizioni nel Mare Universale. Là c'è ancora qualcosa... carburante a prezzi da brivido, anche una specie di ristorante... e soprattutto bische. Ma ultimamente, pochi piloti arrivano qui. Voi siete i primi, questo mese. Passarono a tutta abbaiante velocità davanti a una baraccopoli di carcasse di astronavi e di containers.

"Qui abitano gli africani," spiegò il fenicottero, "ogni mese ne arriva un cargo. Vengono nello spazio a cercare lavoro, ma quasi nessuno resiste a questi ritmi. E non vengono piú rimandati a casa..."

"E come vivono?" disse Mei, "cosa mangiano?"

"Aspettano il pacco dono," disse il fenicottero, "ogni tanto, qui casca il relitto di qualche cargo spaziale. E dentro, spesso, ci sono i frigoriferi pieni. Se riesci a sopravvivere alla battaglia, ti puoi portare a casa un bel po' di provviste. Giorni fa è caduto un cargo di gelati. Li hanno mangiati tutti prima che si sciogliessero, ci sono stati trecento morti per colica. Poi è caduto un cargo di pizza. Non abbiamo mangiato altro per un mese, ma non la digerivamo bene. Solo l'ultimo giorno un italiano ci ha spiegato che bisognava cuocerla. Ma, sapete, qua non si pensa molto alla qualità del cibo: la sopravvivenza media è di cinque anni. Siamo arrivati signori!"

La superstrada finiva bruscamente, troncata in due da un cratere. Dentro al cratere videro alcune baracche, una pista di atterraggio e una grande insegna luminosa.

"*Da Pintecaboru. Noleggio astronavi. Mappe spaziali. Ristorante, menú turistico, specialità zuppa di quello che casca. Night club. Sala giochi. Articoli sportivi, giornali, tabacchi, souvenir. Vasto assortimento di mitra. Bagni turchi e massaggi. Escursioni con guide spaziali. Testamenti. Tutto quello che vi serve nella galassia meno la fortuna.*"

L'insegna sovrastava una baracca piú alta delle altre, una vera cattedrale del rottame, il cui camino era un mezzo missile Thor fumante. Intorno ronzavano ceffi assortiti.

"Io mi fermo qui," disse il fenicottero, e girò subito la rotoslitta.

"Aspetta," disse Caruso, "dicci almeno com'è questo Pintecaboru."

"Non avrà difficoltà a riconoscerlo," urlò il fenicottero allontanandosi, "è... un pò piú alto della media."

Chulain scosse le spalle, si avvicinò alla baracca, e bussò al portone di lamiera.

"Pintecaboru!" urlò.

Dal di dentro venne un rumore come di uno scontro tra camion. Il portone si aprí e ne uscí un uomo alto sette metri piú gli spiccioli. Era tutto tatuato, dai piedi alla testa, e coperto solo da un mutandone fatto con un vecchio paracadute. Aveva un occhio solo, lassú in alto, e una faccia poco rassicurante.

"Chi è!" disse con un vocione da orco, "chi mi sveglia alle tre del pomeriggio?"

Il generale Yamamoto si sveglia, ha freddo e si rimbocca la coperta. Sente una voce, non capisce se sogna o è sveglio.

"Generale Yamamoto," dice la voce, "Drago dell'Impero Samurai, questo è un messaggio registrato: È noto che nel libro della storia, quando le cose si mettono al peggio, i topi abbandonano la nave. Cattivo presagio per l'uomo, si è detto. Ma al topo, chi ha mai pensato? Che avvenire si prospetta a un branco di poveri roditori che si deve buttare in mare lasciando tana, provviste, ricordi, nuotando alla cieca verso chissà quale salvezza lontana? 'I topi abbandonano la nave!' Urla il nostromo. E questo risulta, agli occhi di tutti, un grave atto di vigliaccheria. Ma perché!? Perché mai noi dovremmo seguirvi nella vostra rovina, quando solo voi l'avete voluta? Avete chiesto il nostro parere quando avete caricato esplosivi o schiavi negri, o vi siete presi a cannonate? Se poi la nave affonda, non prendetevela con noi! Basta con le vostre mistificazioni! Un esempio per tutti: un nostro antenato, Cidrolin de Mouses, viaggiava sul Titanic, nell'ultima crociera. Era il solo topo a bordo, perché sui grandi transatlantici sono piú di moda i barboncini. Ebbene, due ore prima del momento fatale, Cidrolin si presentò nella cabina del capitano ostentando due valigini e una zattera di matite. Generosamente, voleva avvertire che il suo istinto topesco gli faceva prevedere qualcosa di brutto. Ma il capitano gli urlò: 'Via, bestiaccia' e gli tirò dietro la rituale scarpa. Allora Cidrolin si presentò nella sala di prima classe, e al suo apparire centosessanta signore delle piú belle famiglie europee balzarono sui tavolini esibendo una parata di belle caviglie europee tale da incantare gli intenditori presenti. Cidrolin de Mouses richiamò invano l'attenzione di tutti sul fatto che lui, unico topo della nave, se ne stava andando: fu scacciato a colpi di scopa. In un ultimo generoso tentativo entrò nella cabina di un giovanissimo baronetto inglese. Anche a lui mostrò le valigie e mimò una nuotata nel mare agitato. Il bambino sembrò interessato, ma non capí. Allora Cidrolin saltò sul comodino, rubò un pezzo di ghiaccio dalla caraffa della limonata, e inscenò mirabilmente lo scontro tra il

Titanic, impersonato da una mezza nocciolina, e il fatale iceberg. Il bambino capí e corse subito dal padre.

"'Sir,' gli disse, 'Sir, tra pochi minuti la nave verrà speronata da un iceberg.'

"'Come fai a saperlo, Ronald!' chiese il barone suo genitore.

"'Me l'ha detto un topo.'

"'Era un topo inglese?'

"'No, Sir, sembrava piú un topo francese.'

"'Allora,' disse il barone, 'non c'è nulla da temere. I francesi sono notoriamente dei contafrottole.'

"Pochi minuti dopo l'iceberg colò a picco il Titanic.

"Questa storia basti a dimostrarvi quanto siete presuntuosi. E come vi stimate, invece, quando fate gli indovini alle spalle di noi poveri animali! Li conosciamo bene quei vecchietti che dicono ieratici: 'Ecco, le folaghe sono tornate al lago, tra poco verrà primavera.' E tutti i presenti commentano a bocca aperta: accidenti, come è saggio quel vecchietto, conosce i misteri del tempo e le stagioni. Ma chi se li è fatti, quindicimila chilometri tutti in una tirata fino al lago, senza bussola, chi ha volato un mese a tutta birra per essere puntuale all'appuntamento con la primavera? È stato il vecchietto che si è fatto quel bel volo muovendo le falde della gabbana, o è stata la povera folaga? E il merito di indovinare la stagione se lo prende tutto il vecchietto. Sempre cosí: contate solo voi, sulla terra. E la pubblicità? *'Il buon latte del contadino', 'il buon miele di nonna Teresa'*. Ma provate a mungere un contadino, e vedrete che risultato. O mandate nonna Teresa a ciucciare i fiori! Basta! Siamo stufi di falacuccia, dalazampa, salta nel fuoco, torna a casa, porta il bastone, porta il fagiano, porta le pantofole. Siamo stufi di farci tagliuzzare e riempire di virus e bacilli per farvi scrivere qualche bell'articolo scientifico. Questa volta non staremo al nostro posto: i topi hanno sempre abbandonato la nave? Benissimo, stavolta la abbandoni tu, caro generale, e la nave ce la teniamo noi, la guiderà il tuo amico Harada che è anche lui stanco di vita militare. Andremo a cercarci un posticino dove vivere tranquilli, senza paura di dover saltare su una sedia quando vediamo un uomo. Addio Yamamoto! Buon viaggio, dal collettivo Code Rosse e dal tuo Harada, che ti ha letto questo messaggio. Clic!"

Yamamoto imprecò, scoprendo il piccolo registratore che gli avevano nascosto nella tasca del pigiama. Fece per alzarsi dalla stuoia, ma un pavimento di stelle lo dissuase. Mentre dormiva, i topi lo avevano lanciato nello spazio. Ora il generale stava orbitando attorno a Urano su un tappeto volante.

"Grande concerto stasera," pensò re Akrab, mentre risuonavano le prime note delle Dzunum. "Bene! Che cantino, che ballino! Quando non avrò piú bisogno di loro li passerò tutti a fil di spada. El Dabih, se tu fossi ancora vivo, diresti, ecco, re, la tua pazzia è alla fine. Pazzo è chi sogna di essere re, e non lo è. Io lo sono, perciò non c'è limite a quello che posso volere. Alla mia salute!"

Si versò un'altra coppa di vino. La mano non era molto salda, ma il re ne fermò il tremito e bevve, tutto di un fiato. Poi prese in mano uno dei preziosi mazzi di carte di El Dabih.

"Il futuro!" disse a se stesso. "O mio ingenuo indovino, il futuro è piú nei miei archivi segreti che nelle tue profezie, o nelle tue carte. Io posso premere un pulsante e far volare un missile che ha la potenza distruttrice di un milione di mongoli. Se Gengis Khan fu chiamato il conquistatore del destino, cosa sono io? Io posso affamare Troia in un giorno, con una bomba chimica, fermare il sole, con un'interferenza orbitale, mandare la peste batterica e le cavallette del napalm, tramutare tutti in statue con le bombe crioniche, aprire il mare con un'esplosione sottomarina. Buttate via i vecchi dei, le vecchie leggende! Non c'è niente nella storia, nessun flagello, nessuna catastrofe che l'uomo piú potente degli anni duemila non possa superare! Questo perché, indovino, come hai detto, io non dovrò temere nessuno, finché il cielo non cadrà sulla terra."

Cosí pensò il re, e si versò ancora vino. Ma la coppa gli sfuggí dalle mani, il vino si rovesciò sul pavimento. Il re si accorse allora che tutta l'astronave tremava, come se una terribile forza interna la lacerasse: una crepa si disegnò e camminò sul muro della sala. Il Grande Scorpione lanciò un grido di terrore: "Guerrieri! Cosa sta succedendo?!"

Nessuna risposta venne dalle sentinelle. Il re cercò di raggiungere la porta ma una scossa piú forte lo fece cadere.

"Guardie!" urlò. "Venite! Aiuto!"

Un grande lampadario crollò al suolo a un metro dal re in un fragoroso massacro di cristalli. I quadri cadevano dalle pareti, le armature antiche franavano. E improvvisamente si spalancò il pannello di legno che copriva la Pioggia di Gemme: alcuni diamanti si staccarono e iniziarono a rotolare qua e là, mentre la

vibrazione si faceva sempre piú violenta. Il grande pannello ci-
golò sinistramente e poi, di colpo, si schiantò al suolo. Una grandinata di pietre preziose colpí la faccia del re. Gli emisferi di
cristallo erano polverizzati. Allora il re ricordò le parole dell'indovino, e gridò di paura. L'Universo di diamanti era distrutto.
Il cielo, e le stelle, erano caduti sulla terra.

I nostri eroi erano seduti nella baracca di Pintecaboru, un magazzino pieno degli oggetti piú incredibili. C'erano polene di astronave fatte a drago e a sirena, giganteschi flipper semoventi delle basi americane, c'erano tute spaziali di tutti i tipi e veicoli Moon Rover da esplorazione dei suoli planetari. E c'erano sassi e rocce dalle forme bizzarre di asteroidi lontani, e anche un pianetino perfetto con mari e atmosfera e nuvolette piovose, trovato nel cielo di Cadarmodok. C'era una vasca di vetro ove erano rinchiusi gli insetti mutanti piú strani nati negli esperimenti spaziali: la macro libellula Lokeed, con le luci intermittenti, il ragno russo pantografo di Volenkov, che poteva disegnare qualsiasi oggetto in pochi secondi usando le dodici zampe, e la lucciola da miniera, con la coda a quattromila watt. E c'era una gabbia con animali mostruosi come l'aspirodonte, un lucertolone dalla bocca enorme in grado di mangiare fino a mezza tonnellata di spazzatura al giorno su un'astronave. C'era la gallina-mitraglia che sparava centottanta uova all'ora da quattro culi, e poi l'ottoguro, una creatura formata da otto canguri gemelli che poteva trasportare nei marsupi vari quintali di materiale.

E poi, accatastati ovunque, armi, zaini, provviste, sigarette e carte, caschi della Nasa tornati di moda, diari di bordo, vecchie foto di campioni spaziali.

Ma lo spettacolo piú impressionante nella baracca, era certamente Pintecaboru. Oltre alla mole elefantiaca, ciò che colpiva era che in ogni punto della pelle il gigante era tatuato con la mappa di un pianeta, di un mare, di un'isola misteriosa.

"Alla vostra salute, amici," tuonava il colosso, facendo piovere birra all'intorno. "Sono Pintecaboru pelle-di-serpente! Ogni esploratore che arriva qua mi tatua addosso la mappa del posto che ha scoperto, o anche chissà, di un posto che ha visto in sogno. Cosí io sono la geografia dell'avventura ragazzi, il mappamondo impossibile. Nella mia mano destra ci sono le cascate nere di Saturno, nella sinistra il pianeta Buffo, dove tutti gli abitanti maschi sono uguali a Stanlio e le femmine a Ollio e a fine anno si cambiano le facce. Su, scalate la montagna di questo bicipite, se siete capaci! Forza!" E Pintecaboru gonfiò il muscolo con un gran rutto. Era ubriaco fradicio.

"E la mappa dei fratelli Boojum," chiese Kook, "quella che hai tatuata sul piede? La possiamo vedere?"

"La mappa di Snark Boojum," rise Pintecaboru, "e come no! Me la disegnò lui stesso, un anno fa, prima di sparire. È la mappa che porta alla Strega, al punto piú pericoloso del Mare!"

"La Strega," disse Mei a bassa voce, "ricordate! Anche Van Cram ne parlava."

"E cosa ve ne fareste voi, di questa mappa," grugní Pintecaboru, puntando l'unico occhio indagatore sul gruppo, come un faro.

"Vedi, Pintecaboru," disse Kook, "noi siamo una missione... alla ricerca di un certo Van Cram."

"Ah! Questa è bella!" esclamò Pintecaboru, in un convulso di risa, "questa è veramente bella! E voi pensate che ci creda? Ma chi andrebbe mai a cercare quell'avanzo di galera! Tutti nell'universo sono contenti che sia sparito! Su, ditemi la verità, cosa cercate? Uranio? Schiavi? State... scappando da qualcosa? Ho un amico, su Transpluto, che potrebbe nascondervi per benino..."

"No, signor Pintecaboru," disse Mei, "noi abbiamo bisogno di quella mappa per ragioni scientifiche. La prego, ce la faccia vedere. Abbiamo cosí poco tempo!"

Pintecaboru guardò la ragazza e disse, offrendole un boccale di birra:

"Mi dispiace che abbiate poco tempo. Perché io non ho la minima intenzione di farvi uscire da qui! Siete troppo simpatici!"

6.

L'ULTIMA PORTA

CUCZO IL MISTERO DELLE PORTE

"La prima porta, evidentemente," disse Einstein, "vuole dire una via, un'entrata e una sola. Chi ha costruito il labirinto e le porte, ha probabilmente preparato un congegno che distruggerà tutto là sotto, se cerchiamo di forzare invece di entrare per la porta giusta. Ciò vuol dire che quella civiltà è disposta a cedere il suo segreto solo a una civiltà intelligente, a una scienza in grado di risolvere l'enigma.

"Le quattro porte seguenti costituiscono la figura della ruota del tempo comune a inca, indiani, maya, atzechi, celti, egiziani e tanti altri. La ruota unisce punti cardinali e stagioni, ma soprattutto passato e futuro. Può voler dire che essi sapevano che ci sarebbe stato, nel futuro, un contatto tra la loro e la nostra civiltà. Ritorna l'ossessione del tempo di queste popolazioni.

"La sesta porta: un uomo in cammino, sembra seguire una stella. Una luce scende dal cielo. Un presagio, un'astronave? Oppure la porta significa cercate la luce, la chiave del mistero.

"La settima porta: un uomo si copre la bocca con le mani; L'indicibile. Qualcosa è sceso dalle stelle, ma di questo non si potrà parlare, sarà segreto. I riti chiusi, il clan inca, la mancanza di scrittura. Oppure: attenti, i nostri linguaggi sono diversi, comunicare è difficile.

"L'ottava porta: il mago e la luna ferita. Il mistero e il dolore. Gli indovini inca e le loro dolorose profezie che si sono avverate. Oppure, attenti, non entrate in questo mistero con la violenza.

"La nona porta: due simboli del cielo, due cieli opposti. Due mondi, due pensieri si incontrano. Gli inca e gli alieni. Noi e loro. Oppure, attenti, siamo diversi.

"Decima porta: gente insieme. L'incontro avviene. Il grande senso sociale degli inca, il loro senso della comunità. Ma anche, l'unione tra mondi diversi. Oppure, ciò che è nascosto qua sotto è stato costruito per tutti, e come tale va rispettato.

"Undicesima porta: le mani si fanno incontro. Alieni e terrestri si danno la mano. Il riconoscersi. Oppure, attenti, quando vi avvicinate a noi!

"Dodicesima porta: un piccolo essere con lunghi capelli, con i segni del sole e del fuoco, che è quello della potenza inca. Forse un alieno, che appare luminoso. Anche: attenti, siamo piccoli, ma la nostra potenza è grande!

"Tredicesima porta: la grande costruzione. Le grandi fortezze, le strade, il grande disegno alieno, o inca. Abbiamo edificato cose grandi, scoprite qual è il disegno che le animava.

"Quattordicesima porta: il coltello che rompe l'otre, l'otre che straripa. La ferita al cuore. Qualcosa interrompe questo disegno. La fine improvvisa e violenta di questa civiltà. Oppure, attenti alla decisione troppo rapida, tutto potrebbe crollare. Non ferite il cuore della terra.

"Ultima porta: gente in cammino. L'impero inca scompare, il suo popolo va disperso. L'alieno si allontana, torna al suo pianeta. Oppure, vi attende ancora un lungo cammino."

"Questo," disse alla fine Phildys spazientito, "non è un rebus, è un groviglio di rebus! È l'incrocio tra un videogame e un presepe! Come ne verrai fuori?"

Einstein scosse la testa. "Non lo so, per adesso, quelle che ti ho detto sono tutte le interpretazioni del significato delle quindici porte da parte di Genius."

Phildys guardò il computer che sonnecchiava in fondo alla sala. "Io credo," disse, "che adesso che abbiamo trovato le porte, e sappiamo che c'è qualcosa là sotto, non possiamo impazzire per interpretare mille anni di storia in un giorno: dobbiamo agire concretamente."

"Quel tuo 'concretamente' non mi piace molto," disse Einstein.

"Lo sai bene! La notizia delle porte d'oro è già esplosa. Pensi che Pyk e le sue industrie e gli aramerussi staranno con le mani in mano? Stanno mettendo tutti d'accordo che qua si fa della filosofia, e i lavori non procedono. E non hanno tutti i torti!"

"È filosofia non voler sparare addosso agli indios?" protestò Einstein, "non sono stati forse loro che ci hanno portato laggiù?"

"Ma adesso, ammettono che non ci possono portare più avanti," disse Phildys.

"Sì! Ma quel mistero... è legato a loro... è un messaggio che ci hanno mandato dal loro passato. Rompere questo filo che ci unisce, vuol dire perdere tutto."

"Non c'è più tempo," disse Phildys, "se non ci accordiamo, le navi arabe e giapponesi attaccheranno la Tien. Presto dovremo dare la notizia che la nostra missione nello spazio è fallita. E la nostra sola risorsa energetica sono queste miniere."

"Ma, il pianeta col sole... e Mei, e Kook, e tutti i nostri sogni... e la nostra libertà..."

"Ascolta Einstein," disse Phildys prendendolo sottobraccio, "non so se c'è più posto per queste cose, nel mondo che ci aspetta. Lo so, una volta c'erano molte razze, molti popoli, molti paesaggi diversi. Ma per andare avanti, bisogna che ci sia una sola razza: quella dell'uomo tecnologico: un uomo superiore, e sarà uguale in Europa, e in Africa e sotto i ghiacci e sulla Luna. E anche il paesaggio sarà uguale. E le idee tutte uguali. Solo così si potrà governare la terra. E libertà è una parola che non ha più senso: perché non c'è più niente da scegliere. Non c'è più nessuna avventura da vivere, Einstein. Il copione del mondo è stato tutto girato. Adesso, c'è solo da guardare."

In mare, mai raccontare
di aver visto l'onda più alta
tre volte più grande, ne verrà un'altra
a punirti, e ti butterà giù
c'è sempre più vento che vela
e più isole che parole
marinaio, per chi vuole
mettersi in tasca il nord e il sud
dieci alberi di nave
uno sull'altro hai legato
la tua donna lontana hai visto?
la fine del mare hai trovato?
c'è sempre più vento che vela
e più isole che parole
marinaio, per chi vuole
mettersi in tasca il nord e il sud
mettersi in tasca il nord e il suuuuuuuuuud.

"Ancora un'altra canzone, ragazzi," tuonò Pintecaboru,
mentre la baracca tremava ancora del suo acuto.

"Quella dell'isola della bella Leilani, Pinte," disse Kook, con
la voce impastata, "la bella Leilani con la casa sul ponte, tutta
sola senza un amante. Ehi, Mei, vieni a cantare anche tu!"

"Tra poco, ragazzi, tra poco," disse la ragazza sconsolata. Lo
spettacolo canoro di Pinte e dei Proteo brothers distesi per terra
con grande pubblico di bottiglie di birra, non faceva ben sperare
sul proseguimento della missione. Chulain si era alzato in piedi,
con ampie oscillazioni e berciava:

"Ehi, Pinte! qua si beve solo, non c'è niente da mettere sotto i denti?"

"Come no, amici miei," disse il gigante, "se volete vi porto
alla serra genetica! C'è di tutto lì! La potete vedere anche dalla
finestra."

"La serra genetica?" disse Kook, "è quel capannone di
vetro?"

"Sì! In questa zona di Mellonta c'era un laboratorio per
esperimenti genetici... molto particolari. Mi ricordo che allunga-

247

vano i maiali, li facevano nascere con più costole, per avere più carne! Ottennero prima il maialotto, maiale bassotto, lungo tre metri, poi il maialetto, maiale-diretto, e il maialesso, maiale-espresso, due maiali lunghi come treni!"

"Chissà quanti prosciutti!" disse Chulain.

"Ottanta ognuno! E poi cercarono di creare l'operaio in sottilette. Proprio così. Siccome c'erano molti incidenti sul lavoro, e molti operai restavano schiacciati e mutilati, pensarono, se riusciamo a ottenere un operaio sottile pochi millimetri, potrà passare sotto le presse, restare sotto le frane, tutt'al più spiegazzarsi un po', basterà stirarlo e si rimetterà subito al lavoro."

"E come andò a finire?"

"Riuscirono a ottenere cento operai dello spessore di un foglio di carta. Ma scapparono tutti. Si misero d'accordo con noi, noi li ripiegammo ad aeroplanino e li lanciammo via. Volavano che era un meraviglia! E poi c'era l'orto organico, quello là fuori. Era il periodo del boom dei trapianti, tutti i ricchi si volevano far trapiantare pezzi nuovi, e i donatori erano scarsi; allora si pensò di allevare gli organi in batteria. Si coltivavano schemi genetici di cuori e fegati in provetta. Poi si seminavano in un terreno di soluzione nutriente. Eccolo là, il risultato: quelle che sembrano zucche, sono dei polmoni, guardate come si gonfiano di ossigeno. Là dei bei cuori da atleta. Là, a destra, ci sarebbero le milze, ma non sono spuntate, non è la stagione. Quella è una pianta di intestini rampicanti, crescono che è un piacere. Quelli lì, vedete anche voi cosa sono. C'è la varietà nana e quella gigante. E, là la cistifellea. Voi l'avete mai assaggiata una cistifellea di Mellonta? Ve ne vado a cogliere un po'?"

"Per carità," disse Kook, verde in viso, "non ci pensiamo neanche... ma tu mangi di questa roba?"

"Io? Allora, Kook, non lo sai!" rise il gigante, "io non mangio quello che mangiate voi... io mangio storie!"

"Non prenderci in giro," disse Mei, "quali storie!"

"È proprio così," spiegò Pintecaboru, "quando cominciai a crescere a dismisura, mi portarono qui al centro genetico. E si accorsero che io potevo restare digiuno per mesi! Le mie cellule si nutrivano una dell'altra, ognuna ne generava delle nuove, e io crescevo misteriosamente. Avevo anche cellule abnormi, cellule incompatibili, ma tutto, alla fine, invece di distruggermi, trovava una convivenza, al di là di ogni legge conosciuta. Me ne fecero di tutti i colori, per 'ridurmi': cercarono di riordinarmi chimi-

camente con punture, mi bombardarono di raggi, mi fecero l'e-
lettrochoc. Ma alla fine si rassegnarono. Quando uscii, dovetti
guadagnarmi la vita. Feci particine in film dell'orrore. La pubblicità mi cercava spesso, mi offrirono parti in televisione. Ma
non faceva per me dire solo quello che mi ordinavano, fare il
mostro educato, non è nel mio carattere. Allora, misi su questa
baracca, per gli esploratori. E scoprii che cos'era che mi faceva
crescere. Tutte le volte che qualcuno passava e mi raccontava
una storia, una bella storia con nomi e luoghi lontani e invenzio-
ni e animali favolosi, magari anche con dentro bugie e incon-
gruenze, ma raccontata con entusiasmo, bene, io sentivo una
sensazione di benessere, una vera e propria sazietà. Mi accorsi
che, dopo che un viaggiatore greco mi aveva raccontato la storia
di un suo ritorno verso l'isola natale, ero aumentato quattro chili. Così capii! Erano le storie, le belle avventure, il mio cibo!
Ogni volta che sento una storia divento più grosso e felice: ma,
ultimamente, le storie sono diventate sempre più striminzite:
bocconcini masticati di storielle, spesso rancidi, già sentiti. E
nessuno disegna più paesi nuovi sulla mia pelle... per questo,
non andrete via da qui se prima non mi avrete raccontato almeno otto storie, due salate, due piccanti, due dolci e due genuine
e campagnole come contorno."

"Pintecaboru," saltò su Chulain, "ma noi abbiamo di meglio! Abbiamo almeno un migliaio di storie con noi, da raccontarti tutte in una volta!"

"Mi prendete in giro? Mille storie?"

"Se mi fai tornare all'astronave," disse il negro, "te lo dimo-
strerò."

"Non mi fido," disse il gigante, "c'ho un occhio solo, ma so
riconoscere un furbone!"

"Allora, di' a un tuo uomo che vada a prendere sull'astronave la grande scatola che sta nella cabina di guida."

E dopo mezz'ora ecco un mellontiano tornare con la misteriosa scatola di Chulain. Pintecaboru la guardò e si mostrò
deluso.

"Tutta qui?" disse. "E dove sono le storie promesse?"

"Questa," spiegò Chulain, "è una spaziotelevisione. Capta
tutti i programmi della terra e delle stazioni spaziali. Ottocentoquindici canali. Questo è il telecomando. Puoi seguire ottocento
storie tutte in una volta."

"Non ci credo," disse Pintecaboru, "è impossibile."

"Guarda, allora," Chulain accese il video e fece apparire una raffica di monitor colorati. Antenna Marte, Giove uno, Giove due, Teleanello Saturno, Telemeskorska, Canale Sam, Videolattea, Telemaometto International, Televenere notte, Antenna Sineuropea, Tivùsteppa, Antenna Popolare, Telepluto, Telesole, Teleluna rossa, e un altro centinaio di piccole antenne private, di satelliti, asteroidi e pianetini.

"Cosa c'è d'interessante?" protestò Pintecaboru, "si vedono solo dei disegnini tondi colorati!"

"Sono i monitor! Le bandiere dell'esercito tivù! Non è ancora ora di trasmissione, ma tra poco cominceranno tutti i programmi, e avrai bisogno di cento occhi per vedere tutto!" disse Chulain con enfasi da presentatore.

"Amico!" disse Pintecaboru, prendendo nella sua manona il telecomando, "questo è davvero il più bel regalo che tu mi potessi fare! Ehi voi, là fuori, venite qua! C'è una scatolina nera che ha quasi tanti tatuaggi come Pintecaboru, e conosce quasi più storie di lui! Non ci annoieremo più, amici!"

"Voglio un cartone animato," urlò un mutante radioattivo, precipitandosi dentro.

"E io un film con l'ologramma di Robert Mitchum," disse un altro.

"Calma, calma," disse Pintecaboru, "sedetevi, e aspettate. Tra due ore ce ne sarà per tutti. E in quanto a voi, siete liberi, deliziosi amichetti miei! E potete fotografare la mappa sul mio piede, se volete, sempre che resistiate al suo odore francese!"

Un'ora dopo, la Proteo Tien si preparava a decollare da Mellonta; ma i nostri eroi avevano un muso lungo così.

"Lo so, lo so," disse Chulain, "non ci siamo comportati bene. Ce lo siamo fatto amico e poi lo abbiamo fregato!"

"Perché fregato?" disse Caruso, "la spaziotelevisione gliela abbiamo data!"

"Sì, Caruso, ma gli abbiamo taciuto un particolare. Ci sono ottocentoquindici canali, in quella televisione, ma, dopo la crisi energetica, c'è un solo programma per tutti: quello intergovernativo. La sola cosa che cambia è la pubblicità. Per il resto su tutti e ottocentoquindici tasti c'è sempre la stessa cosa: interviste a Pyk, al ministro Phildys, dossier computerizzati, dibattiti sull'informazione tra gli stessi quattro giornalisti replicanti da dodici anni, e un quiz finanziato da una ditta di Mouseburger, con due presentatori novantenni che fanno le domande dal letto. Questo per dodici ore al giorno."

"Povero Pintecaboru," disse Mei, "morirà, se mangerà quella robaccia."

"No," disse Chulain, "basterà che stia a dieta, la domenica c'è quasi sempre un vecchio film. O la partita. Certo, non ingrasserà molto. Addio Mellonta: serberemo un affettuoso ricordo di te."

"Quattro affettuosi ricordi," disse Caruso, "Sara ha trovato quattro cani nascosti in cucina."

Tutto fu rapidissimo. Alle 9 e 22 dall'Ultradivarius, il violino-moog di Coyllar, era partita la nota di attacco: una nota ultrasonica della terrificante potenza di sedicimila gradi hendrix. Solo i ribelli, che si erano protette le orecchie con appositi tappi, resistettero. Tutti gli altri, guerrieri e servi di re Akrab, crollarono al suolo svenuti in pochi secondi. I ribelli li disarmarono e occuparono i punti cruciali della nave. Due minuti dopo, l'ammutinamento era compiuto. Vassiliboyd disse ai prigionieri che chi voleva unirsi alla metà della nave che sarebbe andata alla deriva nello spazio con re Akrab, era libero di farlo. Ma tutti, comprese le guardie più fedeli di Akrab, urlarono con entusiasmo che volevano restare con Vassiliboyd. La crudeltà del re aveva distrutto ogni residuo di obbedienza. Furono aperte le carceri e le sale della tortura, e una guardia ribelle portò il diamante della collana di Akrab, che fu subito messo nel computer. Il dispositivo di distacco tra le due navi entrò in funzione: entro tre minuti la Zuben Elgenubi si sarebbe separata dalla Eschemali. In quel momento, Vassiliboyd si accorse che non vedeva Coyllar da nessuna parte, e si mise a cercarla, preoccupato.

Sulla Eschemali, re Akrab si era ripreso dallo svenimento. Cercò subito sul petto la collana con la sua potente pietra, ma scoprì di avere le mani e i piedi legati con una catena. E vide, curvi sopra di lui, i volti delle favorite del suo harem, e delle guardie più fidate.

"Liberatemi," urlò, "traditori! Liberatemi subito!"

Nessuno gli rispose. Il re capì. Da quando la nota ultrasonica aveva distrutto il Cielo delle Gemme, la profezia stava avverandosi.

"Cosa ho fatto io, o mie figliole," si lamentò il re, "per andare incontro a un simile destino! E per giunta dalle vostre mani, da voi che avete incontrato amicizia e cortesia da parte del mio popolo, voi con cui ho diviso i miei tesori, e che non avete avuto che benefici dalle mie mani!"

In quel momento entrò Coyllar. Al suo collo il re vide, con terrore, un monile a forma di uccello. L'aquila della profezia!

"Scorpione!" disse, "io sono Coyllar, e vengo dal sangue del condor, di Atahualpa e Tupac Amaru. Tu distruggesti il mio villaggio, anni fa, con un bombardamento. Depredasti le mie case, uccidesti i miei fratelli. Il mio popolo non ha dimenticato."

"Tu sei pazza," urlò Akrab, "favorite mie spose, mie compagne! guardie fidate! Tutti i diamanti che sono qua a terra sono vostri, se mi libererete e ucciderete questa ribelle!"

Nessuno lo ascoltò. Guardavano Coyllar, in silenzio.

"Andate," disse Coyllar alle donne, "tra poco le due parti di astronave si separeranno. Raggiungete la Elgenubi in fretta."

Restarono soli, di fronte, il re incatenato e Coyllar.

"Pazza!" disse il re, "guardati intorno. Guarda queste ricchezze. Vuoi che tutto questo sia distrutto? Se questo sarà distrutto, cosa ci sarà di grande nel mondo?"

Coyllar gli si avvicinò: tra le mani aveva una corda bianca.

"I fiumi," disse, con voce bassa, da vecchia, "i fiumi resteranno. Quando potranno riposarsi, dopo aver portato tanti cadaveri. Mio fratello Riobaldo è passato sul fiume, girando un valzer da morto tra le canne, e Garabombo passò e si fermò contro il pilone di un ponte, come appoggiato a dormire. E Atahualpa passò, vestito d'oro, su Yawar mayu, il fiume insanguinato. Scorpione, lo senti come è forte adesso il rumore del fiume? Senti, gli spruzzi della sua acqua gelida? Senti, lo scroscio, sempre più vicino?"

"Sei pazza," disse il re tremando, "di cosa stai parlando! Di chi stai parlando!"

"Non li conosci?" disse Coyllar, "eppure loro dissero il tuo nome, quando il fiume chiese chi li mandava. E lo gridavano forte, passando, ai loro fratelli sulle rive. Non li hai sentiti? Forse perché c'è chi muore come il pesce, sotto l'acqua; non grida, nessuno lo sente. E c'è chi muore come l'uccello: muore là in alto, e grida forte, ma quando cade è già un povero straccio di piume. Non è più un uccello, non è più un re."

"Non mi uccidere," urlò il re, "non si uccide mai davvero lo Scorpione! Qualcuno prenderà il mio posto, entrerà nella mia pelle vuota!"

"Lo so," disse Coyllar.

"E allora, perché," disse lo Scorpione, "perché..."

Ma Coyllar era già con la corda stretta intorno alla sua gola. Così Temugin Sadalmelik Akrab il conquistatore morì per garrota, due ore dopo il tramonto.

Dopo aver ucciso il re, Coyllar si sedette sul trono dello Scorpione. Restò impassibile, mentre Vassiliboyd urlava al megafono che mancavano pochi secondi allo sgancio. Sentì la voce del pilota diventare disperata. Lo sentì chiamare il suo nome. Poi, in una fiammata, la Zuben Eschemali, come travolta dall'impeto di un fiume in piena, fu lanciata nello spazio, lontana per sempre dalla Zuben Elgenubi.

"Base terra progetto Tokio a Yamamoto. Le confermiamo l'ordine di lanciare una bomba al plutonio su Mellonta per distruggere la nave sineuropea ed evitare che qualcuno usi il pianeta artificiale come base. Ciò poiché non siamo più in grado di portare a termine la missione, e dobbiamo impedire agli altri di riuscirci."

"Qui Yamamoto, ricevuto. Sono le 6,30, il cielo è chiaro, il tempo è bello. Come da istruzioni, ho abbandonato il tappeto volante e procedo nello spazio sulla minibicicletta a razzi che avevo nella tasca del pigiama e che ho montato secondo le istruzioni annesse. Ho trovato anche la scatola delle supposte, ma non riesco a distinguere quale è la bomba al plutonio. Chiedo chiarimenti."

"Qui progetto Tokio. La bomba è la terza supposta da sinistra. La riconoscerà da un leggero ticchettio. Per avere la certezza di centrare l'obiettivo, la bomba dovrà essere sganciata direttamente sullo spazioporto di Mellonta. Una strage di civili è perciò prevista e inevitabile. Da una stima del nostro computer dovrebbero esserci all'istante 98.154 morti, più o meno come a Hiroshima."

"Qua Yamamoto. Mi sto avvicinando al pianeta e sto pedalando in salita verso i novemila metri previsti per lo sganciamento. Non conosco questa operazione Hiroshima di cui mi avete parlato, ma credo che in effetti faremo un bello sgombero, là sotto. Vedo molte case e segni di concentramento di popolazione. Sono le 28 e 11 minuti, e il cielo sulla città è limpido."

"Qui progetto Tokio. Abbiamo il piacere di informarla che la sua bicicletta è stata battezzata Eno Higai, dal nome di sua madre, e con tale nome passerà alla storia. La bomba al plutonio verrà regolata in modo da esplodere a seicento metri dal suolo. La informiamo che si ignora completamente l'effetto di un'esplosione così potente su una stazione spaziale, non possiamo sapere se lei avrà il tempo di allontanarsi o verrà disintegrato."

"Qui Yamamoto. Non ho paura! Il drago che porto sulla divisa non è il drago pacifico portatore di pioggia dei cinesi, è il drago vendicatore che porta il fuoco, che porta sullo scudo il simbolo del sole, la svastica! Nessuna morte può essere più bella di questa! Sono ora a novemila metri. Vedo benissimo l'obiettivo. Sono le 8,13 minuti, 30 secondi. La minibomba è pronta per essere sganciata e colpirà l'obiettivo in trenta secondi. Attendo l'ordine."

"*Qui progetto Tokio. A lei.*"

La bomba si avviò per lo spazio minuscola, invisibile, inarrestabile.

Scendendo, la goccia di morte vede Mellonta. Prima piatta e uguale. Poi cominciano ad apparire i segni dei villaggi e dei fiumi, i fili delle strade sulle montagne. Scendendo, ecco le prime case, i quadrati dei campi, i giardini. Ora il fiume si vede chiaramente, azzurro e sinuoso. Là, dove c'è quella curva, quel puntino scuro è Pintecaboru. Pintecaboru disteso a pancia all'aria, che guarda il cielo. Pintecaboru che ascolta i rumori del caldo. Ogni mosca è un'orchestra. Ma Pintecaboru apre gli occhi? Senza una ragione, un pensiero improvviso. Un volto. Perché così, tutto di un tratto così forte? Eppure è ritornato. Un pomeriggio di un giorno come questo. Mare calmo, cane addormentato, un gran silenzio, e i suoi vestiti stesi ad asciugare. Perché proprio adesso, Pinte? Sarà più vecchia certo, sarà cambiata. Vederla assolutamente subito, Pinte. Perché tanta fretta? Non sai perché, ma è così. Stai vaneggiando Pinte. Senti questo rumore. Un'altra astronave caduta forse, dev'essere grossa, guarda che nuvola ha alzato. È caldo oggi, Pinte. Molto caldo. Sembra che il fiume sia diventato rovente. Mi piacerebbe partire, se sapessi dov'è, e raggiungerla. Dirle soltanto... cosa dirle? C'è davvero una bella nuvola laggiù. E la terra trema. Ma... cosa sta succedendo?

La bomba alzò un fungo di fumo, e detriti metallici alto sedici chilometri, e spaccò Mellonta in quattro pezzi. Il settore americano fu completamente disintegrato. Non ci furono superstiti, né cadaveri interi, con grande delusione dei fotografi.

"*Progetto Tokio a Yamamoto. I risultati dimostrano che il successo è totale! Gli effetti visibili sono ancor più imponenti di quanto non avessero fatto prevedere le prove di collaudo. Lo stesso signor Truman presidente della compagnia spaziale costruttrice di Mellonta, si è complimentato con noi. Congratulazioni, generale.*"

"Qua Yamamoto. Sono molto avvilito per essere rimasto vivo. Vi comunico che sto per fare karakiri sul manubrio della bicicletta."

"*Qua Progetto Tokio! Guai a lei se fa questa sciocchezza! Tutto è andato bene!*"

"Qua Yamamoto. Niente è andato bene. Quando gli americani bombardarono il Giappone fecero un milione di morti. Cosa sono 90.000 morti? Un incidente stradale. Vorrei fare di più, per la causa militare."

"*Qua Tokio. Potrà farlo. I nostri strumenti spia segnalano che la Proteo Tien è riuscita a lasciare Mellonta venti secondi prima della esplosione. L'obiettivo principale della missione è fallito!*"

"Qua Yamamoto. Attaccherò l'astronave da solo, servendomi del procedimento Umanosuke."

UMANOSUKE L'INVINCIBILE

"È saltato tutto! Sbriciolato!" esclamò Chulain sconvolto, mentre i brandelli di Mellonta riempivano il cielo, come in un film al rallentatore.

"Sono morti tutti," gridò Kook, "tutti! Ma chi può essere stato!"

Mei non parlava! A occhi chiusi stringeva i braccioli della poltrona. Non vide, attraverso il vetro laterale, l'ombra scura che scalava le pareti.

Yamamoto, dopo aver raggiunto con la sua bicicletta a razzo la Proteo era in agguato sul tetto della nave. Il generale s'era tolto la tuta da volo e frugava nelle tasche. Indossava una tuta stretta color argento, con un cappuccio mefisto che lasciava scoperti solo gli occhi. Li coprì con occhiali corazzati. Ingoiò una pillola. Rantolò un momento, come per una sensazione dolorosa. Poi cominciò a gonfiarsi. I suoi muscoli erano stati liofilizzati, ristretti con un procedimento chimico, per far loro occupare meno spazio nella nave. Ma ora stavano tornando normali, e guizzavano sotto l'argento della tuta. Il generale diventò Umanosuke Yamamoto, il grande lottatore invulnerabile. Gonfiò il torace impressionante, e i bicipiti della circonferenza di un metro, che continuavano a crescere scoppiettando come castagne sul fuoco. Si mise in posa da culturista sullo sfondo delle stelle e gridò:

"Morte a voi! Ecco Umanosuke, la macchina da guerra, il vigilante del cosmo! La sua tuta armatura in metallo atanax lo protegge dal calore, acidi e pallottole. La sua forza è quella di venti uomini. Nella mano destra tiene l'unghia del drago, la sciabola rotante laser, nella sinistra il suo fuoco, la pistola ustionante dei nove soli. Non c'è arma, su questa nave, che possa fermarlo."

Chulain sentì le grida. Andò all'oblò. "C'è qualcuno, vicino alla Proteo," disse, "prepariamo gli schermi di sicurezza."

"Troppo tardi," urlò Kook, "guarda!"

Una pioggia di luce bianca rivelava che Yamamoto stava fondendo con la pistola dei nove soli il tetto della nave. Dopo un attimo la mole impressionante del generale piombò con un balzo da belva al centro della sala di pilotaggio.

"Banzai!" urlò Yamamoto.

"Fasheng!" urlò Mei, e si lanciò contro di lui con un calcio volante, ma Yamamoto parò con il braccio, e la sua sciabola laser sibilò sopra Mei, che evitò il colpo con una caduta.

"Non potete niente contro di me!" ruggì Yamamoto, "sono una macchina da guerra! Novanta persone mi hanno sfidato a duello e novanta sono morte."

"Chulain!" urlò Kook al negro, "fai qualcosa! Fermalo!"

"Non c'è niente da fare," disse il negro, "non ha punti deboli. L'armatura lo protegge da tutte le nostre armi. È troppo forte per immobilizzarlo. E con quella sciabola, può tagliare l'astronave come un panino!"

"E allora cosa possiamo fare," disse Caruso, mentre la mole del guerriero avanzava verso di lui.

"Provate a piangere," disse Chulain, "forse si commuove!"

"Comincerò da te!" urlò Yamamoto, indicando Mei, "a te che disprezzi la nobile arte della guerra in cui fu maestro l'oriente, e preferisci le sue filosofie di pace! Trema Mei!"

La sciabola di Yamamoto iniziò a roteare, formando un cerchio di fuoco azzurro: Mei schivò due, tre colpi, ma alla fine fu intrappolata contro il muro. La lama di Yamamoto si alzò nell'aria, ma mentre stava per sferrare il colpo, Chulain piombò come un toro sulle gambe del generale, e riuscì a farlo cadere. Ma Yamamoto sapeva ben combattere anche da terra e la sua sciabola, fulminea, arrostì la schiena del negro. Mei gridò. Il generale si rialzò e urlò ai tre che stavano schiacciati contro la parete.

"Con un sol colpo! Con un sol colpo vi ucciderò tutti e tre! Non potete fermare il guerriero invulnerabile, l'arma perfetta!"

Kook abbracciò Mei e Caruso abbracciò tutti e due. Così uniti per proteggersi l'un l'altro, aspettavano la sciabolata fatale, che però non arrivò. Il generale restò in piedi, la sciabola levata in aria a due mani.

"Basta Yamamoto!" urlò allora Kook, "non essere crudele! Cosa aspetti a ucciderci!"

Ma sembrava che il guerriero non avesse più la forza di tenere alta la sciabola. La fece cadere. Si portò le mani alla gola, rantolò orribilmente. Sembrava non riuscisse a respirare e Kook notò che il volto gli si era gonfiato. Dopo pochi istanti, Yamamoto stramazzò al suolo, scalciò l'aria e restò immobile. Mei gli si avvicinò incredula e gli tolse il cappuccio. "È morto!" disse. "Ma... cosa è successo?"

Caruso guardò il volto bluastro del generale e si portò le mani al volto. Cominciò a guardare per terra, alla ricerca di qualcosa.

"Cosa cerchi, Caruso," chiese Kook ancora tremante. "Che cosa è successo! Era... invulnerabile, eppure... è morto, in pochi secondi."

"Era invulnerabile, meno che in un punto. Nella bocca aperta. Quando ci ha minacciato, qualcosa lo ha colpito. Qualcosa di molto piccolo... e micidiale... questo!"

Caruso, mostrò, sul palmo della mano, il corpicino di Sara.

"Lei," disse Caruso, "lo sapeva. Si è infilata nella bocca, lo ha punto sulla lingua. La lingua si è gonfiata e lo ha soffocato. Si è sacrificata per noi."

"Sacrificata?" disse Mei.

"Sì," disse Kook, "le api, quando pungono, lasciano il pungiglione nella ferita. E muoiono..."

"Allora Genius," disse Einstein, "hai esaminato ancora i dati sulle quindici porte?"

"Sì."

"E cosa mi dici?"

"Dico che c'è una porta e una sola per cui si può arrivare al cuore della terra. Aprendo le altre, tutto crolla. Sul significato delle porte, ti ho già dato tutte e ottantasei le possibili interpretazioni."

"Perché misero queste porte?"

"Non lo so."

"Erano alieni o incas o altro? C'è qualche rapporto tra queste porte e il pianeta lontano?"

"Non lo so."

"Bravo Genius," disse Einstein, "bellissima coerenza la tua. Adesso, facciamo un gioco?"

"Oh sì," disse il computer entusiasta, "facciamo le parole palindrome. Quelle che si possono leggere anche alla rovescia. Comincio io. Facciamo chi dice la parola più lunga: saippuakauppias!"

"E cosa vorrebbe dire?" chiese Einstein.

"Vuol dire 'venditore di lisciva' in finlandese. E senti questa scritta pompeiana: sator arepo tenet opera rotas. Senti in francese: à révéler mon nom, mon nom révélerà! E poi..."

"Basta, Genius! Stai diventanto poco serio! Adesso faremo il gioco delle bugie. Tu dirai delle bugie!"

"Non posso," disse il computer.

"Certo," disse Einstein, "tu non puoi dire bugie, cioè cose che non corrispondano alla verità dell'ordine interno delle tue informazioni. Ma io posso darti delle informazioni sbagliate, e modificare l'ordine. Così tu, per la tua coscienza non avrai detto una bugia, ma il risultato finale sarà non vero. Questo succede spesso anche agli uomini."

"Interessante," disse Genius, "però, un bell'anagramma..."

"Zitto! Ad esempio, fai finta che i dati che ti ho inserito non riguardino una storia vera, ma un libro. Allora non avrai bisogno di logica scientifica, per collegare le parti. Potrai usare qualcosa... di simile alla fantasia, saltare tre, quattro collegamenti, mettere sedici dico sedici errori, scegliere una scheda assurda invece che una corretta, o come chiave di una serie di dati coerenti, e stravolgerli tutti."

"Bello," disse il computer, "ci sto!"

"Allora: questo è il tuo nuovo linguaggio, Genius. Sei pronto? Ingoia la cassetta!"

"Glom! Pronto!"

"Allora Genius, quale civiltà costruì quelle porte?"

"Una civiltà chiamata del Serpente Telecomandato o Kincananā che mandò una astronave dalla stella Bellatrix fino sulla terra, dove gli alieni conobbero gli inca e l'incontro fu aperto costruttivo e improntato alla massima cordialità e i due popoli si sbronzarono insieme e poi dissero: 'Perché non facciamo qualcosa per cui quegli stupidi del futuro possano dire: un bel mistero quella civiltà, e si rompano la testa a capirci qualcosa?'

"E uno disse: 'Facciamo una piramide con la punta in giù.' E l'altro, 'No, disegnamo una scritta lunga nove chilometri *cretino chi legge*.' E un altro: 'Facciamo una tomba ben nascosta e dentro mettiamoci uno scheletro fatto con ossa miste di scimpanzè, di topo, di elefante e di condor, e poi mettiamogli una corona in testa: impazziranno!' Alla fine, dissero: 'Ma no, facciamo le quindici porte.'"

"Non c'è male, Genius," disse Einstein, "cerca di essere un po' più verosimile, però. Da dove viene il vettore Van Cram?"

"Dal settore sedici, Nube della Strega, coordinate duecentosedici-otto-tre, che sta lì sotto di te. Là c'è il pianeta naturale. Lo sanno anche i bambini," rispose il computer.

"Perfetto. E cosa c'è sotto queste quindici porte?"

"Una astronave a forma di candelabro come nel disegno di Inca-Nazca, lunga settecento metri, nonché un dinosauro sott'olio perfettamente conservato, un locale notturno con orchestra di mambo marziano e dodici alieni surgelati alti mezzo metro, con la barba blu lunga fino ai piedi e un grosso naso rosso che quando sono arrabbiati si stacca, ti colpisce in faccia, e poi torna al suo posto."

"Bene, Genius," disse Einstein, "quasi ci siamo. Sei pronto a dire bugie a Phildys, dicendo che ormai stai per risolvere il mistero, e bisogna tenere duro?"

"E tu cosa mi dai in cambio?" disse Genius.

"Tutte le parole palindrome del mondo," disse Einstein, "e anche un sistema per battere a scacchi i computer russi!"

"Affare fatto," disse Genius, "ma secondo me non servirà a

niente lo stesso. E poi Einstein. Cosa c'è di diverso, in questo linguaggio, da quello che avevo prima?"

"Non lo so," sospirò il ragazzo, "di questi tempi mi viene da pensare che se c'è un linguaggio veramente astratto e falso, è quello del 'buonsenso' e della 'concretezza' in bocca ai politici. Cosa ne pensi?"

"Non sono d'accordo," disse il computer strizzando una lucetta.

Ci troviamo nella sala Venecia dell'Hotel Sheratonov, nel Paseo della Repubblica di Lima. È il più bell'albergo del Perù, anzi, l'unico. A un grande tavolo sono riuniti gli uomini più potenti del mondo. Quello con la divisa nera con il drago, è la nostra vecchia conoscenza generale Saito, dell'impero Sam. Al suo fianco, due pesci ictaluri dall'aria feroce. Con lo smoking di pelliccia ritroviamo Smitsky, in rappresentanza degli sceicchi americani. In un funebre e colossale cappottone di orso bruno il generale sovietico Ilic Serebrjuchov. Si dice sia molto malato e sotto il cappotto nasconda un polmone d'acciaio e due medici nani pronti a intervenire. A capo tavola Sadalmelik Shaula, nuovo capo degli arabi, pretendente al trono di Akrab. Con le lunghe orecchie lepresche da mutante spaziale e il colorito grigio, Kraptnunk Armadillion, presidente delle colonie industriali spaziali. Dall'altro lato del tavolo, i rappresentanti dei 26 partiti sineuropei al governo: il Primo Ministro generale Phildys Plassey del "Cormo" (corrotti moderati), Showspotshow Pyk, del partito industriale, Cha-Tan e Mengele Moon, dei partiti militaristi, e poi tutti gli altri, dagli Indecisi Democratici al MPT (Mimetici Pronti a Tutto). L'unico rappresentante dei partiti d'opposizione dei tre imperi, non è presente, ha avuto infatti un incidente aereo. Mentre stava per lanciarsi su Lima, qualcuno ha sostituito il suo paracadute con uno zainetto da picnic. Siamo alla terza ora di discussione. Ed ecco che la sciabola di Shaula lampeggia e si conficca nel tavolo.

"Basta," gridò lo sceicco, "dice il Libro Nero, le rane sciocche che discutevano, non si accorsero del serpente! Abbiamo parlato anche troppo! Noi vogliamo iniziare subito i lavori in quella miniera con i nostri metodi e i nostri mezzi. Se volete partecipare, bene! Altrimenti..."

"Allora guerra sia," urlò Cha-Tan, estraendo la sciabola. Un ictaluro gli boccheggiò contro, saltò sul tavolo e Saito riuscì a fermarlo a stento.

"Calma, calma," disse Phildys, "cerchiamo di ragionare. Che cosa... succederà alla miniera!"

"Sgombero totale della zona!" disse Shaula, "militarizzazione di tutti gli indios rimasti. Chi si rifiuta di lavorare, al muro!

E un'atomica nella montagna. E vedremo se non riusciremo a tirarlo fuori, il vostro misterioso 'cuore'."

"Aspettate un momento," disse Phildys, "l'ultimo rapporto di Einstein dice che c'è un congegno di autodistruzione in quelle porte... Inoltre, il rapporto ipotizza che una civiltà aliena..."

"Basta, Phildys," lo interruppe Shaula, "basta con queste fandonie. Alieno è chiunque non sta ai nostri accordi! La civiltà militartecnologica del duemila ha bisogno di questa energia, questo basta. Se vogliamo salvare questa terra, bisognerà distruggere questa terra... cioè ..."

"È chiarissimo," disse Pyk, "appoggio la mozione degli sceicchi. Ai voti!"

"Non abbiamo neanche parlato della missione terra due," protestò Phildys.

"E non se ne dovrà più parlare!" disse Shuala. "Il desiderio di quel pianeta rende la gente insoddisfatta: è un simbolo nefasto. Perciò deve circolare la notizia che la missione è rinviata. E poco a poco, l'interesse deve spegnersi. Cercheremo quel pianeta con calma: ma la gente deve scordarlo."

"Sono d'accordissimo," disse Saito, "ai voti: chi è favorevole alzi la mano e chi è contrario la metta in bocca all'ictaluro."

"Propongo un emendamento," disse Phildys, "e cioè, che i lavori inizino tra tre giorni, tempo necessario per preparare l'opinione pubblica a questo accordo, e alla rinuncia alla missione spaziale."

"Concesso," disse Smitsky, "ma alla mezzanotte precisa del terzo giorno ci presenteremo con l'esercito alla base di Cuzco. Intanto, una commissione mista di scienziati stenderà una relazione su quelle quindici porte."

"Allora," disse Saito, "chi è a favore alzi una mano. Chi non lo è, può telefonare un'ultima volta alla moglie nella cabina all'ingresso, prima di votare. Noi lo aspetteremo."

LE RELAZIONI DELLA COMMISSIONE INTERFEDERATIVA

Relazione del Dottor Hector Garcia Tiburón antropologo dell'Università di Città del Messico.

Non vedo particolari difficoltà a interpretare le quindici porte di Cuzco: esse anzitutto vanno lette dal basso in alto, e con l'andamento a spirale tipico della lingua messicana e Maya. Queste porte costituiscono un grande tesoro archeologico e il loro significato è evidente: racchiudono una tomba di monarchi inca.

L'intenzione dei costruttori è che queste porte vengano affidate ai soli uomini in grado di rispettarle, e cioè a noi governanti sudamericani, diretti discendenti di quel popolo, quindi depositari della loro cultura. È perciò ovvio che dovrà sorgere qui un grande museo, e bisognerà dotare il luogo di servizi quali alberghi e banchi di souvenir. Ogni altro uso di questa ricchezza sarebbe nefando e pretestuoso. Allego perciò il nostro progetto di "Incaland", complesso residenziale di ottomila appartamenti tutti in purissimo stile inca, con ricostruzione di un tempio del sole, e spettacoli tipici, tra cui veri sacrifici umani di indios scelti tra gli affetti da carcinoma maligno. Inoltre, poiché le terrazze di Machu Picchu sono alquanto ripide, dovrà essere costruita una scala mobile in acciaio che porti sulla cima, al ristorante Atahualpa a tre piani. Naturalmente il monte Accauantay dovrà essere accorciato, in quanto incomberebbe sul belvedere. Riguardo alle critiche del dottor Einstein che ciò comporterebbe gravi danni alle popolazioni locali, non accettiamo lezioni da questo giovanotto. Non fu lui, in tempi recenti, che, per esperimento, fece organizzare da un computer i piani di un ipotetico golpe in Cile? E non furono quei piani segreti, misteriosamente sottratti, a guidare il colpo di stato? Da gente come questa non accettiamo lezioni!

Dottor Nureddin Alhazen, esperto di programmazione industriale all'Università del Cairo.

Le quindici porte di Cuzco sono un mistero solo per gli ignoranti: e sono oscure poiché, come dice il Profeta, il Cieco crede che tutti gli uomini siano neri. Per questo nella sua eccelsa superficialità il dottor Garcia pensa che le porte vadano lette dal basso in alto, quando invece è evidente che vanno lette da destra a sinistra, come nella lingua araba. In tal modo, il significato delle porte appare evidente: le porte racchiudono un immenso tesoro in oro, il famoso eldorado.

Nessun significato religioso e scientifico: solo una grande ricchezza, di cui solo il nostro impero può adornarsi!

Bisognerà quindi fondere le quindici porte in lingotti perché se il loro valore artistico è grande, molto più grande è il loro peso. E parimenti verrà fuso tutto l'oro delle pareti, e tutto quanto verrà trovato là dentro. Tutto, insomma, deve diventare la stessa cosa: concreto, solido capitale in oro.

In quanto al dottor Garcia Tiburón così bravo nell'accusare gli altri scienziati, ci chiediamo se per caso non è quello stesso dottor Garcia cui si deve il progetto Atlantide, con cui dodicimila desaparecidos furono murati in blocchi di cemento e seppelliti in fondo al mare! Da queste persone non accettiamo lezioni!

Dottor Ludwig Von Kluge, libero pensatore dell'Accademia Tedesca Europea.

Mi sembra che qui si vada contro al detto di Kierkegaard "se l'uomo fosse un animale, non potrebbe angosciarsi". Io vedo qua molti asini angosciati. Ad esempio nella sua estrema, tormentata cretineria, il signor Alhazen crede che vada letto da destra a sinistra, ciò che va letto esattamente all'incontrario, cioè da sinistra a destra, come nelle lingue dei paesi europei evoluti. Fatto questo, si scoprirà che le porte di Cuzco, si noti bene, non racchiudono *niente*. Il loro essere chiuse, è in realtà, un *enthullen*, un rivelare, in quanto esse esprimono l'intima mancanza di *direzione* di ogni tipo di pensiero, sia esso antico o moderno; non sono insomma che la beffa ultima con cui la volontà di conoscenza si imprigiona! *Noi*, siamo chiusi dietro quella porta, e dall'altra parte un mistero ci osserva, compiangendo la nostra sorte di carcerati. Nessuna luce metafisica o scientifica potrà mai illuminare questo esilio da ogni certezza! Niente, se non una passività totale e coraggiosa, una *immobilità assoluta*, potrà non provocare la risata del cosmo. Il sapere non è neppure opinione. È mancanza di opinione. Almeno, questa è la mia opinione. Ma badate! Non dobbiamo toccare quelle porte, ma lasciare che esse marciscano, e con loro gli indios, e la terra ghiacci, solo in tal modo la nostra prigione si aprirà. No! Non bisogna esistere. Guai al maestro zen che risponde a domanda dell'allievo con una domanda. Guai alle domande, e alle risposte, guai al maestro e all'allievo! Ciò ripeto, quotidianamente, nelle mie lezioni a Berlino, nei seminari a Londra, nei convegni a L'Avana, ciò grido alle mie migliaia di allievi: voi non dovete esistere, io non esisto!

Il fatto che poi abbia protestato perché non mi era arrivato lo stipendio di luglio, non era come dissero i miei nemici, un mio ritorno alla conflittualità dell'essere. Era che questa "dimenticanza" terrena mi aveva dolorosamente ricordato la dimenticanza universale, la lontananza infinita di me da Dio e viceversa, la mia morte, appunto, e neanche di morte si tratta, ma del non esistere, se non l'avete provato non si può descrivere! Fate quel cazzo che volete di quelle miniere! E degli indios, cosa volete che me ne importi? Non accetto lezioni dai non laureati!

Dottor Ihiro Nagumo, professore di Scienza della Guerra Totale all'Università di Tokio.

Un giorno il maestro zen Basho, col suo allievo Yuko, stava nella sua casa, meditando nella posizione del loto, sul cuscino zafu, quando un ladro entrò. Il maestro non si mosse di un millimetro. Il ladro lo minacciò con la sciabola e gli disse: "Dammi tutto quello che hai, o ti ucciderò."

Il maestro disse: "O sciocco ladro, perché ti agiti: tu lo hai già preso!"

Il ladro rimase sorpreso e chiese precisazioni.

"Io non ho niente," disse Basho, "e a niente sono attaccato: la povertà è la mia sola ricchezza: tu già la possiedi, perché mai la chiedi a me?"

Il ladro ci pensò un po' su: poi vedendolo così coraggioso, scosse la testa e se ne andò.

Allora l'allievo disse: "O maestro, la tua saggezza è veramente una grande forza, se ti permette di affrontare una spada sguainata senza paura."

"Così è," disse Basho, "infatti è molto saggio tenere una pistola sotto al cuscino zafu quando mediti." E tirò fuori un revolver a sei colpi che teneva pronto per ogni evenienza.

Questo per spiegarvi che ogni saggia decisione può essere presa, solo se si è ben difesi. Non sappiamo cosa c'è dietro quelle quindici porte. Ma sappiamo che dobbiamo andare giù bene armati, e prima di entrare tirare un bel po' di bombe. Tutti i popoli sono guerrieri; e quello inca non era da meno: ricordate che gli esploratori che partono armati di curiosità, curiosamente vengono mangiati dagli indigeni: a quelli che partono armati di fucile, questo non succede mai. Altroché le panzane filosofiche del collega Von Kluge: a questo proposito, come mai questo signore adesso è così scettico? Forse, è stanco, dopo aver rotto centinaia di gambe di bambini per vedere quante volte potevano ricomporsi le ossa, quando lavorava nei campi di concentramento tedeschi? In quanto a me, ho fatto parte di un'equipe che guidava gli esperimenti di congelamento dei cinesi nei campi di sterminio del generale Ishii, e non me ne pento. Quegli esperimenti fanno sì che adesso il Giappone sia all'avanguardia nella conservazione del pesce congelato. Questi sono fatti. Altro che lezioni di filosofia!

LE PAROLE DI HUATAC:
LA CHIAVE DELLE PORTE

Entrato di corsa nella capanna, il giovane crollò a terra, sfinito. Catuilla e Coya lo soccorsero, dandogli da masticare un po' di coca. Fang gli portò un tè caldo. Era un arabo ribelle, non aveva più di quindici anni. Aveva corso in salita per due chilometri, nella staffetta di notizie che collegava le sentinelle della valle di Vilcamayo con la Cuzco.

Ripreso fiato, il giovane parlò.

"Questo mi ha raccontato l'inuit che corse prima di me: quattro astronavi nere sono scese nella valle. Dentro, molti carri con missili, e carri strani con braccia di metallo. E sono scesi anche mille uomini. E due camion di televisione, come quelli venuti anni fa a cercare gli ultracentenari di Vilcabamba sulle montagne, che hanno ucciso mio nonno quando hanno saputo che aveva solo novantasette anni."

"Sono gli sceicchi," disse Fang, "e così ci siamo tutti. Ieri sono sbarcati via mare i giapponesi."

"Allora, questa terra è ancora nostra per poco, Fang," disse Coya, con tristezza.

"La terra non ce l'ha detto, ancora! Quindi noi resteremo qua," disse Aucayoc.

Fang vide, in un angolo della capanna, un mucchio di vecchi fucili.

"Tu guardi quei fucili," disse l'indio, "e so che pensi: non è saggio usarli. E io ti dico: trovaci una via, una sola, diversa dai fucili, e noi la useremo. Questo è molto di più di quanto facciano i tuoi popoli!"

"È vero, Aucayoc," disse Fang, "forse la sola via sarebbe risolvere il mistero di quelle porte. Ma anche se ci fossimo vicini..."

"Gli eserciti sono ancora più vicini," disse Catuilla, "loro stavolta, vanno più in fretta del tuo pensiero e della tua saggezza. Arriveranno alle porte prima di te. Ma se tu sei saggio, di' loro di fermarsi e lo faranno. Non sono i pensieri dei saggi, che guidano i vostri popoli?"

"Oh, no purtroppo," disse il cinese, "i nostri capi parlano in continuazione di saggezza e scienza e libertà. Ma quando c'è da prendere una decisione, sono sempre loro a decidere. La saggezza è solo un bel quadro, dietro la scrivania del potente." Il cinese chinò la testa. Tutti, nella capanna, lo guardavano.

"Lo so cosa pensate," disse infine. "È difficile continuare a sperare. Sono vecchio e stanco, se fossi un eschimese forse andrei a morire serenamente nella neve. Ma ci sono tempi in cui 'il letterato è chiamato alle armi' come dice una poesia del mio paese. E dico che dobbiamo batterci."

"Allora, scendiamo ancora là sotto," disse Nanki.

"No. Inutile. Dobbiamo risolvere il mistero prima. Se qualcuno ci aiutasse a decifrare quei segni..."

"Huatac può provare," disse una voce fioca, sulla porta della capanna. L'indio entrò: sembrava ora smisuratamente vecchio, vecchio al di là di ogni età. Sembrò fare una gran fatica per percorrere i pochi passi che lo separavano da Fang. Ci vedeva appena. Toccò la mano del cinese e parlò:

"Son salito sulla montagna Tai: noi sappiamo volare. La valle si sta riempiendo di guerrieri. Ho sentito il lamento dei tuoi amici lontani, lassù nel mare. Ho sentito il cuore della terra battere. Io non ho occhi, ormai, per aprire quelle porte. Posso però dirti cosa significano, nel linguaggio antico dei nostri segni. Uscite tutti, lasciateci soli."

Fu ubbidito. Il vecchio indio si chinò e mosse con il bastone il fuoco spento da poco. Il fumo invase la stanza, il viso di Huatac ne fu nascosto.

"Vedi? Il fuoco era nascosto sotto la cenere, ma non ha perso niente del suo calore. Questo è nella coppa di El Dabih, nella solitudine della strega, nel coraggio dell'ape, nel dolore di chi si separa, e in quello che ti illuminerà, nel coccio di Shang e nelle mie tre pietre. Questo nel nostro linguaggio, che è il tuo, vogliono dire le quindici porte. Una vecchia profezia inca, incisa nella pietra di Sacsuahaman, dice:

'Una è la via
Dal futuro
torna il passato
dal passato
torna il futuro
Puoi seguire ciò
che non puoi dire
Qui è il mistero, qui il dolore
Passati due cieli

uomini insieme
si fanno incontro
Una piccola forza
può fare grandi cose
se il cuore è colmo e decidi
di procedere'

"Questa è la chiave, Fang. Guardala dall'alto di una mente pacifica. Guardala andando incontro al sole, il sole del nostro popolo."

"La mappa Boojum è chiara," disse Kook, esaminando l'ingrandimento della foto. "Al centro di questo quadrante c'è una zona, che si chiama 'I Quindici Mari'. Tutta praticamente inesplorata. Noi abbiamo già passato il mare di Apeiron, il mare di Shih, di Baralipton, del Tuncanon, il mar di Bacon, il mare d'Ottobre, il mar Nullibit, il mare Mimicry, e quello di Ilinx, il mare Vertigo, il mare Ignorabimus, il mare delle Ultime Tenebre, il mare della Cattura del Bue, il mare dei Desideri, e qua, al centro di quest'ultimo mare, è segnata 'la Strega'. Ci siamo molto vicini."

"E cosa può essere," disse Mei, "un pianeta? Una nuvola di gas? Una stazione orbitale?"

"Nessuno di preciso sa cos'è," disse Chulain, con voce contratta per le fasciature che gli stringevano la ferita, "ma dicono che quest'anno compie 300 anni! Quindi non può essere una persona."

"Credo di no," disse Mei, "anche se vivere nello spazio può prolungare la vita."

"Io," disse Caruso, "sento un rumore strano. Qua lo spazio è così rarefatto, che posso udire fino a grandi distanze. Ci stiamo avvicinando a qualcosa... una grande cosa di metallo cigolante... dentro ci sono... delle cose che crescono... sì, che crescono e che respirano..."

Dopo pochi istanti, avvistarono la Strega. Era una capsula spaziale russa, di vecchissimo modello, sicuramente di prima del duemila. Le pareti erano avvolte da una muffa verdastra, e rami e liane le si avviluppavano intorno. Su una parete era ancora visibile la scritta: "Salyut 18".

"Andiamo a vedere nel registro medievale dei lanci spaziali," disse Chulain. "Andiamo indietro, indietro, ecco qua: Salyut 18: lanciata nel 1983 con a bordo la scienziata russa Galina Percovaia, 36 anni, in orbita lunare. Oggetto missione: osservazione spaziale di varie specie botaniche, specialmente funghi allucinogeni e licheni. Esito missione: infausto: per un'esplosione nucleare lunare, la navicella uscì dall'orbita e si perse nello spazio il giorno 14 dicembre 1986."

"Accidenti," disse Caruso, "ne ha fatta di strada, in 264 anni!"

Si avvicinarono alla navicella. Era veramente bizzarra, con i filamenti delle liane e di strani funghi che fluttuavano nello spazio come lunghi capelli incolti. Ora capivano perché veniva chiamata la Strega.

"Bene," disse deciso Chulain, "andiamo a dare un'occhiata dentro. Porterò un'arma, ci potrebbe servire."

"E perché? Cosa ci può essere di vivo, là dentro, dopo 264 anni!" disse Mei.

"Dicono che la Strega ha trecento anni, no?" spiegò il negro, "ma quella navicella è in orbita da 264. Quindi 'la Strega' forse non è la navicella. Invece, l'astronauta russa, quando partì, aveva 36 anni. Fate il conto: 264 più 36, fa 300. Questa è la sua età, se è ancora viva."

"Impossibile," disse Mei. Proprio in quel momento Groucho, uno dei cani, cominciò ad abbaiare furiosamente.

Entrare nella navicella fu come entrare in una giungla. Un oscuro viluppo verde di liane, e funghi mostruosi alti come un uomo, stalattiti e stalagmiti, e sul fondo, un tappeto di muschio umido che imprigionava le gambe. La luce era fioca, stagnava un odore dolciastro e violento. Ai nostri, cominciò subito a girare la testa.

Chulain avanzò tenendo davanti a sé il mitra. "C'è qualcosa di strano qua! L'odore di questi funghi deve essere allucinogeno."

Il cane abbaiò ancora furioso e cercò di azzannare un grosso fungo oblungo.

"Guarda Groucho! È impazzito," disse Mei.

"No," disse Kook, "il fungo lo ha preso!"

In effetti, il fungo si era attorcigliato attorno alla gamba del cane e lo stava avvolgendo.

"Fate qualcosa," urlò Mei, "fate qualcosa!"

E in quel momento una voce incredibile, una voce roca che sembrava arrivare dalle profondità di una caverna, li agghiacciò.

"Osy, alya!" intimò la voce.

A quel comando il fungo serpente si ritrasse. E tra le liane apparve la Strega. Poteva avere veramente trecento anni: il viso era segnato come un tronco d'albero da rughe fittissime e profonde. In esso, brillavano due occhi azzurri, bellissimi. I capelli erano bianchi, lunghi fino ai piedi, anzi si spargevano per un buon metro all'intorno in terra, ed erano tutti avviluppati in fiori e liane. Anche il vestito della strega era un mantello vegetale sfavillante di umidità, decorato sul petto da una orchidea rosso fuoco. L'unica cosa che spuntava dal mantello erano le mani, adunche proprio come quelle delle streghe: le unghie lunghissime erano steli sottili di fiori.

La Strega sorrise mostrando i denti bianchissimi, e parlò: "Bienvenute amice! Chi s'entra dinte l'antre d'a streja co nu canille apresse nun po' esse inimico, peroché bonhommo est chi amma l'animale verte ca nun parla, chillu peludo ch'abbaica e chillu piccirillo che arronza n'ciele."

"Ma che lingua parla?" chiese Kook a Mei sottovoce.

"Io parlo tutte le lingue dello spazio, uomo barbuto," disse la Strega, "perché su questa astronave ho studiato ottantadue anni lingue terrestri e spaziali, e dodici anni dizione, e sedici anni il linguaggio dei segni. Perciò, io non parlo mai due volte di seguito nella stessa lingua."

"Ma voi siete proprio Galina Percovaia?" chiese Mei, stupita, "siete ancora viva?"

"No lo credes, chola?" trillò la Strega con voce giovanile, "tres volte ho ligado un covon de ciento spighe de anos."

"E come ha vissuto tutti questi anni nello spazio?"

"Longeva coi funchi survissi," disse la Strega, "de funchi e alghe et erbore cotidie mecibavi, amanite d'orsedevre et primo de ginko biloba indi seconno fricandò de cipollaccio fraticino et insalatta de politrico e sfagni e cotoletta de borraccina e grande sburzliga mi feci di boletini e boletoni deinde poi benché sazia repleta e satolla un pappalecco di spugnola precipiziai in mio estomác e ad esso seguir feci frana de minestron de sargassi e spazzolai in soprapiù due tornature di chiodini al butirro e di un magnicappellato finferlo mi feci pinza et usum desserti aggiunsi un risotto innevato della ctonia particula trifolina con gran cruore di vin rosso et di vodka santaballa percovka manu fratensi distillata. Et come crema di beltade usai la cladonia e come savone la cetraria e quando la depressione serotina mi coglieva indissi teaparti con le amiche cannabis et mescalina e il dottor Peyote alluciniere, et de flato in ventre incluso liberavi con tisane di fungo petario altridetto vescia et l'alium sativum cacciavámpiro mi curò dal mal sbadizzo di denti et como da ricetta de bon miedicu viddanu il cocomero asinino mi fugò la malaria, la malva altea smorzò lo foco bronchico e tre tarantole frissi nell'olio e la lor salsa schirpiuna me salvò la chioma dal dirado e misi in campo lardo contro rogna e rovo contro i foruncoli e fresseranne contro lo mal de capo e quanno l'insonnia popolò di spilli lo matarazzo do lietto mio, co lo sunnareglie de papavero m'addurmette come bimboghirro, e così, pur tenendo tanti cerchi nel tronco come la più vecchia quercia mi sento oggidi eutrofica e pulzella e sgaligia come si solo avessi in coppa anni cento e cinquantaque."

"O Strega," disse Chulain, "in tua domus de iana venimmo per cercare grande ribaldo e usuriere et rubatore et begolardo e merdocco e marzura de scarcai iscariota creatura chiamato Snark Boojum."

"Ma peronché tu parli insì strano signor Cu?" disse Mei.

"Io lo credo," disse Kook, "che aria allucinofera fa noi tutti parlar meticciato e sbilinguo, et imporra nostri cervelli madefatti di umidità fungolica."

"Che dici, Kuko?" disse Chulain, "che certo di labbreggiare inusuale non parvemi, e del tutto composmei mi sento e punto sbaccellato."

"Vedo che diggià qui si gongora e strasintassa," disse la Strega, "e cavabien! Insieme ci rigoleremo! Alòrs vi dico che Boojum a dezembre quavenne stanco e impillaccherato d'una bofera di magnetoscaracci ed era biondo bello e vestiva un manto giallo isabellino amarillo e giubbola pulce, e insieme si giocò a mariaccia peppa stortino tocca e battilasso e altri giochi di mazzo proibiti dopo la mezzadinotte e mi vinse duecento dobloni e fistuline altrettante e si bevve a stroncar cantine e nottepoi ebbimo biblica conoscenza e ci si misurò io e lui a sbattilapanza e picchianombrillo e giulecca e pedicatù e il poscrai che mi svegliai esso era già partito awai! Per lo indove, chisalloè? Ma se saperlo vogliamo, inquisiremo di ciò la mirabile sferona ianara e spiona che tutto comprende e manta in sua circolaria veggenza. Venite dunque in mistagogica fila dietro a me, alioscini mei, amichetti curiosi!"

Vedo, vedo, vedo
Dove, dove, dove
Vedo che tutto è strano e niente è strano
per Galina e Manannan Mac Lyr e Merlino e Dabih e Luan
Ta e Chung Kuo
qua vedrai quello che non t'aspetti
la mosca mughidda grande come tre uomini che vola nella
stanza e il pesce fantasma che nuota nel tuo muro
le favole non dicono la verità
bacia cento rospi e resteranno rospi
le principesse non sposano gli anestesisti
nei racconti si muore ma la storia continua
vedo che i topi lasciarono la nave
e caddero in un paese di Olanda
dove il vento si impiglia nei mulini
vedo che si separarono gli amanti
e si allontanarono gli amici
non servirà tirare la crosta del mondo per ritrovarsi
di questi tempi
ogni mese è il più crudele
hevél havelím
enchete penchete, ragazza Mei
la magia è in ogni passo che fai
come puoi chiedermi dove andate?
le stelle chiedono il futuro agli uomini
Io sono Galina
una vecchia russa la mia metà
un vecchio mago inca l'altra metà
e poi, ho ancora duecento metà almeno
Ho studiato libri, altri li ho sognati
Lo stregone guarda sotto il fuoco
Il lecanomante guarda nell'acqua
E l'indovino più folle guarda nel microscopio
la danza di Siva degli atomi

Volete lavorare per il re? Sa forse il re più cose di voi? Così
fredda, la vostra vita, che ha bisogno di scaldarsi nella sua reggia? Tu, che eri ribelle che avevi idee così grandi che nemmeno

276

le potevi portare da solo, dove le hai nascoste ora, perché nessuno te le veda? E tu, che ti dici saggio, perché non entri sulla piazza del mercato. Come l'asino porta il carico del legno di palissandro e ne sente solo il grande peso, non il profumo o il valore, così chi legge molti libri senza capirli, sentirà sulle spalle tutto il loro peso. E tu, che cerchi, che scrivi, che vorresti... È una grande fortuna, che ci siano cose che non si possono scrivere!

Per Dabih e Leporello e l'ape gentile e Pinte e Coyllar e le croci sulla montagna, e gli anelli alle mani degli scheletri

Ve ne siete andato, come suol dirsi, all'altro mondo

Sentile il lamento di Gilgamesh? Solo il velo nero del lutto, allora, può far vedere davvero l'amore e l'amicizia?

Amici! Un saluto a Mei che parte, a Kook che parte: il loro destino è di diventare re. Sorte normale. Tutti gli uomini sono re

O manco kapak o mama occlo o serpente piumato o uomo barbuto o starosta

Forse la soluzione era già nell'inizio, nelle prime parole del libro, le parole dette dall'uomo il cui nome critica i potenti, nelle prime parole, eppure quante ne verranno scritte ancora

Il fungo ricresce sette volte in una notte, e se cambiano i volti chinati sull'acqua di una fontana, per mille anni lei tutti li riconoscerà. I giocatori riprendono una sequenza di carte già giocata mille anni prima. Perché paura dei misteri? Se si può aspettare di morire, allora si può aspettare anche di nascere.

Sei contento, ora Einstein? Questo volevi sapere? Sei nato, sei un bambino. Ma non fidarti. Diventerai grande in fretta. Einstein il tuo nome è ebreo, ricordalo!

Ascolta la preghiera delle armi, e della guerra inevitabile, da quando il mondo iniziò alle nove del mattino del 4004 avanti Cristo del calendario del vescovo Usher.

ACCOPPOMACHIA

In principio era la mano
E la mano prese la clava e la pietra e il laccio
E con la clava Ercole fece dieci fatiche e centoventi film

E la clava e la pietra generarono l'ascia il martello di Thor il tomahawk e solo più tardi il baseball

E la pietra e la clava generarono la lancia con cui in accordo col fato Achille uccise Ettore

E la pietra e il laccio generarono la fionda con cui, in accordo col fato ma contro il pronostico, Davide uccise Golia

E la clava e il laccio generarono l'arco con cui Ulisse inventò il delitto d'onore

E dalla lancia non si sa quis fuit horrendus primus, fu inventata la prima spada e contro di essa sorse il primo scudo antico che subito fu fregato da un museo americano

E la spada divenne Excalibur l'invincibile e Durlindana e Notung ma anche lo scudo divenne fatato e invulnerabile e così si era di nuovo punto e a capo

E dalla spada venne la catapulta il mangano l'ariete il trabucco, la balestra, il piede di porco

e dallo scudo l'armatura il ponte levatoio il muro merlato, la cassaforte

e la spada e l'armatura salirono sul cavallo con grande gioia di quest'ultimo per un ammontare di nove quintali

e la staffa generò la tenzone e il torneo perché non ne avevano abbastanza di menarsi in guerra

E Galileo inventò la parabola studiando i fagiani impallinati

e Savonarola inventò la miccia guardando bruciare il cordone del suo saio

E così nacque un piccolo pezzo di ferro che a guisa di folgore sparato poteva trapassare e trasformare nove quintali di ottima cavalleria in nove quintali di rottami da demolitore

e la miccia generò la pietra focaia

e furono il cannone il mortaio lo zippo la spingarda la colubrina il trombone la svelta pistola il preciso fucile il revolver la carabina

e il signor Colt e il signor Winchester fondarono un paese di cui sentiremo ancora molto parlare in questa storia

e il possente cannone ebbe molti figli uno dei quali prese la patente e nacque così il carro armato che grande successo riscosse in un altro paese anche lui molto importante in questa storia

e il cannone, andò in mare e fu la nave corsara e l'invincibile Armada e il cacciatorpediniere bello come un'arma nuda e la Potiemkin e la Nimitz e il Nabilia e il cannone fece carriera, andò in aria e volò su Stuka, Mig e Tomcat e vide un bel po' di mondo

e la colt ebbe come sorelle Mauser Beretta e Luger e fratelli Smith e Wesson e Walter e la RG 22 per sparare ai presidenti da un metro

e Winchester ebbe fratelli Burnside Spences Martini Peabody e sorelle Kalashnikov e Remington e Anshutz e mitra e mitragliere e mitragliatrici e fucili a telemetro per sparare ai presidenti da un chilometro

E il massiccio carro armato generò il rude bazooka che generò il possente carro armato supercorazzato sotto cui intrepido il bersagliere si tuffò

e la gloriosa corazzata generò l'agile siluro e il snello sottomarino che generò la nave cacciatorpediniere sotto cui intrepido l'uomo rana si tuffò

e l'aereo generò il minaccioso cannone antiaereo che generò il fulmineo caccia che generò il vigile radar che generò l'aereo con l'intrepido giapponese kamikaze che si tuffò

e l'America tirò la dissuasiva bomba atomica sulla caserma dei kamikaze a Hiroshima uccidendo anche alcuni passanti

e ciò fece molto passare di moda la baionetta e il karatè

e la Grande Berta ormai bacucca generò la V2 che generò il missile Onest John l'onesto

che fu ucciso in regolare duello dal missile Sandal SS 4 l'invincibile

che fu impiccato da Pershing il conquistatore

che fu decapitato con la scimitarra da Skean SS 5 il cosacco

Che fu fritto a morte con un getto d'olio bollente da Poseidon il navigatore

che fu colpito e affondato da Scud A il guercio

che fu accecato con la lupara da Pluton il fedele

che fu avvelenato con una polpetta da SSBS 2 il gambalunga

che fu messo al rogo da Frog 37 il religioso

che fu pugnalato nella cattedrale da Sergeant il senzadio

che morì di indigestione avendo sfidato a una mangiata di uova sode Titan l'ingordo

che morì di fame poiché tutto il suo raccolto di grano fu avvelenato chimicamente da Scaleboard il cibernetico

che fu ucciso con un satellite guidato da una scimmia Rhesus addestrata da Minuteman I l'invisibile che fu giustiziato poiché voleva confessare una strage, da Minuteman II l'infallibile

che fu suicidato da Minuteman III l'oscuro

che fu ucciso contagiato da un attacco batteriologico di febbre dengue ed encefalite equina da Sasin il diabolico

che fu ucciso in un duello di spade laser da Savage XII il saggio

che fu ucciso con la tortura dell'acqua da Lance ERW il buono

che fu accoppato sulla sedia da barbiere da Polaris A 3 il marsigliese

Che fu mangiato da Cruise il cannibale

Che fu vinto e ridotto in schiavitù dalla potente e giusta regina N

Sotto il cui fungo e sotto il cui regno finalmente ebbe inizio un lunghissimo periodo di pace, di silenzio e di gelo

Ma già, voi volete che Galina vi indichi la strada

Il cielo si divide in quindici strane porte

Una porta a una montagna dove vivono quattro uomini, voltandosi le spalle. Il loro nome è nord, sud, est, ovest

Una porta dove il diavolo cuce le parole insieme, così quando tu ne dirai una sola, tutte ti usciranno di bocca e mai più potrai parlare

Una dove ogni notte un uccello dai denti di ferro viene a portare via chi dorme per primo, e tutti si addormentano finalmente tranquilli, dopo aver visto portare via l'amico innocente in sonno

Una dove vai nel passato, se puoi immaginarlo

Una dove vai nel futuro, se riesci a ricordarlo

Una ti porta su una nave di schiavi nella notte, e tu solo remi e muovi tutti i remi e con essi i rematori morti, e anche il battitempo è morto, il capitano è morto, ma tu non lo sai

Una non è una porta, ma è il mare, il mare che si è alzato verticale, in una enorme parte d'acqua, e se ci entri, ti crollerà addosso

Una è il cuore di chi ami, e se ci entri lo romperai

Una è la copertina di un libro e ti trascinerà nella corrente delle parole e quando per un momento vorrai fermarti a un punto, subito ti porterà ancora via e se cercherai di aggrapparti alle lettere crolleranno e la corrente continuerà, anche se le parole

non avranno più senso, e ciò che griderai verrà scritto insieme alle parole del libro, fino alla fine
Una porta ti porta a quindici porte
Una alla porta che stai cercando, e conduce attraverso il lago il fuoco e il vento
Una porta sono io, e potete vedere i miei occhi muoversi tra le venature del legno e le labbra attendere la chiave e il volto rugoso della mia corteccia di trecento anni
Una porta non si può vedere, perché la tiene aperta, dal suo mondo, il custode del mondo invisibile, che ti invita a entrare
Una porta è una gran risata spalancata del cielo quando è allegro
Una porta è quella dove in sogno tu bussi senza sapere chi ci sarà dietro, ma sperando sia qualcuno che ti aiuti
Perciò è ora che il vostro viaggio cominci

Caruso: tu che sai ascoltare
Tu senti il rumore
dei sogni e del metallo nello spazio
l'ingegno umano e la fatica del rematore
tu, veggente arcano delle pale
e arcicantore rigido dell'elica
il dragone è messo in libertà
dondolando le pale
come un mostro marino nell'acqua
scivola nei rigagnoli dell'aria
nella notte la Via Lattea è come un'argentea Okà

E ora andate dove dirò
Galina, sempre sola, sempre

Chi era con te? chiederà
la solitudine che mi attende
dentro la casa, mentre vi saluto
dondolando la lampada nel giardino
Ed io vi seguo
un po' più lontano dello sguardo
nel separarsi è la verità più grande
e già la lampada
illumina il silenzio, e il buio.

7.

IL CUORE DELLA TERRA

IL MOMENTO DELLA VERITÀ:
FANG E EINSTEIN ALLA RISCOSSA

Fang era molto stanco e un po' sbronzo. Tutta la notte, gli attacchi telepatici giapponesi lo avevano spossato. Non avrebbe resistito ancora per molto. Aveva cercato di incontrarsi con Mei. Aveva visto un luogo strano, una caverna con piante verdi e umide, e una figura bizzarra che borbottava un incredibile linguaggio. Solo poche parole aveva capito: le ultime parole nelle prime, Fang. E ancora: per il lago, il fuoco e il vento. Il vecchio chiuse gli occhi. Cercò di concentrarsi di nuovo.

Vettore Van Cram Mistero: perché i computer non riescono a individuare da dove proviene? Perché non è stato chiuso regolarmente?

Civiltà inca: grande progetto segreto. Niente scrittura. Perché le grandi costruzioni murarie, perché Machu Picchu? Perché i riti segreti. Perché il culto del sole e dell'oro?

Premonizioni: perché sapevano esattamente cosa sarebbe successo? L'ossessione del tempo. Perché si lasciarono massacrare? Le righe di Inca Nazca, le mongolfiere volanti. "Noi sappiamo volare." Influenza aliena su queste culture?

Le quindici porte: perché e cosa nascosero là sotto? L'energia misteriosa. I flussi enormi. Chi è Huatac?

Dato mancante. Il quipu di Huatac.
La scritta inca:
Una è la via: dal passato ritorna il futuro
dal futuro ritorna il passato.
Attraverso due cieli uomini insieme si fanno incontro
una piccola forza può fare grandi cose
se il cuore è colmo, e decidi di procedere.

Un dato che manca. Un dato che manca.

"E il mistero è sempre mistero, Einstein. Un altro po' di vino, per favore," sospirò Fang, alla fine.

"Finito," disse Einstein, emergendo da una montagna di coperte, anche lui ben zavorrato d'alcool, come dimostrava il naso color tramonto. "Tutto nell'universo finisce, si consuma e ricresce e ribolle. Ciò che noi crediamo materia immobile è un brulichio di eventi. L'universo... frizza, caro Fang... perciò possiamo dire... hic... che Talete sbagliava: non è l'acqua l'elemento universale fondamentale... ma il vino... hic... è lui che dà alle orbite degli elettroni quelle traiettorie imprevedibili... hic... non si può mai sapere dove si trova un elettrone perché l'elettrone... hic... è ubriaco... ecco la chiave della creazione... altroché cercare la matrice S, il campo dei campi! Perché stupirsi se ogni cosa è insieme particella e onda, se non riusciamo a capire la ragione iniziale di nessun evento, se tutto viene da un grumo di materia iniziale... questo grumo era... uva! esatto, non l'uovo cosmico! L'acino cosmico... l'universo è... hic... la spremitura dell'acino cosmico..."

"Come no," disse Fang, "yin e yang, bianco e rosso! Sono d'accordo. Per questo le scoperte scientifiche devono essere accompagnate da una sorta di ebbrezza! E così la poesia, per entrare in sintonia con l'universo... hic ...viva la tazza del poeta Li Po e di Tu Fu, viva la sbronza di Cartesio il giorno di San Martino..."

"Che faremo adesso?" disse Einstein, "poesie?"

"Quelle quindici porte son fatte per essere aperte, no?" disse Fang, "quindi la chiave c'è. L'abbiamo cercata, non l'abbiamo trovata!"

"In un posto diverso ...hic," disse Einstein, "da dove l'abbiamo cercata."

"Esatto! mio giovane rossonasuto collega! Magari molto vicina."

"Non chiedere la fortuna al re, ogni uomo è un re," cantò Einstein, "quindi..."

"Quindi io andrò a passeggiare," cantò Fang, "dato che non trovo quello che cerco forse non l'ho mai perso."

"E io," disse Einstein, "guadagnerò tempo, sempre che esista il tempo."

"Esatto," disse Fang, "radunerai i nostri dotti colleghi, e poiché parlare di idee è molto più facile che averle, tu parlerai a lungo! E dato che loro non saranno d'accordo con quelle che tu chiami le tue idee, sarete tutti convinti di avere delle idee. E chi non sarà d'accordo con le vostre idee, dirà di avere un'idea diversa. Sei d'accordo?"

"Questa sì che è un'idea," disse Einstein.

IL TEOREMA DEL MAIALINO

"Questo è un esagramma dei Ching, signori, antichissimo testo cinese," disse Einstein al trust di cervelli dell'operazione Cuzco, riunito. C'erano scienziati e intellettuali arabi, giapponesi, sineuropei, pronti a prendere in mano le operazioni il giorno dopo. Una tonnellata di cervelli di buona qualità.

"In queste linee, signori," proseguì Einstein, "ci sono gli archetipi dei mutamenti del mondo, l'universo delle relazioni. Queste linee sono ogni giorno più vicine alla cosmologia moderna. Eppure, nessun aiuto venne mai da esse all'umanità, perché nessuna mente scientifica ne trovò un uso produttivo. Difficile è il cammino dell'umanità incerta sulla strada del progresso, sempre in agguato il baratro dell'irrazionalità, il muro del pregiudizio ideologico: ma con la lanterna del sapere organizzato e produttivo, noi procediamo, a testa alta. Siamo nani sulle spalle di giganti, è stato detto! Sì, ma questi giganti sono i nostri carri armati, le nostre scavatrici, i nostri missili. Grazie ad essi noi non dobbiamo più chiedere spiegazioni al mondo, ma solo renderlo prevedibile e utilizzabile. Sarà lui, che dovrà chiedere ansioso il suo futuro a noi. Facciamo quindi un mondo veramente nostro, artificiale, quindi veramente umano!"

Applausi e grida di approvazione.

"Ecco perché," continuò Einstein, "nel portare avanti questo progetto, non saranno certo mille indios a fermarci. Ogni uomo potenzialmente, è un indio, e guai a chi non metterà sulla sua casa non più la croce, simbolo della conversione religiosa ma l'antenna della televisione! Guai a ogni eresia non statisticamente connotata!"

Un lunghissimo applauso seguì le ultime parole. Si alzò uno scienziato arabo. "Belle parole le tue," disse, "ma che cosa c'entra l'esagramma?"

"Vengo subito al punto," rispose il ragazzo, "come sapete, o miei dotti interlocutori, ogni esagramma dei ching è composto da combinazioni di linee spezzate e linee intere. In tutto 64 combinazioni diverse. Ora tutti voi sapete qual è il dilemma fondamentale del nostro tempo, e cioè: si deve riaggiustare lo spezzato o spezzare l'intero?"

Un brusio perplesso vagò per l'uditorio.

"Non mi dilungherò in precisazioni verbali, signori: è infatti a tutti voi arcinoto cosa vuole dire spezzare l'intero: chiunque abbia un minimo di conoscenza di fisica atomica o di sistemi complessi, lo sa. Del resto, quando dico riaggiustare lo spezzato, a tutti voi appare perfino banale ciò che evoco; dall'entropia universale, al concetto di 'perdita', alla teoria delle catastrofi, alla sartoria di classe. Ma qua si farà di più, colleghi! Si andrà al cuore del problema! Partiamo da un assunto logico-matematico, ovvero il teorema di Schwein-Tannebaun, o teorema del maialino, così come sviluppato dai bourbakisti nei loro allevamenti di equazioni ponderali. Dovrò forse spiegare perché questo teorema può risolvere il mistero delle quindici porte?"

Silenzio attonito.

"Naturalmente no, colleghi, anche un cretino lo capirebbe. Ebbene, dato che domani iniziano i nostri lavori, come Evariste Galois, che concepì le sue scoperte matematiche il giorno prima di essere ucciso in duello, la nostra mente sia spronata da questo imminente, fatale, appuntamento col mistero. Chiedo la vostra collaborazione per una ricerca di gruppo!"

Applausi entusiasti, fischi di approvazione.

"Conoscete tutti il teorema," disse Einstein, "esso dice che: *'Dato un numero X di maialini, ognuno dei quali tiene in bocca il*

codino dell'altro, essi vanno tutti in fila nella direzione in cui proce-
de il primo.'

"Questo teorema, evidentemente fondamentale per un ordinamento delle società complesse, è ultimamente molto discusso. Prendiamo infatti in esame la fila di maialini: se quello dietro prende quello davanti per il codino, si avrà la sequenza suinomatica: il maialino prende il codino del maialino per il codino. Ma questo si può anche scrivere: il maialino prende il maialino per il codino del maialino... ma se noi immaginiamo di essere il maialino dietro dovremo dire: io prendo per il codino il maialino che prende il maialino per il codino, oppure se siamo maialini davanti: c'è un maialino che prende il mio codino eccetera... e cosí via.

"Ma, ecco il punto! Io devo considerare il fatto che sono contemporaneamente maiale dietro e maiale davanti: e ciò complica il tutto. Inoltre, qualcuno ha obiettato giustamente, nella fila possono esserci maiali che rifiutano di prendere o di farsi prendere per il codino: ciò introduce il problema del libero arbitrio. Ci potrebbero poi essere maiali senza codino, il cosiddetto quid di errore genetico. Ci sarà inoltre, nella fila, un primo maiale e un ultimo maiale. A questo punto il problema diventa scientificamente e politicamente enorme e se ci perdiamo in fronteggiamenti teorici non approderemo a nulla. Solo l'esperimento pratico può illuminarci."

Mormorio di approvazione.

"Ora io vi dico: consideriamo che le linee spezzate dell'esagramma corrispondano a un maialino che rifiuta di prendere per il codino, ma non di farsi prendere per il codino... allora, noi costruiremo una serie di possibili esagrammi. Signori vi prego: chi vuole fare il maialino dotato di libero arbitrio, a sinistra, chi vuol fare il maialino conformista, a destra. Molto bene... disponetevi tutti in fila... così... ora ognuno tenga una mano un po' sporgente dietro la schiena. Essa costituirà il codino... inoltre, ognuno ha la facoltà di prendere colla sua mano, la mano-codino del suo precedente... poi ci saranno alcune persone senza codino... esse non avranno la mano dietro la schiena... per favore, non spingetevi..."

"Protesto," disse il dottor Boloni, tre volte Nobel, "non intendo fare il maialino senza codino. I miei studi sul concetto di eternità e finitudine penso mi rendano degno di un codino, anche se piccolo."

287

"Protesto," disse il giapponese Suinuke, "il professor Gris di Stoccolma che mi sta dietro, mi ha morso la mano dicendo che la sequenza non è simbolico-analogica, ma simbolico-mimetica, e perciò deve esserci la maggior somiglianza possibile."

"La scienza," esclamò Gris, "dice che bisogna avvicinare quanto più possibile i dati in laboratorio ai dati reali. Propongo perciò agli onorevoli colleghi di grufolare."

"Io non grufolerò mai," dichiarò indignato il dottor Boloni, "bisogna eliminare i dati irrilevanti all'esperimento, e il grufolare rientra a mio parere in questi... inoltre, vi chiedo... perché io sono l'ultimo della fila, e come tale non ho possibilità di usare il codino? Propongo una sequenza circolare!"

"Mi oppongo," disse il francese Bajeux, "non lasciamoci andare a misticismi e suggestioni di totalità: questo è un esperimento scientifico: e in esso c'è un principio spaziale e temporale di determinatezza: perciò lei dottor Boloni sarà la fine della sequenza e il dottor Saddleblack sarà il primo maiale."

"Maiale sarà lei," protestò il dottor Saddleblack.

"Signori per favore, non agitatevi o non riuscirete a tenervi bene per i codini," disse Einstein.

"Ho una mozione," disse la dottoressa Largewhite, "propongo che i maialini dotati di libero arbitrio si riuniscano in una commissione a parte per valutare globalmente l'opportunità di prendere o meno i codini."

Bacon (Inghilterra): "Propongo allora di mollare momentaneamente i codini e di mettere ai voti."

Lombowsky (Polonia): "No! In questo caso, mollare i codini per votare vuol dire approvare automaticamente la mozione. Propongo invece un voto per alzata di gamba destra."

Norcini Grifo (Italia): "Sia più preciso! Le ricordo che i maiali hanno quattro gambe. Quindi specifichi se lei si riferisce alla gamba destra anteriore o posteriore."

Lombowsky: "A quella del prosciutto."

Boloni: "Mi oppongo! Ci sono tra noi alcuni maiali molto anziani che non possono alzare la gamba posteriore per via dell'artrosi."

Gris: "Mi oppongo al voto palese! Propongo un voto segreto, con ghiande bianche e nere."

"Propongo di camminare in girotondo per sgranchirci un po' le gambe," disse il professore Norcini Grifo, che era molto vecchio.

"Sono d'accordo," disse Bayeux, "ma contesto il senso rotatorio del girotondo. A mio parere il primo maiale da seguire non è il dottor Saddleblack, ma il dottor Boloni. Lo merita per il grande prestigio intellettuale e per il colorito roseo."

"Balle!" gridò Landrace. "Il dottor Boloni è palesemente inferiore al dottor Saddleblack, per peso e conoscenze scientifiche. Inoltre il dottor Saddleblack, per le orecchie a punta e l'espressione porcina del viso, si avvicina alla nostra episteme maialica con ben maggiore precisione che non la vaga coloritura rosea del dottor Boloni, che oltretutto per sua ammissione, non sa grufolare!"

"Io," urlò il dottor Boloni, "dissi che non ritenevo opportuno grufolare. Ma se richiesto, sono in grado di grufolare con intensità e profondità molto maggiore del dottor Saddleblack! Non tollero che ciò sia messo in dubbio! Ricordo a questo proposito i miei studi sulle emissioni sonore quasar."

"Dubito," disse sprezzante il dottor Saddleblack, "che il dottor Boloni sia in grado di tener fede alle sue parole. Ci sono fior di scienziati che hanno pubblicato fior di trattati scientifici sui suoni ma, al momento di grufolare, non hanno saputo emettere che rumori senza senso. Altra è la teoria, altra la pratica, signori!"

Il dottor Boloni gonfiò il petto, arricciò il grugno e disse: "Nrkuuuuuuu nkruuuuuuaaaaa nkru nkrukru kroaaaaaa."

Tutta la platea scattò in piedi battendo freneticamente le zampe.

Allora il dottor Saddleblack si alzò a sua volta, e, paonazzo nello sforzo, replicò: "Kruiiiiiiiiiiii! kruiiiiiiiiiiii! Nkruiiiiiiiiiii!"

I suoi sostenitori applaudirono a lungo. Seguirono fischi e urla. Cominciarono a volare cazzotti.

"Signori, vi prego," disse Einstein, "a questo punto propongo che una commissione valuti quale dei due onorevoli colleghi sia il più maiale, e quindi debba essere seguito nel girotondo."

"Sono d'accordo," disse il professor Saddleblack, "mi candido! Chi mi vota alzi il codino."

"Siamo da capo!" disse Suinuke. "Propongo che per votare, i maiali in grado di sollevare la gamba destra votino alzandola e tenendola su saltellando sull'altra, mentre i maiali artrosici potranno portare all'infuori la gamba destra in un passo di tango."

"E chi vuole astenersi?" chiese il professor Norcini Grifo.

Fuori dalla sala, Phildys ascoltava con stupore gli strani rumori porceschi venire dall'assemblea quando vide entrare Pyk con aria trionfante.

"Come va là dentro," disse il ministro, "qualcosa di nuovo?"

"Molta confusione," disse Phildys, "ho il sospetto che Einstein si stia dando da fare per metterci i bastoni tra le ruote."

"Oh, che ci provi pure," disse Pyk, "ormai il gioco è fatto. Una buona notizia per noi. Un'ora fa, c'è stato un altro tentativo di collegamento con la Proteo. Non è riuscito. Spariti. Missione terra due è da considerarsi momentaneamente dispersa."

"Per quanto mi sforzi," disse Phildys, "non riesco a trovarla una buona notizia."

La Proteo Tien dopo aver attraversato strane nuvole immobili, come un lago lattiginoso, ora navigava in un cielo che non faceva presagire niente di buono. Sembrava di avanzare in una caverna di nuvole scure. Strani bagliori rosso fuoco illuminavano l'astronave. La temperatura esterna era altissima.

"C'è una bufera in arrivo," disse Chulain, "e grossa!"

"Lo capisci dal radar?" chiese Mei. "Ma non è rotto?"

"Lo capisco dai quattro radar di riserva."

Il negro indicò i quattro cani che, con il pelo dritto dalla paura, si erano nascosti sotto un tavolo.

"Sì, sentono che sta per succedere qualcosa," disse Caruso, "e anch'io sento un rumore strano... come... il rumore di un pozzo, molto profondo: un rumore che rimbomba dentro a qualcosa di cavo e smisurato."

"Manteniamo la calma ragazzi," disse Kook. "Dov'è finita Mei, forse bisognerà farle coraggio."

"Resta qua, fifone," gli intimò Chulain.

Mei stava ad occhi chiusi, nella sua cuccetta. Già per tre volte le era sembrato di riuscire a udire la voce di Fang, ma ogni volta l'aveva persa. Ora, finalmente, la sentì chiara e netta.

"Mei," diceva Fang con tono insolitamente emozionato, "so che sei molto vicina alla fine del viaggio... sono con te, ora."

"Ti sento Fang," disse la ragazza, "ho paura! Gli strumenti di bordo stanno impazzendo, man mano che ci avviciniamo al punto che ci ha indicato la Strega... cosa succederà... dove stiamo andando? Oh, vorrei tanto tornare sulla terra!"

"Niente paura," disse Fang, "tornerai: i Ching lo dicono."

"E tu Fang?" disse Mei. "Sento del dolore, nella tua voce."

"Sì," disse Fang. "È un momento molto difficile, qua, sulla terra. Ma forse possiamo fare qualcosa. E anche voi! Trovate quel pianeta!"

"Sì," disse Mei, "vi aiuteremo! Anch'io, te lo prometto, consulterò i Ching per te. Te li manderò dalla terra trovata! Te lo prometto Fang! Fang!"

Non ebbe più risposta. Lo spazio era percorso da un rumore strano, un suono in un gigantesco corno. L'astronave iniziò a ruotare su se stessa. Mei corse in cabina di guida, e vide Chulain molto preoccupato.

"Non risponde ai comandi! Stiamo procedendo... direi, su un orbita molto stretta... la temperatura sta calando."

Kook guardò fuori: nubi gassose luminosissime passavano vicino alla nave a grande velocità.

"È un'orbita costante?" chiese.

"No," disse Chulain, "è un'orbita che si restringe, abbastanza in fretta."

"Un Maelstrom," disse Caruso. "Siamo fregati! Ecco cos'era quel rumore! Il vento spaziale!"

"Calma amici," disse Chulain, "non perdiamo la testa!" Ma sentì che la velocità rotatoria della nave aumentava sensibilmente, e dava già un leggero senso di vertigine.

"Chiedete al computer... i dati ...chiedete dove ci troviamo," disse Kook.

"Ci proverò," disse Mei. "Ma... stiamo girando sempre più in fretta."

"Presto," disse Kook respirando già con affanno, "quel rumore aumenta! Dobbiamo cercare una via di uscita!"

"Il computer dice... Mixcoatl! Siamo in Mixcoatl!"

"Non ha senso," disse Chulain. "Non esiste nessun punto con quel nome! Nessun pianeta! Il computer non può esserselo inventato."

"Non so cosa sta succedendo!" gridò Kook. "Il computer è impazzito... lo ha ripetuto: Mixcoatl!"

"Aggrappatevi!" urlò Chulain, "stiamo precipitando dentro qualcosa... non riesco più a dirigere la nave..."

"Cos'è Mixcoatl?" chiese ancora Kook al computer, ma non ebbe nessuna risposta.

L'astronave girava a spirale con velocità crescente. I nostri sentirono il misterioso suono di bordone del corno crescere di intensità, ed ebbero la sensazione di cadere nel vuoto: un'esplosione silenziosa di luce illuminò tutta l'astronave, e il suono si interruppe di colpo. L'universo si quietò. Della Proteo Tien non era rimasto niente. Solo il vuoto rarefatto, silenzioso del Mare Universale, che l'aveva inghiottita.

Rapporto segreto

Da centosei ore la nave Proteo Tien in missione spaziale non risponde alle chiamate. I radar della fascia estrema non rilevano la sua presenza in alcun settore del Mare Universale. La nave in questione è quindi da considerare disintegrata e affondata in una zona dove ultimamente molte altre navi hanno fatto la stessa fine.

I componenti dell'equipaggio: Cristoforus Leonardus Kook, Mei Ho Li, Boza Cu Chulain e Caruso Raimondi sono considerati morti a tutti gli effetti, e vengono avviate le pratiche per conferire loro le Medaglie al Valore dell'Esplorazione Cosmica. La missione terra due è sospesa: la notizia verrà ufficializzata stasera in televisione. I diritti della storia *La fine del Proteo* sono già stati venduti e così pure i gadgets annessi, compreso il modellino giocattolo del Proteo. È quindi proibito a chiunque usare l'immagine degli scomparsi a fini speculativi, senza autorizzazione.

Effetti massa

Ovunque si segnalano reazioni a catena, alla voce della sparizione del Proteo. Ciò conferma che l'operazione terra due aveva creato un pericoloso surplus di aspettative. Il pianeta lontano costituisce un grave motivo di perturbazione sociale, tale da richiedere immediati provvedimenti. Segue elenco dei disordini, da passare ai computer filtratori delle agenzie di stampa.

"Uhm," disse Phildys mettendosi in bocca una pattuglia di pillole sedative, "c'è davvero di che preoccuparsi. Manifestazioni in Europa. Slogan antigovernativi a Pechino. Una rivolta di vecchi nel settore pensionati di Berlino. Leggi qua: centomila a Parigi sfilano sotto il palazzo della Federazione. La manifestazione è stata dispersa con gli idranti, trenta morti congelati. Calo del trenta per cento negli indici di ascolto televisivi tra gli aramerussi! Scioperi rancio nelle caserme Sam. Ma cosa sta succedendo!"

"Te lo dico io, cosa sta succedendo," disse Pyk, "terra due ha resuscitato troppi desideri: la gente è diventata più svogliata, indifferente. Vivere nelle città sotterranee col controllo televisivo di ogni metro della tua vita, non è granché, ma diventa insopportabile se ricominciano a circolare le vecchie nefaste suggestioni: il mare blu, le candide montagne, il disarmo libero, il sesso unilaterale, la lililibertà! Tutti questi optional pretecnologici che piacciono tanto alle anime belle. Puah!"

"Non sono del tutto d'accordo con te, Pyk. Non tutto funziona nella nostra città. I vecchi di Berlino, per esempio: vivono al freddo, la loro zona è un corridoio spoglio di venti chilometri, chiuso da un muro altissimo."

"Vivono a sei gradi," disse Pyk, "perché così resistono solo i più robusti: non possiamo spendere per riparare tutti i polmoni tarlati. Per i non lavoratori, la medicina è un lusso, ricorda! E poi, in quei venti chilometri i vecchi hanno ben seimila panchine. E si sa che a un vecchio basta una panchina. E abbiamo messo cartoline giganti sul muro di recinzione: montagne al tramonto e attrici in ascesa. Vuoi metterti a sognare terra due anche tu, Phildys?"

"Io non sogno," disse il ministro, "ma altri sì. Come faremo ora a dire alla gente che la missione terra due è sospesa, e abbiamo venduto gli scavi?"

"Sarà facilissimo Phildys," sorrise Pyk. "Basterà un po' di revisione di sceneggiatura. Vieni qua, mio piccolo giglio sperduto nella giungla della politica. Ecco qua, punto per punto, il piano di opinione 'Terra uno è bello'. È già stato consegnato ai nostri giornali, alla nostra televisione, al terzo plotone intellettuali, ai comandi di polizia. Si basa sulla prima legge pubblicitaria di Herrtrippa, che dice 'In questo mondo, non occorre cambiare niente, basta far apparire ben luminosa e colorata la scritta è cambiato'. Non sei d'accordo? Generale, mai come in questi tempi conta più la sigla del programma! Non è importante essere, ma apparire; il mondo è un videogame, caro mio. Non c'è niente che tu non possa fare apparire o sparire se hai in mano i tasti. Non pensare agli indios! Pensa a dei bersaglietti verdi. E puff. Cancellali. Puff! E anche terra due sparirà, Phildys: con tre colpi di bacchetta magica, tre notizie clamorose:

"A. Van Cram è un visionario, dedito alle droghe. Già parecchie volte ha mandato falsi messaggi di avvistamento. Anni fa si presentò alla polizia di Giove chiedendo protezione perché era inseguito da un branco di cammelli. Quand'era ribelle fu internato per abuso di allucinogeni. Allegata tutta la documentazione con certificati e foto.

"B. Una commissione governativa di scienziati tra i più esperti e corruttibili ha stabilito che è assolutamente stupido pensare che esista vita intelligente in quel settore dello spazio. Questo settore è del tutto sprovvisto di atomi di carbonio, che è la base della vita. Ci sono invece molte molecole di mercurio. L'unica forma di vita potrebbero essere dei termometri con quattro zampette.

"C. La luce solare e l'aria naturale sono nocivi ai terrestri del XXII secolo. Così ha stabilito l'equipe medica dell'università di Sidney. Secondo gli esperimenti colà condotti la vita sotterranea ci ha privato di importanti fattori di difesa dalle insidie di un pianeta preglaciale. Alcuni esempi riportati: dieci volontari, esposti a luce solare simulata con quarzi, si ustionarono completamente il naso in meno di un'ora. Su cento abitanti di Sydney esaminati, novantotto erano mortalmente allergici al polline del nasturzio in provetta e gli altri due non riuscivano a pronunciare la parola nasturzio. Il responso dei medici è pertanto che la vita sotterranea è molto più sana di quella all'aria aperta. Voilà!"

"Non mi sembra un grande trionfo della nostra scienza," disse Phildys.

"È il massimo che possiamo dare all'umanità," disse trionfalmente Pyk. "Non avranno terra due, ma saranno contenti di terra uno!"

"Ma ce l'avevano già," obiettò Phildys.

"Faremo in modo che sembri un regalo," disse Pyk.

"Attenti," intimò il tecnico. "È come tirar su una balena!"

"Se lei mi vuol dare del grassone, le ricordo che io sono meno di un decimo della balena più grande mai trovata sulla terra, e precisamente quella pescata dalla baleniera giapponese Imaru nel 1976 al largo delle Spitzbergen, lunga centosessanta piedi. Questo il dato più sicuro, benché il naturalista francese Lacepede parli di balene di cento metri cioè trecentoventotto piedi, e più anticamente Aldrovandus di balene di ottocento piedi. In quanto al peso..."

"Stai un po' zitto Genius," disse Einstein, "o non riusciranno mai a caricarti su quel camion."

"È ovvio che non ci riescono," si lamentò il computer, "il punto dove dovevano imbragarmi con i cavi d'acciaio è sbagliato di un metro e trentasei centimetri, inoltre il piano di carico..."

"Genius," disse Einstein, "su, lasciali lavorare... non è colpa loro se traslochi."

"Sarà," grugnì Genius.

"Molla giù, così... a posto!" gridò il capotecnico. La mole di Genius fu adagiata su un grande autoverme cingolato. Il computer era pronto a partire.

"Bene," disse Einstein, fingendo disinvoltura, "tutto a posto! Adesso riposati Genius, ti attende un bel viaggio, domattina. Ti porteranno al centro dati di Buenos Aires. Ti piacerà, vedrai."

"Come no," disse Genius, "si chiama Buenos Aires perché ha la migliore aria condizionata di tutto il sudamerica. È anche in riva al mare. Peccato sia venti metri sottoterra..."

"Farai un lavoro interessante," disse Einstein.

"Splendido! Vice computer addetto al coordinamento per attività ricreative per ex-computeristi."

"E non sarà divertente?"

"Molto. So già tutto. A Buenos Aires c'è un solo ex computerista, un australiano di 92 anni. Il suo unico divertimento è giocare a scopa."

"Chissà come vi divertirete!" disse Einstein. "Che belle partite giocherete!" ma nella sua voce non sfavillava la convinzione.

"Senti Frank," disse Genius, "ti ricordi, quando per spiega-

296

re ai profani la mia intelligenza facevi l'esempio del foglio di carta piegato?"

"Sì: se potessimo piegare lo stesso foglio di carta su se stesso cinquanta volte, diventerebbe alto più della distanza dalla terra alla luna. Questo è il modo di crescere della tua intelligenza, Genius."

"Bene, adesso io mi sento come un foglio di carta piegato cinquanta volte su se stesso fino alla luna, e poi ripressato a forza fino a ridiventare alto come un foglio di carta; tu non sai che mal di testa!"

"Credo di capire."

"E tu non ti senti pressato, Einstein? Non ti fa paura che due scienziati su tre, nel mondo, ormai lavorano in settori collegati agli armamenti? Che la scienza è il settore più controllato dallo spionaggio? Che le tue idee poi non saranno più tue, non le dirigerai?"

"Sì. Anche se ho impiegato un po' di tempo a capirlo. Ma forse non è troppo tardi, anche se dodici anni è già una bella età per un computerista. A sedici anni tra noi c'è già chi va in pensione."

"Io," disse sospirando Genius, "ci vado a sessantacinque. Il mio modello è sorpassato, pare. A me, universo della scopa!"

"A questo proposito," disse Einstein un po' imbarazzato, "io... e i ragazzi della Sede Centrale... abbiamo pensato a un ricordino per te..."

"Per carità! Di ricordi, come dici tu, ne ho anche troppi. Io non dimentico mai un dato, una volta che l'ho raccolto. Sfortunato l'uomo che dovrà ascoltare i miei racconti di vecchio!"

"Lo so," disse Einstein, "i tuoi ricordi sono un po' meccanici forse. E per questo insieme ai ragazzi del centro ti abbiamo preparato un commutatore 'reverie' ad astrazione."

"Un cosa?"

"Vedi," spiegò Einstein, "quando noi uomini ricordiamo, non ricordiamo proprio con precisione. Spesso dimentichiamo le cose brutte, a quelle normali diamo colori, intonazioni, odori particolari, le trasformiamo, le rigiriamo come un film. Tutto diventa più bello, più magico di come è stato. Beh, la reverie è proprio questo filtro, questa luce di candela che ti farà vedere più belli certi ricordi e lascerà in ombra altri. Ricorderai la ragazzina bionda del terzo banco. Aveva i denti come un cruciverba e la salivina sul labbro; ma tu la ricorderai come una giovane ninfa, dal sorriso mesto, in una sera d'estate, tu e lei, succhiando il dolce dei fiori di campanella in una siepe odorosa... verso il tramonto... il piano suonava..."

"Allora," disse Genius, "con quel commutatore potrò ricordare con nostalgia quella bella banca dei dati giapponese con cui, al tramonto, in una bella sera d'estate, ci scambiammo i dati sul bombardamento di Tokio... l'antiaerea suonava."

"Più o meno così," disse Einstein, "e quindi, là, eccotelo inserito. Da questo momento tu sei un computer con possibilità di nostalgia."

"Benissimo," disse Genius, "allora, addio Einstein. Mai più sentirò le tue delicate manine solleticarmi la tastiera per pormi farneticanti questioni e noiosissimi calcoli... addio... addio Silicon Valley, là dove il coyote ulula alla luna il suo mesto blues e gli fa eco il cane nel laboratorio di vivisezione e gli operai stanchi tornano contenti dal loro lavoro duro e radioattivo e alla luce di una lampada a petrolio ascoltano il vento delle montagne e vedono la luce del tramonto incendiare la loro casa di rossi bagliori, e d'un tratto si accorgono che la centrale sta esplodendo."

"Genius," disse Einstein, un po' commosso, "sii serio adesso."

"Signorsì Dottor Frank Einstein, la nostra collaborazione termina qui dopo 867.000 operazioni condotte insieme. Auguri di buona fortuna, e come si suole dire tra noi, caro Frank, un buon input nella balena."

Fang si alzò a sedere sul letto. Una voce misteriosa lo aveva svegliato. La sentiva cantare nel buio fuori dalla tenda:

"C'era un mago
sulla montagna di Hunan
che giocava con strane carte
due flauti
tre note
quattro grilli
che cantavano più forte
cinque uccelli
sei tocchi di campana
e sette musicisti
da una città lontana
suona il fante il tamburo
canta la regina allodola
passa re tuono
tutto cancella con un solo suono
così gioca il mondo
ma una carta segreta c'è
chi può prendere una montagna
e portarla fuori dal mare?
chi è che fa nuotare
il pesce nella roccia
chi ha nave la memoria?
se scopri questo, hai svelato
il mistero di questa storia."

Fang si alzò, inquieto. Quelle parole gli ricordavano una canzone che aveva sentito da bambino. E quella voce... una voce di donna. Ma sì... era la voce di Mei! Era lei, lí fuori, nella notte che aveva ripreso a cantare.

"Siam conchiglie arenate
sulla spiaggia del mondo
l'alta marea del sogno
ci coglie addormentate
per riportarci al mare
grande dove siam nate."

Di corsa, Fang uscí dalla tenda sulla montagna e... VIDE LE STELLE. Non più il cielo grigio e spento, ma un cielo blu profondo, invaso dalle stelle. Il vecchio neanche respirava, per lo stupore. E guardandosi intorno vide gli alberi. Migliaia di alberi, tutti coperti di neve: e la neve del bosco era piena di passi, i piccoli sentieri disegnati dagli animali. E mentre era chinato a osservare il ricamo sottile della passeggiata di uno scoiattolo, Fang vide Mei. Gli veniva incontro saltando nella neve, con un affanno gioioso.

"Mei!" urlò il cinese. "Sei... qui! Ma... è il tuo corpo spirituale che è qui... voglio dire... allora non siete morti... o sei vera..."

"Cosa dici, Fang?" rispose Mei, "reale, spirituale? Sono qua e basta."

"Sì, ma l'astronave? La missione..."

"Oh, Fang," disse Mei, "quale astronave? Quale missione? Tu stai sognando, non so di cosa parli. Vieni qua sugli alberi, su."

Con un balzo Mei saltò in cima a un abete altissimo, con gran spolverio di neve.

Anche Fang cercò di saltare, ma la neve fonda lo tratteneva. Fece due o tre goffi tentativi, battendo le falde del vestito come un uccellaccio. Si rese conto con stupore che era vestito con un mantello di pelo.

"Uh, uh," rise Mei appollaiata sull'albero, "lo scimmiotto Fang non sa arrampicarsi! Su grida 'trasformazione' e trasformati in un pino!"

Fang provò ancora, fece una capriola, ricadde. Anche gli alberi ridevano, fragorosamente, scrollando neve dai rami.

"Adesso capisco!" disse Fang, "questo è un sogno. Non è un collegamento telepatico... ma perché ci incontriamo in un sogno Mei!"

"Non vaneggiare, Fang," disse allegra la giovane, "prova a saltare su, invece! Si vede la fiaccolata da qua! C'è anche Kook! E Chulain! Ci sono tutti. Dai, salta!"

"Voglio salutarli!" disse Fang. Batté le falde del mantello, e, con grande sforzo, riuscì ad alzarsi. Svolazzò tutto storto, incitato da Mei, e finalmente riuscì ad attaccarsi in cima a un albero.

"Evviva," gridò. "Ce l'ho fatta!"

Da valle, una lunga fila di fiaccole saliva verso il monte Accantuay. Al lume del fuoco, poté vedere il volto di Cu, e poi c'era Kook, e Catuilla, e Caruso con l'ape, Leporello, e altri visi strani, un arabo, una vecchia dagli occhi azzurri, un gigante tatuato che cantava stentoreamente. Tutti erano molto allegri.

"Ehi, amici!" disse Fang. "Sono qua! Sono Fang lo scimmiotto!"

"Vieni con noi!" urlò Kook. "Andiamo alla montagna, andiamo a festeggiare! Forza scimmiotto, forza Mei-del mare-di Giada!"

"Vengo," urlò Mei, "su scimmiotto Fang. Sai come si fa a scendere da un albero?"

"Ho paura di no," disse Fang. Guardò in giù e si accorse che era salito su un abete alto almeno cento metri.

"Niente paura," disse Mei, "si fa così. Basta dire:

'Dove sei non lo sai più
non serve l'ombrello se piove all'insù
attento a non scivolare
la testa su una nuvola puoi picchiare
se piangi, le lacrime vedrai volare
insieme ai pesci del mare
albero, a terra mi devi portare!'"

L'albero si chinò delicatamente ad arco, finché con la punta non toccò il suolo, e lasciò scendere Mei.

"Forza Fang!" urlarono tutti dalla fiaccolata. "Adesso tocca a te!"

"Bene," disse il cinese, "allora... dirò:

'Dove sono non so più
ehm... ho messo giù l'ombrello all'insù
e stai attento a non scivolare
perché un pesce potrei pestare'"

"No, no," rise Cu, "cinese, stai sbagliando tutto."
L'albero cominciò a dondolare minaccioso.

"Calma," disse Fang, cercando di tenersi aggrappato ai rami, "devo ricordarmi. Allora:

'dove sono casco giù
con vanga e badile fa tana il cucù
ed i funghi volan lassù...'"

301

L'albero sempre più nervoso diede due scrolloni.

"Aiuto!" urlò Fang. "Cosa dico non so più
dove sono non so più
il tempo corre all'insù e all'ingiù
le lancette si scontrano
le nuvole cadono
e fanno un rumore di seta manchú
e in cima a un albero del Perù
a stare attaccato non ce la faccio più."

Ciò detto Fang fu fiondato dall'albero in gran parabola e atterrò sul pavimento della sua tenda.

Rialzandosi vide la lampada, il tavolo, la mappa degli scavi, i suoi libri. E vide l'amaca ancora dondolante, per il suo agitarsi nel sogno. Era caduto dal letto.

"Kook, Cu, Mei!" pensò, "era solo un sogno!... la fiaccolata... verso la montagna... che risveglio doloroso... voglio dormire ancora... voglio tornare nel sogno... oppure..."

Con un presentimento si avvicinò alla finestra. Una lunga fila di luci saliva verso la parte alta di Cuzco. Si vestì in fretta, e corse fuori nella notte.

LA FIACCOLATA

Alla luce delle torce Fang vide per primo Catuilla. Il suo volto era di pietra. Dietro di lui, quattro uomini portavano un corpo, avvolto in una coperta bianca.

"Huatac?" chiese Fang, ma già sapeva la riposta.

"È morto ieri," disse Nanki, "appena ha visto i soldati salire sulla montagna."

"Sono tornati," disse Aucayoc, "come le altre volte. Ci imprigioneranno nuovamente. Qualcuno di noi è già al loro campo, in cambio di birra e cibo, è pronto a tradirci e combattere contro di noi. Il sospetto abita ormai il nostro villaggio, come un cane rognoso che nessuno osa scacciare. Molti di noi sono già morti prima di combattere."

Fang non riuscì a dire niente. Non era la fiaccolata del sogno, quella. Un centinaio di indios, gli ultimi superstiti, seppellivano un loro vecchio, nella neve, sotto la montagna. Un vecchio, come lui. Sentì freddo. Dal buio, apparve improvvisamente il viso di Coya.

"Fang," disse la donna, "Huatac prima di morire disse: solo chi è già morto una volta può capire. Chiedi al vecchio che ci è amico... lui capirà."

Fang tremò ancora. Non aveva niente da dire... Alzò lo sguardo su Coya. I capelli neri le coprivano metà viso: con una mano, essa li scostò. Quel gesto calmò Fang, come se la carezza fosse stata rivolta a lui. Allora Fang comprese tutto, in una volta sola. Prese la mano di Coya. La riconobbe. La stessa mano. La luce della luna. Lo sguardo. Fu come se tutto finalmente si quietasse.

"Credo di avere capito il mistero delle quindici porte," disse allora. "Preparatevi ad andare là sotto. Qualcuno vada a svegliare Einstein. Ditegli che ci raggiunga subito laggiù e che porti il camion col computer. Gli altri si tengano pronti di sentinella, per avvisarci se qualcuno arriva. Abbiamo poco tempo, ma possiamo farcela. Correte!"

E le torce si sparpagliarono per le rovine di Cuzco, e la illuminarono, e la città sembrò tornata viva.

IL CUORE DELLA TERRA

Gli indios, in silenzio, attorniavano Genius, illuminandolo con la luce delle torce. Einstein lavorava con frenesia battendo sulla tastiera i dati dell'ipotesi di Fang. Alla fine tirò un sospirone e batté la domanda: IPOTESI CREDIBILE?

Il computer ronzò a lungo, poi diede la risposta:

"IPOTESI CREDIBILE. Possibile soluzione. Scendere e verificare!"

Einstein ebbe un moto di stupore.

"Non riesco a crederci, Fang!" disse. "È pazzesco! Rivediamo i dati..."

Catuilla guardò preoccupato in alto, verso la montagna, e disse: "No, scendiamo subito. Le sentinelle dicono che i soldati si stanno muovendo, forse hanno visto le luci."

Una ventina di indios seguì Fang, mentre il cinese rifaceva

il cammino indicato dal quipu. Ci vollero due ore, per arrivare alle porte. Ma nella sala c'era una brutta sorpresa. Una pattuglia di soldati della Federazione, armati fino ai denti, stava schierata davanti all'entrata. Il capopattuglia si fece loro incontro puntando il mitraser.

"Fermi," gridò, "nessuno può avvicinarsi alle porte. Neanche lei, dottor Einstein; questi sono gli ordini."

Gli eschimesi e gli indiani del gruppo alzarono le loro lance, ma Einstein li fermò.

"Fino a mezzanotte sono ancora io il responsabile delle operazioni," disse adirato, "e decido io! Dovete lasciarci passare! È di capitale importanza!"

"Mi dispiace, ma ho ordini precisi," rispose decisa la guardia.

"Perché non chiede alla base se non sono cambiati?" disse tranquillo Fang.

Il soldato esitò un momento. "Va bene," disse "chiederò al radiotelefono. Ma intanto, guai a voi se muovete un passo."

"Cosa hai fatto Fang!" disse Einstein all'orecchio del cinese. "Se chiameranno il Centro, Phildys dirà loro perlomeno di spararci addosso."

"Non è Genius che controlla la centralina telefonica della base?" disse Fang.

"Beh, sì, fino a mezzanotte è ancora lui che guida tutti gli automatismi del campo," disse Einstein, "ma... come puoi pensare che lui possa prendere una iniziativa per aiutarci..."

"Glielo sto spiegando, infatti. Sei stupito Einstein? Bene, se è proprio completo il tuo cervello elettronico, sarà anche un po' telepate, no?"

"Tu sei pazzo," disse Einstein.

"Pronto?" disse la voce della guardia, "ufficio comando?"

"Sono il generale Phildys," rispose una voce, camuffata dalle scariche, "chi mi disturba in ore non operative?"

"Tenente Romero agli ordini, è un'emergenza: ci sono quaggiù il dottor Einstein e il signor Fang. Dicono che vogliono passare..."

"Ah, sì, fulminacci!" disse Genius Phildys, "corpo di un'atomica, l'ho dimenticato. Li faccia passare, hanno il permesso. E non dica a nessuno che li ha visti. Neanche a me. Missione segretissima, fulminacci! Tra noi militari ci si capisce, eh, vecchio Romero? Buona guardia e chiappe strette."

Il tenente restò con il radiotelefono in mano e un'espressione allibita. "Beh," disse, "passate pure. E scusate. Io proprio non sapevo..."

Fang e Einstein superarono in fretta lo sbarramento, seguiti da tutti gli indios. Appena furono lontani, Einstein disse: "Genius è un fenomeno. È riuscito anche a imitare la voce di Phildys. Non lo avrei mai creduto. Però, che strano linguaggio!"

"Credo," disse Fang, "sia colpa mia. Gli ho detto di usare un linguaggio militaresco."

Il gruppo era ora ai piedi delle porte. Fang si diresse con decisione verso la dodicesima e ordinò:

"Proviamo a spingere tutti insieme."

Benché si sforzassero in molti, la porta non cedette subito. Poi, poco alla volta iniziò a ruotare sul suo asse centrale. Einstein tratteneva il fiato. Udì il rumore sinistro di un masso che si spostava.

"Ci siamo! E io ho fifa!" disse il ragazzo, "altroché emozione scientifica."

E la porta si era aperta, e rivelava i corridoi di un nuovo labirinto di pietra. Entrarono uno alla volta. Il labirinto sembrava sospeso nel vuoto: ogni tanto vedevano, tra le pietre del pavimento, spalancarsi un abisso.

"Incredibile," disse Einstein, "siamo dentro a una serie di caverne. Fang, qua è tutto un miracolo di ingegneria. Guarda quei massi, là, uno sull'altro. Se soltanto sbagliamo ad aprire una porta, li faremo precipitare a cascata, e tutto questo verrà distrutto."

"Proprio come è scritto," disse Fang, "la strada è una e una sola! La cosa che sta là in fondo è ben protetta."

Ora il cinese procedeva veloce, seguendo degli strani segni che aveva su un foglio di carta. Dopo un po' si mise quasi a correre, seguito dagli indios che dietro a lui cantavano la loro strana canzone ritmata. Ed ecco che il corridoio divenne più ampio: videro sulle pareti dei megaliti come quelli delle mura di Sacsuahaman. Improvvisamente le loro ombre si impennarono verso l'alto, divennero gigantesche. Fang, che correva davanti a tutti, si arrestò, come impietrito. Si trovarono in una caverna colossale, nel cuore della montagna. La caverna era tutta ricoperta d'oro a piccole lastre. La luce, riflessa dalle torce, era abbagliante, come quella di un sole. Al centro della caverna, alto quindici volte un

uomo, lungo tanto che non se ne vedeva la fine, videro il cuore
della terra.

Base Cuzco a Federazione

Confermiamo eccezionale ritrovamento ieri notte. A circa
settecento metri di profondità, sotto il Tempio del sole, abbiamo ritrovato un blocco di lastre di oro dalle seguenti misure:
lunghezza metri trecentoventi, altezza trentasei, profondità ottantadue. Dai primi rilevamenti scientifici si tratta di oro droga-
to con una lega di elementi transuranici spenti. L'oro è stato
cioè irradiato con fortissima concentrazione solare e racchiude
una quantità di energia tale da risolvere tutti i nostri problemi
per molti anni. Al momento attuale non sappiamo ancora chi e
come abbia costruito questo portentoso "cuore" di energia solare. Fatto sta che esso è stato pensato per mantenersi vivo e inal-
terato attraverso gli anni, nel buio di questa caverna. Il sotterraneo infatti è schermato in modo da non fare fuggire l'energia.
Ciò spiega perché i nostri rilevatori non riuscivano in alcun modo a localizzarla: i "flussi" rilevati provenivano probabilmente
da brevi "fughe" dovute all'umidità o a movimenti tellurici sotterranei. Le lastre sono circa trecentomila. Per utilizzare la loro
energia bisognerà portarle alla superficie ed esporle alla luce del
sole. Ciò richiederà procedimenti complessi, come cercare di
convogliare il poco sole che filtra attraverso la Nube, portare le
lastre oltre la nube, e aprire varchi nella nube con i procedimenti diradatori sospesi perché troppo dispendiosi.

Nel far ciò, potremo comunque utilizzare tutta l'energia delle nostre riserve, in quanto essa non è che la ventesima parte di
quella conservata sotto la montagna. I procedimenti con cui questa energia solare è stata incamerata, ripetiamo, sono incompren-
sibili alla luce di quanto sappiamo della scienza inca. In seguito
a questo ritrovamento, avvenuto alle ore 23,15, non è stato firmato l'accordo con aramerussi e giapponesi, anche perché la notizia è misteriosamente arrivata subito ai computer dei giornali.
Se questo ritrovamento ci rimette psicologicamente e tecnologi-
camente alla pari con le altre Federazioni, potrebbe però anche
spingerle ad attaccarci quanto prima per impadronirsi del "cuo-

re". A questo proposito, diffondete subito la notizia in tutti i paesi, particolarmente ai movimenti di opposizione, sottolineando che il ritrovamento può sanare il deficit energetico di tutti, e che una guerra sul posto potrebbe distruggere il "cuore". In tutti i casi le nostre truppe sono in stato di allarme. Si prega di fare pressione sui gruppi pacifisti perché ci contestino. Nel caso non volessero manifestare per la pace, minacciateli con le armi. Firmato: il comitato direttivo operazioni.

Carlos Plessey Phildys, Showspotshow Pyk, Frank Einstein.

LA SPIEGAZIONE DI FANG

"Ci siamo fatti molte domande in questa lunga ricerca, Einstein. Ma una soprattutto, ci angosciava. Se c'era un disegno nella civiltà inca, un progetto, perché tanto mistero su di esso? Ed eravamo arrivati a supporre questo: gli inca evidentemente non volevano che il risultato di questo progetto cadesse in mani sbagliate. Infatti, quando abbiamo trovato le quindici porte, abbiamo visto che tutto era destinato a chi possedeva una 'chiave': ma quale? E ancora: da chi ci veniva questa proposta, questa sfida? Forse da una civiltà aliena? Né i disegni delle porte, né le parole di Huatac ci avevano svelato nulla. Non c'era logica, né leggenda, né lingua che potesse decifrare il mistero. Allora, come sai, ho smesso di pensare: se la soluzione non era nei nostri sforzi, era da un'altra parte. E là l'ho trovata. Trovata non è la parola esatta: era sempre stata vicino a me. Ma c'è voluto qualcosa, per farmi capire: ed è stato quando ho visto Coya sulla montagna, scostarsi i capelli dal viso. In quel momento ho rivisto il gesto di un'altra persona cara. Coya soffriva per la sua gente: io soffrivo per la perdita di Mei: e l'ho ritrovata. Coya assomigliava a Mei, non solo: *era Mei*. Lei era la chiave, la piccola forza: e il cuore della terra era destinato a me."

Einstein ascoltava emozionato.

"Sì, Einstein," proseguì Fang, "a un povero vecchio. Ma anche a te, a tutti. Ognuno di noi aveva la strada. Non dallo spazio, né dal passato: qui, subito, tra le persone che ami, tra gente e popoli diversi che tu rispetti. Questa è la strada, Einstein. Ti ricordi del misterioso 'dato' che non riuscivamo ad afferrare, quello che faceva impazzire i computer? Ebbene, quel dato è il TEMPO. Il TEMPO: ascolta: poco tempo fa Van Cram vola fino a quel quadrante lontano, sparisce, come altri, in un buco nero. Quello che Van Cram trova non è un nuovo pianeta. I computer non potevano dire da dove veniva quel vettore, Einstein, perché il vettore NON È MAI PARTITO! È sempre stato qui, lo lasciò su queste montagne Van Cram mille anni fa, e gli scavi lo riportarono alla luce. Perché Van Cram atterrò sulla terra, sulla terra com'era mille anni fa. Il buco nero era un buco nel tempo. Per questo Van Cram non chiuse quel vettore: morì, forse per la 'verruga', una malattia trasmessa da un insetto peruviano di quei tempi, una malattia di cui nell'ultimo messaggio descrive i sintomi. Incontra un condor, e lo descrive grande venti metri, Van Cram non aveva mai visto un grande uccello. Descrive una spiga d'oro inca. E poi muore, senza lanciare il vettore. Perciò il computer non poteva dire che quel vettore veniva *da un viaggio nel tempo*, da un buco temporale, di cui qualcuno ha già prospettato l'esistenza. Snark Boojum e Van Cram il vichingo avevano trovato uno di questi buchi. Avvicinandosi ad esso, gli strumenti impazzivano. Ed ecco che la Proteo segue la stessa rotta e scompare, nello stesso punto. Lontano, lassù, nella via lattea, la Mixcoatl degli inca."

"E quindi?" disse Einstein.

"Quindi Kook, Mei, Chulain, Caruso, non si disintegrano, ma atterrano sulla nostra terra mille anni fa, forse qualche anno prima o dopo Van Cram, ma più o meno nello stesso punto del Perù preincaico, forse l'era nazca. Ed ecco che la leggenda diventa vera. La verga d'oro che si pianta nella montagna è l'astronave Proteo. Kook è Man Kook Capac, l'uomo potente Kook, Mei è Mei Ho Chi Li, insieme sono Manco Capac e Mama Occlo, i fondatori della civiltà inca. O forse Cu è Manco Capac? Non lo sapremo mai. Ricordi, ciò che avevamo letto insieme? Mi è tornato in mente, vedendo Coya, discendente di Mei. In molti libri è scritto che ci sono punti di contatto tra la cultura orientale e quella inca. Che nel ceppo inca si trovano somiglianze impressionanti con razze europee, negre, cinesi. Ricordi la tesi di Raleigh e altri, che Manco Capac fosse europeo? Le leggende sullo straniero con la barba venuto dal cielo? E pensa all'apparizione di Kook: Manco Capac, con un casco luminoso: non una testa d'alieno, un semplice casco da astronauta. Kook e Mei dunque, non i marziani, arrivano su quella terra. Si ricordino, o no, la loro vita futura, cioè il loro passato, non ci è dato sapere. Ma credo che sappiano che hanno un compito: il loro compito è aiutarci: fornirci l'energia per fare tornare il sole sulla terra, tra mille anni. Sono le loro conoscenze scientifiche (Kook è un ingegnere solare) o qualcosa altro, che li spingono in questa impresa? Comunque, ecco che tutto nasce. Le strade, le grandi fortezze, Machu Picchu, sorgono per questo grande progetto: il cuore della terra. Dalle alte terrazze partono le mongolfiere, o forse i satelliti-scialuppa della Proteo, con le lastre d'oro, e vanno a 'arricchirsi' di energia approfittando delle tempeste magnetiche solari di cui Kook è grande esperto. Le righe di Inca Nazca, forse, sono segnali per questo 'traffico' nello spazio. L'astronauta di Palenque, non è un alieno, ma un uomo che guida uno di questi veicoli. I grandi specchi non sono solo specchi rituali, anche loro servono ad arricchire la lastra. Ma per fare tutto questo, c'è bisogno di grande segretezza. Guai se tutto questo cadesse nelle mani di altri popoli, o degli spagnoli, guai se uscissero dall'ayllu inca. Chi possedesse il 'cuore' e sapesse usarlo, avrebbe una potenza terribile per quei tempi. E così neppure la scrittura deve esistere, solo le persone fidate conoscono il segreto. Solo la famiglia inca conosce fino in fondo il progetto, solo i discendenti di Manco Capac e Mama Occlo sapranno. Dentro i templi, nei muri schermati, si lavora l'oro per formare le lastre, la 'camera' in cui verrà chiuso il cuore della terra. Tutto viene lavorato, mascherato dal velo del rito.

"Le strade hanno probabilmente due usi: uno è quello di riportare in fretta le lastre che tornano dallo spazio, l'altro è quello di trasportare, da tutti i punti dell'impero, le lastre arricchite al contenitore centrale. I grandi massi di Sacsuahaman (grande tecnica, sì: o sono forse tagliati con il laser?) proteggono il segreto: sono vere e proprie 'camere atomiche' dove viene conservata l'energia. E altri mille sarebbero i segni che possono confermare questa tesi: il culto del sole e i suoi simboli, l'architettura rivolta verso il cielo, Machu Picchu, forse l'ultimo rifugio dei custodi del segreto, le ultime lavorazioni. Questa storia è piena di crudeltà: seppellire con i morti anche i servi, non è forse seppellirne tutti i segreti? E i sacrifici umani, un'esecuzione di una persona non fidata o che sa troppo?

"Spiegò Kook ai suoi discendenti, tutta la verità? O presto essa si coprì di credenze e riti terribili? Incontrò sul suo progetto, tutte le crudeltà del potere? Capì che anche nella società inca iniziava lo sfruttamento, la divisione che avrebbe segnato il tempo da cui veniva, il tempo delle guerre? E loro, gli inca, sapevano di noi? Volevano aiutare proprio noi? Ci sono tanti misteri che non risolveremo mai. Il rapporto tra loro e i maya, e gli atzechi, ad esempio. I maya che sapevano del dio venuto dal cielo per gli inca. Gli atzechi che temevano la forza del sole e il dio 'che brucia nella terra'. Questo può spiegare la loro ossessione del tempo e dei calendari, la loro capacità divinatoria. Sembrava che sapessero cosa sarebbe successo: ebbene, forse c'era tra loro *qualcuno venuto dal tempo che aveva già raccontato loro cosa sarebbe successo!* Per questo forse si lasciarono sterminare. Sapevano che la loro civiltà era destinata a scomparire. O forse, non volevano combattere: entrare nella storia dei popoli vincitori, nella gara della potenza, non interessava loro. Desideravano altro. Sono confuso, Einstein. Eppure, potrebbe essere tutto vero. Ricordi la profezia inca di Huatac sulle quindici porte? Riascoltala, e ci troverai le storie di ciò che è successo:

Una è la vita
dal futuro/torna il passato
dal passato/torna il futuro
Puoi seguire ciò
che non puoi dire
Qui il mistero, qui il dolore
Passati due cieli
uomini insieme
si fanno incontro
Una piccola forza
può fare grandi cose
se il cuore è colmo e decidi
di procedere.

"*La prima è la storia di Kook.* Una è la via, il tempo. Dal futuro, dal duemila torna la fondazione dell'impero inca, dal passato ritorna una speranza per il nostro futuro. Kook seguirà la sua strada e il suo progetto senza 'potere dire', senza potere spiegare agli altri o forse a se stesso, da dove viene, perché costruisce il cuore della terra. Qua il mistero, qua la dolorosa storia degli inca: costruire una grande civiltà, sapendo che senza le armi, anche una grande civiltà non ha il diritto di esistere. Ma, passati due cieli, i due universi misteriosi, il nostro e quello preincaico, i due emisferi del tempo legati dal buco nero, gli uomini solidali, si uniscono e lavorano insieme. Il farsi incontro non sarà privo di difficoltà, e fatiche, e ingiustizie. Il piccolo popolo inca edifica grandi mura e grandi strade. Non c'è profezia, o paura del tempo, o predestinazione, che possa impedire loro di andare avanti.

"*Ma in quelle porte c'è anche la nostra storia*: una è la via, la storia sembra ripetersi uguale: più guardiamo avanti più ritorna ciò che è stato: le vecchie crudeltà, i vecchi errori: e la terra torna ghiacciata, e povera, come millenni fa: eppure, la storia della lotta dell'uomo ci indica il futuro. Noi siamo andati dietro a questo mistero, anche se non siamo riusciti a 'dire', a spiegarlo subito né con la nostra ragione, né con la scienza: perché si può desiderare anche ciò che non si può capire; si può essere spinti da altro che dal profitto o dalla sete di potere. Qua è stata la nostra sofferenza, qua la nostra sensazione di non potere più trovare una terra vivibile per noi. Ma al di là nell'unione dei due mondi, la scienza e l'intuizione, noi e gli inca, ecco venirci incontro questo popolo e i loro discendenti, e ogni popolo ferito dalla storia, e ci incontriamo: siamo pochi, o almeno non siamo un esercito o un grande stato, ma abbiamo una grande forza. Quando il dolore per la perdita di ciò che ci è caro straripa, quando ci ribelliamo all'indifferenza, ecco la decisione: e davanti a noi c'è ora il 'procedere': sapremo usare questa ricchezza? O continueremo a chiamare ricchezza solo ciò che rende qualcuno ricco, e non tutti?

"*Ed ecco la terza storia, la chiave, la mia storia*. La strada è una sola, dice la porta, ma non perché esclude le altre, perché è tutte le altre. Il tempo è un mistero. Dal futuro, dall'amore che provo per Coya e per tutti coloro che soffriranno per chi muore nelle pagine della storia torna il passato: il dolore che provai per Mei e per gli amici perduti. Per tutto ciò combatto. E in cambio, ecco il dono, dal passato, non da alieni, né da strane forze: proprio da chi mi è vicino. Il dono di Mei è la chiave: dal tempo degli inca, ella mi manda il futuro, il suo futuro e ciò che li comprende: una profezia: i Ching. La chiave è scritta sulla roccia di Sacsuahaman, la profezia di Huatac.

"Nella prima parte del labirinto ho seguito il quipu (ciò che non puoi dire), la scrittura segreta. Poi il mistero, che ci ha fatto a lungo disperare. E adesso la seconda parte del viaggio; seguiremo i Ching. I mutamenti. Guarda Einstein, ho disegnato uno

311

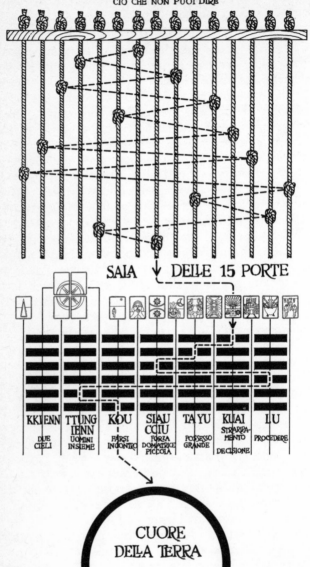

SCHEMA DEL LABIRINTO

QUIPU

CIÒ CHE NON PUOI DIRE

SAIA DELLE 15 PORTE

KKIENN	TTUNG IENN	KOU	SIAU CCIU	TA YU	KUAI	LU
DUE CIELI	UOMINI INSIEME	FARSI INCONTRO	FORZA DOMATRICE PICCOLA	POSSESSO GRANDE	STRARIPA-MENTO DECISIONE	PROCEDERE

CUORE DELLA TERRA

vicino all'altro questi esagrammi, con il loro nome cinese e il loro significato. Immaginali visti 'andando incontro al sole' (da sinistra a destra) e dall'alto, come mi disse Huatac.

"Il primo è KKIENN, il creativo, composto di due metà Kkienn, il segno del cielo, due cieli. Poi viene TTUNG IENN, la compagnia tra uomini, uomini insieme. Poi KOU, il farsi incontro, poi SIAU CCIU, la forza domatrice piccola, poi TA YU, il possesso grande, poi KUAI, lo straripamento, la decisione, poi LU, il procedere. Insieme, formano un labirinto, la cui entrata è nella prima linea spezzata di Kuai, la dodicesima porta, quella dove c'è quella figura. Una donna, forse: Coya, Mei, la mitezza coraggiosa. Il forte, guidato dal gentile. Il vento sul cielo. Le nubi si sono diradate. Le ultime parole di Mei furono: ti prometto che, da quel pianeta, ti manderò i ching per un buon futuro. Così è stato. Da lì si va per il trigramma del lago di Kuai, alla linea spezzata del fuoco di Ta Yu, al vento di Siau Cciu. E ancora al trigramma del lago di Lu, al fuoco di Ttung Ienn, al vento di Kou. Per il lago, il fuoco, il vento. Mei disse: ti prometto che, da quel pianeta, ti manderò i ching per un buon futuro. Così è stato."

Due giorni dopo, camminando in un canneto di microfoni, Phildys e Pyk spiegavano ai giornalisti come la loro collaudata amicizia nonché fattiva collaborazione avesse portato al ritrovamento del "cuore". Il villaggio si era animato di migliaia di persone. Per esigenze televisive gli indios più deperiti erano stati sostituiti da robusti tedeschi dipinti di nero, che ora posavano soddisfatti vestiti nei costumi tipici. Operatori della televisione, pistola in pugno, obbligavano eschimesi a mangiare grasso d'orso. Cuzco brillava di luci. Sotto la tenda-hotel degli arabi, Shaula offrì un grande party con scatolette. Veniva aperto tonno del 1967 e l'orchestra suonava gli inni di tutti i paesi.

E cosí, nella festa che impazzò:

Il generale Carnecero Menendez attaccò il buffet e sterminò duecento bignè ognuno con una stilettata di stecchino godendo particolarmente nel divorare quelli di colore.

Il re della ghisa sfidò a braccio di ferro il re dell'acciaio mentre il re della gomma americana litigò con la regina delle dentiere.

E il numero uno della mafia approfittò della confusione per eliminare il numero due della mafia mentre il numero quattro inseguiva il numero tre per ucciderlo e trovatolo disse "è la fine per te, devi morire numero tre" ma il numero tre obiettò che avendo il numero uno ucciso il numero due lui numero tre era ora il numero due e perciò l'ex-numero quattro era ora il numero tre e toccava a lui morire, e insorsero contestazioni.

E nessuno si divertiva finché il cameriere cadde con un gran vassoio di bicchieri e la festa si rianimò per un attimo.

E mentre in una sala si perveniva a un accordo nell'altra emergevano dissensi e mentre in una ci si richiamava ai princípi, in quella attigua ci si trovava alla presenza di forti istanze e perciò fu chiamato un cameriere per portare via il dibattito divenuto ormai sterile.

E un tale parlò dei sedici errori del libro invitando tutti a trovarli e un ubriaco brindò inascoltato a solitudini scogliere e stelle e scogliere e parlò del gran rumore che fanno le rotative la notte nella testa dei sognatori.

E la televisione riprese il tutto con otto telecamere di cui due sicuramente democratiche.

E il mercante d'armi Onesiforos fece dono a tutte le signore presenti di un elegante portacipria a forma di carro armato che muovendo una levetta sparava dal cannoncino un delicato sbuffo di polvere rosa.

E il noto direttore di giornale stava raccontando un aneddoto sul direttore di giornale che raccontava sempre aneddoti sui direttori di giornali senza accorgersi che era in presenza di direttori di giornali, quando con raccapriccio si accorse che era in presenza di direttori di giornali.

E l'orchestra fece una pausa il ministro si mise un dito nel naso e molti si chiesero se le due cose non fossero collegate.

E il vento gelido spalancò le finestre e il pensiero di tutti corse ai poveri fuori all'addiaccio poi subito ricorse dentro vicino al camino.

E del cuore della terra che ne faremo? Disse allora uno.

Ma intanto alcuni invitati usciti in terrazza sentirono un forte rumore e qualcuno disse queste sono valanghe che cadono dalla montagna e un altro disse che alcune camionette militari erano state travolte e stava succedendo qualcosa di strano.

Su su non pensiamoci disse il famoso cantante e attaccò una canzone che celebrava gli incanti della vita povera e semplice e tutti la trovarono ributtante.

E il Famoso Scrittore si sentí del tutto fuori posto in quella compagnia corse in cucina palpò il culo alla cuoca e ristabilito il contatto con le masse tornò dicendo sia chiaro a tutti che qui io sono a disagio.

E ci fu una che disse: Dov'è il vecchio cinese? E il bambino? E la ragazza?

E il ministro Phildys e Pyk telefonarono piú volte per scongiurare complicazioni nel finale.

E ancora il vento entrò e fece sbattere insieme gli elmi dei corazzieri come casseruole e le medaglie dei generali tintinnarono e monumentalmente entrò un messaggero a cavallo ma il cavallo non riuscí a fermarsi sul pavimento lucido e zoccoleggiò e pattinò invano prima di schiantarsi contro l'orchestra e un colonnello misericordioso per evitare ulteriori sofferenze ammazzò il cavallo e due violinisti.

E si sentirono rumori lontani e tutti corsero alla finestra ma non videro niente e tornarono dentro e si accorsero con orrore che l'orchestra era sparita e anche i camerieri se n'erano andati e i corazzieri scappavano e le galline evadevano dalle pentole e le pellicce delle signore fuggivano galoppando sulle maniche e i tavoli ballavano e il soffitto si aprí ed entrò come un fulmine un raggio di sole cosí forte che tutti dovettero chiudere gli occhi e quello che videro non si può raccontare.

E le camionette dei soldati salirono la montagna fino alla capanna e videro lí fuori il bastone di Fang e sulla terra i disegni del gioco dei bambini e la ciotola di Coya e i soldati allora con i mitra in mano aprirono con un calcio la porta e...

E non trovarono nessuno.

Solo un vecchio libro, che sull'ultima pagina portava scritto:

LA CANZONE DEI PERSONAGGI

Qui l'avventura è raccontata
di due pianeti che si facevan guerra
uno era la terra, l'altro era la terra
E ogni tanto il cielo trema

la storia suona come una campana
Ognuno di noi respira
nell'aria breve che muove
una pagina che gira
e come può andare a finire
nessuno può scriverlo ancora
Signori, nessuna paura
qui finisce la nostra
e comincia la vostra
avventura

I personaggi di questo libro sono tutti realmente esistiti.
I topi, dal buco del tempo, arrivarono in un paese chiamato Ha-melin
Pintecaboru è un grande pescatore
Genius dirige oggi un'università a Oslo
Catuilla e Aucayoc, coinvolti nei moti del 2133, sono attual-mente desaparecidos
Coya è partita un anno fa
Di Pyk e Phildys è pieno il mondo
Kook e Mei e Chulain e Caruso faranno presto il film Forza Proteo!
Vassiliboyd fondò nello spazio la repubblica di Laureland, che attualmente conta diecimila abitanti
Dabih ha una rubrica su Astro duemila
Leo è un videogame in una sala di Roma
Einstein è giù in strada che gioca.
Fang vive a Parigi e quest'anno compie ottantanove anni
La Strega è sempre lassù, che gira, che gira, che gira
Il cuore della terra non so proprio che fine farà.

INDICE

Stampato nel mese di ottobre 1983 da "La Tipografica Varese"